灵魂有毒

王珂／著

贵州出版集团
贵州人民出版社

图书在版编目（CIP）数据

灵魂有毒 / 王珂著 .— 贵阳：贵州人民出版社，2020.6
ISBN 978-7-221-15894-9

Ⅰ.①灵… Ⅱ.①王… Ⅲ.①故事－作品集－中国－当代 Ⅳ.① I247.81

中国版本图书馆 CIP 数据核字（2020）第 094426 号

灵魂有毒
LINGHUN YOUDU

王珂／著

总 策 划	陈继光
责任编辑	胡 洋
装帧设计	谢安东
封面设计	源画设计
出版发行	贵州人民出版社有限公司（贵阳市观山湖区会展东路SOHO办公区A座）
印　　刷	长沙鸿发印务实业有限公司（长沙市黄花工业园3号）
版　　次	2020年6月第1版
印　　次	2020年6月第1次
印　　张	23
字　　数	265千字
开　　本	710mm×1000mm　1/16
书　　号	ISBN 978-7-221-15894-9
定　　价	49.00元

目 录

1 灵魂有毒 /001

2 禁止心跳 /059

3 空屋诡谈 /084

4 消失的时间 /170

5 雾魇 /182

6 诡旗袍 /216

7 尸家物语 /247

8 妄想 /272

9 死神的恶作剧 /318

10 饕餮夜宴 /346

第一章
凌晨耳语

　　如同一眼深泉，我从无边的梦境中醒来，面前是微微闪烁的电脑屏幕，打开的文档、未完成的小说……我叫曹珂，是一名职业撰稿人，根据各类杂志需求撰写小说，卖文为生。

　　在成为职业撰稿人的第三年，也就是现在，我突然有了一种不好的感觉，准确地说是很不好，甚至很可怕，因为我感觉我得了一种怪病。之所以怪，是因为连我自己都无法说清楚这究竟是一种什么病，更不要说去医院就诊治病了。

　　这怪病最明显的特征是跟文字有关，就这样。

　　凌晨一点半，醒来后的我口干舌燥，踏入黑暗里的餐厅，想去拿一罐啤酒。

　　餐厅里流淌着令人沉闷的死寂，我大口痛饮啤酒，感觉冰凉的液体如同一把看不见的手术刀滑入我的咽喉，进入我的胃内，轻轻摩擦，一丝丝疼痛反馈上来。

　　我放下啤酒，卧室方向投过来的微弱光线里，隐隐约约传来一种

呼吸声,除了我的第二人的呼吸声。我像被钉在原地一动不动,呼吸声渐渐变成了一种耳语。我并不想听到这种声音,但却渐渐控制不了自己的意识,闭上了眼睛去聆听。

关于一个女人、一个男人以及一场杀戮。

女人优雅地坐在蔚蓝色的咖啡馆里,面前有一杯温热的马来西亚白咖啡。

女子相貌美丽、身材匀称,尤其是一双纤细的手指似白玉雕砌而成般散发着柔和的光芒。

女人注视着咖啡馆角落的一张空咖啡桌,眼睛里流露出浓浓的幽怨,像在回忆某个人。

然后,咖啡馆的门被猛地推开了,一个高大的男人径直冲了进来。

他飞奔到女人面前,望着她。女人错愕地抬起头,男人戴着黑色鸭舌帽,将眼睛藏在阴影里。女人刚听到他说了"再见",男人就迅速从口袋里抽出一枚刀片,准确地割裂了女人的喉咙。

鲜血如喷泉喷涌出来,溅射在男人的风衣上,落入桌上的咖啡杯里。

女人艰难地哽咽,男人还是望着她,最后端起咖啡杯一饮而尽。

血和白咖啡混合是什么样的味道?

耳语戛然而止,我像是亲身经历了一起残酷的杀人案。一擦额头,全是冷汗,不,这只是一个不存在的幻觉,但为何一切又那般真实。

我手边摸到了啤酒,啤酒上面密密麻麻的字如同一条条黑色泥鳅般开始游动,最后渐渐汇集成了一双可怕的眼睛。

"啊!"我吃了一惊,扔掉了啤酒。然而字还是字,不会动,又是幻觉。

可恶的幻觉,是不是我那怪病又加重了!

喉咙,胃里,甚至整个躯壳里依旧干渴难耐,如同生存在炙热的大沙漠里,我几乎要渴死了。

啤酒,更多啤酒。我咕咚咕咚喝光了冰箱里剩余的啤酒,密密麻麻的字体又开始游泳了,哈哈,管它呢。

神秘耳语里的场景让我有些着迷,忘记说了,我是一名悬疑恐怖作家,对于迷离难测的杀人案件犹如飞蛾扑火般地执着。

我抿抿嘴,视线从"游泳的泥鳅字"上转移到电脑前,手指微微颤抖。将幻觉里的杀戮融入到了我的小说,两个小时后我完成了一篇满意的情杀小说——《幽灵》。

《幽灵》

女主人公同相爱多年的大学恋人即将走入婚姻的殿堂,但偶然间她在一家陌生的小咖啡馆里遇到了一个陌生的男子,那男子散发的魅力让她着迷。

她主动靠近陌生男子,不久两人陷入热恋。

女主人公的大学恋人敏感地发觉了她的异常行为,偷偷跟踪她,最终发现了她的出轨。

大学恋人决心分手,女主人公后悔了,因为她是个没有理想的人,是个从小需要依靠和帮助的弱者。她的大学恋人拥有殷实的家境,是她再理想不过的结婚对象。

女主人公被残酷的现实拉回,一番权衡后,放弃了短暂着迷的爱恋。

女主人公同大学恋人重新走到一起,并如期订婚。那个让她着迷的男子不知所终。

三个月后,当女主人公再次回到与男子初识的咖啡馆,并陷入对男子的回忆中时,身穿风衣的男子出现了。他用极端的手段杀死了女主人公,而后消失在了这座城市里。

没有人,再找到过他。他就像是一个幽灵。

电脑屏幕在摇晃,我感觉到了疲惫。太累了,或者是醉了。

浑浑噩噩里,我恍若看到屏幕里的字还在游泳,又像是一张张脸在扭曲地惨笑。

就这样吧,睡了。

第二天醒来后,头痛欲裂。

我发现了半夜创作的小说,犹豫一会儿后,我发给一个合作过的杂志社。因为精彩,一天就过终审,并排定下个月刊登。

我应该很开心,但内心里却持续着十分荒谬的欲望——白咖啡混入血究竟是怎样的味道呢?

第二章
蓝鸟咖啡馆和黑衣男子

大学死党小秋约我叙旧,他又交了一个新女友,这次约我就是为了介绍他的女朋友。小秋全名叫孟小秋,他的爸爸经营了两家建材城,在我居住的这个小县城里算得上是一号人物,小秋名正言顺地成了富二代,而且他长得也高大帅气。

高富帅!于是他换女朋友像走马灯似的,我记不清第多少次来见他女友了,各式各样的都有,有些我早已忘记了她们的样貌和名字。

小秋约在东郊的一家名叫蓝鸟的咖啡馆。午后两点,太阳明媚得有些刺眼,我走入了这家咖啡馆,穿着很潮的小秋和一个漂亮的女孩子同时跟我打招呼。

我走了过去,心里有种说不出的怪异感。瞅了瞅周围,咖啡馆墙上挂着几幅风景画,边边角角有一行散文诗,字体渺小,我的手指开始发麻。

我坐下去,点了一杯浓咖啡,不加糖。

"喂,大作家,整天闷头在家里写作,再不出来透透气恐怕就要变成僵尸了。"小秋习惯性拿我开玩笑。

小秋的新女友叫聂恩雅,恩雅不解地问:"为什么会变成僵尸?"

"僵尸见不了阳光呀,你个小傻瓜。"小秋腻味地点了一下女朋友的鼻子。

我笑笑不置可否。

闲扯了许多,小秋在炫耀完他刚买的宝马车后,突然吧唧吧唧嘴,小声对我说:"珂子,知道干吗找你来这家小咖啡馆吗?"

我摇摇头。

"因为这家咖啡馆就在上个星期发生了一起命案。"小秋怪声怪气道,"有一个女人被人用刀片割了喉咙,当时鲜血洒了一地。噢,忘记说了,她就死在你现在坐的位置上。"

"啊!"恩雅尖叫了一声,钻进了小秋怀里。

我看不到自己此刻的表情,但感觉五官已经僵硬,女子、刀片、鲜血、咖啡馆……怎么跟我昨夜幻觉中的情景这么一致,巧合吗?不是巧合吗?

我回过神来,赶忙问小秋凶案的具体发生过程,还有凶手是谁。

小秋只知道死了一个女人,被刀片割破了喉咙。他听警察局里的朋友讲,杀人的是一个身穿黑风衣的男人。但事发突然,而且男人戴着宽大的鸭舌帽,所以谁也没有看清楚他的长相。

然后男人就再也找不到,像人间蒸发了。

凶杀案已经过去了六七天,因为尚未有半点线索可追查,为避免引发不必要的恐慌,还尚未被全面曝光,所以知之者不多。

我自然是不知情的一员。

"是这样啊。"我的神经绷得紧紧的,眼皮底下热气腾腾的咖啡让我眩晕,于是我闭眼休息了半分钟。

"你咋了?脸色这么差,是不是在家'猫'出病来了,你还是得

出来走走。"小秋说。

"没事。"

小秋背后风景画上的小字让我感觉有些刺眼，微微晃动扑腾，似要钻出画卷，扑到我眼睛里。

我的手麻木得开始颤抖，我一下子站了起来，椅子被我碰倒了。

两步走到风景画前，我瞪大了眼睛死死盯住。好啊，既然你们这些小东西想要吓唬我，就痛快直接地来吧。画里的字静止了，而咖啡馆里所有人的目光都射了过来，被我怪异的行为吸引。

"喂，珂子，你哪里不对劲？"小秋在背后拉我，我踉跄两步，险些跌倒。

突然一转眼，发现在咖啡馆对面的公交牌下站着一个穿黑风衣的男人。男人头戴鸭舌帽，看不清楚面孔，但我很肯定他也在看我，甚至可以感受到他那像冰冷刀子般的目光在我身体来回扫视。

十秒钟后我冲出了咖啡馆，但对面黑风衣的男子已经不见了。

冷风刺骨，我在风中傻傻地站着，双手麻木得似已不是我的手。

告别了没有尽兴的小秋和他新女友，我缩进了租住的公寓。

公寓不大，只有四十几平方米，不过我很满意。因为有时候房子大并不一定好，大意味着空荡、孤独，尤其是只有一个人居住的时候。小房间则让人感觉充实。

草草用泡面解决了晚饭，之后接了三通电话。一通是妈妈打来的，照旧地问寒问暖；第二通是小秋，他跟我聊起后天去太清镇古井村的事；第三通有点小惊喜，是来自刊登《幽灵》的杂志社主编，他很满意这篇小说并欣赏我的才华，有意跟我约稿一部长篇小说，并谈了具体要求。

兴奋之余，我脑子里已经开始构思下一部长篇的轮廓，感觉有些空洞，并没有好的构思。我望着电视发呆，滚动的字幕在我眼睛里辗转腾挪，如同一条舔舐屏幕的毒蛇，不时吐着令人恶心鲜红的芯子。

我厌恶地关上电视，走到阳台吹冷风。

不行了，这该死的怪病让我发狂，再这么下去肯定会变疯。

我不由得想到了曾经为收集素材走访的风水师。我大约记得那是个有一双鼠目且枯黄面孔的家伙，整个人很阴沉，就算在白天也给人一种阴森森的感觉。

他叫啥来着，要不要找他瞧一瞧，既然医院治不了，或许他有办法。

胡思乱想间，一阵冷风迎面吹来，在公寓对面废弃高楼的天台上出现了一个白衣女子。女子长裙飘飘，站在毫无遮挡的楼顶边缘。我忍不住想大声呼喊让她小心点，但只一眨眼工夫，那女子便消失了。

我恍似看到了那女子的半张脸，但又很快忘记了。

我用力揉揉眼睛，对面楼顶空空荡荡。女子真的消失了，但更多的可能是根本没这个人。我再次产生幻觉了。

凌晨时候，处于煎熬的我渐渐有了睡意，闭上了眼。

第三章
古井村

为了寻找灵感，我经常出没于一些荒无人烟的深山荒村中，人越少越恐怖的地方，对于我创作恐怖小说来讲反而是难得的宝藏，我总可以在其中找到闪烁的灵感之光，将其记录并创作成小说。

在这之前创作的《支雾山传说》《异石》《猴子谷》皆是这种悬疑恐怖类小说，读者反响颇好，也为我带来了不俗的收入。

这次跟孟小秋相约前往的太清镇古井村就是一个被恐怖所笼罩的小山村。

我事先调查得知，古井村在80年代末暴发了一场疫病，夺走了村里几百人的性命。幸存下来的人每当在阴森恐怖的夜晚就仿佛能听到

村里某些角落传出的哀鸣声,久而久之,就没有人敢继续留在村里了,纷纷选择了离开。

古井村就此成了荒村,也成了方圆百里谈之色变的幽灵之村。

我还打听到关于古井村的另外一个传说。据太清镇老一辈人的口述,在古井村周围有一座古代王爷的陵墓,里面有数不清的金银珠宝。也因为千年古墓乃是阴魂聚集之地,故而古井村受到了阴魂的诅咒才变成今天的模样。

当然,这都是传说,传说本就光怪陆离,正因如此才让古井村蒙上一层神秘可怕的外衣。

孟小秋开上了他的宝马车,载着我和他的新女友聂恩雅,一路风驰电掣来到太清镇。但要继续前往古井村就没有宝马车能跑的公路了,只有狭窄泥泞的山路,于是我们搭乘了附近村子一位农户的黄牛车。

驾车的庄稼汉一听说我们要去古井村,说啥也不愿意送我们去,还是孟小秋塞给他200元钱后,他才勉强答应。但他坚持只能在村头放下我们,不陪我们进村。

于是我们兴奋地跳上黄牛车。

我虽标榜无鬼不欢,但内心里多少还保留着人类千万年遗留下的传统品质,胆小。所以每次前往一些诡异的穷乡僻壤时总喜欢叫上孟小秋。

孟小秋则每次借助鬼怪之力的助攻,带漂亮女孩子过去做一些羞答答的事。

庄稼汉在大山里转出转进,黄牛车差点就把我们三个人的隔夜饭都颠出来,聂恩雅靠在小秋怀里,脸色苍白。

"大叔,还有多久才能到?"我强忍腹内的翻涌张嘴问。

"嘿。"庄稼汉一脸黝黑,指了指远处一座山丘,"过了那座山丘,看见山谷里的村子就是古井村。"

"啊,那就快到了。恩雅,起来吧,别跟只病猫似的。"小秋勾了勾新女友的鼻子。

庄稼汉咳嗽了两声："我送你们到山谷口，你们自己走进去就行。不过我还想劝劝你们，这几年进古井村的探险者不少，尤其像你们这样子的年轻人特别多，但进去得多，出来得少。"

"有一些人在村里莫名其妙就失踪了。你们啊，在村里转一圈就行了，要趁天黑赶紧出来。"

"哼，像这类地方我们也去过不少了，都是吓唬人的。这世上哪有什么牛鬼蛇神，我们才不怕。"孟小秋这小子就是嘴硬，其实他胆子比我的还小。

"唉，总是不听劝。"庄稼汉摇摇头。黄牛车晃晃悠悠地沿着山路行至山谷口，遥遥可见草长莺飞的山谷中有数十间灰褐色的屋檐。

小秋将200元钱塞给庄稼汉，庄稼汉接过钱收好："如果你们只是转一圈，一两个小时就走，我便在这里等一等你们。如果不是，那我就先走了。"

"别呀，你要是走了，我们咋离开这里呀。"小秋瞪眼说。

小秋望了望我，我点点头："两个小时逛一遍村子足够了。那麻烦大哥等一等我们。"

小秋也说回去再付庄稼汉200元。

庄稼汉的身影渐渐被齐腰的荒草淹没，我们三人兴致勃勃地走进了古井村。在村头我发现了东倒西歪的村碑石，上面刻着古朴苍凉的"古井村"三个字，但大半已被黄土掩埋。

村子里保留着80年代村落的格局，土木混搭的房屋，一半以上的屋子都已经倒塌，有些剩下半边屋子，有的则仅仅保留了一面墙或者几扇残破的木窗。

巨大的山影笼罩在不远的山坡上，总给人一种山中巨兽伺机而出的错觉。

孟小秋转悠了二十来分钟就累得走不动了，聂恩雅却出乎意料地

兴致颇高,孟小秋只能苦笑着陪聂恩雅继续闲逛。

我不想当电灯泡,就自个儿走开了。方才进入村子时我大致观望过,整个村子保留最完整的是北边的一排大屋,屋子多而且相对气派些,应该是以前村长住过的屋子。

我决定去北边大屋查探一下。

北边大屋前面是石脸门,进门后有一个荒草萋萋的小院子,过了小院子就来到这排大屋前面。我粗略数了数从东至西有八间大屋,以青石堆砌的石屋比一般木屋要结实。

我推门进入一间屋子,里面保留着一些结满蜘蛛网的家具、破碗破杯什么的,墙上挂着一些只余半截的泛黄的字画。

空气里弥漫着一股浓浓的霉变的味道。鼻子有些发痒,我快速扫了两眼,走了出来。

接着又钻了两间差不多的屋子,跟先前一样破败杂乱,毫无可取之处。

我绕着这排大屋前后转了一遍,心里想找到某种爆发的点,可以刺激我创作的灵感,比如一件遗留的旧衣、几个颇让人费解的字迹,等等。但我失望了,所有屋子只能用两个字形容——颓败。

我轻轻摇头,就在我想离开的时候,眼睛突然瞥见在一丛荒草的掩盖下,还有一道破败的石门,不知通往何处。

我抬脚走了过去,倏然间荒草狠狠飞舞起来,我却丝毫没有感受到有风的气息,我有点胆怯了。

我萌生了去找小秋共同来探一探的念头,但很快打消了,等找他们回来会耽误许多时间,一旦超过两个小时,回太清镇就成问题了。

我咬咬牙,心中坚定地在唯物论这条道路上迈步前进,我哼着小调昂首走进了石门。

石门后的景象让我吃了一惊,一个偌大的院子当中只有中间一口水井，除此之外再没有别的东西，连间屋都没有。

去他的，我为了壮胆走进来做了多少思想斗争，结果就只有这么一口破井，搞得我有些哭笑不得。于是我走到井边。

这口井宽两米左右，旁边有一条粗若手臂的麻绳搭在井口，井里黑黢黢瞧不清楚，但可以肯定里面没水，只是口废了的枯井。

我完全失去了刺激灵感的念想，坐在井边点了一支烟。刚抽了两口，我冷不丁想到这个村子叫古井村，而这个有点诡异的大院内又只有这么一口井，莫非古井村的由来跟我屁股底下这口井有关？

正想着，屁股底下突然传来了一声轻轻……轻轻的笑声。

我不由得激灵地蹦起来，有一种被人从头到脚抚摩一遍的毛骨悚然之感。井里有人？！

第四章
深井惊魂

我用带来的手电筒往井里一照，天呀，在井里有一道白影就那么猝然闪过，而后消失在了古井的深处。而就在刹那中，我分明看到了一张脸，女人的脸，莫名竟还有几分熟悉。

我想起来了，是两天前在废弃高楼上看到的白衣女子！

怎么会是她？怎么可能是她？

一阵嘤咛诡绝的耳语响起，我头痛欲裂。这该死的鬼魅之声犹如某种魔咒，纠缠着我。

"找到她，找到她……下到井里面去，下到井里……"

"啊！"我发狂地大叫一声，双眼充血，也顾不上别的，自己像被恶鬼操纵的提线木偶，一把抓住了井口的麻绳就跳下古井。

顺着麻绳下滑了三四米，我的意识才渐渐回到了脑子里。再瞧瞧

周围，井壁上布满了滑腻的暗绿色苔藓，还有不时冒头又瞬间消失的昆虫。我紧闭着嘴不敢呼吸，心里暗暗告诉自己：既然已经下来了，那么就下去一探究竟好了。

麻绳摩擦得我手心像着火般滚烫，我稍微缓了缓速度，随即麻绳慢悠悠地将我转到了侧面。在另外一边的井壁上我瞅见了一样奇怪的东西。

一样白凄凄、尖锐的东西插在井壁缝隙中，我尝试靠近，将手电筒照过去。在手电筒有点瘆人的白光里，我惊恐地看见插在井壁里的竟然是一截白骨……我吓得双手发软，身体蓦地直直坠下古井。

"砰！"

一声重重的闷响，我的后背压到了什么，但并没有摔在冰冷的井底。

脖子和肩膀都摔得生疼，我龇牙咧嘴地双手撑起身子，手摸到了冰凉光滑的物体，我低头一瞧又是白花花的骨头。

接下来的一幕，令我把眼球都快瞪出来了，在宽不足两米的井底密密麻麻地铺满了一层又一层的白骨。我手忙脚乱地向角落躲避，不知是恐惧，还是受惊过度，我胃里翻江倒海，痛苦地大吐特吐。等倾吐彻底以后，我也渐渐冷静了。

离开，我必须赶紧想办法离开这里。

绳子在头顶三米高的地方，虽然井壁处处有缝隙，但实在太湿滑了，我几次尝试了爬上去还是以失败告终，上不去了到底该怎么办。

对啊，手机！马上给孟小秋打电话。

恐怖如无边无际的黑海几乎将我淹没，我乱了分寸以至于忘记在这大山腹地又哪里来的信号，愤怒恐慌的我差一点要将手机摔烂，但还好忍住了。

大声求救？行不通。据我判断古井有七八米深，外面是空旷无人的荒院，孟小秋一时半会儿不可能发现我失踪了，所以即便我喊破喉咙，恐怕也没人能听得到。

我故作镇定，再次环顾井底。我依旧不敢看脚下的森森白骨，就仿佛害怕白骨里藏着一双双阴冷凝望着我的眼睛。

　　井内腐烂难闻的气息让我眩晕，我心中狂喊：冷静，冷静，你是一个整天跟恐怖场景打交道的作家，在这种环境下你很明白，只有保持谨慎和冷静的思绪才有机会逃出去。

　　白影，井底的白衣女子！对啊，如果她不是我的幻觉，她又去了哪里？

　　井底没有任何可以隐藏的地方，不，等一等，如果真有地方可以藏身，那么就是……我的目光一点点挪到了那堆厚厚的白骨上。

　　我不知花了多久才鼓足勇气，用颤巍巍的双手一截截、一根根拨开了白骨，从一边到另一边，终于，我在堆满了白骨的井壁上摸到了一扇门。

　　这荒无人烟被称作鬼村的古井底下竟然藏着一扇不知通向何处的诡异暗门，我也不知自己究竟怀揣着何种心情推开了那扇门，脑海里一刹那间被满满怪异的符号所占满。匪夷所思的符号露出了锋利的齿，蚕食着我的意识。

　　意识失去前，我犹如身陷地狱，不顾一切冲进了缓缓敞开的暗门……是的，下一秒，我在门后看到了一位白衣女子。她就静静坐在门后的房间里，面前有一面梳妆镜，端坐，无声。

　　白衣女子抬起手用古色古香的木梳梳头，一梳而下，再梳而下，只有她的手在动，身体的其他部分纹丝不动，姿势说不出的诡异。

　　"你……你好。"我的声音在颤抖。

　　女子停下了梳头的动作，但依旧没有回头。

　　"对不起，我不小心掉进了古井，现在我想出去……你能帮帮我吗？"我恳求道。

　　女子轻轻放下木梳，蓦地转过脸。

我感觉眼前一阵目眩，女子梳妆的镜上满是鲜血，一道道流淌下来，而女子的脸……

我看到了！

"咣！"

脑门火辣辣地疼，我勉强睁开眼，是一颗小石子击中了我的头，我看看周围，自己竟然还躺在井底。

暗门，门后的女子……我摸索着，却再也找不到那扇门。

"喂，珂子，赶紧上来！"井口传来孟小秋的呼喊声。

他们终于找来了。

"我够不到绳子。"我喊。

头顶一阵沉默。两分钟后，孟小秋大喊："靠边点，贴着井壁。"

我不知所以，只能按照小秋的话去做。耳畔嗖的一声，有样东西落了下来，外面包裹着一层破布。我扯掉破布，里面是一把尖利的军刺。

我愣了愣，很快小秋在上面又喊："军刺插到井壁的缝隙中，你就能爬上来了。"

我恍然大悟，然后凭借着军刺往上爬，一把抓住了麻绳。

小秋和聂恩雅将我拖出了古井。

重见天日让我有种再世为人的强烈感慨，耳边孟小秋调侃道："大作家，下次您到这鬼井里玩耍，请你先留个话好吧。这次要不是恩雅细心，瞧见了井口你抽剩下的烟屁股，你真死在井里也没人发现。"

我抱歉地说："对不起，我一时冲动，险些酿成大祸。"

"没事就好，擦一把汗吧。"一双白皙的手伸了过来，托着一块散发着幽香的手帕。我抬起头，在落日余晖里，聂恩雅那张清秀的面孔竟然跟我在井底所见的恐怖女子的面孔一模一样。

第五章
凶兆

从古井村回去的路上,我的脑袋一直嗡嗡作响,像有无数的蜜蜂在里面嗡鸣。

庄稼汉言而守信,一直等着我们。等我再次爬上黄牛车,我不由自主地多瞥了两眼小秋身旁的聂恩雅。明明在诡秘井底中看到的那张脸就是她,但聂恩雅一直跟小秋在一起,这又完全说不通。

我闪过几个光怪陆离的念头,比如聂恩雅有一个双胞胎姐妹,又或者井底还有别的秘密通道,她可以飞快返回地面……又或者更惊悚的一幕,聂恩雅根本不是人。

她是一个可以随意穿行任何地方不受阻碍的鬼魂!

所有的念头最终都只能归咎为胡思乱想,而我连苦笑的力气都没有了。

孟小秋在黄牛车上不停揉搓着手,在从古井拉我上来时他出力最多,手被麻绳摩擦得翻起了皮。聂恩雅看着小秋泛红的手掌,面色闪过一丝诡异的目光。

我咕哝道:"每次探险咱俩都得挂点彩,就像上次去神鬼岭的时候,我们失足从乱石崖上滚下去,我扭伤了脚,你更惨,一块大石头刚好砸了屁股……"

"喂,说什么屁话!"孟小秋瞅了眼聂恩雅,这种事讲出来多丢脸,他连忙喝止了我。

我忽然感受到了一股异样眼光,一回头,庄稼汉吓了一跳,连忙将目光从我这边收回去,还险些从车上掉下去。

"大叔,我脸上有花?"

庄稼汉的黑脸微微一红，嘿嘿笑道："你脸上没花，我只是觉得你有点眼熟，也不对，唉，可能是我记错了。"

"我们是第一次来古井村，你肯定记错了。"孟小秋说。

庄稼汉再不多说闷头赶路。

天快黑的时候，我们返回太清镇，又乘坐小秋的宝马车回到了熟悉的城市。

回到公寓，看了眼表，已经快晚上九点了。我扔掉行囊像一条鱼一样投入到床的怀抱里。身心疲惫，眼皮子完全抬不起来，连衣服都没有脱，我拉过被子就这么睡着了。

凌晨三四点钟，我被一阵阵寒风冷醒，头脑昏沉地以为可能是阳台窗户没关紧，就摸黑走到阳台。蓦地，我无意间瞅了眼公寓对面，一瞬间我就僵住，睡意全无。就在废楼的天台上孤零零地站着一个白衣女子，与我遥遥相对，黑发如瀑，白裙飞扬。

天啊，这难道又是我的幻觉？

我用力拍了自己一巴掌，视线里的白衣女子还在。此刻只恨不得有一双千里眼，让我看清楚女子的长相。对了，小秋送过我一个高倍望远镜，在哪里来着？

我火急火燎地翻箱倒柜拿到了望远镜，再看对面，然而天台上除了令人窒息的黑漆漆的夜色，再没别的。

我失落地放下望远镜，可就当望远镜离开我双眼的那一刻，一个满脸是血的白衣女子就如幽灵般闪现在我面前，低垂面孔，发出刺破耳膜的尖锐笑声后扑向了我。

一声近乎绝望的惨叫，我扔掉怀里抓住的东西,定睛一瞧是个枕头。

外面天色渐明，原来一切只是个梦。

该死的梦，太可怕了。

我坐在床上发呆了足足十分钟，然后打定主意找出了记事本里那位风水师的联系方式。记事本上记录着这位贼眉鼠眼的风水师的名字，他叫黄忠文，五十二岁。我迫不及待将电话打过去，对方提供了地址，我按照地址一路找了过去。在人造山后的一条冷僻小街上找到了这间毫不起眼的名为"缘生居"的小店。

小店逼仄，两侧拉门各书两个字——命数、当断。

没错，就是这里了。

我深吸一口气，抬手敲了敲门，然后不等里面的人回应直接迈步走进去。

小店内里的窗户都用窗帘挡住，灰沉沉的房间里不见阳光，给人一种阴风扑面、难以坐立的感觉。我的眼睛尚未适应里面的黑暗，便开始寻找黄大师。

但瞅了一圈，竟然没瞅见人。

"人不在？"我嘟囔了一句。

"在。"屋子里有人突然回了我一句。我四顾着："谁？"

"我。"有人轻拍着桌面，发出噔噔的声音。

我循声而望，这才看见了几乎跟黑暗融为一体的黄大师。黄大师就坐在靠窗的角落里，穿着宽松的布褂子，黄豆大小的眼睛射来一道窄窄的目光，就跟我形容他的词一致——贼眉鼠眼。

黄大师的脸十分消瘦，像是风干的橘子皮皱在一块分不开。

这张脸我隐约还有印象，记事本里记录着我曾经专门请教过他一回，但何时而来，又为了何事请教，我却一时记不起来。我暗暗叹了口气，需要记的东西太多就意味着忘记的更多。

"黄忠文，黄大师？"

黄大师点了点头，示意让我坐在他对面，我走过去坐下。

他前后上下端详了我三分钟，没说话，只是轻轻摇头。

"小伙子，最近是不是总睡不安稳。"

"是。"我应着,"老做噩梦。"

黄大师的嘴角一抽,这突如其来的表情让我差点以为他患了羊癫疯,但瞧了一会儿才明白他原来是在笑,只是这笑容太丑也太怪。

"人活着就是一个梦,心生迷惑就会令你噩梦连连。有些人就被困在这些噩梦里,再也无法醒来。"黄大师神神道道说了几句,我不清楚他究竟想表达什么意思,但明白他是在说我。

"黄大师,你看我是不是沾了不干净的东西?"我舔了一下干涩的嘴唇,缓缓道,"最近我总看到一些奇奇怪怪不存在的东西。"

"什么东西?"

"一个白衣女孩,我不知道她是谁,但她却接二连三出现在我梦里,又或者是幻觉里。"我吐露道。

"嗯。"黄大师沉默,他不知从哪里变出来一个水晶球似的圆球,手贴在球面上把玩。

我暗暗想,水晶球这玩意不是西方占卜才用的道具吗,咋泱泱天国也给引进过来了?莫非黄大师还是一位中西合璧的风水师?我很好奇这圆球到底是干啥用的,但此刻不是开口问的时候,只能将嘴巴闭牢。

我等得有些心情烦躁,回头望了望门口,潜意识想要离开。

"你啊……"黄忠文突然开口了,小眼睛锥子般扎在我脸上,"你天庭晦涩,乌云蔽日,目光游离不定,啧啧,此乃是大凶之兆。"

"大凶之兆?"我慌神了,赶紧问,"黄大师,那我该怎么办?"

黄大师叹息一声,沉声说道:"命数当劫,幸亏你早了五天来找我。罢了,我就帮你这一回。"

"好,好。"我感恩戴德地赔着笑脸。

十分钟后,我呆若木鸡地站在缘生居门外,手里抓着六张红灿灿人民币换来的加了香灰的土黄色有点掉渣的护身符,心头越琢磨越有种上当受骗的感觉。

尤其再回想一下临出门前，黄大师送我的临别赠言，就更不是滋味。

"小伙子，你妥善保管我这道护身灵符。得灵符后若无恶鬼现身，则万事平息。一旦再有鬼祟前来纠缠，那就说明你前世阴孽太重，这辈子难逃劫数，你就自求多福吧。"这是黄大师的原话。

这话说得有水平啊，滴水不漏。明摆着就是告诉你，买走灵符后管用算人家的，不管用则是我造孽太多，死了活该。

我强忍想回去猛踹一脚黄大师的冲动，宽慰着自己，万一这黄大师救人不灵，养个小鬼、下个毒咒什么的却在行，那我可就得不偿失了。算了算了，自认倒霉好了。

我心烦意乱地抽了一支烟，将烟屁股在黄大仙店外用力踩灭，最后还是把护身符贴身收了，万一的万一这玩意管点用呢。

"神棍！"我臭骂了一句。

第六章
臭

从黄大师那条臭气烘烘的小街回来，好像带回来一股难闻的臭味，我关进巴掌大小的厕所里好好冲了个澡。

收拾脏衣服时，我随手将护身灵符扔到床头，然后去厨房炒了个西红柿鸡蛋解决晚餐。实在不想再吃方便面拌啤酒了，这"五脏庙"都要炸了。

晚饭后，我躺在床上构思小说，柔软的床面下陷的弧度让我感到松弛，渐渐有了一丝睡意。但这时候睡了，就没法构思小说，我苦笑着选择了提神最有效的法子——啤酒。

一罐啤酒下肚，耳边倏而有了轻微的嗡鸣声，而且不知为何那股子臭味又回来了。洗澡没洗干净？不会吧，我嗅了嗅身上，并不臭。

臭味从哪里来的?

我倒并不是很在意,臭男人,男人臭,有几个没点臭味的。但过了一会儿,臭味却渐渐浓起来。我在乡下老家曾毒过耗子,这臭味就像死耗子的味道,腐肉加污血混合的气味。

我按了按鼻子,在四十几平方米的家里寻找臭味来源,但找来找去一场空。我瞅了眼窗户,难不成臭味是从窗外飘进来的。

推开窗户,依旧没发现臭味来源,但我却惊异地看见对面天台上遥遥而立着一位白衣女子,一如既往看不清楚面容,但直觉告诉我那女子就是聂恩雅。

废楼天台的边缘,仿佛下一秒就会坠落的女子……我大脑一片空白,不知如何处置,或许我眼里的白衣女子又只是一道幻影?她是怪病百般折磨我下的产物。

但不管是不是幻影,人命攸关我不能见死不救。

我一口气冲出公寓,直奔废楼。

废楼因为质量缺陷,被政府质检部门调查,然后开发商卷款逃之夭夭,只留下了这么一幢无用的废楼。

废楼一层曾规划入驻一个大型超市,东边还保留着一排废弃了的绿色储物柜。废楼每一层都黑暗弥散,空空荡荡。

我一口气跑上楼顶,推开天台的门。

冷风扑面而来,原来天台上这么冷。我紧闭嘴唇四下张望,空旷的天台并无一人,连个鬼影都没有。

我走到先前白衣女子所站的地方,身子微微前倾,朝楼下窥望,浓浓夜色犹如黑瀑而下,我不禁有点头晕目眩,赶紧回退两步。

我悻悻地返回,而公寓内,那未曾消失的臭味还在。

深夜,我闭着眼,脑海里浮现出一幅悲惨的画面。一具白衣女子的尸体正在我身边一点点腐烂，腥黑的血水将我包围，白衣女子腐烂的面孔凝视我，带着一抹无法言明的冷笑。

像神棍黄大师所讲的那样，有些人被困在噩梦里无法醒来，我可能便是其中一个。

噩梦一直笼罩到清晨。早上八点我接到了杂志社的电话，询问我是否有将《幽灵》改编为长篇的想法。同时跟我闲聊起了半年前我的另外一部作品——《血嫁衣》。

《血嫁衣》描述了一段触目惊心的孽缘之爱。

一个叫晶晶的少女为了心爱的男朋友不顾家人反对，搬出来和他同居。

每天同心爱的人朝夕相对，生活原本应该永远幸福下去，不过一通意外打入的电话彻底毁灭了少女的爱情美梦。

现实无比残酷，晶晶的男朋友背叛了她，脚踏两只船。

晶晶的心碎了，她为了他宁可抛弃亲人，换来的却是个冷酷无情的负心汉。于是，她拿着菜刀冲进了男朋友同第三者密会的公寓里，用菜刀威胁男朋友全心全意爱她。男朋友被逼急了，向晶晶吐露了实话，原来他对晶晶根本只是玩玩。

菜刀滑落，晶晶的泪水肆虐地流下，她逃了。

晶晶逃回家，在曾经她和他的小窝里，看着两人的合照傻笑。

她等了爱人一夜又一夜，期待他能回心转意来找她，但是结果没有。

最后在一个黎明前夕，她回忆他的誓言，他曾说会娶她，为她穿上最美丽的白色嫁衣，成为这世上最幸福的新娘。

现在一切都成空了。

泪水哭尽，少女穿上辛苦攒钱买来的白色婚纱，用冰冷的刀子捅进心脏，一颗为爱活过的心停止了跳动。

那刺眼浓烈的血液大股大股涌出，最后将婚纱染成了鲜红的颜色，变成了一件血嫁衣。

抛弃了晶晶的男人，对晶晶的死并不在意，继续风流快活。苍天张开了悲愤的双眼，依旧在一个黎明，环卫工人在城市角落无比肮脏、臭气熏天的垃圾箱里发现了这个男人的尸体。

他死不瞑目，睁着恐惧的双眼凝望苍天。

故事大致如此。小说大部分情节取材于一个真实的悲惨爱情故事，后面男主角的下场则属于我的杜撰。杂志主编十分喜欢这篇作品，对于晶晶的遭遇十分惋惜，我跟主编聊完，挂了电话。

接着我打开《幽灵》的文档，心里突然莫名地一阵慌乱。为什么鬼魅耳语描述的咖啡馆杀人情节跟现实一模一样，莫非凶案与我有着某些不可名状的关联？我不敢再想下去。

我决定查一查，于是我动用了所有的关系网，找到一位资深的记者朋友，他在警局认识几个老朋友，答应帮我问一问。

"你具体要查什么内容？"记者朋友问。

我想了想说："女性死者的名字、年龄。如果有可能，再问下凶手哪怕一丝一毫的特征。"

刚结束跟记者朋友的电话，孟小秋又打来电话，问我要不要跟他和聂恩雅去看电影。当电灯泡这类事最糟糕透顶了，我果断回绝，独自在家继续构思长篇情节。

公寓内安静得出奇，我不知不觉又闻到了臭味。

臭味如同在空气里滋生的隐形植物，疯长而不可抑制。

第七章
噩梦

噩梦还没有结束？

是的。

接连五晚我都看到了对面天台上幽灵般的白衣女子，同样的姿势，同样的黑发飞舞，白衣轻扬。即便我闭上双眼，她还是能够浮现在我脑海中。

另外还有一种奇异的感触，似乎随着时间一天天过去，女孩的身子在一点点朝外倾斜，她大半的身子都已经滞空在了无着落的黑暗里。

或许，明天再看到她，她就会……摔下去。

一种不可思议的预感。

第六天，房间里臭味仍在，我找到物业。物业建议掀开地板，检查下水道，看一看有没有小老鼠卡死在狭隘空间而腐臭的可能性。

他们有了提议，但做决定的是我。我心里莫名忐忑，一番纠结后，我决定再等一等。

还好这几天，怪病所带来的鬼魅耳语不再出现了，起码我可以好好写作。

第六天，我将构思了一半的大纲列好。晚上十一点，夜风吹起了窗帘，我站在起落的窗帘下眺望，对面天台的白衣女子果不其然又出现了，这一次她身体倾斜的弧度令人瞠目结舌。

她几乎悬空，长发飞舞将她白皙的面孔遮住，白衣似在呼呼作响。

我屏住呼吸。前几晚她都是鬼魅而现，再神秘消失。

今夜，也会这样吧。

就当我心里念叨的时候，她突然被一阵强烈的夜风推动，身如柳

絮摆了摆，随即就那么轻飘飘的如同一叶小舟被卷入黑暗之海，沉沦，坠落了。

我若是她，定然听得清狂风撕裂黑夜的声音，那是一种痛彻心扉的绝望。

我悬着心，转身跑出了公寓，飞快来到废楼前面，但并没有发现摔下来的尸体。我沉默了一分钟，然后冲向了天台。

"哐当！"风将一楼东头储物柜的柜门吹得刺耳作响，我忍受着耳膜遭受的冲击，一口气再次跑上了天台。然而，天台照样无一人。

我苦笑，也唯有苦笑而已。果然，一切都不是真实的，我怎能不苦笑。

从天台沮丧地下来，我不确定下到几楼，冷不丁在黑漆漆的走廊深处传来了女子嘤咛的娇弱哭声。我深吸一口气，十分庆幸将花六百元买来的护身符也带来了。

左手紧贴着护身灵符，我沿幽暗的走廊一路走过去。废楼的每个房间都黑咕隆咚，犹如一朵朵盛开在浓烈黑夜之中的黑色之花。

我检查了每一个房间，一直到了走廊尽头。

不知为何，我想起一位前辈作家的告诫。他说如果你想写出独一无二的恐怖小说，就必须直面让自己崩溃的恐惧。强烈恐惧无非带给你两种结果，一种是灵感爆发，另外一种便是心生梦魇。

幻听、幻影、幻想皆是恐惧震撼下的产物。

我莫非真是走火入魔了？如果长此以往我也许真的应该将恐怖写作放一放。

心头百转，突然一股阴森森的凉意从脚后跟蹿上了后脑勺，此时，我走到了楼梯口旁边。

下一瞬间，眼前的楼梯就倏然不见了，面前变成了一堵惨白阴森的墙壁。

楼梯消失了？

嘤嘤幽怨的哭声再次飘来，在宛如没有尽头的走廊里刺耳回荡。我死死捂住耳朵，不让哭声飘进来。

可偏偏就在这个时候，那消失了的鬼魅耳语又响了起来。

"逃出去，逃出去……她来了。"

耳语用压抑的节奏描绘出一个场景——白衣女子飘浮在无边的黑暗里，宛如一朵黑夜白莲。

黑发翻飞，如在擦拭她尘世的悲愁。

她嘴角勾起一个优美的弧度，这时候一个裹在黑风衣里的男人鬼祟地靠近她。

男人发出狞笑，在笑声里他猛然用力将白衣女子推下了宛如深渊的黑暗里。

黑风衣男子，又是他！难道是他害死了白衣女子？

鬼魅耳语变弱，我大汗淋漓地重夺神智。

阴风阵阵的走廊中，女子嘤咛的哭声已经不再耳闻，楼梯也再次回到我眼前。

我大口喘着气，脖子后面有种酥麻的感触，就好像有人在用头发梢拨弄。

一阵若有若无的呼吸声就在身后咫尺，我不敢回头，双手紧握灵符，整个人飞一样冲出走廊，冲下楼梯。

等跑出废楼，我才敢回头瞅一眼。

而就在下一刻，我背后传来"砰"的一声沉重的闷响。

一个人从天台摔落，身体被摔得变形扭曲，白皙的脸流露出无尽的绝望，鲜血浸染了白衣，猩红凄白。

我目不转睛地望着，那痛苦的尸体发出咔嚓咔嚓的声音，脸猝然

间转向了我。同时左手摆出了一个吊诡莫名的姿势,三根弯曲的手指朝向夜空。

尸体翻开了猩红的唇际,仿佛在对我笑。

我认识这具尸体,她是聂恩雅。

噩梦啊,远没有结束!

第八章
暗示

我怀疑一切又是自己的幻觉,所以我参着胆子挪到聂恩雅尸体边,用手指按了按她惨白色的脸颊。手指尖一阵冰凉,温度正在迅速抽离她的躯体。

真实无疑,聂恩雅死了。

我仰首望了望天台,黑茫茫地看不清楚上面是否还有其他人。

"啊!"路过的行人发出惊声尖叫。

"啊……"一声接一声,有胆子特别小的直接晕了过去,毕竟普通人这一辈子很少见到跳楼而死的人,这种精神冲击无疑是一种巨大震撼。

我对一个离得最近的年轻人说了句:"报警吧。"

年轻人木然地掏出手机拨打了报警电话。

我将视线锁定在聂恩雅临死的左手上,三指朝天,是不是她在给我某种暗示。

"数字3?"我心里揣测,聂恩雅究竟想通过三根手指告诉我什么东西。

突然脑中一闪,会不会是它?

围拢的人越来越多,有人望一眼血泊里的尸体,又指了指废楼的天台。我悄然从人群中离开,再次钻进了废楼里。

我凭借一种无法言喻的感知，感受到聂恩雅要告诉我的秘密就藏在这幢废楼里。由于大楼未完工，所以压根儿没有门牌号，那么唯一能跟数字扯上关系的就只有超市外的那一排绿色储物柜。

储物柜一共有五十个，我缓缓走到3号储物柜前。柜门虚开一道缝隙，我伸手摸了进去，果然摸到了什么东西。

我的猜测看来是对的。

我来不及看摸出来的东西，顺手将其装进外衣口袋里，匆匆跑回公寓。反手将门关上，我靠在门后心脏狂跳，好一会儿才渐渐平息下来。

我刚要摸出口袋里的东西，突然就在这个时候，"咚咚咚"敲门声响起。

从口袋里摸出来一个小铁盒，我望着小铁盒，同时不耐烦地朝门外问："谁啊？"

"你好，我是安居派出所的民警，有事情想问你一下。"

我明显感觉脑子一顿，迅速将小铁盒藏好后，我才紧张地开了门。

门外站着两个三十岁左右的民警，其中一个瘦高个民警冲我点头说："我叫叶琛，你是住在402的住户？请问你叫什么名字？"

我的耳边嗡嗡作响，像飞进了十几只苍蝇："我是……住在这里，我叫曹珂。"

刑警叶琛盯着我看了几秒钟："对面的齐星大厦（废楼）发生了坠楼案，听附近的人说你是第一个发现尸体的人，是吗？"

我机械地点点头。

"可以讲一讲你看到的情况吗？"

"我从废楼，噢，就是齐星大厦前……刚巧经过，忽然听见砰的一声，她就从天台上摔下来了。那个女孩子死得好惨，两眼瞪得滚圆，就好像死不瞑目。"我倒吸一口冷气说。

叶琛面容冷静，他听完我的讲述问："那么除了死者，你有没有看到从齐星大厦跑出来的可疑人物？"

我再度机械地摇摇头。

叶琛又问了几个无关紧要的问题，起码我这么认为。

"据我所知，齐星大厦周围都是树林，你大晚上去那边干吗？"叶琛眼神锐利。

"散步。"我只想到这个答案。

叶琛一副不置可否的表情，笑了笑，继而告辞离开。

我刚想关门，叶琛突然转回了身："曹珂，你的职业是什么？"

"我，我是个自由撰稿人，写小说的。"

叶琛露出一抹不明所以的表情："原来是一名作家，幸会啊。我从小就佩服那些能编故事的人，改天把你写的小说发我拜读一下。喏，我可以跟你透露一个小秘密，我也会写小说。"

我点点头，苦苦一笑。

叶琛朝屋里又瞅了一眼，用手背搓了搓鼻子："作家都很累，不过也要注意下环境卫生，你这房间里可有种快要馊了的臭味。"

叶琛走了，我鼻翼翕动，房间里那股子臭味更加刺鼻难闻了。

但我还顾不上这些，赶紧拿出了小铁盒。

小铁盒内只有两张纸，我的目光一点点收拢聚焦。

怎么会这样啊……

看完内容，我的脑壳像被无数小虫啃咬般千疮百孔。我走到窗边看向对面天台，记忆里聂恩雅曾经一次次站在那里，又一次次鬼魅消失。

隐隐约约的臭味再次环绕，我再也忍受不了。

我从工具箱里找到了一把大号螺丝刀和扳手，眼睛在家里瞄了一圈。物业说过可能是被卡死的小老鼠发出的臭味，如果有老鼠一定在厨房里。

"咔咔！"我将厨房水管卸了下来，里面没有死老鼠。

然后我撬开地板、天花板，狭小的空间里干干净净。

到底在哪儿？接下来目标是客厅，我跟拆迁大队一样把客厅、厕所里能拆不能拆的都拆了一遍，一直折腾到天黑，一无所获的同时早已筋疲力尽。

我放弃了，外边的天色转眼深黑。齐星大厦前拉起的警戒线被风吹开，空地上那一摊血迹令人触目惊心。年轻的生命已消逝在风中，也许很快便会被人所遗忘。

迷迷糊糊的，我忽然想到每次我一沾床就能闻到那股臭味，难道是……

我走进卧室，卧室里铺着棕色地板，我查了一圈发现正对我床的地板微微翘起了一个小边。我干脆将地板翻开，下面竟然有一个四四方方深约三十厘米的坑，坑里一片殷红，而且有东西。

那是一件染血的黑风衣。

黑风衣底下还藏着一枚锋利的刀片，刀片边缘有黑色的血渍。

黑风衣和刀片上的血渍散发着无孔不入的臭味，我终于找到了臭味不散的根源。但眼前一片黑的我并没有因此释然，反而更加不知所措。

黑风衣、锋利刀片不就是《幽灵》里凶手所穿的衣服和杀人凶器吗？它们怎么会在我卧室的地板底下？我惊恐万分。

为什么，为什么，为什么？

凶案……跟《幽灵》一模一样真实存在的凶案，我究竟跟这起凶案有什么关系？无数血淋淋的疑问令我近乎发狂，我抓起手机拨打了记者朋友的电话，我此刻迫不及待想要知道一切。

令人窒息的等待，终于对方接了电话。

"喂，曹珂，这么晚了有事吗？"

"李老师，很抱歉这么晚打扰你，但我实在等不下去了，我想知道拜托你查的事有结果了吗？"

"嗯，那件事啊。"手机另一端，对方语气明显不悦，半夜三更被电话吵起来谁都不会开心。这位李记者还算有修养，沉声回答，"我

今天下午刚得到消息，本来想着明早给你打电话，谁知道你这么等不及，好吧，我就现在跟你说。"

"凶案死者叫李霞，二十六岁，她是高新区东方幼儿园的幼师。我只能打听到这么多了，不过你打听这个究竟要做什么，收集素材？小曹啊，作为过来人，我要劝你一句，有些东西最好不要深入，不要到头来后悔莫及。"

李记者后面说了什么，我完全听不到，我的手机早就掉到了床下。

我喃喃自语着："李霞，二十六岁，李霞，二十六岁……天啊，是她！"

深夜再无外人的公寓中，我抑制不住地深深打了个冷战，恍如近在咫尺隐藏着一双阴森的眼睛，死死盯着我的一举一动。

"他到底要干什么？"

"咚咚咚！"一阵敲门声。

"王先生，我们是物业的，你楼下邻居反应你家噪音太大，你开开门，我们聊聊好不好？"物业的人在砸门，我闹出的动静太大了。

我欲站起去开门，但刚起身又无力坐下去。我望了望脚边的黑风衣和锋利的刀片，不行，绝对不能开门让别人看到。

我迅速将刀片塞进黑风衣里，又把黑风衣扔进了衣橱最里面。

已是惊弓之鸟的我依旧不敢开门，幸好物业的人在外面敲了几分钟后就没有了动静。

应该走了吧。

我拖着发软的双腿走到门后，从猫眼瞅了瞅走廊里。在昏暗的走廊灯光下，走廊拐角仿若站着一个人，如同一条蛰伏不动的毒蛇。

我睁大了眼想看清楚人影的模样。

"叮叮叮叮！"就在我全神贯注的时候，手机响了。

来电显示是一个完全陌生的号码，我迟疑了一会儿，还是按下了接听键。

"谁？"

"曹珂吗？你好，我是拜访过你的警察叶琛。"

我双手颤抖得厉害，电话来自那个警察。

"你有事？"

对面沉默了一分钟，才说："你认识一个叫李海的记者吧？他昨天跟我打听了前些时候发生的一起命案，我觉得他有点蹊跷，就对他追问。然后，他迫不得已说出了你的名字。"

"你打听那起命案有什么目的？"

"我，我想……"我变得语无伦次。叶琛敏锐地捕捉到了什么可疑之处，于是更加紧逼追问："难道你认识死者，那个叫李霞的？"

咣的一声，我像触电般挂掉了电话。叶琛，这个人在怀疑我。

外面夜正浓，我犹豫了片刻，用手机拨了一个号码。

很快，对方接了。

"靠，你属夜猫子啊，我可不是！你知不知道现在几点几分？"

"小秋，你先别说话，赶紧，赶紧到我家来一趟。"我越发恐慌，黑暗中仿佛藏着一头洪荒猛兽下一秒就能跳出来将我撕得粉碎。

我加重语气："快来，要不然就来不及了！"

我惨惨地一笑，双手莫名地剧烈颤抖。

耳边，鬼魅的耳语再次响了起来。

第九章
阴谋

孟小秋急急忙忙赶到时已过凌晨，他驾轻就熟地来到老友公寓门外，甩手拍门，但发现门竟然没锁，只是虚掩着。

"曹珂，曹珂？"孟小秋在门口叫了两声曹珂的名字，但无人回应，他只能摸黑走了进去。

孟小秋在墙上摸到了开关，开了灯，四处一瞧，公寓里根本没人。

房间里一片狼藉，地板、天花板被拆解得乱七八糟，随处乱扔着写作用的信纸和啤酒罐。

"曹珂这家伙在搞什么鬼？"孟小秋哼了一声，一屁股坐在沙发上等曹珂回来。过了大约十分钟，孟小秋越想越觉得不对劲，他掏出手机打给了曹珂。

"曹珂，你人在哪儿？风风火火把我喊来，自己倒跑了！"孟小秋恼怒道。

"小秋，你走到窗边就能看到我了。"手机另一边传来曹珂的声音。

孟小秋还在问，但曹珂没再作声。他只好走到窗边，撩开窗帘，立刻看到了对面天台边缘站着一个人，太远了看不清面容，但身形轮廓像极了曹珂。'

曹珂该不会想跳楼？孟小秋不容多想，转身冲了出去，就像之前的曹珂一般直奔废楼天台。

天台上，我整个人飘飘忽忽，稍有不慎便是万劫不复。

孟小秋气喘如牛般上了天台，脸色铁青地大喊大叫："喂喂喂，珂子，兄弟，你可千万别想不开。听我的话，往后退，退回来咱好好说话。"

在孟小秋焦急的视线中，我回过头，带着笑。

"小秋，没觉得这一幕很眼熟吗？"

孟小秋木头似的呆了呆，望着我。

我心想这句话果然起作用了。我微转身子，继续往下说："怎么，你想不起来了？好，那我就帮你回忆一下。小秋，就在我此刻所在的位置，你曾经将一个女孩推了下去，杀了她。你一点都不记得了？"

孟小秋死死瞪了我一会儿，突然低声笑起来："你是写小说走火入魔了吧。我可警告你，小说你可以胡编乱造，没人管。但现实里，你可不能乱喷一气，这样会惹祸上身。"

"你不想承认，我早料到了。"我左手插进口袋，悄悄握住了手机，然后直视孟小秋："小秋，被你推下楼摔死的女孩就是聂恩雅。"

"恩雅……她死了？"小秋很吃惊的样子，"你在开什么鬼玩笑！等一下，我一整天都没联系上她，难道恩雅真的跳楼了？"

"不是跳楼，是被你推下楼的。"

孟小秋眼角剧烈跳动："我爱恩雅，怎会可能会杀她。"

"爱她，哼哼，是不是就像你爱李霞那样？"我语气冷下来，"蓝鸟咖啡馆被杀害的女孩叫李霞，她二十六岁，是一名幼师。如果我没记错的话，李霞是你的前任女友，你还带她来我的公寓玩过。"

我撇了下嘴，实际上我对李霞的印象相当不好。初来时她就对我的小公寓指指点点，说像狗窝一样脏兮兮，接着还对我写的小说嗤之以鼻，嘲笑说还不如厕所读物。我当时恨不得一脚踹在她脸上，不过碍着孟小秋的面子，我都隐忍了。后来孟小秋跟她分手后，我还高兴了一阵。

"李霞，这又关她什么屁事！曹珂，你今晚上是哪根筋搭错了，还是吃错了药，把我叫来像审犯人一样质问我。你以为你谁啊，别以为写两篇狗屁不是的烂文章就不得了了，告诉你，在我眼里你啥都不是。"孟小秋也火大了，眼珠子瞪得跟牛眼一般。

我无动于衷地说："气急败坏了？因为李霞也是你杀的。"

"哈哈哈，鬼扯！你说我害了聂恩雅，又杀了李霞，那我请问你，证据呢？你说我是杀人凶手的证据在哪里！"

"你要证据，好啊。"我从脚下一个小旅行包里掏出了那件黑风衣和锋利的刀片，晃了晃说，"这就是凶手穿过的风衣，还有杀人的刀片，它们都被藏在了我卧室的地板底下。而除了你，没人能进出我的公寓藏匿凶物。"

"李霞和聂恩雅都是你的女朋友,你为了某种见不得人的目的残忍杀害了她们,并且还想嫁祸给我。"我厉声道。

孟小秋眼神中有一丝慌乱:"一派胡言!你手里拿的什么风衣、凶器都是在你公寓内找到的,嫌疑最大的是你。而且从刚开始你就厌恶李霞,对聂恩雅也冷冰冰的,你对她们都心怀恶意。"

我胸口愤怒得要冒火,拳头攥得咔咔作响:"好,你还在狡辩是吧,我还有铁证。"

我又从旅行包里拿出了在储物柜中发现的小铁盒,里面有两张纸。我大声读给孟小秋听,第一张是市中心医院的诊断书,诊断孟小秋因外力导致睾丸受伤严重,无法再生育。

诊断书日期是2019年5月20日,也就是半年前。

第二张白纸上只有一句话——孟小秋是个杀人魔,他要来杀我!署名是聂恩雅。

至此,孟小秋的面色变成了猪肝色,我紧逼道:"李霞和聂恩雅知道了你下半身的毛病,导致你抬不起头,她们以曝光你身体缺陷为条件要挟你支付一大笔分手费。这种蔑视你的行为令你无法忍受,所以你便心生杀意将她们杀掉。"我缓缓道,"杀人后,你又担心后患无穷,于是丧心病狂地计划栽赃给我。"

"我说得对不对?!"我怒声喝问。

孟小秋脑门的青筋一根一根地跳动,冰冷的眼神像凶残的食肉动物在窥伺猎物。好一会儿他才笑道:"不愧是作家,推理分析得头头是道,一针见血。"

"难为你发现了这么多证据,我若还不承认就太不给你面子了。没错,李霞和聂恩雅就是被我杀的。"孟小秋语气冰冷,"原因也被你猜中了。"

"她们厚颜无耻,拿着我的……问题要挟我给钱。哼,她们一个个说得好听,因为怕我伤心才跟我分手,但提出来的分手条件无一不是钱,钱钱钱钱,她们眼里只有钱!"

"我一分钱也不会给她们,这些女人都是赤裸裸的吸血鬼。"

"不管怎样,你也不能杀人。"我沉重道,"这是犯罪。"

"你少假惺惺的了,曹珂,你知道我为什么要嫁祸给你吗?"孟小秋带着怨恨说。

我摇了摇头。

"因为一切的罪魁祸首就是你,你那该死的灵感害了我!"孟小秋恶狠狠地望向我,血红的双眼宛如地狱的厉鬼,我后背不由得一阵冰凉。

我恍然明悟了一些事情。

"外力受伤,难道是半年前在乱石崖的那次?"我猛然回忆起半年前跟孟小秋去神鬼岭探险,他不慎从乱石崖摔下去的经历。

"哈哈,你才想明白呀。我为了陪你去找那些见鬼的灵感,从乱石崖摔了下去,结果害得我成了一个废人。"孟小秋怨恨滔天,"你毁了我这一辈子。"

我愕然半晌,不知该说什么。

孟小秋冷声说:"原来聂恩雅临死前还藏了这么一手,倒是出乎我预料。这女人果然不好惹啊,不过她以为凭借着一张诊断书,还有一句疯话就能拉我下水,那就太异想天开了。

"诊断书只能证明我有病,聂恩雅的疯话是因为她恨我,这些都不是要紧的铁证。

"但是,我却有板上钉钉的证据,证明你才是杀人凶手。"孟小秋像只狐狸一样在笑。

我下意识地问:"什么证据?"

"风衣和刀片就是证据之一,即便你扔掉了它们,但保留在你卧

室地板下面的血迹也无法泯灭，只要警察来一检验就能确定。"孟小秋表情阴冷，"另外我雇人模仿你的声音给聂恩雅打了许多骚扰电话，内容极其龌龊并带有威胁性。聂恩雅当时十分害怕，我就让她重复了一遍你骚扰她的过程，并且录了音。只要我把录音交给警方，你的杀人动机就在所难免了。"

　　孟小秋盯着我："还有一样你自找的杀人证据。就是你写的小说《幽灵》，小说情节同李霞被杀的过程分毫无差，如果你不是凶手，又怎会描述得那么细致入微，甚至杀手的一个动作、一个表情都如亲身经历。就因为这篇《幽灵》，你还指望谁相信你不是凶手！

　　"曹珂，是你把自己推入了万劫不复的深渊。

　　"不过我也始终不解，李霞被杀的情景，你怎么那么清楚。当我无意间读到你电脑里的这篇小说时，真吓了一跳。"孟小秋哂笑道，"我还怀疑是不是李霞死不瞑目，化作厉鬼来缠上了你。哼！"

　　孟小秋的疑惑也正是我多日未解的谜团，意识模糊下的那些鬼魅耳语怎么会将李霞被杀的场景传给我？莫非真是冥冥之中自有天意，李霞的冤魂想通过我来为其昭雪。

　　我是一名坚定的唯物主义者，但此刻也不由得心生怀疑，真与假、对与错并非像人们所想象的那般纯粹吧。

　　夜空中突然电闪雷鸣，片刻后一场暴雨骤然而至。冰冷的雨水仿佛藏于天际中冤死者的眼泪，将整个世界浇透。

　　孟小秋的脸在雨幕里开始模糊，我揉了揉眼睛说道："孟小秋，我不得不承认你栽赃嫁祸的诡计十分精彩，简直绝了。但是有一句话你不应该忘记，那就是'天网恢恢，疏而不漏'。"

　　我从口袋里掏出手机，从孟小秋一上天台，我就暗中录了音。

　　"在你来之前，我已经报了警，估计很快他们就来了。

　　"孟小秋，令你受伤的确是我对不起你。但无论怎样，你做的孽，我不可能替你承担。"我镇定道。

电光石火间,孟小秋突然飞奔而来将我扑倒。我们两个扭打在一起,从来没想过外表吊儿郎当的孟小秋有这么大力气,他的手掐住我的脖子,几乎让我窒息。

我用尽九牛二虎之力才挣脱出来。

"你浑蛋,快把手机给我!"孟小秋抢夺我的手机。

"你休想!"我拼命抵抗。

两个人你一拳我一脚打来打去,最后都精疲力竭地仰面躺在天台上,雨水灌入了我的喉咙,苦涩酸楚。

孟小秋一边喘息,一边说着:"你记不记得上大学的时候,有人抢走了我的女朋友……我们上门打架,两个人跟他们四五个篮球队的人打,被打得鼻青脸肿,最后也像现在这样躺在地上,淋着雨……"

"我怎么会忘记。但我怎么也没想到,有一天我们会变成仇人。"我的心被狠狠揪住。

孟小秋艰难地爬起来,我也是。

他朝着我一步步走来,我听到身后传来急促的脚步声:"别再执迷不悟了,警察已经来了。"

天台门砰然打开,叶琛和另外两名警察狂奔过来。

我眼睛湿润,嘴唇微颤道:"叶警官,杀害李霞和聂恩雅的凶手就是他。"

"证据在我手机里。"我抬高了手机。

叶琛以一种诡异莫名的目光望向我:"曹珂,你到底在说什么?天台上除了你之外,哪里还有别人?"

我身体一震,视线中模糊的孟小秋竟然就那么一点点一点点地消失了。

天啊!

第十章
再回古井村

暴雨侵袭的天台,我恍若幽灵一般站在其中。

我相信自己没疯。但在叶琛等人的眼里,我可以读懂,他们觉得我是个不折不扣的疯子。

"孟小秋去哪儿了?"我大脑空白一分钟后,我快速点开了手机录音,只是录音里除了刺刺啦啦的杂音,根本听不到有人说话。

"曹珂,抱歉了,我要带你回去调查聂恩雅坠楼一案。"

"警局不久前收到了一段聂恩雅录下的证词,内容同你有关。另外齐星大厦附近的居民举报,说目睹你不止一次三更半夜爬上齐星大厦的天台,原因未知,这一切我们都得调查清楚。"叶琛面色深沉。

我像块木头一般望着手机,不知道该如何面对发生的一切。

叶琛目光如炬,一下子捕捉到了被扔在地上的黑色风衣和刀片。他将风衣捡起来,目光惊疑地看向我。

我缓了缓神,一步步走到孟小秋消失的地方,喃喃自语:"小秋,你不要开玩笑了,你到底去哪里了?你快回来呀,回来……"

我双手在冰冷的雨里摸索,想要找出孟小秋遗留的线索。

一名民警低声细语:"他是个写小说的,该不会写疯了吧。"

"哈哈哈!"我仰天大笑,转脸对叶琛说,"好,我跟你们走。"

我失魂落魄地走下天台,走在乌漆嘛黑的楼梯上。三个人将我夹在中间,仿佛担心我逃跑,我听到身后的人抱怨了一句楼道太黑了,走不快。

我脑中豁然清晰,不行,如果这么跟他们回警局,我恐怕就跳进黄河也洗不清了。孟小秋的诡异消失背后,笼罩了太多令我百思不得其解的谜团，像一只只未知的手揪住了我的灵魂。

我暗暗同自己说，即便死，我也要搞清楚到底发生了什么事。

我脚步一停，身后两名民警看不清撞到了我背上，一人问："你怎么不走了？"

前面的叶琛也停下脚步，正待转身……就是现在了！我一把推开了侧过身的叶琛，整个人飞快地冲下楼梯。我已经来过几次了，在昏暗中比叶琛等人熟悉得多。

我冲下了一层又一层，过程中还险些滚下来，终于我下到了废楼一层。我记得一楼超市有个出货的后门，一般人并不清楚。

急于逃亡的我在超市西边发现了后门，毫不迟疑，我钻了进去。

叶琛应该抓不到我了。

我暂时逃脱，然后我开始疯狂地在这座城市中寻找孟小秋。但孟小秋就像黑板上的字被突然抹掉了，一点痕迹都没留下，干干净净。

孟小秋彻底不见了。

我到底该去哪里找他？

犹豫再三之后，我拨通了孟小秋爸爸的电话。

孟父像是从梦中被吵醒，气息粗重。我迫不及待就问："叔叔，小秋在不在家？"

孟父一头雾水："你是曹珂？小秋不是跟你去什么太清镇了吗？这都快一个月了，这臭小子还没玩够啊。你告诉我，小秋是不是又在外面惹了什么祸，所以不敢回家。"

我匆忙挂了手机，自语道："太清镇，快一个月了……难道一个月前我就和孟小秋去过一次古井村？但我为什么脑海里一点印象都没有，一个月前的古井村里又发生了什么。"

这些没头没尾的疑云像蜘蛛网一样缠住了我的大脑，我的头快要炸裂了。

我思前想后,决定了要再去一趟古井村。

神秘阴森的古井村总让我内心惶惶不安,直觉告诉我,一个月前我记忆中无法唤醒的那次古井村的探险一定发生了某些事,而孟小秋的失踪就跟此有关。

我马不停蹄,雇了辆出租车连夜赶往太清镇。

到了太清镇已经是凌晨三点多,太晚了寻不到去古井村的交通工具,但我一刻也不愿意等,所以我便凭借记忆徒步去古井村。在荒山老林中迷路转悠了两个小时,我才终于摸到了去古井村的路。

黎明前最后的黑暗里,乌鸦阵阵嘶哑的悲鸣声听得我头皮发麻,坑洼不平的山路时不时会闪过什么黑影,兴许是野兔、黄鼠狼,我暗中祈祷可千万别有狼。

我强忍心里泛起的一层层恐惧,脚底下飞快地赶路。

黎明时刻,我的视线里终于映现出了古井村所在的那个山谷轮廓,我不禁心头激动。越靠近古井村,我便思绪如翻飞,眼前不停闪现天台上孟小秋诡异消失的画面,我渐渐心惊肉跳,无法平息。

古井村村口,我再一次踏入了这里。

我望着随处可见的残垣断壁,正苦恼该如何寻找孟小秋的线索。

突然,一个瘦高个男人露了脸,他在拖着一个沉重的行李包往北边走,他一转头也瞅见了站在村头的我。

我们沉默对视了半分钟,瘦高个男人猛地扔掉行李包跑开。

这人形迹可疑,我自然不能放过他,我一路狂追。

瘦高个男人左腿有点瘸,他跑不过我,只好围绕古井村跟我玩起了捉迷藏。但这里大多数村屋都已经倒塌了,他根本无藏身之地,我眼瞅着就要追上他。

瘦高个男人兴许没力气跑了,他原地转身对我怒吼一声:"别过来!要不然……要不然我杀了你!"

瘦高个男子挥舞着手，他手里握着一把尖锐的军刺。我盯着军刺，觉得格外眼熟，好像在哪儿见过。

"你是谁，来这里干吗？"瘦高男人难掩惊慌失措。

"你不用紧张，我只是来这里找一个人。"我努力让他冷静下来。

"找人？"男人迟疑道。

我从口袋里拿出了孟小秋的照片，瘦高男人眯眼瞄了几秒钟，突然神情大变，恐惧颤抖道："他……你……不要，不要来找我！"

瘦高个男人像是撞见了恶鬼，整个人颤颤巍巍，手一软，军刺掉在草里。

他抱着脑袋害怕地望向我，这让我不禁觉得自己就是他所见的那个恶鬼。

从他的表情反应来猜测，他必定见过孟小秋。我迅速地捡起了军刺，捕捉到瘦高个男人躲闪的目光。

"你见过这个人，是不是？"

瘦高个男人点点头，他不敢同我对视，几乎将脑袋埋在了裤裆里。

我皱了皱眉头，大声问他："你快说，这个人在哪里？"

瘦高个男人目光浸染了一层深深的恐惧，蜷着身子朝北一指，声音震颤不止："他在……井里。"

第十一章
井中尸

我推搡着瘦高个男人来到了村北大屋这边，找到了空旷荒院中那口孤零零的井。

"你确定，我要找的人他在井里？"我不由得怀疑。

瘦高个男人不停点头。

  我暗暗一叹,不清楚孟小秋为何会进到井里,还是谁将他扔到下面的?但没办法了,眼下情形将孟小秋找到才最重要。

  我本打算让瘦高个男人跟我一起下井,免得他落井下石。谁知道他像是猜到了我的心思,卷起裤腿指给我看:"我的腿有毛病,下不了井。"

  他的左腿明显比右腿枯瘦,我摇了摇头,他不下井,可也不能让他跑掉。我从大屋里找来两根比较结实的麻绳,用麻绳把他捆了两圈绑在了井口一块大青石上,又仔细检查了两遍,我这才安心下井。

  我不是第一次下这口古井,也算有了经验。我平稳下到了三四米深的地方,一扭头就瞥见了插在井壁裂缝里的凄凄白骨。我忙收回视线,不想再多看第二眼。

  安全抵达井底,我的脚底传出咔嚓咔嚓骨头被踩碎的声音,虽然早知道井底到处是白骨,但依旧听得我头皮发麻、汗毛倒立。

  我稍微镇定心神,上一次在井底我在幻觉中发现了一扇隐藏之门,并且在门后见到了一个对镜梳头的诡异女子,更匪夷所思的是女子竟跟聂恩雅长得一模一样,宛如一人。

  井底一览无余,并无孟小秋,我不由得揣测孟小秋说不定被关在那扇隐藏暗门里面。我在重重白骨下摸索,第一次并无收获,我不甘心再沿着井底一寸寸用手触摸,但同样一无所获。

  如此看来当初所见的那扇门,还有门后景象都来自我的幻想。我失落地垂下眼睛,正准备放弃的时候,蓦然间我眼角余光好像瞥到了怪异之处。

  井壁一圈都是平整光滑的,只有东侧一块明显地参差不齐,就好像被人挖开过一样。我沉下心,用军刺撬开上面的一块青砖,青砖里头黑黢黢什么也看不到,但我根据气流判断,这青砖之后肯定有一个空间,可以藏人的空间。

有戏！我拼命用军刺撬开青砖，迫近的真相激发了我体内全部潜能，结果没用十分钟，我就把东侧的青砖全部撬出来。我用手机朝青砖深处一照，发现了一个只可容一人侧身爬进去的窄洞。我没有任何迟疑，侧过身子钻了进去。

窄洞之上滴滴答答往下溅水，我恍若钻进了西游记里的水帘洞。黑暗从四面八方朝我压迫来，让我窒息。所幸这个窄洞没有多长，我在心里默默数到一百的时候，窄洞到了头。

一间狭隘的石屋呈现我眼前，石屋里有一张石桌，石桌上摆放着几个石刻灵牌。我凑近了看，灵牌上的字早已漫漶不清。

石屋角落有几块大石头，石头中间赫然趴着一个动也不动的男人。

这男人穿着名牌运动衣，黑白相间的运动鞋，这打扮我再熟悉不过了，就是孟小秋。

"小秋？"我颤声叫他，跟我预想的一样，并没得到回应。

我不自觉地吞了吞口水，攥紧拳头，一步步沉重走过去，将脸冲下趴着的男人翻过身来。我满面惊骇，只看了一眼，就再也无法忍受地将胃里未消化的食物一股脑儿都吐了出来。

男人脸部膨胀溃烂，眼球突出来仿佛一双死鱼眼，一条毫无血色的舌头耷拉在外头。男人面部烂掉了三分之二，已然可见森森白骨。

虽然脸已溃烂，但我还是能认出，他就是我要找的人，孟小秋。

孟小秋胸口有三四个很深的伤口，应该就是他的致命伤。

我大脑停顿了片刻，猛然醒悟，这不对啊！我熟知人死后的尸征，孟小秋这番模样绝非是死了两三天，而是死了至少三十天左右。

一个月？孟父说孟小秋一个月前跟我同来古井村后，他就再没回去过，那么他极可能就是上次来古井村时遇害了。可是几天前，不，最近一段时间内，我明明每天都能见到他，同他说话……如果孟小秋早就死了，那么我每日见的人又是谁？

是人,是鬼?

而孟小秋又被谁所害?

我双手掩面,记忆再度炙热地翻滚。废楼天台上,冰冷夜空下,我与孟小秋并排躺在地上,仰望天际的景象。决绝之刻,孟小秋身影渐渐模糊,在我眼前一点点消逝的画面。原来如此啊,因为那个时候他早就已经死了。

我倏然感到一阵恶寒,如果孟小秋早死了,那么又是谁将聂恩雅推下天台,并且栽赃嫁祸给我的?

我的精神快要崩溃,我发疯般扑到孟小秋身旁,抱着他,狂声大喊:"孟小秋,你告诉我,究竟发生了什么事?你怎么会死,为什么我什么都记不得了……为什么,到底是为什么啊!"

尸体无法开口,我得不到答案,颓然放开了手。还有一个人,瘦高个,他见过孟小秋,他多少应该知道些东西。

我爬回井底,顺着绳子爬出了古井,瘦高个男人正没精打采地蹲在原地。

我一把拎起他,用军刺抵住他的脖子,像只饿急了的野狼般质问:"说,他到底是怎么死的?"

瘦高个男人大惊失色,痛哭流涕:"别杀我,别杀我,我说,我说。"

"杀他的人,不是别人,就是你。"瘦高个男人一脸恐惧地望着我。

"我?"我莫名其妙,"我杀了孟小秋,他可是我的好朋友,我怎么会杀他?你在骗我!"

我扬起军刺,在太阳光芒里散发出凛冽的杀意。

瘦高个男人抱头叫喊:"我没骗你,你就是用这把军刺杀了他!"

我动作缓下来,脑中仿佛被千万根银针同时刺着。

"好,你把你知道的……都说出来。如果我发现有一句假话,我就绝对饶不了你。"

男人连忙点头,开始了他的讲述。

男人名叫富辉,大约一个月前,富辉来到了古井村,并无意见中撞见了前来古井村探险的两个年轻人。

富辉并不想暴露自己,就随便找了个有瓦遮头的老宅子睡觉。正睡得迷迷糊糊,他忽然听见了激烈的争吵声。开始也没在意,但吵声越来越大,富辉耐不住好奇,便循声来到了这座只有一口古井的荒院外头。

富辉藏在暗处窥视,那两个来探险的年轻人绕着古井大吵大闹。

穿运动服的男子面带冷笑,鄙夷道:"珂子,我看在大学室友的分上给你面子了,你可别给脸不要脸。最好自己掂量一下自己,整天关在黑漆漆的房间里,跟个原始人一样,除了我谁还会搭理你这么一个异类。哼,你别太天真地以为你算什么狗屁作家。呸!就你写的那些破文章,我看只配扔到厕所里废物利用。"

运动服男子喋喋不休,对面脸色苍白的男子紧咬嘴唇,浑身发抖,但并未还嘴。

"上次去你家的时候,李霞说的一点没错,你写的小说就是一堆垃圾,也就你自己当个宝贝。我以往是给你留点尊严,没想到你今天竟然为了那堆垃圾跟我吵吵,你有什么资格!"

运动服男子越说越来劲,连富辉都觉得他面目可憎。

"你也不想想,你没钱吃饭的时候,谁给你的饭吃。"男子言语十分刻薄,"今天既然话说开了,我不妨实话告诉你。以前每次拿钱帮你,我就像在施舍一个可怜的乞丐。"

"你住嘴!"脸色苍白的男子终于忍无可忍,大声喝止。

"嘿嘿,我会听你的?我偏不住嘴,我喜欢说,我偏要说,偏要说给你听!曹珂,你的小说就是垃圾、废物,跟你本人一样!"

"你去死!"

苍白男子突然像野兽一样咆哮，双眼血红得骇人，他从背包里掏出了一把闪亮的军刺，一刀刺进了运动服男孩的胸口。

运动服男子震惊地望着胸前的军刺，缓缓倒在地上。

苍白男子杀了人，失魂落魄地瘫坐在地。过了半晌，他才爬起来背着死人下了古井。两个小时以后，苍白男子自己爬了上来。

接着他仔细整理了现场，将杀人痕迹一一抹去，最后还把军刺挖了个洞埋掉。

等做完这一切，苍白男子又痴痴对着古井出了半天神，才惊慌失措地离开了。

富辉目睹了杀人经过，他被吓得六神无主。他等苍白男子走后，原本想去井底瞧一眼死者，但实在又没那个胆子。

不过富辉将军刺挖了出来，自己用来防身。

富辉的讲述结束了。

我听完了，但脑袋一点不好受，反而感觉已经变得千疮百孔，无可救药。

我紧握手中的军刺，望了望黑黝黝的井底。那股被深深镇压的往昔记忆终于如同摧枯拉朽的海啸疯狂涌出。

是吗？原来真相是这个样子。

第十二章
愤怒的灵魂

我终于记起来了，那段灰色的令人压抑的记忆。

大学毕业后，我因为痴迷写作而忘乎所以，缺少稳定收入，家中父母也已年迈多病，我实在不忍心伸手跟他们要钱。

孟小秋，这个大学的室友兼死党，毫不犹豫地对我慷慨相助。开始时我还以为他是出于朋友间的关心,但时间一长,孟小秋渐渐暴露出了他恶心的癖好、阴险的嘴脸。

他提议说把他作为书中的男主角,将他跟每一位女友酸甜苦辣的缠绵爱情写成小说,让他时时刻刻都可以看见,等以后他老了,还可以闲来无事回味一下。

我觉得这是个不错的主意,就帮着写了几篇。

但后来,他竟然强制要求把他与女孩的风流韵事、床笫欢愉都写进小说中,甚至要详细描述每一位女孩子的性爱细节。这完全超出了我写作的底线,我言之凿凿地拒绝了他。

孟小秋很生气,跟我断绝联系了几个月。可之后他又来找我,神情自若仿佛我们之间从未有过隔阂。我以为是他释然了,加之受过他恩惠,于是顺水推舟将这一页翻篇了。

我的小说开始有了起色,杂志社和出版社约稿不断,生活也逐渐步入正轨。那时起,我便谢绝了孟小秋的经济支援,也是为了避免他再提出让我为难的要求。

相安无事了半年,这期间孟小秋跟花间蝴蝶一样频繁更换女朋友。而且每换一个女友,他总要带来给我瞧一瞧,像是在炫耀又像是暗嘲我……凭我一个穷作家,永远没资格跟他比。

我虽有些气恼,但因心不在此,所以也就表面笑笑不置可否。

孟小秋见我不为所动,他开始变本加厉起来。他经常携女友来我公寓做客,之后当面羞辱我是性格孤僻,如同古代僵尸一样的小说狂人,更是一个填不饱肚子的穷酸作家。

我的愤怒慢慢叠加,尤其当我视为珍宝的作品被孟小秋再三羞辱之时,我内心甚至有了一种可怕的冲动……只是最后我都选择了忍气吞声。仔细回味一下,他说得也对,我有什么资格跟他一个富二代相比。

我企图用宽容大度来换取孟小秋曾经的放手,甚至幻想我们能回到大学时期的单纯友情。但残酷的现实扇了我一记响亮的耳光,我彻

底领教了有些心志不坚的人一旦落入社会这个大染缸，仿佛整个灵魂都变了颜色，陌生得令人心寒。

孟小秋变得更疯狂了，他竟然带着一个叫李霞的女人跑来我的公寓，当着我的面，怂恿李霞将我的小说撕毁、践踏。李霞在我的小说上搔首弄姿，张着猩红色的嘴不停对我说："垃圾，废物，这些都是。哈哈哈，哈哈哈！"

我恨李霞，但更憎恨站在她背后狞笑的孟小秋。

可我身处这个弱肉强食的世界，金钱、权力的强大令我不得不低头。我无法反抗，但我不甘屈服，于是我想出了别的办法。比如用孟小秋身边发生的一些阴暗故事，来给他定义宿命的结局。

譬如《血嫁衣》这篇小说就是如此。

那个叫晶晶的女孩所经历的故事，其实是我以孟小秋所抛弃的一个女孩为原型创作的。我将他们交往中的每一个细节都描述清晰，目的是突出女孩在为孟小秋倾注所有后，孟小秋将她抛弃的丑陋嘴脸。女孩在现实里也选择了自杀，但孟小秋那浑蛋只花了点钱，便安然无恙，照旧寻花问柳，走马灯似的更换女友。

若死去女孩泉下有知，肯定会变成厉鬼找他索命吧。我常常笃定地想。

所以，我也将小说结局设定成罪恶的男友如同受到了死神的诅咒，死在了最肮脏的地方。

完成这篇小说后，我心情无比舒畅，胸中恶气也缓解了不少。

自那以后，我偶尔还跟孟小秋来往。入秋后的某一天，孟小秋约我前往一个充满刺激神秘的地方去探险——太清镇古井村。

我欣然应允，因为这是我的爱好。

但我没想到在古井村中，孟小秋突然歇斯底里地大吼大叫，质问我那篇《血嫁衣》是怎么回事，还把他写得惨死。我被他吼得有些发蒙，闭口不说话。

但我的沉默并没有换来安宁，孟小秋丧心病狂地咒骂起我，甚至恶毒地咒我父母死，我终于体会到了以往读过的那句话——"忍无可忍，便无须再忍"！

我抽出孟小秋背包里的军刺，一刀深深刺入了他胸膛里，眼中爆裂出这么长久以来所受的羞辱愤怒之火，眼睁睁地望着孟小秋渐渐死去，倒在地上。

我感到整个世界都平静了，美好了。

恶人就应该有恶报。

事后我沉思了半晌，决定将尸体藏入古井内，毁尸灭迹。

我万万没想到那口古井底下遍布森森白骨，感觉让我毛骨悚然。我瞅了瞅手中的军刺，对孟小秋冷笑着说："好，让我为你凿一个坟冢。"

在井壁凿了一个洞，我本欲将尸体埋在里头，但又发生了一件令我倍感惊奇的事。我凿开的井洞竟然连着一件石屋，我并未多想，只是觉得更省事了。我干脆将孟小秋的尸体扔进了里面，一了百了。

然后我处理掉杀人痕迹，又把军刺给掩埋。做完一切后我突然感到一阵头脑撕裂般的剧痛，耳畔嗡嗡作响，仿佛上千只蜜蜂一齐在我耳边振动飞翅，把我的意识搅得支离破碎。

最终诡异的收场是，我杀死孟小秋的过程，连同对于他的恨意伴随着诡异耳鸣一点点消弭不见，仿佛封存在了我记忆的最深处。而我犹如行尸走肉一样回到了现实生活中。

此时此刻，当这杀人的回忆再度呈现在我脑海里，一切都变得明明白白、清清楚楚。我回过神，这才发觉富辉竟不知何时解开了绳索，而我则被捆得牢牢的。

富辉身旁还多了三个强壮的男人，其中一个我还认识，正是前几天载我来古井村的那个黝黑的庄稼汉。

庄稼汉被富辉称作南哥。南哥上下打量我几眼，嘴角动了动："原

来是你，我还记得你，上次你就去过古井村。"

富辉将目击我杀人的事通通告诉了南哥，南哥眉头紧皱："你小子胆子不小啊，跑到这里来杀人。"

"南哥，不把他除了会引来更多的人，甚至是警察，那么咱们挖古墓的事就暴露了。"南哥旁边一个脸上有刀疤的男人说。

"古墓？"我愣了愣，突然想起了关于古井村附近有一个古代王爷陵墓的传说。莫非古墓真的存在，而且还被这伙人找到了。

一个杀人犯撞见了一伙盗墓犯，哈哈，真是太可笑了。

"上次瞧你年纪轻轻就放了你一马，没想到天堂有路你不走，地狱无门你偏要闯进来，那就怪不得我了。"南哥一挥手，"来，你们把他绑上石头扔井里。"

古井有八九米深，绑上石头肯定会摔死。

我像木头般一动不动被绑上了石头，接着被抬了起来，就要被扔进古井中。突然，我打了个激灵，大声喊："等一下，我死不死无所谓了，但我想最后问清楚一件事。"

南哥盯着我的眼："你问吧。"

"上次我和朋友坐你的黄牛车来古井村时，我们有几个人？"

南哥有点诧异："就问这个？"

"对，就问这个，要不然我死不瞑目。"

南哥觉得可笑："好啊，那我就满足你。上次来的时候就两个人，你跟一个叫什么恩雅的女孩。"

"你确定是两个，而不是三个人？"

"废话！我又不瞎，还能分不清楚是几个人，就是两个人。"南哥不耐烦道。

我面无表情，内心则波澜叠起，这一刻我霍然懂了。

这迷雾之中的真相是我杀了孟小秋之后，巨大的冲击击溃了我的精神。我无法承受亲手终结一条生命的重压，于是在我的潜意识里，我将古井村刺杀孟小秋的记忆强行抹掉，这应该就属于心理学中所谓的自我保护意识吧。

甚至我为了麻痹自己，还幻想出了第二个孟小秋。

复仇的灵魂就此一发不可收拾，被我人格分裂出来的孟小秋变成了魔鬼，更变成了一个"杀戮者"。

"杀戮者"存在的目的是保护曹珂不受伤害，这伤害来自外面，也来自曹珂本身。

那个去过曹珂家，将他的小说臭骂得一文不值的李霞，是"杀戮者"的第一个复仇目标。那天"杀戮者"穿着同李霞初次相识时所穿的风衣，在初遇的蓝鸟咖啡馆，用刀片切开了她的喉咙，等鲜血溅落咖啡，"杀戮者"一饮而尽。

血的味道原来跟白咖啡没有区别，苦涩中带一点甘甜。

聂恩雅是孟小秋死前认识的最后一个女友，两人正谈得热乎。孟小秋单独跟曹珂去古井村的事，聂恩雅也知道。聂恩雅见不到孟小秋回来，便刨根问底跟曹珂要孟小秋的下落。

甚至她说要去报警，"杀戮者"感受到了危机，便撒谎说孟小秋在古井村认识了一个女孩，孟小秋爱得不得了，于是为了她留在了古井村。

聂恩雅火冒三丈，拉着曹珂重回古井村，也就是这一次遇到了盗墓贼首的南哥。南哥将曹珂和聂恩雅送入古井村。

曹珂和聂恩雅在古井村里针锋相对，聂恩雅望着四处残垣断壁的村落，马上明白了曹珂在欺骗她。她十分怀疑孟小秋的失踪跟曹珂有关，甚至就是被曹珂所害的。

曹珂头痛欲裂，"杀戮者"再次行动。

回来之后，"杀戮者"将聂恩雅骗到了废楼天台，无情地推了下去。

聂恩雅成了第二个被杀戮的目标。

"杀戮者"想让曹珂相信是孟小秋害死了李霞和聂恩雅，所以伪造证据，将血衣和刀片故意藏在了卧室，又潜入孟小秋公寓里偷走了

那份医院诊断书,接着模仿聂恩雅的笔迹写下了孟小秋要杀她的遗言。

"杀戮者"将物证藏在废楼储物柜里,并利用暗示作用令曹珂相信聂恩雅故意留给他关于数字3的提示。

而废楼天台的对决,其实是曹珂同"杀戮者"之间的对决。

最终出于保护曹珂的原因,"杀戮者"坦承了全部,是他(孟小秋)嫁祸给了曹珂。曹珂录下对话,待叶琛等人冲上天台后,曹珂的幻觉被打破,"杀戮者"彻底消失。

我的眼睛干涩,想哭却无泪。那个披着我皮囊的冷酷无情的"杀戮者"所干的事缓缓在眼前飘浮。"杀戮者"最后为了保护我而选择了牺牲,又是一个因我而死的人。

我是杀人犯,我罪有应得。起码我在杀害孟小秋时是清醒的,只是后来我的精神出了问题。

"你问完了。"南哥挥挥手,两个手下将我抬到古井旁。

"住手,都别动!"威严的声音冲进耳朵里,我勉强睁开眼看到了熟悉的面孔,是叶琛。

叶琛和全副武装的武警雷霆闪电般冲来,瞬间制服了南哥一伙人,并将我救下。

耳边嗡鸣,那鬼魅的耳语再度响起。整个天地此刻在我眼中都变成了飞扬的文字,文字犹如长出了一双双飞翼,在天空里自由翱翔。

第十三章
罪

我面对叶琛坦承了罪行,不做任何辩解。

叶琛还顺藤摸瓜抓到了南哥这伙盗墓贼,原来南哥就是古井村后人,南哥无意中发现了一张先辈遗留的古墓图,证实了关于古井村王侯墓的传说属实。于是以他为首组成了五个人的盗墓团伙以古井村为中心向四方勘察，终于在不久前发现了古墓。

这期间为了隐藏行迹，南哥充分利用了古井村的恐怖，装神弄鬼吓跑了许多来此探险的年轻人。至于古井底下的层层白骨，乃是这伙盗墓贼在大山里捕获的野兔野猪等动物，也有些偷来的家畜，他们吃完肉后，就把兽骨扔到井底。

南哥万万没想到，他们即将下墓的时候，竟然就这么被一群警察逮捕，前功尽弃。

我交代了孟小秋藏尸的那间井下石屋，据后来叶琛调查得知，这间石屋是古井村老一辈人用来储藏财物、供奉先祖灵位、在灾难战祸发生时保命安身的密室。

我和南哥一伙人共同被押上警车，冰冷的手铐铐住双手的一刹那，我反而有了一种解脱的释然，这场无休止的噩梦终于到了完结的时刻。

山路泥泞，叶琛开来的越野车也走得极其缓慢，一个剧烈颠簸把我贴身戴着的护身灵符颠了出来。护身符裂开一道缝，好像里面还有字。

我好奇地低下头，勉强用手指扒拉开灵符，护身符内果然有两行字：

左侧一行是一个人名——黄晶晶。

右侧一行是八个字——一饮一啄，前世早定。

我脑袋再次嗡的一声，喃喃自语："黄晶晶，黄晶晶？"

这个名字我再熟悉不过，因为这就是《血嫁衣》女主角的名字，也是现实中被孟小秋玩弄抛弃以致后来自杀的女孩的名字！

我猛然惊觉，那卖给我灵符的风水师，他叫黄忠文。

黄晶晶，黄忠文，灵符？难道……不会，不可能！

我悲恸大哭，南哥冷漠地看着我，眼神像是在说：现在后悔地哭，已经晚了。

"一饮一啄，前世早定。"

原来一开始我的结局已注定。

狭窄的小屋,昏暗的灯光,贼眉鼠眼的风水大师露出一抹冷绝的笑容。

黄忠文,男,五十六岁。

他的职业是一名高级心理咨询师、催眠师。

黄忠文将日记摊开了,这里有一个属于他的故事。

黄忠文曾经拥有一个幸福的家庭、贤惠的妻子、活泼开朗的女儿。

但一切都被十五年前的一场车祸摧毁了,妻子因车祸离世,快乐的女儿就此变得沉默寡言。

后来黄忠文因为工作经常出差,十天半月才见女儿一次面,于是女儿黄晶晶的性格越来越孤僻,作为一个心理师的黄忠文,可能未曾想到女儿因为缺乏关爱和陪伴,整个人已经逐渐走上了极端。

黄晶晶异常缺爱,她犹如一只飞蛾,只要有一丝爱的火光,就会不顾受伤痛苦而义无反顾地扑上去。如果她可以遇到一个好人,或许她会慢慢好起来,但天意弄人,她偏偏遇上了一个视感情为玩物的花花公子——孟小秋。

当黄忠文发觉女儿变化的时候已经晚了,她为了孟小秋跟黄忠文大吵了一架,而后愤然离家与孟小秋同居。

注定的悲剧不可避免。

孟小秋很快就背叛了黄晶晶,黄晶晶伤心绝望,对人生失去信心,最终选择自杀。她用鲜红的血液来见证她在人世间炙热的爱恋。

女儿死了,黄忠文还活着,但生不如死。他时时刻刻活在永无止境的愧疚和自责中。

报仇这颗种子,深深播种于这位一夜苍老的男人心田。

他打听清楚孟小秋的背景,这期间他还发现孟小秋有一位写小说的朋友,叫曹珂。曹珂竟然用自己女儿的经历写了一篇小说,投稿给杂志社刊登。这个自大的**曹珂**甚至连女儿的名字都毫不掩饰就让女儿赤裸裸地**暴露**在世人眼里,供人批判。

这无疑是对死去女儿的亵渎!

绝对不可饶恕!

黄忠文摸清了曹珂的家庭背景、兴趣爱好等一切信息,他的复仇决定先从曹珂下手。他亲自登门拜访,以一名小说爱好者的身份。

曹珂接待了他,同黄忠文预想的一样,曹珂是一个典型的偏执性格的家伙,他对于写作有一种超乎想象的固执、极端。

性格偏执极端的人往往容易被催眠,于是黄忠文首次见面就催眠了曹珂,从曹珂口中知晓了孟小秋的所有事。黄忠文灵光一闪,他突然有了一个更深沉更可怕的复仇计划。

原来潜意识中曹珂对嘲笑自己的孟小秋非常反感,这个偏执狂拥有复仇计划的所有要素,只需要对他进行恰如其分的催眠。

科学证明催眠只是引导干预被催眠者去做一些他潜意识里想去做,现实中却不敢去做的事。譬如孟小秋对曹珂的种种羞辱,已经令其潜意识中产生杀掉孟小秋的念头。只是要付诸行动,还需要一个爆发点。

这个爆发点无疑来源于曹珂对文字的偏执成狂,就如同将一根橡皮筋拉得越长,它反击的力量越大。黄忠文连续催眠暗示,进一步将曹珂的偏执加深,让其到达了爆发的边缘。

计划十分顺利,古井村里孟小秋的再次挑衅蔑视,让曹珂彻底爆发,潜意识主导了行为,他杀死了孟小秋。

孟小秋罪不可恕,而亵渎了女儿名誉的曹珂也不可宽恕,所以黄忠文设计了这么一场借刀杀人的好戏。孟小秋被杀,曹珂也成了杀人犯,谁都在劫难逃。

但令黄忠文没有预料到的是,曹珂的精神因受到刺激而产生了异变。

黄忠文发现他产生了人格分裂,分裂的第二性格凶残无情地杀害

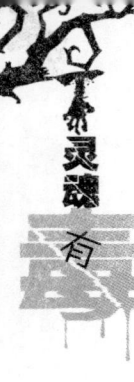

了跟孟小秋有关的两个女孩。事态失控，黄忠文想报警又不敢，他在一系列杀人案里扮演了不光彩的角色，罪行更加深重。

黄忠文想到了另外一个办法，就是再度催眠曹珂。但受到了第二人格的干扰，黄忠文连续失败了两次，第三次才成功将曹珂催眠。黄忠文暗示曹珂在他身边已经发生，或将要发生的悲剧，这些暗示将在曹珂意识薄弱时以潜意识的方式提醒他。

因为频繁现身，已经不可能不让曹珂记住自己，所以黄忠文混淆了曹珂的记忆，让自己以被采访过的风水师身份进入曹珂记忆里。

但采访的内容却是一片空白。

暗示让曹珂感知到了危险和不安，曹珂试图拨开重重笼罩他的迷雾，而黄忠文则在暗中盯着他。

曹珂跟他的第二性格在齐星大厦天台进行了对决，第二性格被击败消失，然后曹珂又在古井村追回了那段被封存的杀人记忆，也感悟到了自己精神的异变。

曹珂按照黄忠文最初设计好的结局，锒铛入狱。

在一路跟随曹珂的过程里，黄忠文还探知到了其他真相。比如曹珂发现的孟小秋诊断书，其实跟去神鬼岭探险无关，而是因为骚扰一位女孩，而被对方踢伤的。

另外聂恩雅的录音，那是她赴约之前托朋友送去警局的。

录音内容是聂恩雅感觉孟小秋的失踪跟曹珂有关系，很可能遭到曹珂的毒手。录音里聂恩雅还提到了孟小秋被害地点可能在古井村，因为上次她在古井外捡到了一枚孟小秋运动服上的扣子。

这条证据也成了叶琛一路侦破并在古井村抓捕曹珂的重要线索。

黄忠文将自己的故事记录在一个墨绿色日记本中，而在前一天他选择了辞职。对于一个灵魂有毒的人来说，他已经失去了再去治疗其他病人的资格。

黄忠文将墨绿色日记本锁在了那家缘生居的残破长桌的抽屉中。

黄忠文不敢直面罪行,但他也自知罪孽深重,所以将审判的权力交给了老天爷。如果有朝一日有人发现了这个日记本,并且相信故事是真实的,那么惩罚之门便会对他开启。反之则可理解为老天爷默认了他所做的一切。

其实黄忠文也有过纠结,他曾经希望有人可以阻止他,所以他特意将护身灵符强卖给曹珂,并将真相留在里面。如果曹珂可以提前发现这真相,那么便是他的宿命,无话可说。

有时候,越是智慧超群的人做的事越是难以理解。

黄忠文缓步走了出来,走出了属于他的那一方天地。

他的背后,抽屉被牢牢锁起。

故事结束了吗?

尾章
一篇小说

伏案，手指如同跳跃的精灵闪烁在漆黑的键盘之上，小说终于完稿了。

他笑了笑，品了品桌上的浓茶。对，他是一个作家，近乎疯狂。

他是谁？

他就是他。

他将小说保存，然后从抽屉中取出了一个墨绿色日记本，翻开，仔细阅读，一字一句力保不漏掉丝毫的细节。放下日记本，他又在口袋里摸出了一个土黄色的护身灵符，将其轻轻展开。

护身灵符是他从一位心如死灰的犯人那里要来的，犯人也曾是一位作家。

护身符内有两句话：

黄晶晶。

一饮一啄，前世注定。

他笑了笑，检查完小说后，他在文末署上了自己的笔名，也是他的真实姓名——叶琛。

有些人以为噩梦结束了，其实噩梦还在，只是他们在噩梦里睁开了双眼。

（完）

第一章
零点零分的来信

我将最后的家具搬进新公寓后,我和朋友们已经累得大汗淋漓,我打开冰箱,取出了准备好的冰镇啤酒递给每一个人一罐,然后忙里偷闲独自来到阳台上吹吹凉风。

"少山,你怎么跑出来了?"身后传来温柔的声音,女友小璐从背后环抱住我,将脸贴在我后背轻快地说,"真好,你搬到这里后,我们就可以随时见面了。"

"是。"我坏笑了一下:"我还有一个更省事的主意要不要听?"

"什么主意?"

"你搬过来跟我一起住,这样你就可以天天见到你最爱的人了。"

"你脸皮真厚,谁说我最爱的人是你啦。"小璐脸上一片酡红,娇嗔道,"快进去招待客人了,不要偷懒。"

"嗯。"我将阳台的窗户关上,蓦地,一抹白影飞掠过我视线的尽头。我敏锐地捕捉到了,白影于黑沉沉的夜晚显得有些诡异。

我稍微眨了眨眼,那白影又消失不见了。

外出散步的人？虽然心觉怪异，但我并未放在心上，转身回到了房间里。

一番尽情庆祝后，小璐和朋友们都回去了，方才热闹非凡的公寓一下子陷入安静当中。我懒洋洋地整理着杂物，视线转过新公寓的每一个角落，一种温暖的情绪油然而生。虽然公寓很小，但它是属于我的家。

我索性躺在客厅的地板上，享受着难得的惬意。

头顶的灯微微扑闪，缓缓洒下一层淡淡的光晕。我打了哈欠，搬家后遗症渐渐笼罩了我，我的眼睛越发变得沉重。迷迷糊糊快要睡着的时候，吧嗒一声，频频闪烁的灯这次干脆就自己灭掉了。

突如其来的黑暗让我重新清醒过来，应该是跳闸了。我摸索着爬起来，闸线开关在厨房里，我摸着黑向厨房那边走去。周身的黑暗像是一幅厚重的水彩画，让我感觉到了一种莫名的压抑。

奇了怪了，按时间来说，现在也就刚刚过了晚上十点，怎么会黑得连路都看不清。倏而，我听到一种声音，我立即停下脚步，细细听闻。

那是在我身后，一种渐渐密集的声音，缓缓靠近过来。

脚步声？

我不禁被自己的想法吓了一跳，因为这绝不可能，小璐他们已经离开了一个多小时，房间内怎么可能又冒出除我之外的第二人？

我的心咚咚地猛跳，虽然我是个大男人，但在这种时候我照样会手足无措。

冷静了一分钟，我望着身后的漆黑走廊，极目凝视想要看清楚身后有没有人。但什么也没有，而诡异的声音也消失了，我不禁想，可能是自己太累了，所以耳朵听错了。

我长出一口气，赶紧快步走到厨房。可就在我迈进厨房的一刹那，我再一次听到了莫名其妙的诡异声音，这一次声音不在身后了，而是就在我的面前。这种声音不再像是脚步声,而更似一种极其沉重的呼吸声,我甚至感受到了呼吸所造成的轻微气流滑过我脸颊时的冰冷。

我快速后退,在模糊不清的黑暗里,一个扭曲的暗影正在一点点凝聚成一个人的形状。我鼓足勇气,闭着眼冲进厨房一把拉上电闸,灯光瞬间洒满公寓中,而我在重获光明的一刻,听见了有人在我耳畔痛苦地呻吟。

"啊!"我惶恐地大叫一声,这才发现自己原来还躺在客厅的地板上,头顶的灯光依旧微微闪烁,汗水已经濡湿了我的衣衫。

原来这只是一个噩梦。

我爬起来,厨房外的走廊上并无异样,我晃晃头,怎么做了这么一个可怕的梦。

脚下蓦地一阵冰凉,原来我没穿拖鞋就走过来了。我不由得苦笑,目光一转,我突然发现在公寓门下的缝隙里有一个白色信封。

我弯腰捡起来,信封纯白洁净,还有一股淡淡的茉莉花香味。

我打开信封,其内是一张粉红色的信纸,上面用娟秀小巧的暗红色字体写了两行字。

——欢迎回来。

——一直等着你的人。

我茫然不知,半晌抬头瞅了眼走廊上的挂表。

挂表上的时针和分针有些诡秘地重合在一起,预示了这个同样有些诡异的时间。

凌晨零点零分。

第二章
扑朔迷离

一整晚我都没睡好，一闭上眼就不自觉地在想究竟是谁送来的那封信。

"一直等着你的人"，这说明送信的人应该早就认识我了，但我绞尽脑汁也不曾记起我在这幢伯爵大厦里有相熟的人。在此之前，我也从没踏足过这里，搬到伯爵大厦也完全是好友林风极力推荐的。

总之我被这个疑问搞得一头雾水。

因为失眠，早上起来头昏脑涨，而今天又是休假后的第一天，我得早点去公司。没办法，我开始哈欠连天地穿衣洗漱。

从公寓走廊经过的时候，一种异样感突然爬上了我的身体，就好似被一只小小的蚂蚁钻进了衣服内，我能感受到，但就是看不见，也捉不到它。

这时一阵细微声从门外传来，我贴着猫眼往外瞅，一张苍老枯瘦的脸出现在了猫眼中。

内心一股无名火生起，我一把打开门，门外站着一个身穿大楼管理员制服的老伯，正目光混浊地看着我。

"你一大早跑来我公寓门外瞎转悠什么？"自从昨晚收到那份匿名信以后，我的心情很不爽，现在不受控制地发泄在这个老伯身上。

老伯很不好意思地点头说："抱歉，我只是……"

我望着老伯可怜的模样，于心不忍，后悔自己太闹脾气了，于是缓和了语气："没事，没事了，你走吧。"

老伯并没有听我的话走开，他一直低头站在原地，时而用眼角余光瞥一眼我。我被他看得浑身不自在，不由得问："老伯，你找我是不是有事？"

老伯缓缓转身走开，但刚走两步又停下，回头对我说："小伙子，你也住707？"

"是啊。"我点点头，马上觉得老伯这话里有话，什么叫我也住在707，难道还有别人住这里？

我正欲问明白，但老伯却脚步飞快地一溜烟进了楼梯间，我只能笑笑作罢。

接下来是繁忙工作的一天，中午小璐打来电话说晚上要给我展示一下厨艺。我笑了，这丫头就爱搞怪，就她的两把刷子我还不知道吗。不过能感受她的温柔爱意，我内心很满足了。

这世上有个女人说愿为你下厨，作为男人你应该觉得十分幸福。

下班后，我开车接了小璐，两个人一同走进了公寓大厦。

到了大厅里刚走几步，我背后忽然一阵冷飕飕的，就像被人在暗中冷冷盯着。

我视线穿过空旷的大厅，发现了大厅东角的一间小屋。昏黄的灯光里，隐约有个人贴在门上往我这边偷窥。

我的直觉告诉我是今早见到的那个老伯，心头不由得记起老人早晨说的那一通莫名其妙的话，眉头皱了起来。

一抬头，看见小璐正在电梯内朝我招手，我快走几步到了她身边。接着电梯徐徐地升到7楼，电梯门打开，我心不在焉地回头对小璐说："走吧。"

我一下子愣住，因为电梯里除了我竟然没有人了。小璐呢？

我重坐电梯回到一楼，电梯刚开，小璐就一脸不悦地出现在我面前，生气地问我："你怎么了呀？我都还没进电梯，你怎么就自己走了。"

"我……我错了。"我哑口无言。难道告诉小璐，我明明看见她在电梯里朝我招手，而事实是小璐压根儿没进电梯。

那跟我一同乘电梯上楼的女孩又是谁？我心里竟有了一丝参毛的感觉。

公寓内，小璐抹去我额头的冷汗，温柔道："看你今天上班这么辛苦，我就好好犒劳一下你。"

我想帮小璐打打下手，但她说什么也不让我插手，我只好回到客厅。客厅里有些闷，我又走到阳台。伸手推开了窗户，一阵清凉的夜风扑面而来，我顿时轻松了许多。

脑袋放空，什么都不想，我就闭眼享受了一会儿。再睁眼时，目光垂落到公寓楼下的花园小径上。突然，昨晚那个诡异的白影又出现了，一身白衣仿佛一尊石雕，站在树木花枝的明暗相交处，完美隐藏了面目，然后一动不动死死望向我这边。

偷窥狂？

我倏然想到这个词，被人偷窥的滋味并不好。我立即关起了窗户，再贴着窗户向下看时，那个白影又不见了。

"过来帮帮我啊！"厨房里的小璐终于发出了求救信号。

厨房里烟气弥漫，熏得我都睁不开眼睛。小璐这丫头竟然不知道打开油烟机，真是的。我忙说："你出去，这里交给我。"

小璐躲在了我的背后一阵咳嗽，像是呛到了喉咙，但她没走，似乎是不想这样就认输。我只好将剩下的工序做完后，对小璐说："小璐女士，你把炉子关了就 OK 了。"

我端着菜来到客厅里，耳边突然传来了熟悉的声音："你刚才去哪儿了？"

我惊讶地望着坐在沙发上的小璐，这……怎么可能？

小璐几秒钟前还在厨房内，还在我身后，怎么会一眨眼就跑到客厅里来了？小璐望着我，突然发出一声惊叫："少山，你端来的什么东西啊！"

我低下头，我手上的盘子里竟然是一只浑身焦黑的老鼠，死灰色的鼠眼死死瞪着我。

我肚子里一阵翻腾，冲进厕所大吐了起来。

等到我吐空了，才发现在厕所涮洗台上竟摆着一个白色信封，散发着幽幽的茉莉花香。我颤巍巍地打开它，里面依然是一张粉红色的信纸。

信纸上用暗红色字体写着：

——我做的菜，你喜欢吗？

——我在看着你。

我眼前一黑，扑倒在地。

第三章
夜半访客

我在小璐的照料下醒来，精神变得焦虑紧张。小璐原本想留下来照顾我，但她父亲打来电话要求她回家。她没办法，叮嘱我好好休息之后，离开了公寓。

公寓内只剩我一个人了，我听着挂钟嘀嘀嗒嗒的细微有节奏的指针转圈的声音。眼前闪过那只焦黑的老鼠，又晃过那藏身暗处偷窥我的白影，还有那两封神秘诡异的来信，我心慌难安，不知道该如何理解这一切。

忽然，我想起了一个人，他或许能帮我解开萦绕的谜团。

夜晚十一点，整幢伯爵大厦陷入一片死寂的包围里，只有一楼角落的那间小屋里闪烁着幽暗的灯光。那是大厦保安的值班室，那个可解我疑惑的老伯就在里面。

门如之前一样留着一道缝，我先从门缝向里看，只大略看到了一张办公桌，还有桌子上昏幽的台灯，却没瞧见老伯的身影。

人不在，难道去巡夜了？我犹豫不决，不知该不该等他回来。

就当我快放弃的时候，一只异常冰冷的手悄无声息地拍了拍我的肩膀，耳边一个苍老沙哑的声音同时响起："小伙子，你来找我？"

我吓了一跳，老伯神不知鬼不觉地从我身后冒出来，手里握着一只手电筒。

我定定神："是，我有些事情想来问问。"

"进来吧。"老伯推开值班室的门，等我走进去，他警惕地望了望门外空荡的大厅，然后小心地将门关好。

值班室里只有两张椅子、一张桌子和那盏昏幽的台灯。

老伯将手电筒放下，看着我："你终于还是来了。"

"难道你早就知道我会来找你？"我不禁问。

老伯意味深长地点头："对，我早猜到了。"

"为什么？"

"你问我为什么，"老人笑了："你不是应该更清楚原因吗？"

我无语，只能苦笑一下。

"你把你所见到的那些离奇事情跟我讲一讲。"老伯坐在了我对面。

我望着老伯皱纹深重的脸、历尽沧桑的表情，心里涌现出一种渴望倾诉的欲望。于是我便将搬来以后所经历的一系列诡异莫测的事一股脑说给了老伯。

老人听完落下一声叹息："看来，她又回来了。"

"她？"我听不明白，"她是谁，是她给我的信？"

老伯的目光混浊起来："不算你，这幢大厦里应该有两个男人死在她手里了。噢，就是死在你住的707号。"

"什么！"我如同遭到晴天霹雳一般，"死了两个人？就在我的公寓里？"

老伯接着发出一声叹息。

"自从三年前我来到这幢伯爵大厦做保安，就已经先后有两个男人死在 707 号房了。哦，你来看，"老伯从抽屉最深处找出了两张破旧的报纸，指给我看："就是他们两个。"

"23 日凌晨，在我市伯爵大厦发生一起自杀案，自杀者从所居住的 7 楼阳台跳下，当场死亡。目前，警方已介入调查……"

新闻下面附着一张死者的照片，我竟觉得有几分眼熟。再看另外一张，同样是跳楼自杀的报道，同样附着一张照片，而这张照片我也莫名眼熟。

"这两个人怎么这么眼熟？"

"眼熟？"老伯突然古怪地笑了，他指着我的脸说，"你看看你的脸，再看看他们的脸。"

我恍然大悟，怪不得眼熟，这两个人的样貌竟有几分跟我相似。

"这究竟怎么回事？"

"是冤孽啊！"

我没有开口，因为我猜到老伯下面会给我讲一个故事。

老伯的脸藏在昏幽的灯光里，开始讲道："我以前从未见过这类事情，在 707 发生的两起自杀案，警方费尽周折也找不到死者自杀的原因。不过我却从之前一位保安口中得知了一些不为人知的秘密。"

"不为人知的秘密？"

"对。五年前，就在 707 号房间住着一对恋人。上任保安同我说，这对恋人整天腻在一起，形影不离，但后来不知道什么原因，他们开始频繁地争吵。上任保安开始并没觉得什么，哪有过日子不拌嘴的两口子，但后来，他发现 707 号的恋人越吵越凶，周围住户纷纷到他这里来投诉。上任保安无可奈何，只好准备等这对恋人再吵架时，他出面劝一劝，顺便把扰民问题解决一下。但接连三天，707 内寂静无声，非但没有吵声，甚至连人说话的声音都没了。上任保安越想越不对劲，他就密切注意上了 707。"

"后来呢?"

老伯面色暗沉:"沉寂了四天,到了第五天707内爆发了一场惊动整个楼层的吵架。上任保安赶到后,从吵架内容大概听出了一些端倪。原来这对恋人中的男人厌倦了女人整天缠着自己,在外面勾搭了别人,女人发现了男人出轨的证据,于是两人就开始大吵不休。

"这场大吵最后,女人伤心欲绝地说'好,既然你这么无情背叛了我,你就去死!不,我们一起死!即使死了,我也不会放过你'!第二天,上任保安在707门外嗅到了血腥味,他便立刻报了警。警察破门而入,就在公寓内那条走廊上发现男人已经上吊死了,男人身上还被捅了许多刀,死状非常惨烈。但现场并没有找到那个女人。而至今为止,707神秘消失的女人也没被找到,她的失踪成了一起悬案。

"这案子发生了以后,上任保安在夜间巡逻时,总感觉到有人在跟着他,但却怎么也找不出来,他被折磨的几乎夜夜失眠。两个月后,他被诊断患上了被迫害妄想症,只能辞掉工作回老家养病。而我就是顶替他才到了这幢伯爵大厦的。"

老伯说完了,我内心抑制不住地惧怕,我问:"你说的她难道指的就是那个707失踪的女人?"

"这只是我的怀疑,谁知道是真是假。上任保安毕竟患有精神病,他说过的话谁也不敢相信。只不过,在我接任保安之后,707的确有两个男人先后无缘无故地诡异跳楼自杀了。"老伯低沉道。

我脑子非常乱,在现实与幻想之间,我仿佛能看见老伯所说的每一幕恐怖场景。一个面带绝望的白衣女子用绳子勒住了一个男人的脖子,一点点勒紧,直到男人脸色发青,舌头外吐,大小便失禁,双眼如死鱼一般灰白色。然后,女人举起了锋利的刀子,一刀一刀捅进男人身体里。每捅一刀,鲜血就飞溅在女人狠毒的笑容上,将一身白衣染成了一片猩红。

"这也许只是捕风捉影,谁会相信这个世界上有这样恐怖荒诞的故事。"我对老伯说,但脸上的笑容却格外僵硬。

"也许吧。"

我望着老伯:"那两封信,难道也是她送给我的?"

"你别太紧张,以前也有送错信的事,我也碰到过几次。"老伯安慰我道。

我点了点头,转身想走,身后的老伯突然用一种异样的语气对我说:"小伙子,上任保安在离开前还对我说过一句话。"

"什么话?"

"他说那个失踪的女人其实根本没有离开,她就躲在707房间里!"

第四章
魅影重重

第二天,我在公司魂不守舍地度过了一天。

下班后,我却有些不敢回公寓。偏偏小璐这周要准备毕业论文,没办法来陪我。我想了想,拨通了好友林风的电话。

半个小时后,林风已经陪我在一家大排档喝起了啤酒。林风这个人平时放浪形骸,没个正形,但唯独有一个优点让我十分钦佩,就是无论什么时候,无论什么地方,只要是朋友需要他,他一定会放下手上的事来陪朋友。

林风直勾勾地瞅着我,我被他看得有些不自然。

"你看什么呢?"

"你这么闲来请我喝酒,而且还在外面,你不是一直提倡环保就餐,拒绝一切快餐大排档的吗?嘿嘿,说实话,你是不是跟小璐闹矛盾了?"

我摇摇头,心里装了好多烦心事,但又不知道怎么跟林风开口。

"别说了,喝酒!"

两个人一直喝到将近凌晨,林风干脆跟着我回来蹭觉睡,我也巴不得有个人陪着我。两个人醉醺醺回到伯爵大厦,我按下了电梯按钮,电梯徐徐上升。

脑海里蓦地闪过了上次小璐从电梯中诡异不见的一幕,我不由得回头盯着林风,他已经喝得几乎不省人事,整个人靠在我身上,哼哼唧唧说着醉话。

电梯开了,我扶着林风回到了707房间。

我把林风扔到沙发上,带着一身酒气,我放好了热水,整个人沉入浴缸。

沉重的倦意袭来,意识忽远忽近,我的眼皮缓缓合上。隐约间,我恍惚感觉有一个人站在浴缸外望着我,一股似曾相识的香气飘入我的鼻孔,那是一种淡淡的茉莉花香。

我猛地一下子睁开眼,差一点被洗澡水呛到。我腾地站起身,浴室里就只有我一个人,而在浴室对面镜子里的我,一脸恐慌。

我怎么了,难不成真被保安老伯所讲的故事给吓到了?

老伯最后的话在我耳边萦绕不散,"那个失踪的女人其实根本没有离开,她就躲在707房间里!"

该死的、去他的、他大爷的……我暗暗骂了一顿脏话,借此给自己一点勇气。我走出浴室,躺在柔软的床上,心里莫名有了一种说不清道不明的异样感觉。

好像,总感觉哪里不太对劲。我聆听着卧室外的声音,然而一片死寂。

不对!林风那家伙是打鼾的,尤其是醉酒后,打鼾更响。但是此刻,外面竟然一点鼾声都没有。

我心里掠过一丝不好的预感,径直跑到林风睡的沙发旁。

我打开灯,沙发上的林风,不见了!

大脑短暂的几秒空白后,我大声呼唤林风,但无人回应。我一转身,发现公寓的门竟然微微敞开了一道缝。

林风出门了?这么晚,他会去哪里?我不放心,披了件外衣,来到外面。

时间即将到凌晨,整幢伯爵大厦的供电系统自动切换为节能模式,本来明亮的廊灯被昏暗的壁灯所取代。我快步来到电梯门外,电梯显示在1楼,说明无人搭乘。

我左右望了望,楼梯间的门像是被人推开过。我便又转到楼梯间,这里的光线更昏幽,黑暗在四周弥漫。我抬头往楼梯上方看了看,就在一瞬间,一道阴森森的白影从我头顶上飘过。

谁……我首先排除了林风,保安老伯的故事再次飘荡在我脑子里,我后背发冷,喃喃道:"失踪的707女人?"

我说不上是对于林风的担心,还是好奇心作祟,总之,我竟然追随白影爬上了楼梯。白影似有意无意指引我一路向上爬。当我停住脚步时,面前已是一道锈迹斑斑的铁门,这幢大厦6楼以上的住户就很少了,更何况楼顶天台,估计好久没有人上来过了。

我用力推了推铁门,虽然沉重,但还是被推开了。

门一开,一股凛冽的寒风扑面而来,让我精神为之一振。而后,我看见那道白影宛如幽灵处于天台的阴暗中,若不是在这漆黑夜里白影格外刺目,我肯定很难发现它。

我迟疑着,走了过去。

但到了近前,白影却倏然不见,而我看到了更令我震惊不已的景象——在我脚下的地面上妖冶地开放着一丛黑色的小花,散发着令人着迷的茉莉香气。

这里,竟然有人种花?

"你怎么在这里？"身后沙哑的声音让我惊悚地回头，看到的是一张苍老的面孔，还有那一直混浊不清的目光。

"我看到有人跑了上来。"我如实回答保安老伯。

"有人？"老伯眼光四下看了看，"这里就你一个，没有其他人。"

"噢，可能，可能是我看错了吧。老伯，这楼顶上怎么还种着花？"

"唉，"老伯突然一声沉沉的叹息，"其实这块小花圃就是原来707号女人所种下的。但她后来失踪了，我这个老头子惜花，所以就一直在照顾它们。值得欣慰的是它们都还活了下来。"

老伯目光落在那丛黑色小花上，我点了点头，又想起了林风。

"老伯，你看没看见一个中等个头的男青年，喝得醉醺醺。他是我朋友，但我怎么也找不到他了。"我询问。

"没见过，我每次巡夜都几乎见不到人。你是我这一个月巡夜第一个撞见的活人，哈哈。"老伯的话让我不禁有种毛骨悚然的感觉，我连忙告辞，跑下楼。

一只脚刚迈进公寓，我立刻就听到了里头此起彼伏、惊天动地的呼噜声。我循声过去，发现林风正横身躺在浴缸里，咧开嘴呼呼大睡，哈喇子流了一下巴。

"我晕，原来他跑来洗澡了，怪不得刚才没找到。"我带着怒气狠狠拧了林风耳朵一把，将他架到沙发上，然后回到自己卧房。谁知刚躺下，空气里突然涌入了一股异样的味道——茉莉花的香气，而在这股香气中又似乎浮动着另外的气味。

我打开床灯，就在我枕侧静静躺着一个白色信封。

我打开，里面是第三张粉红色信纸，上面写着：

——今夜，我将带着我的芬芳。

——与你长眠！

第五章
芬芳的坟冢

接下来的一周,我再没收到过让我惊魂不安的神秘来信,我开始渐渐淡忘了这件事情。又是一个阳光明媚的周末,我与小璐、林风,还有几个同事一起去野外烧烤。大家在一起玩得很尽兴,傍晚时候我跟小璐在公寓楼外依依不舍地分开之后,我哼着歌一路小跑回到公寓。

神秘的来信再一次出现在门缝中,我心里一紧,在幽幽香气的萦绕下,粉红色信纸上这次只有八个字:

——我在坟冢里等着你!

坟冢?等着我?这几个可怕的字眼看得我脑中一阵发蒙,手一抖,粉红色信纸轻飘飘的落在地上。我弯腰想捡起它的时候,蓦地发现,卧室的门竟然缓缓自己打开了。

门后仿佛是一片流动的黑暗,我打开卧室的灯,橘黄色的光瞬间倾泻而下。卧室内一目了然,一个人也没有,但门为什么会自己敞开?

就在我还纠缠这个问题时,身后传来了吱呀呀刺耳的摩擦声,我缓缓转过头去,看到了触目惊心的一幕:在同一瞬间,厨房、浴室、阳台的门都缓缓地打开了……

所有的门像是被无形幽灵推开了一样,我整个人都开始颤抖。

究竟是我在做梦,还是一切来源于我的幻觉?

我再一次听到了背后有人呼吸的声音,那诡异微妙之音离我如此之近,仿佛有人贴在我脖子后死死盯着我。

"那个失踪的女人其实根本没有离开,她就躲在707房间里!"

真的会是那个失踪的女人吗?

我鼓足了勇气一下子转回头,身后空无一人。我失神地站在小走

廊上，未关上的公寓门外有一道白影像风一般一掠而过。

我这次打定主意，追了上去。

不管这个白影是不是707失踪的女人，我都必须找出一个答案。否则再被这么无休止的折磨下去，我恐怕就要疯掉。

我再次追着白影上了楼顶，白影也再次从我眼前消失。我四下找了半天，除了锈迹斑斑的水塔房，根本就没有可以藏人的地方。

我不经意瞥了眼小花圃，诧异地看到在黑花掩映之下有一封白色的信。

我抿了抿嘴，将信打开，上面只有一句话：

——你终于来了。

终于来了？我想起了前一封信里的话，"我在坟冢里等着你"，我恍然明白了，低下头，脚下长方形开满了黑色小花的花圃，不就像是一座早早被挖好的坟冢吗？

在坟冢里等着我，难道她被藏在这里面。

我缓缓蹲下来，这看似冰冷潮湿的黑色土壤，我会在里面找到我想要的答案吗？

"砰"的一声巨响从旁边的水塔房里传出，我立即冲了进去。水塔房里原本竖放着的几个铁桶翻滚在了地上，我刚进到里面，背后的光亮一刹那就消失了，水塔房的门被人从外面关死了。

"谁关的门，快点打开……快开门啊！"我在水塔房里大喊，但外面一片死寂。

手机铃声响了起来，我一摸口袋才发现手机不见了，估计是刚才在花圃时掉在了地上。

铃声响了很久，突然停止，似乎有人点开了免提。我听到了一个温柔的声音。

"少山，我是小璐。你怎么一直没接电话，我好担心你呀。"

"小璐,我在……"我刚喊出几个字,突然警觉起来。水塔房外此刻还藏着一个来意不明的神秘人,十之八九就是那诡异莫测的白影。若这个时候小璐来救我,那后果不堪设想。不,不能让小璐来。

我立即闭上嘴。

门外,突然响起了另外一个低缓的男声。让我吃惊的是,这个男人的声音有八成跟我相似,他用急切的语气说道:"小璐,我跌倒了,身体无法动弹,手好像是骨折了,你快来帮帮我……我现在就在楼顶的水塔房旁,你快来吧。"

"好,我马上就赶到。"

我再一次听到了小璐的回答,但却令我抓狂。门外的人发出了阴森的冷笑,我顿觉血气一个劲上涌,仓皇间我发现了墙角有一根铁棒。我抓起了铁棒,狠狠地朝着门砸去。

水塔房生锈的铁门终于被我砸开,我挥舞着铁棒冲了出去,但后脑勺突然遭人暗算,我眼前一黑,失去了意识。

不知昏睡了多久,我再次睁眼时,头像是要裂开般一样疼。

在模糊的视线中,我发现自己正躺在小花圃边上,而就在离我不远的地方,一个男人正背对我跪在地上。他的头被插入小花圃的土壤里,一动不动。

我挣扎着将男子的脑袋拉出来,随即,我看到了一张惨白暗淡的脸孔。望着这张脸,我终于抑制不住地疯狂大叫:"林风,林风!"

林风躺在我的怀里一动不动。我抬起头,才发现小璐已经来了,她一脸茫然地看着我,然后望着林风。

天啊,这究竟发生了什么可怕的事情!

我回望小花圃,那深黑色的花坑像是一个直通地狱的无底洞,散发出无尽的死亡气息。

第六章
真相，近在咫尺！

我叫了急救车，林风的脸色十分苍白。

小璐眸光深深地问："少山，刚才电话里你说受了伤，为什么我看不出来。还有林风，他怎么会变成这样？"

我喉咙蠕动了几下，最终还是摇了摇头："小璐，对不起。我不知道。"

小璐眼神里流露出痛苦之色，急救车来了，她陪着林风去了医院。我本来也想跟上去，但想了想，水塔房外打电话的人一定是个邪恶的人，他伤害了林风，他到底是谁？天台小花圃很少有人上来，我能想到的只有一个人。我带着满心怀疑来到了一楼保安值班室，推门往里一看，办公室里没有人。

我不想再等待，干脆一层楼一层楼地寻找，但全部找遍了也没有找到保安老伯。他莫非去了外头。

一时失去了目标，我重新返回值班室，坐在老伯常坐的椅子上。面前的抽屉微微露出一道细缝，那两份关于707自杀男子的报纸就是老伯从里面拿出来的，我不由得好奇里面还有什么东西。

我吞咽下一口唾沫，将抽屉拉开。

抽屉内有许多杂物，像是大头钉、墨水瓶、电池等等，并没什么特别的东西。我最后注意到了一个保安的名牌，上面有老伯的头像，头像下面写着他的名字——江城。我准备将抽屉关上，但不管怎么用力，抽屉也不能全关上，就好像刚刚那样，露着一道抽屉缝。

我有一丝纳闷，干脆将抽屉整个抽出来，人蹲下往桌子里头看。果不其然，在桌底最深处绑了一个黑色塑料袋，这应该是老伯故意藏起来的东西，它会是什么呢？

我怀揣着一丝窥探别人隐私的莫名兴奋,手微微发抖地解开了塑料袋,里面裹着的是一件像雪花般惨白的雨衣,我一下子想到了那个诡异神秘的白影。如此这般躲藏在花园秘径里偷窥我,还将我一次次引诱去了天台小花圃的白影莫非就是这个江城?

那么带有茉莉花香气的神秘来信,把我反锁在水塔房中,以及打伤了林风,这些事情也都是江城在暗中搞鬼!

不会错了,一定是这样。但是,我还是不懂江城做这些事情的目的。但眼下管不了这些,我必须尽快找到江城。

昏幽的台灯突然暗了一下,一道白影在门外一闪而过,我立刻追了上去。白影钻入楼梯间,向楼上逃去。

难道又要上天台?我禁不住这样想,果然,我被白影再一次引上天台。

白影停在小花圃边缘,不再动了。我一步步靠近,高声喝问:"江城,是你吧?"

白影披着惨白的雨衣,这时他缓缓掀开了雨帽,露出了他的庐山真面目。雨帽下的那张皱纹纵横的脸正属于江城。

江城的目光混浊暗淡,像是一口早已干枯的水井。他对我笑了笑,露出了焦黄的牙齿:"郭少山,你很聪明,竟然这么快就把我给揪了出来。"

"怪就怪你露出了太多狐狸尾巴。"

"我知道你找到了另外一件雨衣,所以你才确定是我。"

"不仅仅如此。"我微微一顿,"发生在我公寓里接二连三的诡异事件,虽然令我终日提心吊胆,可我并不是傻子,这样密集地在我住处出问题,我早就在怀疑谁才最有可能办到。"

我冷冷地望着江城:"而最大嫌疑人当然是拥有备用钥匙的保安,也就是你。你一方面对我讲了些发生在707中的离奇死亡事件,另一

方面则乘我不备在公寓内装神弄鬼,就是想让我承受不住而精神崩溃,对不对?"

"不错,就像你说的一样,我在这里待了三年,没有人比我更熟悉这幢大厦的情况,在你公寓中搞点意外自然对我来说也是轻而易举的事。"

"但我始终不明白你为什么要这样做?难道是我妨碍到了你,但我才刚刚入住不到半个月,应该跟你没什么冲突吧。"

"小伙子,许多事情是不需要原因的。

"好了,你说这么多,也应该闭嘴了。"江城低低笑了两声,"我从不喜欢太聪明的人,可惜了,你就是太聪明了。"

江城抽出了一把闪着刺眼亮光的小刀,一步步开始向我走来。

"去死吧!"江城冲了上来,我想过揭露真相会存在危险,但我没想到危险来得这样快。我一时愣在原地,关键时刻,一道人影突然从我背后蹿了出来,将我推向一边。

我扑通一下跌倒在地,抬头一瞧,来救我的人竟是林风。

林风的面色依然苍白,但已经不似之前那样吓人了,我连忙提醒:"林风,小心啊,他有刀!"

"你把刀放下!实话告诉你,我来时已经报了警,警察马上就到。我劝你还是乖乖束手就擒吧。"林风镇定道。

江城面容痛苦地望向林风,我蓦地发现了那把小刀竟然鬼使神差地插进了他的胸口。林风也发现了,他颤抖道:"刀……对不起,我不是有意的,我是想救人。"

林风方才太过于想救下我,狠狠地撞在了江城身上,江城没来得及闪躲,小刀失手捅进了自己胸膛里。我连忙跟林风要手机拨打120,但江城已经倒在地上,双眼怒视苍天,嘴唇一张一翕,仿佛要说些什么。

林风跪了下来,抱住脑袋,惊慌失措地喃喃自语:"我杀人了,我杀人了,我杀人了……"

"不怪你的,你是为救我才撞的他,是再正当不过的防卫。林风,没事的,别害怕。"

"真的,真的没事?"林风无助地看向我。

我点了点头,突然腹部一凉,一把锋利的小刀刺入了我的身体里,鲜血冒出来,一片猩红。我的视线摇晃不定,我无法相信自己所见到的一幕,紧握着小刀的人,是林风!

"林风……你为什么?"

第七章
竟然是你?

林风冷笑着从地上起身,看着我:"其实一直最想除掉你的人不是他,而是我。"

我一千个一万个不愿意听到林风说这样的话,我目眦欲裂道:"我们是最好的朋友,你为什么要害我?"

"好朋友!哼,告诉你郭少山,我和你根本不是同一类人。不错,开始时我觉得跟你能玩在一起,也能聊到一块,于是成了好朋友。但令我没想到的是,就是你这样一个被我当成好朋友的人夺走了我最心爱的女人。"

"你最心爱的女人?"我脱口而出,"你说的是小璐?"

"当然是小璐。你难道忘了?小璐是我两年前介绍给你认识的,在介绍她之前,我就对你说过,我有了一个很喜欢的女孩,我着魔一般喜欢她,为了她我可以放弃一切。但你见到了小璐之后,就将我说过的话抛到了九霄云外。你疯狂地追求小璐,最终夺走了她。"

　　林风面带隐伤:"小璐爱上了你,我本要忘记这段感情,成全你们两个。这两年多来,我也一直这样努力着,但是每一次看到你们卿卿我我的画面,我的内心就像是有把火在烧、有把刀子在刮,我实在无法忍受这种痛失挚爱的煎熬。 于是我的心境慢慢变了,从成全你变得憎恨你。如果没有你这个好朋友,小璐她一定会属于我。我这二十几年里从来没有喜欢过任何一个女孩子,只有小璐,我相信以后也不会有了。所以我更恨你,恨不得你立即死掉。"

　　我低着头,记忆里在认识小璐之前,林风有段时间的确十分开心喜悦,应该就是因为喜欢上了小璐吧。

　　"于是,你要报复我?"

　　"说得对。事到如今,我不用隐瞒了。我告诉你,江城就是我找来的,我花钱买通了他,然后把你介绍到这幢伯爵大厦入住,为的就是方便江城背地里下手。你收到的那些茉莉香气的信,其实都是我写的,然后让江城趁你不注意放在你公寓里。我就想让你尝一尝备受煎熬、无时无刻不恐惧的心情!"

　　"真是你?"

　　"哼!"林风表情冷漠。

　　"那么将我反锁在水塔房里的人也是你?然后你模仿我的声音叫来了小璐,自己又假装遭人袭击。"我思绪转动。

　　"我就是让小璐看清楚你,让她知道你就是个不折不扣的骗子。实际上,这段时间你表现得反复无常,小璐对你已经开始冷淡了,这次她认定了是你伤害了我。哼!如果再加上眼前这幕,精神失常的你错手杀了江城,如果小璐知道了,她一定就会对你彻底死心。"

　　"你就是为了这些杀了江城?"

　　"这只是一方面。江城这老东西竟然威胁我,要我给他更多的钱,否则他就会将真相讲出去。这种贪得无厌的人只要尝到一次甜头,他就会变成一只吸血虫，一辈子黏在你的身上。我也只有除掉他，永绝后患。"林风冷声道。

腹部的失血让我的意识渐渐混乱，视线也开始模糊不清，我静静望着林风："你真的想杀我？想好了？"

"废话，我做了这么多事，难道会在最后一步停手？"

"好。"我捂着伤口挣扎着站了起来，然后从口袋里掏出了一个微型录音机，"林风，你刚才说的一切，我一字不落都给录了下来，我只要把它往警察手里一交，真相就可大白。"

"你怎么……"

"我怎么会录音对吧？其实我是想录下江城的口供作为证据的，但没想到有意外收获。林风，你还执迷不悟吗？"

林风的脸色变了几变，最后铁青着脸对我说："既然这样，我更得杀了你，然后毁掉录音带，就不会有人知道事情的真相了。"

"是吗？"我突然问了林风一个奇怪的问题，"林风，你头晕不晕？"

"头晕？"林风说着眼前一黑，整个人重重栽倒在地上，全身动弹不得。他不可思议地看着我，"发生了什么？"

"林风，我想搞清楚，你是如何想到会用707号五年前失踪的那个女人来对我进行恐吓的？"

林风的脸色暗淡下来，他迟疑着说："那个故事我并不知道，我是听江城说起的。我听完后觉得很吓人，就想用它来击垮你,让你崩溃。"

我点了点头，脸上换上了一种从未流露过的表情，那种表情叫作残忍。我走近林风，林风正倒在花圃边缘。我蹲下身，轻轻抚摸着那些黑色小花："林风，这些小花有着茉莉花一样的香气，但却不是茉莉。你知道这些花叫什么名字吗？"

林风摇摇头。

"魔鬼花！花中的魔鬼！"

"平时这些魔鬼花只会静静地开放,但一旦遇到了新鲜的血液滴落在花瓣上,这些魔鬼花就会释放出一种致人全身无力的气味。这本是它们为了保护自己所采取的一种防御反射,但在人类世界里,它们却被用来暗杀。"

"你怎么知道这些?"

"我当然知道了,因为这些花就是我种的。"我的笑容近乎冰点,"我可以告诉你,707的故事是真的。但也有不符的地方,比如那一对恋人并不是因为男人的背叛而翻脸,相反是因为女人在外面有了情人,才导致了悲剧的发生。而吊死在707里血肉模糊的男子并不是男主角,而正是女人的情人。至于女人,林风,你不如猜一猜她去了哪里?"

林风眼神恐惧地望着我,摇了摇头。我笑了,这正是我想看到的。

"女人的尸体被碾成了碎末,最后全部撒到你面前的花圃里。"我凝视着林风的眼睛,"这下你应该想到,我就是那个男主角。"

"少山,你放过我,饶我一命……我错了,我真的错了!"

"晚了,我给过你机会,但你并不知道珍惜。"我望着手边的黑色小花,继续说下去,"我会将你推落下楼,然后告诉其他人,你是为了杀我,不慎自己失足坠落的。没有人证,我的录音带就是死一般的铁证。林风,你输了。"

"不,不……不!"

尾章

我躺在公寓的沙发上,小璐坐在我旁边,用温热的毛巾压在我额头上。

她轻蹙蛾眉:"真想不到,林风是这种丧心病狂心的人,不过他也得到了应有的报应。"

"他是我的好朋友,不要这样说他了。"我温柔地握住小璐的手,认真对她说,"从今天起,我只想同你幸福过完每一天。"

当我再一次从噩梦里惊醒,我嗅到了空气里弥散着一股浓郁的茉莉香气,我猛地回头,在我身侧静静摆放着一个白色的信封。

故事并未结束。

(完)

序
空屋

空屋是灰色的,坐落在博山雪岭的脚下,这是爷爷留给我们的唯一遗产。

我其实还有两个堂兄,不过一个跑去安徽工作,一个患病在老家休养,所以这穷乡僻壤的空屋,又值不了两个钱,两个堂兄都没有兴趣,但对于我多多少少还有点用。

这里说说我自己,我叫朱珂,是一名恐怖小说作家,之前出版了几本三流书,质量一般般,口碑和销量更是一般般,但我热衷于此,即便不红不火我还是坚持写作。

这座空屋所在的雪岭是一座巨大贫瘠的山脉,博山人很是迷信,人死后必须往雪岭上埋。有些简陋的坟头,赶上刮风下雨就暴露在地表外面,所以我小时候跟爷爷去雪岭总会看到裸露的棺材。

爷爷那时会小声跟我说:"千万别看棺材里头,那些没了坟头的孤魂野鬼会找过路活人诉苦,缠着你,每天钻进你的梦里吓唬你。"

我被爷爷的话吓得眼睛都不敢睁开,紧紧拉着他的手逃离那里。

再后来，国家推行火化政策，博山人还是不把骨灰埋在公共墓地，而是购买雪岭巴掌大小的一块地用作坟墓。几十年下来，整座雪岭已经被密密麻麻的坟冢和野坟所包围。

初中的时候听爷爷跟叔伯们说起，当地政府好像打算把雪岭的野坟迁走，不过因为野坟太多，雪岭山势又错综复杂，花费资金巨大，最后也就不了了之。另外我还听到过一个小道消息，说是动迁野坟的施工队的人接二连三地遇到了不好的事情，有的受伤、有的倒霉，甚至有一两个病死了，其余的人就再不敢动那些野坟。

不过这么多年了，那些陈芝麻烂谷子的事已经无从考证，而到了今天，雪岭还是雪岭，依旧是坟连坟、墓对墓，除了过年上坟祭拜，平日里雪岭很少见到活人。

爷爷的空屋就在雪岭脚下，小时候觉得瘆人，但现在却能帮我找找创作的灵感。所以，有时间我就会去雪岭、去空屋，去找我的灵感。

但令我万万没想到的是空屋并不仅仅是空屋，它还有许多匪夷所思的事情。有些令我瞠目结舌，有些令我毛骨悚然，而有一些却成了我永远的噩梦。

下面就是在空屋发生的第一件事。

第一章
窗户上的牙印

空屋存在的意义，到今时今日我也搞不明白，因为空屋从未住过人，爷爷也只有在过年会去空屋里待上几天，但一入夜就走，从来不住下。我跟着爷爷去过三次空屋，空屋的房间很多，也很容易走错，为此我特意数过两回，第一次数了十二间屋，第二次却变成了十三间，而当我打算搞清楚到底是几间屋的时候，爷爷强行把我抱走。所以在我脑

海里，空屋有几个房间一直是个谜。

爷爷去世后，他的骨灰被埋在朱家祖坟里，就在空屋的上头。我常常幻想爷爷的鬼魂会回到熟悉的空屋里，飘飘荡荡地等着我。

我带了简单的换洗衣物、笔记本电脑、灵感记录本等物品，独自走进了黑漆漆的空屋。因为常年没人住，所以空屋没电没水，我买了足够多的蜡烛和纯净水，吃饭就去雪岭外面的小面馆解决。

小面馆的老板姓黄，他喜欢大家管他叫黄三。说到原因特别好玩，他总会摸摸短胡子说："你们看过《康熙微服私访记》吗？里面的康熙就把自己叫作黄三。"

不过人家是皇三，而非黄三。但黄老板一点不在意，就让大家管他叫黄三。

黄三的祖上曾经拥有整座雪岭，后来改革开放，雪岭被收归集体所有，黄三家就在雪岭外做起了小买卖。黄三有个妻子叫徐珍，不善言谈，左脸上有一个不大不小的红色胎记。我有一次偷偷瞅着，发现徐珍的胎记像是一个小孩的手掌印。

黄三夫妻两个就做面，偶尔也做馄饨。要是黄三有时候能抓到雪岭上的野狐狸、野兔什么的，小店里就会加菜。我吃过两次狐狸肉，除了难嚼、味臊之外，就跟吃鸡肉差不多。

小面馆里也卖少量生活用品，比如卫生纸、手电筒、毛巾、脸盆等等，还有上坟用的冥纸元宝，最令人觉得古怪的是在小面馆的里面竟然摆了一排七八个的红布娃娃。

我问黄三那些娃娃是干什么用的，黄三支支吾吾说不出来，徐珍这时候突然插嘴："卖的。"

"卖的？"我一怔，再看那一排落满尘土的红布娃娃，总觉得背后凉凉的。我赶忙移开视线，我肯定是不会买的，除非有病。

在黄三小面馆好歹吃了碗面，我回到空屋收拾东西，说是收拾，其实就是随地一扔。空屋除了一张行军床、两张缺角的桌子、两把椅子、一个水桶、一把扫把外就没别的东西了。我点燃蜡烛，在空屋里溜达。

空屋共分三层，一楼、二楼，还有一层不知是做啥用的地下室。很奇怪的是二楼只有一扇窗户，对着雪岭方向。地下室也有一扇窗户，但很小，只有脑袋那么大。至于一楼连一扇窗户都没有。

没有窗户，所以一楼终日都处在漆黑阴森的环境里，我尝试着适应，但很快放弃了。我将工作地点选在了二楼，就在有窗户的那个房间。

我举着蜡烛在空屋溜达了一圈，除了地下室外都走完了，想想已经快晚上九点了，地下室里……嗯，有点冷，就不去了。其实心里是害怕，因为小时候爷爷告诫过我几次，雪岭的地下埋着邪恶的东西，无论如何都不要轻易靠近。

我把蜡烛固定在桌上，摸出笔记本电脑，打算趁着刚入住空屋的兴奋找找灵感。

谁知道灵感没找到，睡意倒是提前来了。

原先在家每次写作都能熬到凌晨一两点，今天晚上不知道为什么才不到十点我就睁不开眼了。坚持了一会儿，我放弃了。然后，我做了一个奇怪的梦，跟空屋有关。

梦里我像是飘在空中，因为我俯视着黑黑如同笼子一样的空屋。我身子往前一探，空屋就贴近我一段距离，我再往前一探，就来到了空屋跟前。

接着，我听到了一阵动静，一阵让我不怎么好受的响动，就像是无数虫子在啃食一个苹果，风卷残云般发出咔嚓咔嚓嚼碎东西的声音。我再往前一探身，已经飞到了二楼窗外，就在窗户上，我看见一张长满了黑色和红色牙齿的脸。

那些蠕动的牙齿在咬着玻璃，玻璃碴顺着嘴滑进了咽喉，再从咽喉掉落在地上。直到此刻我才看清楚，这张脸只有一个脑袋，没有身子！

怪脸缓缓转向我，我想往回退却发现身子无法动弹。我脑子里想着怪脸不会凑过来咬我吧！但怪脸还真就一点点靠近，我看得越来越清楚那些黑红交叉在一起的牙齿，红色在流动，原来那是沾在牙齿上的鲜血。

天啊！如果是噩梦，让我赶快醒来吧！

"呼！"我醒了，额头上豆粒大的汗珠滚落。

桌上的蜡烛早已熄灭了，房间里一片漆黑。我用了几分钟来适应黑暗，总有种说不上来的诡异感，仿佛在这屋子里除了我，还有别人。也或者，根本不是人。

我重新点亮蜡烛，手一抖，蜡烛险些掉在桌上。

我发现唯一的窗户上竟然多了许多裂缝，这些裂缝在我睡觉前明明是不存在的。我拿蜡烛往玻璃前一照，那些裂缝十分古怪，都是从一个中心点向四周裂开的，就仿佛是有人在玻璃上重重咬了一口留下的裂痕。

而且绝对不是一口，起码咬了十口、二十口，玻璃上密密麻麻都是裂缝。倏地，我眼睛里闪过一样漆黑的东西，就在窗台上静静躺着一颗黑色的牙齿。

牙齿特别长，像是狗牙。黑色是牙齿本来的颜色，上面还有几点暗红是凝固的血渍。

我一下子呆住了，我眼前闪现过噩梦中的恐怖怪脸，我迅速打开窗户将那颗黑牙扔了出去，然后又重重关上。接着我拿出防身用的一把小刀握在胸前，就这样哆哆嗦嗦过了一夜。

令我意想不到的是，第二天我发现窗户上的裂缝全消失了。

我像傻子一样盯着窗户看了半天，然后跑下楼，跑到外面寻觅那枚被我扔掉的黑牙，但是并没找到。我怀疑一切都是我经历的一场噩梦，一个不知道开始和结局的噩梦。

我被不知是梦还是真实的黑牙吓得失魂落魄，然而灵感却来了。

我急匆匆地跑回楼上，打开笔记本敲下几个字——空屋诡谈之黑牙。

灵感呼啸而来，我乘兴创作了几个小时，心满意足。到了中午，我才因为感觉到饿而停止了敲击键盘。

我打算再去小面馆吃点东西。

第二章
挥之不去

小面馆在山路和公路之间的一块空地上，我脑袋晕乎乎地来到小面馆外，忽然背后一阵发凉，我一个激灵回过头，又是那种被人偷窥的诡异感。

我绕到小面馆后面，后面挨着一片不知道名字的暗红色植物，散发出微微刺鼻的气味，这味道还有点熟悉。我搓了搓鼻子转身回走，就在转身的一瞬我瞥见了一道灰影趴伏在暗红色植物中。

看不清脸，但本能感觉到它正死死盯着我，仿佛打算等我稍一疏忽就猛地扑上来。

我身子僵住了，目光锁定暗红色植物里的灰影。我极力搜寻，却完全找不到灰影的目光，它就像一块灰色的迷雾。我吞下一口唾沫，参着胆子一步步靠近。就要看清楚时，肩膀上忽然落上一只骨尖无肉的手，就那么轻轻把我往回一拉。

"大作家，在干什么呢？厕所在东边，别在这儿乱尿，尿得人家小面馆一股子臊味。"声音沙哑透中着一股子玩世不恭，我听声音就知道身后是谁了。

雪岭常年安排有看山人，换个好听的名字叫守林员，他就是两个守林员之一的高朋海。我回头，身后果然站着高朋海。

高朋海五十岁出头，胡子拉碴，头发乱蓬蓬得如同一个野鸡窝。他还是一个大烟鬼，抽着最便宜的"大丰收"，看到他是十次有九次是叼着烟头或者烟屁股。不过他这人很好，不管谁有乱七八糟的麻烦，他只要能帮忙就一定会帮。当然了，帮忙的同时占你点小便宜也是常有的。

高朋海意味深长地望着我，忽然露出一个古怪的笑容："不过我也不喜欢去厕所，那地方臭气烘烘还不自在。"

高朋海说着解开裤子撒了泡尿，我这才又想起那道灰影，但再找时又完全不见了。我心里想，难道是我产生的错觉。

小面馆里吃了碗白菜面，黄三坐在我和高朋海旁边闲扯。黄三总喜欢讲述祖辈风光时候的事，什么出门八抬大轿、七房姨太太、七八座大宅子，说到最后，黄三一定会重重叹口气，望着外头嘀咕一句："要不是被他害的，我们黄家怎么会沦落到这种境地。"

我一开始会问黄三口里的"他"是谁，但每回黄三都顾左右而言他，要不就闷声不语，各种避而不谈。几次之后，我也就懒得问了，反正他不会回答。

但有一次，就是爷爷刚死的那一年，我来找黄三喝闷酒。他喝多了，神神道道地拉着我的手，然后眼睛瞄着门外说："你爷爷是个好人，你也是个好人，我也跟你们一样，但他不会放过我……他就在那里看着呢！"

我顺着他的目光回头，只看到门帘子被风吹起来，再回过头，黄三已经睡得跟条死狗一样了，哈喇子流了满桌。我一边笑着他，一边喝光了剩下的酒，也一头歪倒。

不过事后我越想越后怕，因为当晚小面馆没有其他人，门早早就关了，又哪来的风把门帘子吹起来……作为作家，我将这些作为素材写了篇连我读着都瘆得慌的短篇小说《门帘》，反响还不赖。

听着黄三天南地北闲扯了半天,我的面吃得很慢。黄三家的面有股子说不上来的怪味,像是香菜放多了,想想不是;像是肉汤浓了,又想想也不是;面的问题,还不是,思来想去就懒得想了。

我还记得第一次吃他家的面,回去后我吐了一晚上,不过第二天就又想吃了。我曾开玩笑地跟黄三说:"你是不是在面里给我下药了?"

黄三被我说得一愣,还没张口说话,他妻子徐珍抢先道:"城里人就是毛病多,面就是面,爱吃吃不爱吃以后别来。"

这一句噎得我,只能埋头吃面了。

吃完了面,我的脑袋还是昏沉沉的,眼上挂着大大的眼袋。

高朋海抽着烟,喝着二锅头,瞅瞅我:"大作家,可别为了写东西不要命了,我可不想让你早早就累死在那里头。"

高朋海指的"那里头"当然是空屋。我摇摇头:"没事,昨晚上来了灵感写猛了,今晚上好好睡一觉就 OK 了。"

黄三听着好奇:"有灵感好,这次写的是鬼啊还是妖啊。"

我揉揉太阳穴,回答黄三:"写的东西有点怪,是关于我梦里的一样东西。"

"哦,什么东西?"

我缓缓说:"黑牙。"

"黑牙?"黄三脸皮子一抽,想说啥又吞回去。

高朋海皱着眉头,烟雾缭绕里他问:"你小子写那个东西干吗?"

我笑笑说:"谁知道呢,想到什么写什么呗,反正灵感来了都是围绕着梦里的这颗黑牙。我不写它还写什么。"

高朋海看了我两秒钟,回过头冲着黄三嚷"我说黄三,我要的面呢,等半天了,再不端上来这瓶二锅头的钱我就不给了。"

"马上,马上!"

一次颇为古怪又带点尴尬的交谈被高朋海的面打断了,我有种感

觉,仿佛他对我隐瞒了什么事,但他既然不愿意说,我也不好意思问。

在小面馆又跟黄三聊了会儿天,到了下午三点半,我才走出小面馆。

谁知刚走两步,高朋海就站在小面馆门口喊:"大作家,我这两天都待在笼子里,闲的时候可以去找我聊天。"

"笼子"是高朋海对看山人小屋的称呼,那座四四方方憋死人的木屋说是笼子也无可厚非。我挥挥手跟高朋海告别。

高朋海一直站在门口。我走出一段距离,回过头,他还在一片烟雾缭绕里,不知道他在看什么。

我像是幽魂一样回到空屋。傍晚时分,雪岭起了风,天色阴沉得如同深不可测的海底。

空屋一楼更是黑得可怕,那种黑纯粹得没有一丝杂质,我尝试着跟和尚一样在一楼冥想,感觉全身上下千百万个毛孔都打开了,那些黑就通过毛孔往我身子里钻。我脑海里冒出一个荒唐离奇的念头,我会不会也变成这些黑暗中的一分子,哈哈,可笑,却也可怕。

晚饭我不想吃了,中午吃的面还在胃里翻滚,有些难受。

空屋中多年腐败的气味从鼻孔里钻入又钻出,我沏了杯茶暖暖胃。窗外的风越来越大,我坐在窗前望着雪岭,脑子明明想着东西,又空空的。

茶快喝完的时候,楼下突然传来了一阵急促的敲门声。

第三章
夜路人

我听见敲门声,脑袋反应了三秒钟才意识到是有人敲门,然后我攥着手电筒下楼,因为一楼太黑了。我手心潮湿地开门,门外站着一个女人,她怀里抱着一个正在熟睡的孩子。

女人穿着一件戴帽的黑色外套,帽子和披散的黑发挡住了她大半的脸,发间的眼睛冷漠而空洞。她怀里的小孩脸色发白,嘴唇发紫。

我完全没想到门外站着一个女人和孩子,我不知所措地看看女人,又望望孩子。女人也看着我,她的目光里是焦急和等待,好像在等我说话,不过木讷的我让她失去了耐心。

女人开口了,声音颤抖:"我迷路了,孩子浑身发冷,你能不能让我们进屋暖和一下?"

"哦,好,好的,你赶快进来。"我让开门,女子抱着孩子走进屋。

"好黑。"女子进屋说的第一句话,并不出我的意外。

我在她身后回答:"是黑,一楼没窗户,你跟我上二楼吧。"

我带着女人上了二楼,我把乱七八糟的行军床快速整理一下,然后让女人把孩子放上,再盖上厚厚的被子。我给女人倒了一杯热水,又拧了条热毛巾递过去:"你帮孩子擦擦太阳穴,这样会暖和得快些。"

女人顺从地点点头,她轻轻帮孩子擦拭。

我多点了两根蜡烛,尽量让黑沉沉的空屋亮堂些。我忽然想到,这不知道几百年历史的空屋除了爷爷、四叔、爸爸和我,这对母子是唯一进来过的外人吧。

我重新握住热茶杯,气氛陷入沉默的尴尬中。我其实很不会交际,这跟平时关在家写作有关,接触的人少,社交圈很小,尤其是面对异性时,我常常脑袋发木,言语无常。

"喀,喀。"我干咳了两声,喝了口变冷的茶,女子始终低着头,专心致志地帮孩子擦拭。

"咳咳,咳咳。"我又咳嗽了两声,这才鼓起勇气说话,"你怎么会在雪岭迷路?"

女子转过头看着我,仿佛这才是她第一次看见我。她的眼睛很大也很黑,但十分空洞:"我是来上坟的。"

女子回答了一句,等了两秒钟又补充了一句:"给我丈夫。"

"哦。"我做出恍然的干涩表情,紧握茶杯,"那你们家的其他人呢,你怎么没跟着他们一起走。"

女子低下头,发丝间看见她嘴唇翕动:"家里没别人了,除了我和儿子,所以我只能带着儿子来给丈夫上坟。"

"这么……"我本来想说这么惨,但想想这话不能随便说,"这么回事啊。"

"你丈夫埋在雪岭哪个地方?"

女子身子微微颤了颤:"我还没有找到,我丈夫是在工地施工中出意外死的,他老板不仅不给赔偿款,还草草把我丈夫埋了。我在雪岭找了一天都没有找到丈夫的坟。天黑了,我想回家却发现迷路了,我在山里转了半天,才发现了你的屋子。"

我听得胸口很难受,说不清是因为同情,还是愤怒。我点点头,过一会儿又点点头,然后我实在不知道说什么话了。

两个人加上一个熟睡的孩子陷入死般的沉寂,窗缝里的风透进来,冷得刺骨,蜡烛火光像是跳印度舞的女郎晃个不停。我这才想到了问:"你饿了吧,我这里还有泡面,我给你泡一碗。"

女子说话的声音拖得很长,像是有钩子钩住了她的嘴往后拉。

"我不饿。"

我已经站起来了,此刻手足无措,我看着动也不动的孩子,紧张地问:"孩子没冻坏吧?"

女人帮孩子擦脸的手抖了一下,然后继续擦:"不会冻坏的。"

"嗯嗯,那就好。"我只好重新坐下。今晚雪岭的风特别大,隔着窗户看到外面被吹变形的老槐树,那树枝仿佛张牙舞爪的恶鬼蹿腾着干瘪的身子,我把剩下半截的窗帘拉上,然后吞了口唾沫走到女子面前,"毛巾凉了,我再帮你换一换。"

我的手刚摸到冰凉的毛巾,女人突然瞪起眼睛,声音尖锐刺耳地喊:"别碰我的孩子!"

"没,没,我没有。"我一边解释着,一边倒退,女人手忙脚乱地护住孩子,黑色长发也甩到一边,我倏然看清了她的脸……她的脸上布满了大大小小横七竖八的暗红色伤口,一条条仿佛虫子蜷缩在女人脸上。

我这一瞬间除了不知所措,更加感受到了毛骨悚然。

"你的脸?"我实在没忍住,话脱口而出。

女人停下动作,她使劲抓着自己的脸,哭了起来,很快又大笑:"那些臭男人都喜欢我的脸,他们都喜欢看,但我的脸只能给我爱的人看,所以我把它刮花了,这样臭男人们就看不见了,看不见了,哈哈哈!"

女人疯癫地笑,有几次险些压在孩子身上。

"你小心孩子。"我提醒她。

一刹那,女人安静下来,疯狂的神情一点点退去,目光变得温柔深沉。

"小贝,别怕,妈妈在这里保护你。那些坏人害死了爸爸,坏人还说妈妈有病,想把你从妈妈身边抢走,他们休想!"女人从床上抱起孩子,我上前一步:"你别激动,小心弄疼了孩子。"

女人冰冷地望着我,一字字地跟我说:"他不会疼,也不会冷,因为他已经死了。"

"什么!"我一怔,随即再看女人怀里的孩子,小脸苍白得的确不像活人的脸,还有发紫的嘴唇。就在我盯着看的时候,孩子唇瓣微微咧开,我惊讶地看见孩子嘴里长着一颗黑色尖锐的牙,天啊,它跟我梦境中看到的一模一样!

我无声后退,孩子已经闭上了嘴,但方才那一幕深深烙在了我脑海里。

"你也是他们一伙的,你也想夺走我的小贝是不是?"女人歇斯底里左冲右撞,我躲闪着她,但我更害怕她怀里的孩子。这个被女人说已经死去的孩子,但我觉得他并没有死,而是用一双我看不见的眼睛在恶狠狠地盯着我。

"我要和小贝找到他爸爸,我们要一家人团聚,生不能同床,死也同穴。"女人噔噔跑下楼,等我反应过来追下去,女人早已经消失在了茫茫的夜色里。

我沉默了一分钟,眼神漫无目的地搜索,一分钟后,我面无表情地关上门。

想了想,我给高朋海打了个电话,把事情跟他说了。

高朋海好像喝多了刚醒,他声音带着浓浓睡意:"好了,这事我会处理。大作家,你不要想太多了,死了亲人而承受不了发疯的人在雪岭每年都有好几十个,我见怪不怪了。我会联系警察,你就安心睡觉。"

"老高,我……"我本来还想说看见孩子嘴里黑牙的事,但话到嘴边又吞了回去,"我会早点睡的。"

"那就好。"高朋海挂断电话。

我没有告诉高朋海,因为怕他觉得我大惊小怪。以前我也见过堂兄家的孩子长过黑牙,好像是叫作龋齿。牙齿变黑的原因有很多种,不一定就跟我的噩梦有关。或许,根本就是我有意把看到的硬要跟我的梦联系起来。

望着窗外呼啸的寒风,我灵感突然又涌来。打开笔记本电脑,沉静了几分钟,我敲打下新小说的名字——《夜路人》。

第四章
笼子里的秘密

凌晨四点多我才睡下,但一睡着就又陷入噩梦里不可自拔,这次依旧是关于空屋的梦。这回我不在空屋外了,而是在里面,被关在里面,我出不去,然后空屋外一些飞来飞去的影子像是飞蛾撞向二楼的窗户。

飞影究竟是什么东西,我忍不住想要一探清楚。

飞影来了,它们展开瘦骨嶙峋的翅膀扑腾着,张开了奇形怪状的嘴发出无声的嘶吼。我靠近些想看清楚飞影的模样,但它们多半被外面灰蒙蒙的雾气包围着,就像是几团荡来荡去的乌云。

它们又在嘶吼,这次从灰雾中露出了半张长毛的脸,扭曲的嘴里竟然长着一颗颗尖锐刺目的黑牙!黑牙,又是黑牙!

我出神间,飞影龇出着黑牙猛地撞向窗户,它们用黑牙啃咬玻璃,玻璃在一次次啃咬下由点向面产生了裂纹。裂纹越来越大,但更令我恐惧的是飞影的黑牙似乎在生长,一点点变得更长更尖,好似一咬就可以咬碎骨头。

裂纹到了极限,"砰!"的一声爆裂,赤裸的黑牙冲向我,冲向我的咽喉!

"啊!"

耳边一阵刺耳声,我醒了,我第一时间瞪起了眼珠子去看窗户,所幸窗户还是完好的。我这才反应过来,刺耳声是手机在响。

我口干舌燥地舔了舔嘴唇,拿起手机。

"喂,大作家还没睡醒?哈,本来不想这么早吵你,不过等会儿我得去趟警局,可能就没时间跟你说了。昨晚你说的那个疯女人和孩子找到了,唉,可惜都死了。疯女人抱着孩子钻进了一座野坟里,那

野坟应该有七八年了。我想那疯女人是想殉葬,但实在找不到她丈夫的坟,所以心灰意冷之下就随便找了座坟钻了。想死还不容易啊!"

"死了?"我木然地重复着这两个字。

"不说了,警察还在等着我,我得去警局做份笔录。"高朋海停顿了下,"晚上来笼子请你喝酒。"

我不知道怎么回答高朋海,脑子和嘴巴都是空白无力的。我挂了手机,看看外面刺眼的阳光,新的一天开始了,但那对母子再不会有新的一天。

我早晨吃了泡面,在空屋外的山头溜达了半小时当作散步。

山头依稀可见藏于野草丛里的歪斜的墓碑。有些已经完全看不出名字,有些坟包都塌陷了,半露出木棺的一半或者一角,我从旁边走过,想起爷爷的忠告,目不斜视地大步走开。

身后一阵窸窸窣窣的声音,我猛地回头,一道灰影从草里掠过,我追了半分钟,无果。这时,山路上有一条直勾勾地望着我的野狗,我哼了声:"滚!"

野狗低下头,钻进了树林里。

我对野狗并不在意,雪岭的野猫野狗特别多,因为博山人上坟后会把祭品要么留在墓地里,要么扔到山下的垃圾池里,总之这种上坟的饭菜不宜带回家,最后大多就进了野猫野狗的肚子里,所以雪岭总游荡着许多流浪的猫猫狗狗。

我回到空屋,又把昨晚的《夜路人》修改两个小时,等到肚子饿了才发现快十二点了。我洗把脸准备去黄三的小面馆解决午饭,高朋海这会儿打电话来,邀请我去笼子吃饭。

我想也不想就答应了,到哪里都是为了填饱肚子,而且高朋海那里总有些他抓获的野味,比老吃黄三有怪味的面要强得多。我摸了两包"泰山"塞进口袋里,来空屋前,我原是买了条烟准备着没灵感时吞云吐雾一番，但住进来后根本用不着这个，还不如借花献佛送给高朋海。

笼子就是间四四方方有窗有门的小木屋，正对着雪岭。

白天高朋海就蹲在笼子里瞅着雪岭，防止有人在山上烧纸。以前倒是允许的，不过发生了两三次山林火灾后，当地政府在雪岭下造了四五个大炉子，专门用作烧纸。而晚上高朋海的工作就是隔三个小时巡一次山，怕心怀不轨的人掘墓盗尸。

笼子门半开着，我大大方方地推门进去。

高朋海正跷着二郎腿听收音机，还抽着烟，眼睛似看似不看地投向窗外的雪岭。笼子里的味道不敢恭维，有种进了猪圈的错觉，臭气熏天的袜子随处可见，脏得发黑的帆布鞋凳上一只、床下一只，看完的报纸满地都是，更别说无孔不入的烟屁股了。这也难怪高朋海五十了还找不到个女人，我把凳上的鞋子踢开，一屁股坐下，高朋海听到动静回头看看我："来了呀，大作家。"

我点了点头，顺手把两包"泰山"扔给他。

满脸褶子的高朋海瞬间笑得跟朵花似的，嘿嘿道："大作家就是大作家，出手就是十几块的泰山，还给两包，请你吃顿饭真值。"

我满屋子瞅了一圈，调侃说："我说老高，你请我来吃饭，是吃西北风的吗？"

"瞧你，我老高是那种空口白牙的人吗，瞅瞅这是啥？"高朋海从坐着的木椅下摸出一袋子东西倒在桌上，是两瓶二锅头，还有一小盆腌兔肉。

"这是我让黄三帮我腌的，刚腌好，所以说有福之人不用求，你小子就是有口福。"高朋海满屋子找出两双筷子，而且还是两双长短不一的筷子，他满不在乎道，"我听收音机里说用长短筷锻炼人的大脑，你这用脑子的刚刚好锻炼锻炼。来，吃！"

腌兔肉特别够味，辣乎乎有嚼头，我毫不客气地大口吃着兔肉。

高朋海开了瓶二锅头递给我："别光吃，咱兄弟俩也喝杯。"

我二话不说，仰脖子就灌。高朋海揪着胡楂："好，你可比那些文绉绉的教书先生更像个男人。来，哥陪你。"

没有过多的交谈，我跟高朋海就是吃喝，吃了一个半小时，那盆兔子肉吃光了，两瓶二锅头也喝干净了。我一阵迷瞪，趴在桌上睡着了。

不知道睡了多久，我被一阵尿意憋醒。醒来外面天色已经黑了，我看了眼手机，已经是下午五点二十了。高朋海没在笼子里，我也不管他，跑到笼子后头的犄角旮旯解决了生理问题。刚想回走，突然我在一个背光角落里发现了一大块用蓝色塑料布包裹了一圈圈的东西。

我那骨子里的好奇心促使我走过去，缓缓拉下那些塑料布，看看底下有什么东西。

塑料布拉下来，我目瞪口呆地看着塑料布下的东西，那是一尊女子的雕像，面目五官、头发、衣服都有，更令人吃惊的是石像的眼鼻、耳还有嘴都不知被什么东西涂成了红色，有部分鲜红，有部分暗红，有部分紫红，脖子和左手也被涂成了红色，剩下的则还是石头的原色。

我忍不住伸手想要摸摸石像，忽然身后一声怒喝："住手！"

我回头，高朋海脸色阴沉不定地瞪着我。我尴尬地缩回手："上了个厕所，发现有这么个东西就好奇看看。"

"回屋吧。"高朋海淡淡地说。

我回到笼子里，两个人沉默了十分钟。高朋海忽然想抽烟，他摸到了我送他的泰山，想想又舍不得，重新把泰山烟放回兜里。从床头翻出一包大丰收，点了一支："你抽不抽？"

我摇头："刚吃饱了，不想抽。"

高朋海笑了："你懂个屁，吃饱饭再来口烟才是胜过活神仙，你啊，太嫩了。"

"少说我，我可比不过你这大烟鬼。"气氛渐渐舒缓，我趁机问，"你刚才干吗去了。"

"哦，有几个不自觉的家伙想要在山上点灯，我上去把他们骂走了。"高朋海眼前飘起一缕缕白烟，他口里的"点灯"一开始我听不懂，后来高朋海解释给我听就是指烧纸。在雪岭张口说"烧"字不吉利，所以他取了个别称来说这事。

"嗯，你一个人骂走了一群人？"我有点八卦了。

高朋海义薄云天地说："哈，那几个兔崽子在我面前完全不是对手，我可是钻林子学过功夫的高人，你信不信？"

从见到高朋海第一面起，他就总提自己钻过林子学过功夫，我具体问，他就东扯西拉不跟我说明白。不过我琢磨着他的确小有两下子，要是说在某个野庙学过和尚拳我倒是信。

我想着，点头应他："我当然信。"

"就是看那帮兔崽子身边有女眷，不好意思让他们太丢脸，我便骂两句算了。"高朋海继续抽烟。

气氛再次陷入让人别扭的沉默，我们俩都清楚横在这层沉默中间的是什么东西。高朋海叹口气，终于开口："你也看到了，我其实不想让人看见。"

"嗯。"我不知道说什么。

"人活在世上谁不想灯红酒绿，谁不想出人头地，谁不想见识见识外面的世界，能窝在这山旮旯里总有他的苦衷。要么老了，要么残了，要么看破红尘，要么跟你一样找啥灵感，要么……就是他有说不出口的秘密。"高朋海看着我，我也看着他，他的话已经十分直白，我心领神会地点头："我也有秘密，但不能告诉你。"

高朋海笑了："那咱俩扯平了。"

"扯平了。"我说。

从笼子出来已经快傍晚六点，我活动活动因为蜷缩着身子睡觉而

酸疼的胳膊，沿着山路往空屋走。走了一段，我转回头，笼子里的灯光摇曳不定，像是随时都会熄灭。

高朋海说的话意味深长，那尊古怪的女子石像是他的秘密，但会是他的什么秘密呢？他的初恋情人、梦中情人，还是别的什么，我想不到也想不透。

还有就是石像怎么红一块白一块的，像是村里唱大戏一样。

作家的本能让我想尽了许多种可能，但这些可能最后都变成了省略号，没有答案。

第五章
陷阱

傍晚六点二十分，按路程我应该可以瞅见空屋黑色的棱角了，但我却四顾茫茫。我迷路了，我还是第一次在雪岭里迷路。

然而不知为何，我却感觉置身的这片荒野充满了某种令人发冷的熟悉感。雪岭浓稠的黑夜比任何事情都让我感到压抑，我打开了手机照明，照亮了一小片范围。

风吹动树叶发出嘈杂的沙沙声，风的呼呼声加上我变重的呼吸声，这三种声音仿佛交缠成某种奇妙的韵律。我承认我有点害怕，尤其想到周围地下埋了不知道多少白骨尸骸，我的脑海就禁不住浮现出它们在我脚下横陈的模样。

我闭了闭眼，让乱念消散。忽然一下子我听到除了沙沙声、呼呼声，还有我的呼吸声之外的第四种声音，那是一种咔嚓咔嚓仿佛嚼碎骨头、吸吮骨髓的可怕声音。

我屏住呼吸，缓缓把脸转过去。在黑漆漆的一丛矮树下，有一群不停耸动的野兽。

野兽在进食。

高朋海跟我说过,雪岭没有大型野兽,那么这群黑暗里的野兽又是什么?我强烈的好奇心再一次主导了一切,我慢慢靠近,同时将手机照过去。

相隔五米左右,那群野兽停止了进食,齐刷刷地转过脑袋望向我。

而我也在幽黄手机光的照射下看到了野兽的真面目,那是七八条体形硕大的野狗。

天色太黑,分不清它们是黑是黄,其中一条体形最大的像是狼狗。

我知道了野兽是狗,就没那么害怕了。我低吼了两声,一群野狗快速作鸟兽散,但还剩下一只没有挪地方,就是那只最大个的狼狗。

我大声喝道:"走开!"

这回狼狗动了,但不是逃,而是向我靠近。

我反而有些胆怯了,事情往往是这样,敌对双方,你无畏他心里就会打鼓,你进他就退。但问题是现在退的是我,我四下找了找,想要找块石头扔过去吓跑狼狗,就在分神的瞬间,狼狗忽然扑向我。

偌大身躯的狼狗像是一头健壮的小牛,我猝不及防,狼狈地连退五六步才没让狼狗扑到我。我这算身手敏捷了,要不然肯定被狠狠咬一口。但就是这样,我手忙脚乱下手机不慎掉在了地上,狼狗对着手机嗅了嗅,然后一口咬住扭头就跑。

我在心底骂了一句:奶奶的,你这蠢狗抢个手机有鸟用!

我原地愣了足足十秒钟才想起去追,那可是我刚买三个月的新手机,不能就这样便宜了这畜生。

冷寂的雪岭中,我跟狼狗,一人一狗进行焦灼的追逐战。跑了有十来分钟,狼狗钻进了半山腰的一片黑松林里。我也急了,不管它跑哪里我都跟着,我也一头扎进去。

黑松林里黑沉沉全都是吊诡婆娑的树影,偶尔能瞥见拱出地面的

不知是土堆还是坟包什么的，我一概通通绕开，但转眼那条狼狗已经没了踪影。

"死狗！"我龇着牙吐了口唾沫。

就在我拍拍屁股准备放弃的时候，不知什么地方传来一阵"呜呜，呜呜呜"的叫声，像狗叫又像是某种动物的呼唤声。

我身体不由自主朝着声音走去，绕过几个坟包，还有半副裸在地表外的深褐色棺材。我看到在黑松林深处，一块蒜瓣形的大青石下，那条狼狗正奋力用爪子刨地，一边刨一边昂头叫唤两声，而旁边地上的正是我的手机。

我知道狗有把喜欢的东西挖个坑藏起来的习惯，没想到这狼狗竟然想把我的手机给埋了。一股子怒气直冲脑门，我捡起一块石头，不管狼狗有多大个，我无畏地冲了出去："死狗，给我滚！"

狼狗被我扔的石头砸中了后腿，它哀号一声逃进了黑松林。我确认狼狗跑远不会再回来了，这才走到大青石前，弯腰捡起手机。可就当我摸到手机的一刹那，脚底下突然一空，还没等我搞清楚发生了什么状况，整个人已经摔在了一片漆黑的环境里。

屁股有种被摔成八瓣的剧痛，我仰起头，能看见高高的仿佛在天上般的一个圆形的洞口，我就是从那里掉下来的。我心里有一万头羊驼在奔腾，难不成雪岭的狗成精了，还会挖个这么深的洞来当陷阱害人？

目前也管不了我是怎么掉下来的，重要的是我怎么上去。

漆黑的环境令我极度不安，手机也不知道掉哪儿了，对了，我兜里有火柴。虽然很少抽烟，但我身上总爱带一盒火柴，说不上什么原因，如果非要找一找原因，或许它是能给我带来一丝温暖的东西，毕竟这类东西对我来说太少了。

我划亮了一根火柴，大致看了看周围环境。

这是一个宽约一米的圆形深洞,脚底下是冰冷的黑土,有几块巴掌大小的石头,我十分庆幸掉下来的时候没脸朝下撞在石头上,要不然就惨了。我再想看看洞口,指尖一阵灼热,火柴烧到手了。

我抖抖手扔掉火柴,再划亮一根,朝着头顶望去。

洞口距离我有六七米高,也就是说这个洞有八九米深。我尝试着手脚并用像壁虎一样爬上去,但刚爬了半米,就因为泥土太滑掉了下去。真是倒霉透了,如果有两把登山铲就好了,能够插着一点点爬上去,但此时此刻这无疑是痴人说梦话。

我手在黑土里扒拉希望找回手机。扒拉一会儿,在角落里我触碰到一截冰冷坚硬的物体,我心里一阵暗喜,找到了。我赶忙拿出来瞅一眼,呼,火柴又熄灭了。

我重新划亮,微动的火苗下,我的身躯突然颤抖,连眼睛都跟着颤抖……这哪里是什么手机,分明是一截惨白的骨头!

"啊!"我惨叫一声,把骨头远远地扔到另一边。

就在挖出白骨的位置,晃动的火柴光下我看见了更多白惨惨的骨头。一个念头清晰无比地跳出来,我真真实实地掉进了一座坟里。

虽然无数次在坟边经过,但身处其中还是不敢想象的第一次。

我紧咬着嘴唇,电影里僵尸诈尸、白骨复生的情景此刻在我脑海里活灵活现。我渴求刺激灵感,但这也太刺激了,超出了我的承受范围。

我转过身不顾一切地往上爬,但结果跟前面一样,无济于事又栽了下来。而且这次身体失衡变成了"大头冲"栽下来,虽然没一头磕在石头上,但也磕在了那堆白骨中间。我在恐惧和疼痛中猛撅屁股想要翻过身,结果脚把更多白骨踢腾了出来,某样近乎圆形的东西咕噜咕噜滚到我眼前。

两个黑色怪异的眼洞正对着我,下面还有一排参差不齐的惨黄的牙齿,这是一个头骨。

而令我惊骇到心脏快停止的是——那一排牙齿的正中间赫然是一颗刺目的黑牙。

天哪！我一个鲤鱼打挺翻到角落里，死盯着它。

我亲眼所见的尸体不多，不过从事恐怖写作，相关方面的图片资料也看过不少，眼前这个略扁的头骨绝对不像是人的骷髅。我想起了将我引来此地的那条狼狗，没错，这很像是一条狗的头骨。

但不管它是人是狗，最令我耿耿于怀的还是那颗黑牙。

黑牙像是我来到雪岭后的一个梦魇，无时无刻出现在我身边，我所遇到的种种怪事也都跟它有关。我紧紧盯着黑牙，它毫无声息，当然了，它不会突然冲过来咬我一口，不然就成了天方夜谭。

我叹口气，既然不想看见的都看见了，就不如看个明白。

我赌上作家的尊严参着胆子靠过去，逼仄的洞里没多少回旋余地，我的脸都快贴到那堆白骨了。黑牙就在咫尺之外，我定定神，将黑牙抛去可怕的外衣之后，它其实就是一颗更大更尖更黑的牙。

除此之外，我发现黑牙上有两个小缺口。

我冷静下来，我再看着黑牙。记忆深处的水面仿佛被什么东西刺破了，泛起了层层涟漪。为什么会有如此奇妙的感觉，我说不上来，也没时间去想，当务之急是出去。

敢于直面黑牙，剩下的骸骨于我也不过如此了。

我找出两根最结实的白骨，据我猜测应该是大腿骨。我攥在手里试了试，还行。

我将两根骨头插入一侧泥土里，深吸口气，一点点靠着插骨往上爬。泥土湿滑异常难爬，但在一个求生欲坚定的人面前就不算啥了，汗水浸透了我的头发和衣衫，终于我即将感受到洞外的天光。

谢天谢地，谢谢雪岭里的牛鬼蛇神，我离成功只差一步之遥！可我还没来得及品尝大难不死的喜悦，突然洞口闪出来一个硕大的头颅，龇牙咧嘴，正是那条成了精的狼狗。

这家伙还真成精了，它冲我闷吼了几声，接着用头拱下块大石头。

我吃了一惊，身子往旁边一贴躲开石头，但为时已晚，石头砸中了我半边肩膀。我整个人失去了重心，大呼大叫着摔向洞底。

而且是再一次大头朝下，然而更可怕的是我恍若见到了洞底莫可名状又毛骨悚然的一幕画面——那堆凌乱的白骨竟然一根根像摆积木般自己拼接在一起，形成了一具白骨森森的狗尸。

狗尸朝我昂起头，我一眼便见它脸骨下端那颗漆黑吓人的黑牙！

不，不……不要！

不管是心底还是嘴里，我都在狂呼惊叫！

但一切都无济于事，我重重摔了下去，摔得眼冒金星、天旋地转，但比这些都厉害的是沉重的恐怖。我紧闭双眼，身边悄无声息。

我犹豫了半天才缓缓把眼睛睁开，我担心睁开了那颗黑牙就杵在眼前，但结果却令我完全傻掉了。

黑还是黑，但这里并不是我失足坠落的那个深洞，而是在……空屋里。

第六章
往事如烟

我是怎么回到了空屋的？

历历在目的洞底惨景像针尖扎着我的神经，让我有种想要疯掉的冲动，莫名其妙的空间转换又让我感到迷茫。我看着头顶的行军床，自己刚才应该从行军床上摔下来了。

我一手揉着发胀的太阳穴，一手重重拍了拍铁迹斑斑的行军床，这十几年的铁床硌得我手疼，但也证实了这不是做梦。

那么刚刚洞底惊险刺激的一幕也许是自己的梦境。

我舔了舔发裂的嘴唇，咕咚咕咚喝光了桌上的凉茶，凉气入体让

我禁不住打了个冷战。脑子也开始有逻辑地运转,我慢慢回忆昨天发生的事。

从一大早开始,吃饭,创作《夜路人》,然后是高朋海的电话,我去了笼子,接着跟高朋海喝酒吃兔肉,看见了笼子角落的诡异女子石像,傍晚六点我离开了笼子,然后……记忆出现了一块空白,我努力往记忆深处去探索,好像隐隐约约忆起了自己如游魂一样回到空屋,爬上二楼,一头倒在行军床上。

还有,好像回来的路上有什么东西一直跟着我!

那么迷路撞上野狗群,追逐狼狗,失足落入深洞,发现洞底的白骨黑牙毫无疑问就是我的又一个噩梦。但跟之前虚无缥缈的梦境不同,这个梦太真实了,真实得连组成它的每个细节我都记得清清楚楚。

脑中过了一遍噩梦洞底的经历,我抓起衣服跑出空屋。

我去了黄三那里,黄三刚开了门,他正坐在空无一人的馆子里打着哈欠,看到我含混地说:"大作家,这么早啊。来碗面?"

我摇摇头:"不吃面了,来跟你借样东西。"

"啊,什么东西?我可事先声明,借钱免谈,你看我这破馆子哪像有钱的样。"黄三愁眉苦脸,好像我已经开口借钱了一样。

我打消了他的顾虑:"放心,不借钱。你有没有铁锹?"

"啊?"黄三顿了顿,"那玩意有。"

我借来黄三的铁锹,头也不回地撂下句话:"用完还你。"

黄三倚着小面馆的门,望着一溜烟跑没影的我,托着下巴纳闷道:"这小子有些古怪。"

小面馆里头的帘布忽然被撩起来,徐珍探出冷冰冰的脸庞说:"别管他了,后面又歪了,快点去准备东西。"

"好,我马上去。"黄三顿时睡意全无,利索地钻进柜台里,用脚踢开盖在柜台地上的一块破烂的白布,下面是一个锁起来的小门。

黄三鬼鬼祟祟摸出钥匙，刚想开小门，徐珍在里面又喊："先锁门。"

黄三一拍脑袋瓜子，赶忙锁了刚开门不久的小面馆。接着钻回柜台，开了小门，钻了进去。约莫过了十分钟，黄三爬上来，手里提溜着一个暗黄色竹筐。

竹筐里没别的东西，只有一圈一圈绕在竹筷上的红线，不过那红线红艳得有些过分，仿佛那红色是流动的，又好像是在线上涂了一层密密的血。

黄三小心翼翼端着竹筐进了小面馆最后面，谁也不知道那些红线究竟用来做什么。

走在雪岭里的我，手握着铁锹，按照梦境里的指引满雪岭乱跑。

不过没多久，我就在雪岭东侧找到了梦里撞见野狗群的那片荒野。我继续找，在荒野上方，我发现了一片十分隐蔽的黑松林，我握紧了铁锹钻进了林子。

我看见了跟梦境中形似的几个坟包，还有那口半裸在地表外的深褐色棺材，以及形如蒜瓣的大青石。时间快要到中午十二点，但枝丫交错的黑松林的深处竟然没有一丝暖意。我周身冷冰，尤其是后背，仿佛有块看不见的冰块贴在后背上。

我往手心吐了口唾沫，到这里了，没什么可犹豫的，就一个字，"干"！

我铆足了劲用铁锹一下下地铲土，足足铲了一个小时，我全身都被汗水浸透了，即便如此我也感受不到什么暖意，汗水似乎瞬间就变成了冷水。

苦干的成果是我铲了三四米深的一个洞，再一铁锹下去，"咔嚓"一声像是铲到了东西。

我一阵激动，扔下铁锹改用手刨。几分钟后，我刨出了一件破布

棉袄。

喊里喀喳从破烂棉袄里掉出了一堆东西,靠,我暗骂一声!破棉袄里掉出来的不是别的,而是一堆凄惨的白骨。我的视线停在近乎圆形的头骨下端的,那一颗漆黑锋利的黑牙上。

"真找到了?"我喃喃道,像是跟自己说,又像跟冥冥之中的人说。

我目望黑牙,心中百思不得其解,梦境中的一切为何真实存在?

要说有不同就是噩梦里的洞有八九米深,而现实中我挖的只有三四米深。

我用破棉袄重新包裹住白骨,用力扔上地面,然后我正要爬上去,忽然我的脚下传来一声脆响,仿佛有东西被我踩碎了。

难道还有没捡完的白骨,我弯下腰拨开土,黑土里赫然是一部被踩碎屏幕的手机。天哪,我的新手机!

我的手机为什么会出现在洞里?难道手机是昨晚掉的……难道昨晚发生的一切根本不是噩梦,而是真真实实存在过的事实。

我感觉快窒息了,我迫切需要一个答案、一个真相。

我如野兽一样低头喘息,我推测可以给我这个答案或者真相的只有一个人。

——高朋海。

笼子外刮起了风,天阴沉沉的,一如我凝重的面孔。

笼子的门吱呀吱呀被风吹个不停,高朋海斜躺在窗下的椅子上,两条腿交叉搁在桌上。我一言不发地坐他对面,高朋海扔给我一根烟:"抽吧。"

我看着他,接下烟,是他的"大丰收"。我点上,很快面前升起袅袅烟雾。

可能是有段日子没抽了,也可能是跑来笼子的时候太急,总之我被呛了一口,重重咳嗽了几声。

高朋海隔着他脸前的烟雾看着我,我同样看着他,两人在烟雾缭绕里目光相撞。白色烟雾升腾,高朋海龇着牙,满不在乎地道:"我早知道你会来找我。"

我认真回应他这句:"我也早知道你知道我会来找你。"

高朋海一愣,鼓动腮帮子笑道:"哈哈哈,不愧是大作家,字嚼的就是烂啊。"

烟雾像一条灰白蛇爬到我的头顶,我轻轻把它吹散,重新望着高朋海的脸:"嚼的烂不如嚼得透,有些事情我嚼不透,但老高你就能嚼透。"

高朋海也吹开烟雾,揪着乱糟糟的头发说:"这话听着像夸我厉害,哈,不管是不是这意思,我受用。"

我没吱声。

虽然心中早已火急火燎地恨不得把高朋海脑袋砸开翻翻我想知道的东西,但我表面却并不着急,这是心理制衡中的一个落差。听着有些深奥,但却是我一个学过心理学的死党传授我的妙招,他外号叫猴子。

猴子的真名叫吴空,上学那会儿我管他叫悟空。后来我们成了臭味相投的死党,他便让我管他叫猴哥。我心里琢磨,叫猴哥的那都是二师弟,我可没当八戒的嗜好和身量,于是我就认准了叫猴子。吴空死乞白赖求我好久,我亦不为所动,然后这浑蛋就开始擅自管我叫八戒了。奶奶的,转来转去还是被他占便宜。关于猴子的事,不是三言两语、三天两夜能说得完的,所以我先不说。

高朋海脑袋转向窗外:"想问关于黑牙的事?"

我捏着烟,点点头:"是。"

高朋海从嘴里抽出烟屁股,打算讲了:"从哪里说起呢,我想想。这事起码有个三十年了吧,那时候你也就刚上幼儿园,我也刚来博山

一两年，还住在雪岭东头的洼子村。村后头有片传闻闹鬼没人敢看的林子，我就在那里看林子。后来林子被人买走了，改种了水果，到底种的啥水果我也忘了，好像是苹果，也好像是梨……"

我实在忍不住开口了："水果的事先不提，改天我送你个十斤八斤的大苹果。"

高朋海摸摸胡楂，眼里闪过老奸巨猾的贼笑："大作家，我可不是为了吃你几斤苹果，你看你这太见外了，不过我这两天正好上火，吃点苹果调理调理也不错，那就谢了。说正事吧，三十年前，那时的雪岭周围还有好几个村子，像是我住的洼子村、西南边的大新村、北边的北峪和磨牙子，还有就是西边的第村。"

"第村。"别的村子我都听过，但第村却一点印象都没有。

高朋海似乎知道我想什么，吸口烟继续说："你肯定觉得耳生，因为那事之后没两年第村外的白龙山发生了山崩，一大半村子都没了，村里的年轻人也陆续搬走了，只留下一些无儿无女的老人等死。唉，又扯远了，那年第村里生了一个畸形儿，也不知道畸形儿的爹娘何苦要养这么个祸害，要是别家恐怕生下来就掐死了。"

我听着心里并不好受。但我知道高朋海说的没错，三十年前也就是 1989 年，那时候的大山里全村人都吃不饱饭，更何况白养一个无法自活的畸形儿，生下来掐死的有的是。

我沉闷地使劲吸烟，面前的白雾一层层往上升。

"畸形儿名字叫第芽，天生哑巴，脸上鼓鼓囊囊长满了一块块肉瘤子似的肉包，脊椎是弯的，四肢和腰都伸不直，平时走路就跟狗一样四脚着地。而且最吓人的是他嘴里长了一颗三寸长的尖锐的黑牙，那黑牙让人在晚上瞅一眼都吓得半宿睡不着觉。第芽长到八岁，爹娘又生了一个儿子，就不再管他死活了。第芽便钻村民的地窖偷粮偷菜吃，村民开始还怕他，后来就三五成群聚在一起追打他。唉，第芽慢慢像过街老鼠一样人见人打，就连他爹娘都把他赶出了家门。"高朋海似含着满嘴沙子的沙哑声音微微颤动，好像为第芽的悲惨命运感到悲哀。

高朋海端起水壶咕咕灌了几口，擦了擦嘴："后来畸形儿第芽躲进了雪岭，隔三岔五溜回村抓几只鸡鸭吃，也偷鸡蛋和咸菜。之后的那一年冬天，雪岭连下了七天雪，第村人都防着第芽跑回去，但七天里谁也没见着第芽的影子，大家都认为他被冻死了。可没想到雪停的当晚，第芽又回来了，大半夜的，人们便举着火把驱逐他，用石头扔、鞭子抽、棍子砸，总之什么残忍办法都用了。若不是第芽爹娘还存着点良知，好求歹求才保住了第芽一条命。"

高朋海叹口气："重伤的第芽被扔回雪岭，而半个月后整个第村的噩梦就来了。接二连三的牲口惨死，村民在牲口脖上都发现了一道深深的咬痕，这跟第芽用黑牙咬的一模一样。村里人叫嚣着要把罪魁祸首碎尸万段，第芽的爹娘不堪重负悄悄搬走了。就在他们搬走的那晚，第村一户人家的孩子也被咬了，脸上留下了深可见骨的伤口。孩子娘说看见一个蜷着身体像狗一样的人钻进屋咬了她孩子，现场还残留了一小块被硌掉的黑牙碎片。"

我想着被我丢在空屋一角的那堆白骨，白骨黑牙上的缺口，心不由得沉了沉。

"然后呢？"我跟着问。

"第村人爆发了，全村一百多人举着火把在雪岭搜了两天两夜，终于发现了第芽。第芽被追到一处悬崖上，他跪在地上对愤怒的第村人比画，但没人看得懂，也没人愿意跟他交流。唉，就在无数扔来的飞石里，第芽最终跳崖摔死了。据说他死状很惨，整张脸都摔得血肉模糊。"高朋海摇了摇头，望着我，"就这样了，大作家。"

"第芽死了？"我确认道。

"废话。"高朋海瞅着窗外的雪岭，"他就在这雪岭的某一块土

地里埋着。"

畸形儿第芽死了，故事完结。我慢吞吞地站起来，心头堵满了失落，在高朋海的故事里我并没有找到黑牙缠上我的原因。为什么找上我，为什么钻进我的梦里，难道跟我住在空屋有关？

"谢了，苹果过两天我给你送来。"我拍拍屁股准备走了。

高朋海熟练地又点上一根烟，这回抽了我送他的"泰山"，他嘟囔了一句："等会儿。"

我回头看着他，不知道他想干吗。

高朋海深深抽了口烟，那脏脏的胡楂像是挂在他脸上的口罩，说实话，我看他看久了就总有想笑的冲动。但现在，我没心情看他，更没心情笑。

高朋海过了瘾才说："好烟，不过我还是喜欢抽'大丰收'。"

"就说这。"我不耐烦道。

"别急，黑牙的故事还有一个小插曲，你想不想听？"高朋海故意卖关子，我眉毛耸了耸，朝着高朋海一伸手，意思是请讲。

"嗯，这是我后来听上任看山人老孙告诉我的，他说畸形儿第芽死后，第村人没人替他收尸。后来过了一星期吧，第村有几个老人觉得第芽挺可怜，就带着席子想把第芽给埋了。但去了之后，他们发现第芽的尸体竟没了。"高朋海一边抽烟，一边说。

"那是不是有人偷偷埋了，比如他的爹娘。"我猜测道。

"那对没心没肺的爹娘早不知道跑哪儿去了，总之第芽尸体不见成了个谜。而在第芽死后的第一年，第村发生了集体中毒的怪事，你就想想整个村子一百多号人上吐下泻、哭天喊地的情景吧，但这远不算完。到了第二年，白龙山毫无征兆地就垮了，山崩下来的无数巨石这里不砸，那儿也不砸，偏偏都只冲着第村那一亩三分地狠狠砸个没完。被砸死的没有二十人，也有十几个，而这些都是在第芽惨死后发生的事。"高朋海咂巴着嘴。

"你是想说第芽死不瞑目，变成冤鬼来报复整个第村。"我琢磨着说。

高朋海抠抠耳朵："那我就不知道了，我只管把知道的故事告诉你。至于你怎么想，那是你自己的事。你是个大作家，闲着没事倒可以把这些东西写进你那本本里，嘿。"

高朋海伸了个懒腰，舒舒服服打了个哈欠。

我看着自己的脚，想起身走，可忽然又想起了笼子后头那座神秘女人的石像。我抬头说："老高，问你件事。"

"问。"

"你相信这世上有鬼吗？"

高朋海捏烟的手莫名抖了一下，然后接着抽，同时用那种玩世不恭的语气回答我："我是个看山人，整座雪岭除了三两个活人之外剩下的全是成千上万的死人。有死了几百年的，也有刚死了几天的，我日夜对着他们快十年了，你说我相信吗？"

"你能守十年，不是因为你不怕，而是因为你信却又不怕。"我突然说。

高朋海深深望了一眼我，凌乱的头发挡住了他的视线，不过我却仿佛能感受到他目光当中的那份吃惊、怀疑，甚至有一丝被戳穿心底秘密的惶恐。

半天，他嘟囔了句："大作家，你真没选错职业。"

我没时间理会他这句话之外的意思，我站起来走向他："老高，我想让你看样东西。"

"哦，什么东西？"

"不在我身上，在空屋。"我说。高朋海顿了顿，半懒半笑地说："这样啊，那好，我就跟你走一趟。"

老高把笼子门一带，也没锁，便跟我往空屋而来。

第七章
空屋夜谈

回到空屋时天就快黑了,天空好像巨大的炭炉子倒扣过来,呼呼地泼洒出浓黑的尘土。我推开空屋的门,高朋海在门外探头探脑了一阵才迈步进来。

"好黑啊。"高朋海由衷说。

我见怪不怪,任何一个首次进入空屋的人都有这样的感慨。不知为何,我忽然想到了那个疯女人。我回头道:"走吧,上二楼。"

"二楼好,二楼亮堂点。"高朋海麻利地上了楼。

时间虽然尚早,但高朋海既然说黑了,我就点了蜡烛,柔和的烛光晕染着空屋独有的纯粹的黑。高朋海望着蜡烛,习惯性摸出烟,想了想看向我。

我点头:"随便。"

高朋海点着烟,像吸大麻一样死命抽了两口:"大作家,你的日子够艰苦的呀。"

我渐渐适应了他无关痛痒的调侃,耸耸肩:"无所谓,反正一个人,用电也是浪费。"

"嗯。"高朋海点了点乱糟糟像长了草的脑袋,表示赞同我的观点。

"不过说真的,你没发觉这里阴气森森的吗?感觉就像是走进了一个漆黑寒冷的地窖,尤其……"高朋海顿了顿,目光四下一扫,"还有种被无数双看不见的眼睛偷窥的感觉。"

我心中一颤,我何尝不是这般瘆人的体会。

"可能你来得少,多来几次就好了。"我强作神情自若。

高朋海又提醒我:"大作家,你在这空屋住久了,阴气入体很容易生病。我劝你住两天得了,早点回城里去。"

我笑笑,并不做回应。

高朋海见我不说话,咧嘴笑问:"不是让我看东西吗?"

"哦,你等会儿。"我把破棉袄中的白骨黑牙一同扔在了一楼。

我下到一楼,拿起破棉袄就走,蓦地又停住脚步,我在破棉袄的里子中捏到了什么东西。我掏出来一看是巴掌大小的一块惨白的玩意,我下意识地觉得又是一块骨头。当手指不经意在其表面滑过,一种说不出的感触传入心田……我突然想到一个可能性。

最后我把破棉袄和白骨又丢回角落,只把黑牙掰下来,带上二楼。

高朋海凝视了黑牙将近三分钟,忽然表情怪异地说:"你怎么会惹上了它?"

我苦笑:"是它缠上了我。"

高朋海抽着烟,片刻后问:"你想怎么办?"

我又问了一次在笼子里问过的话:"老高,你相信这世上有鬼吗?"

老高不安分地挪了挪身子,好似行军床硌了他的屁股,他含混不清地回答:"你知道的还问我。"

我点了下头,对他讲:"黑牙缠上我,我不知道原因。但听了你讲述的故事,我觉得第芽是有莫大的怨念,所以我想化解这一段仇怨,让他得以解脱,而我也可以摆脱黑牙的纠缠。"

高朋海点点头:"那你要怎么化解?"

"找到仇怨的源头。"我一字一字地说,"我想去第村。"

"但第村早就不存在了,第村的人二十多年前就都搬走了。"高朋海眉头紧皱。

我望着黑牙:"你去过第村吗?"

高朋海一愣,摇摇头。

"那就是了。雪岭四面山连山,这么庞大,你能说得准哪儿哪儿

就一定没人。而且如果第村早没人了,第芽应该也不会缠着我。"

高朋海吐出一口烟雾:"好像有点道理。"

高朋海忽然想到什么,他把眼瞪得圆鼓鼓地问我:"等会儿,大作家,我忽然想到一个问题。你为什么要给我瞧这不干不净的玩意,还同我说什么化解仇怨,你想干吗?"

我笑了:"我早说过,老高就是老高,什么事都能嚼得透。直截了当说吧,我想请你带我去第村。"

"我,为什么是我?"

我解释给他听:"有两个原因,第一个是我不认识路,而你是雪岭上的老蛤蟆,是当向导的不二人选;第二个则是最重要的原因,我一个人害怕,所以想找个人陪。"

老高哼笑了:"你当我傻啊,老子不干。"

"我再过三天要回城里,回来的时候准备犒劳一下陪我并肩作战的好同志,一斤风干肉,外加三个最正宗的南城酱肘子。"我用赤裸裸的风干肉和大肘子贿赂高朋海。

高朋海不屑一顾地挠挠痒,完全不为所动。

"唉,"我摆摆手,"好吧,不强人所难,我去找黄三。"

"等一下,干吗便宜黄三那个吝啬鬼,我可以干,但是……"高朋海缓缓伸开左手,不容置疑道,"最少五个酱肘子。"

"好,五个,一个不少你的。"

高朋海这才勉为其难地同意下来。

"今天太晚了,而且我还得去找蛤蟆精问问路。"高朋海揪着胡楂说,"这样吧,明天上午九点你在空屋外等我。"

我有点好奇:"你想去问哪只蛤蟆精,老孙?"

蛤蟆精是雪岭老辈人对于熟悉某座山、某条河、某个地方的人起的一种外号,听着不雅,实则是一种对人生阅历的尊称,就像我刚刚还管高朋海叫老蛤蟆一样的道理。

高朋海似笑非笑道:"老孙,我倒是想问他,可他已经没法跟我说了。"

"怎么?"

"老孙几年前就得肺癌死了,据说是抽了太多烟。"高朋海一边说,一边狠狠吸着烟。

我之前总听高朋海提到上任看山人老孙,但并不知道他早死了,我有些发蒙。然后我定定瞧着高朋海,样子像是看到了另一个老孙。

高朋海扔掉烟屁股:"不抽了,想起老孙就不痛快。"

"那你说的蛤蟆精是谁?"我更好奇了。

"哼,这你就别管了,乖乖睡觉,明早等我。"高朋海起身下楼,走到门口又回头劝我,"这空屋真住不了人,你啊……唉。"

高朋海把到嘴边的话又吞了回去,他的目光停在我身后似流质的黑暗中,头也不回地大步走开。

我一直望着高朋海直至消失,关上门,然后把破棉袄和白骨拿上二楼。东西放在桌子上,我摸起碎屏的手机,所幸电话还能打。

我拨了一个号码,等了十多秒,对方才接起来。

"猴子,帮我去基地里查点资料。"

电话里对方在咆哮:"你奶奶,我说了别叫我猴子,八戒。"

我也怒吼:"你嘴长屁股上了,别叫我八戒,叫朱珂。"

"还是八戒好听嘛。"

"你去死!"

"遵命。快点说查什么资料,过会儿我还有个无聊的会要开。"电话那头的吴空叽叽咕咕。

半个小时后,我从吴空口中得到了想要的答案。

我心不在焉地敲了一会儿键盘,肚子很快就唱起了"空城计",

看看时间已经是晚上九点多,黄三的小面馆早关了。对了,他的铁锨我还没来得及还他,不知道这吝啬鬼会不会难过得失眠。

我随便泡了一碗面,又翻出一瓶看不出日期的豆腐乳,我一口泡面一口豆腐乳解决了晚饭。但最近吃了太多泡面,现在连打嗝都有一股子泡面泡烂的味,再加上豆腐乳特有的酸臭味,让我有一阵阵想吐的冲动。

看来得换换胃口了,弄点蔬菜放黄三那儿,让他帮忙炒点人吃的菜,我这么盘算着。

吃完抹抹嘴,时间刚过十点,我开始为去第村做准备。首先清空了一个背包,装上了仅有的泡面、矿泉水等食物,另外还有卫生纸、手电筒、我的记录本等杂物,最后迟疑了下,我把那件破棉袄也塞进了背包。

收拾完之后,我简单洗了洗就倒在床上睡觉。在笼子里听高朋海说这几天有雨,希望不是明天。

我闭上眼,转个身,面向更黑暗的墙壁。

时间流逝,不知是睡着,还是醒着,我听见了一种声音,难以分辨。

我恍若睁开了眼,门外有一道模糊的影子,如同用黑暗的流质画了一个轮廓,但无疑是个人形。它的面孔朝向我,大概有几分钟。我好像懂了,它想让我跟它走。

我轻飘飘地爬起来,如梦幻般,但我不管这些,我好奇影子要干吗。

我跐足下了床,黑影往楼下移动,我也跟着。

一楼纯粹的黑暗给了影子完美的隐形衣,我几乎失去了目标。直到我发现了一只搅动黑流的手。它停在一楼通往地下室的角落,它不动,又望向我。

我知道什么意思了,地下室的门锁着,而钥匙就在我兜里装着。

我抓出钥匙,旁若无人地跟影子擦肩而过,去打开地下室的门。

我实在没忍住，偷偷瞥了一眼影子的脸孔，天啊，像是一张在鏊子上摊开的煎饼！

我猝然记起高朋海形容畸形儿惨死的模样，在我身侧的影子难不成就是死不瞑目、冤魂作祟的第芽？

我想开口问它，但话到嗓子眼就是蹦不出去。

我的手摸到地下室的门边，倏然一阵阴风吹在我脸上，天旋地转，影子被揉碎在这风里，我则如一叶小舟在狂风中随波逐流。我眼中一楼的黑暗仿佛镜面般龟裂，无数的黑流从四面八方涌来，凝聚成三个诡异弥漫的古怪图形。

这一切的发生只有一刹那！

一刹那之后，我在行军床上惊醒，周身冰冷，口冒冷气。

我惊异惶恐地四下张望，但除了好似流动的黑暗，一切都是静悄悄的。

我攥紧了被子，我明白，这只是又一个让我撕心裂肺般的噩梦。

但这样的噩梦何时才能结束？

第八章
第村

我苦苦挨到了第二天天亮。天刚亮，我匆匆忙忙去黄三小面馆吃了碗白菜面，外加三盘免费小咸菜，接着又购买了一些火腿肠、面包备用，另外把铁锨还给了黄三。

黄三摆着一张苦瓜脸，我瞅着他问："你怎么了，昨晚又让嫂子熊了？"

"比那严重，我在想如果来小面馆的人都跟你一样蹭吃蹭喝，小面馆估计很快就完蛋了。"黄三瞄着那三盘小咸菜，肉疼地说。

"哈哈,你放心,只要不完蛋我一定每天都来光顾你。"对于铁公鸡一样斤斤计较的黄三,我早已习以为常。我扔下了一百元钱,让他采买时给我捎点蔬菜,然后在小面馆炒来吃。

黄三眼眉毛一挑,似问似不问。我早猜出他的心思,干脆道:"这是买菜的钱,炒菜的钱另算。"

"你看你,总这么见外,那就按你说的办吧。"黄三麻利地将一百元塞进口袋。

吃完面,我返回空屋等着高朋海。

天色阴沉得可以,雪岭深处吹来的风里夹杂着潮湿的气味。九点整,高朋海来了,他只提着一个方便袋。

"走吧。"他说。

我点头:"走。"

第村在雪岭西边,我和高朋海沿着一条雪岭小道赶路。我想说点什么免得太沉闷,但想想还要走很久的山路,就没那个心情说话了,还是留点力气在后头吧。

半个小时后,我们爬上了一个陡峭的山头,往下可以望见笼子,抬头则能眺望到在一片突出山势上用青石堆砌的一座墓。高朋海瞅我一眼,我也瞅他,他没说多余的话,只说:"继续走。"

我点头收回视线。那座青石墓其实是我爷爷的坟墓,也是老朱家的祖坟。

陆续经过了几座古老的墓地,更多的是一些野坟头,高朋海舔了舔嘴唇,我知道他烟瘾犯了,但山上严禁明火,这点还是约束着他。

他舔完嘴唇,小声骂了句,对我说:"这些野坟裸出来,开头几年我还卖力填回去,之后越来越多,尤其下一场大雨,就得有十几副野坟棺材冒头。唉,我就懒得管它们了。这里因当年饥荒而死的人太多了,谁也搞不清雪岭究竟埋了多少人。"

我低头嗯了声,继续赶路。

我路过一座颇为气派的汉白玉墓地,墓地外撒了一圈不知什么玩意的白粉。我好奇地多看了两眼,高朋海抠着下门牙哼哼道:"这叫白银末,也叫猫屎粉,这座汉白玉墓里肯定是有钱的主,陪葬祭品肯定少不了,这猫屎粉便是用来隔开外面的孤魂野鬼,不让它们靠近分一杯羹的。要我说这就是风水师骗钱的玩意,你想想放点猫屎做主料就能忽悠得有钱人扔一大把钞票,还不是骗人啊。"

我点点头,这下子算认识了猫屎粉。

这一路上我并不寂寞,路过许多奇形怪状的墓地布局,高朋海总以一派风水高人的做派给我讲解一番,我兴趣颇浓,不光是喜欢,而且以后写作也用得上。我干脆掏出记录本,把一行所见所闻都记录下来。

不知不觉走了两个半小时,天空像是块黑墨飘在头顶,不见离去。我忍不住问:"老高,咱们还得走多久?"

"差不多再走四个小时,原先去第村的路因为山崩垮了,只能绕道走。等翻过前面的秃子山还有两座山沟就差不多到了。"高朋海眯着眼说。

中午十二点,我和高朋海找了一块开阔地吃饭。高朋海望着青黛色的雪岭,从方便袋里掏出了一盒烟。我歪头瞅了瞅,他的方便袋子里只装了五六盒烟、一副手套,还有一个锈迹斑斑的铃铛,除此之外什么都没了。

我纳闷道:"老高,你没带吃的吗?"

高朋海点了烟:"带那些干吗,不是还有你吗。"

我唯有苦笑,把从黄三小面馆买来的火腿肠、面包分了他一份,他边吃边抽两不耽误。高朋海将方便袋往脚边一撩,我又看见了那个铃铛,就好奇地问他:"这铃铛是干什么用的?"

"哈,你倒是眼皮子尖。"高朋叼着烟,戴上手套,小心翼翼从

里面捧出了那个锈迹斑斑的铃铛。铃铛正面雕刻有远古的兽面纹，后头则刻着一只独眼，实际上只刻了眼眶，眼球处镶了一块灰白色浑浊又微透的石头。

"这叫无欢铃。"高朋海声音沙哑，"只要有不干净的东西靠近，无欢铃就会自动转到背面的独眼。若想赶走鬼物，只要摇动七下铃铛，鬼物就会自散。但只能是七下，如果多一下或者少一下，那就不是驱鬼而是招鬼，甚至是别的恐怖东西。"

高朋海说得诡异玄妙，说完他自己也笑了："哈哈，真真假假我也不知道，反正带在身边也没坏处。"

"为什么还要戴手套？"我盯着手套。

"哦，你说这个呀。"高朋海点点头，似乎满意于我的细心，"这是防止无欢铃上沾了你的人气，要知道被驱走的鬼物往往是记仇的，它只要记住了你的人气，之后就会缠上你，那可就麻烦大了。"

高朋海把铃铛又小心翼翼放回去，我目望无欢铃，忽然觉得很熟悉。很快我记起了以前读过的一部名叫《鬼神录》的玄灵作品，作者别出心裁以恶鬼的视角来写这部小说。其中有恶鬼主人公说过的一句概括全本书的话——"生有何恋，死亦无欢"。长篇小说结尾，恶鬼为拯救一个素昧平生的小女孩燃烧了阴灵，并且放弃了投胎转世的机会，甘做忘川河中一朵万年孤寂的幽莲。

"你怎么不吃？"高朋海大口吃完了他那份，眼巴巴地瞧着我。

我想起了恶鬼凄凉的下场，心情有些郁闷，把剩下的面包往高朋海身边一推："你吃吧，我饱了。"

高朋海毫不客气，三口两下就吃光了，然后抹抹嘴："起程。"

我们翻过秃子山，又穿过两座山沟，远远遥望到坐落在一大片阴槐包围中的荒村。高朋海站定："到了，那就是第村了。"

咔！背后的雪岭传来一声惊雷。

山雨即将来了。

我和高朋海下到第村，这里满眼都是灰蒙蒙或坍塌或残垣的古老的土坯房，那些塌陷的破房把原先的路全给掩埋，几十棵葳蕤的古槐如同巨大的阴兵盘踞在颓败的第村的各处。

高朋海侧脸对我说："瞅瞅，我说这里一早就变成一座死村了吧。大作家，怎么着，还在不在这里找活人？"

我并未吭声，但眼神的坚定告诉了高朋海我的决定。

高朋海摇晃乱蓬蓬的脑袋："这都怪我这张馋嘴，为了几个酱肘子跟你跑到这种鸟不拉屎的鬼地方来。行，既然你决定了，那咱们就立刻行动。这块儿少说有三四十间土坯房，你东我西，开始吧。"

我点头刚待动身，忽然脚底下碰到了一样黄土下的硬邦邦的东西。我一探究竟，黄土之下赫然是一副棺材板子，我吓得连连后退。

不远处的高朋海又点上一根烟，意味深长地大声道："第村半环着山，几百年来土盖土、山连山，那些副老棺材都沉到山肚子里去了，碰上恶劣的暴风大雨就能把老棺材给冲下来，在这儿瞧见几副棺材那是再正常不过了。"

我心头明了，但还是绕开了棺材。

我往东边仔细寻过去，没走上二十米，又看见了一副棺材，这回还有半截白骨露在外头。我这次只瞥了眼，然后继续做事。

我走到第一间土坯房跟前，这座土坯房坍了三分之二，仅存了一面有窗户的墙，我探头稍微一瞧，就放弃了。

接下去都是或坍或陷的土坯房，转眼就走了七八间，喉咙有些渴，我从背包里摸出一瓶矿泉水。就在拉拉链的工夫，我没拿稳，矿泉水掉在地上，顺着土丘往另一头滚。

我一个蛙跳，跳到了土丘下面，眼前的景象差点把我又给吓得跳回去。

土丘底下裸露着一副保存很完整的深红色棺材，棺盖虚掩，里头黑黢黢，似乎有东西。难道是刚埋没多久的棺材？一时间我竟怀揣着莫名兴奋，朝深红色棺材伸出了手。

手刚摸到棺材边，棺材盖子一下子滑下来，一个披头散发全身黑漆漆的人从棺材里一蹦而出，以诡异的身姿蹲棺材盖上，瞪着一双野兽般凶狠的眼睛望向我。

我惊得一屁股坐在了石头上，差点没把屁股硌成四瓣。

从深红棺材里蹦出来的人佝偻着躯体，如狗一般往外狂吐红舌。我想看清楚他的模样，但他那黑漆漆的脸孔上除了土就是泥巴，还挂着野草，完全看不真切。不过就在这人的左脸颊上有一道深可见骨的伤疤。

我猛地一激灵，目光投向怪人问："难道你就是那个被笫芽咬伤了脸的孩子？"

怪人歪着头，像是听见了我的话，又像是听不明白我讲的话。

怪人脸颊往上一抽又一落，我感觉他是想笑，却又笑不出来。或者说，他根本不能笑。

怪人双手尖锐弯曲如鸡爪，紧紧抓着棺材盖。我尝试走近他，一边走近，一边试图安抚他："你别怕，我不是坏人，你不用怕……"

怪人没动弹，凶残的眼神突如一支飞箭射向我背后。我猛回头，一只手拍了上来，靠，差一点给我吓尿了，背后的人正是嬉皮笑脸的高朋海。

高朋海面带惊喜："大作家，这回我算服你了，这鬼地方还真的有人。"

我瞪他一眼，回头继续想跟怪人交流。

高朋海也注意到了怪人脸上的伤疤，他咦了声，然后用鼻音发问："嗯，你是……笫大黑？"

我一怔，回头问："第大黑是谁？"

"第大黑就是被畸形儿咬伤脸的孩子，噢，我还没告诉你啊。"高朋海这回答心不在焉，他的眼珠子滴溜乱转打量着怪人，怪人也歪头打量他。

我想再问一问，却被高朋海抢了先，他吵吵道："没跑了，这跟传闻里被咬的孩子一模一样，你就是第大黑。"

高朋海咧着一口黄板牙像是找到了稀罕物一样，往前跨出一大步，看架势是要想跟怪人套套近乎。谁知道怪人嗖的一下像踩了弹簧般从棺材盖一下子蹿到了土丘上头，然后手脚并用跟猿猴一样狂奔。

高朋海的脸僵住了，不明所以地问我："他咋跑了？"

"被你吓跑了，快追啊。"我率先追上去。

高朋海哼哧了两声，也追在我后头。

我念念不忘地吼了句："第大黑的事我怎么不知道！"

"废话，我也是今早蛤蟆精才告诉我的。"高朋海奔跑的高大身躯像是一只大山羊。

"那还有什么事我不知道？"我又吼。

好一会儿没回应，等高朋海超过我时，他在我耳边留话："第大黑的娘叫哭奶，哭泣的哭，奶水的奶。"

哭奶？这是什么怪名字，百家姓里有姓哭的吗？我满脑子问号，但也来不及细想。这第大黑身体素质好得跟个怪物似的，一人高的土丘在脚底下他就跟玩蹦蹦床一样，双手一撑，轻轻松松就跃了上去，简直惊呆了我的眼。

可怜了穷追不舍的我们，高朋海大长腿还好点，最苦的是我这短手短脚，手扒脚蹬用尽吃奶的劲才没让怪人落太远，起码还能瞧见个影子，但也就只有个影了。

怪人跑到了第村最深处的一间土坯房前，这间土坯房保存得比较

完整,只有左边一面墙坍了,不过也用青石垒起来挡上。

怪人朝着土坯房里"呜呜呀呀"叫了几声,高朋海已经追到了,我趔趔趄趄好歹也跟来。

高朋海喘气如牛:"你跑个娘啊,我们没害你的心,就是想来问问你。"

怪人蹲在地上,耷拉着脑袋。

这时候,从土坯房的阴影里缓缓走出来一个矮小的老妇人。她的脸像是干瘪的茄子皮,紧巴巴得只剩下了有如恒河沙数的一脸褶子。她个头只有高朋海一半,苍老垂暮的气息从骨子里往外流,你要说看见她下一秒钟就倒地上死了,你也不会觉得有任何意外。

一句话概括,她就仿佛从雪岭的万千坟墓中爬出来的一个死人。

"你们是谁?"老妇人如同嚼着满嘴玻璃碴子说话,听着让人头皮发麻。相较之下,高朋海那砂纸似嗓音简直悦耳极了。

高朋海犹豫了一下,还是把机会让给我。他给我使了个眼色,我有些莫名慌张地说:"你是哭奶?"

老妇人混浊如泥浆的眼神露出一道光,她微微仰头瞧着我:"你认识我?"

"不,我不认识你,其实……"我决定开门见山:"其实我是为了第芽来的。"

"你说谁?"老妇人的表情变得疯狂吓人,仿佛她这副小身板下能爆发出将我瞬间撕碎的力量。虽然我不相信,但这一瞬间我是这么感受的。

我退后半步,才说:"第芽,二十几年前第村里的畸形儿!"

"那个畸形儿,那个毁了我一切的魔鬼!"老妇人哭奶发泄着胸中怨恨,她挪动身躯逼近我。

"二十多年了,这个灾星一样的名字我在梦里生撕活咬了无数遍,他已经被我嚼得连渣子都不剩了。今天你为什么又要提起来,为什么提起他?!"哭奶疯癫狂语。

望着哭奶愤怒、悲伤、懊悔的种种错综复杂的情感流露,我突然冷静下来,我望着她仿佛要吞噬我的眼神,平静地说:"哭奶,就算他的名字被你诅咒了一千遍一万遍,但背后真相也不会因此而改变。你心中的郁结也不会因你的癫狂而释然,何不尝试着面对现实、面对真相呢?"

如坠疯魔的哭奶忽然有了一丝退却,她躲避开我的目光:"你在说什么,我,我不懂你说什么?"

"哭奶,你真不懂我在说什么吗?你是真不懂,还是不想懂?"气场在潜移默化间发生了变化,哭奶微转脸孔,眼角余光望向了一旁的怪人。

第九章
青石板上的真相

怪人目光从低往高瞅着哭奶。高朋海默默站到我身后,我知道他有保护我的心思,毕竟明显心智不全的第大黑不知道会干出什么事,我沉住气说:"哭奶,我就是来替你口中的灾星求一个真相的。"

"你想要什么真相?"

我转身看第大黑狰狞见骨的伤疤:"究竟是谁咬伤了第大黑?"

哭奶褶皱的脸瞬间掠过一丝慌张,她声音抖了抖:"这还用说,当然是那个灾星第芽咬了我的儿子,就是他!"

"不,咬伤第大黑的根本不是第芽。"越靠近事件真相,我就越压抑不住内心的愤慨。这一刻幽冥之中的第芽仿佛化身为我,我咄咄逼人、目光锐利,"咬伤第大黑的是一条暴躁凶猛的野狗,野狗唯一

跟第芽沾边的是它也有一颗尖利的黑牙！"

哭奶晃动不停，像是肆虐狂风中的枯枝："我不管你是谁，不管你来这荒村干什么，总之，我不相信你说的话，你说的都是一派胡言！"

我已察觉到了哭奶精神上的动摇，趁热打铁说："哭奶，你难道不想知道我这么说的原因吗？你真的对于残害了儿子一辈子的罪魁祸首无动于衷？"

"我……"哭奶退一步，我则进一步。

"你有证据？"哭奶混浊的双目望向我。

我长吁一口气，终于到了摊牌的时候。

"我有证据。"

"在哪里？"哭奶声音中带着无法逃避的一丝惧意，仿佛她是害怕知道真相的。

我此行的目的就是为揭开二十多年前的惨案之谜，还第芽一个公平。我再跨一步，几乎已跟哭奶面对面。我从背包里取出了那件裹紧的破棉袄，双手抓住："这就是证据。"

我把在黑松林挖掘出埋骨洞的经历讲给了哭奶听。而后，我屏住呼吸打开了腐朽的破棉袄，就在里头正裹着那颗尖锐有缺的黑牙，还有近乎圆形的头骨，以及巴掌大小的一小块青石板。

哭奶眼光变得飘浮，仿佛看到的不是眼前，而是二十多年前刻骨铭心的惨象。她颤颤巍巍伸出手，没说话。但我已心领神会，我把黑牙递在了她手掌心，她闭上眼沿着黑牙边缘摸索，一颗浑浊的眼泪从她眼角流下。

她紧捏着黑牙，恨不得把其捏得粉碎，挫骨扬灰。

我安静地等待，等待哭奶告诉我一个结果。

山风冷漠地从几人身边穿过，不知道过了多久，哭奶睁开了眼，她重重一点头："没错，这就是咬伤大黑的那颗黑牙。"

我就在等这句话，我托起头骨说："黑牙就来自这颗头骨，而这也是一颗标准的狗的头骨。所以，咬伤第大黑的根本不是第芽，而是这条也长着黑牙的狗。"

哭奶缓缓垂下头，她此刻内心一定十分纠结和挣扎，但是真相就在眼前，无法逃避。我又拿起那一小块青石板，对哭奶说："这青石板也是跟黑牙埋在一起的，还有那件破棉袄。如果我没猜错，破棉袄应该是第芽的。"

哭奶眼神投在青石板上，我就是想让她看清楚青石板上所刻的图案。图案有两幅，其一刻着一条大狗咬伤了一个熟睡中的孩子，窗外还露出了另外一个怪模怪样的孩子；其二是怪孩追赶着大狗，并用石头敲死了它，大狗临死前咧开嘴，嘴里有一颗尖牙。青石板图案并不美观，但再简单明白不过，我感觉此时小小的青石板重逾千斤，因为它关乎到了一个冤死近三十年、受尽亲人背叛、同伴欺凌的孩子的悲惨一生。

哭奶喉咙里发出呜咽的哭声，像是吞咽异物。

我把显而易见的真相讲了出来："哭奶，第芽不仅没有咬伤第大黑，反而杀死了行凶的恶狗，给第大黑报了仇。哭奶，这才是真相啊。"

"不，这都不是真的！"哭奶无法抑制地转过身。

忽然始终不吭声的第大黑迅速跑了过来，高朋海刚握起拳头，第大黑已经从我手里抢走了青石板，又一阵风般窜回土坯房的阴影下。

我和一脸疑惑的高朋海一起望向第大黑，第大黑样子好像很欢喜，他用手抚摩着青石板，伸长了乌黑的脖子向哭奶做出小动物般的撒娇姿态，又发出聒噪的声音。

我忽然灵光一闪，壮起胆子走到了第大黑身旁。

"你认识第芽对不对，他是你的朋友？"

第大黑思索了好久，大脑袋才重重一点。

我放慢语气说:"这是不是他画的,他很久以前也给你画过?"

第大黑像是语言理解特别吃力,又是好半晌才点了下头。

我大致明白了,忽然我瞧着青石板又有了猜测:"这是不是第芽用他的牙刻出来的画?"

第大黑又是半天领会,这回很卖力地点了两下头。

"好,既然青石板是你朋友的,我物归原主,把它送给你。"我对第大黑露出善意的微笑。

我转身面对哭奶,尽量用平静的语气说:"哭奶,真相不容你视而不见。第芽是天生哑巴,所以他把真相用他的牙都刻在青石板上。也许就在他被逼跳崖的前一刻他还抱有希望,希望那一张张伴他长大的熟悉面孔可以给他一次解释的机会。可惜,没人愿意相信他一次。"

哭奶压抑的哭音猝然爆发出来,伴随着浑浊的泪水:"什么叫冤枉?什么叫无辜?!我告诉你,二十多年前的那晚,我儿子不知被什么怪物给咬断了脸部神经,他从此也变成了不会笑、不会哭、不会说话的怪物,他还被吓成了傻子,日复一日如同老鼠一般躲在阴暗角落中不敢见人。在第芽死后,全村的人竟然都认为被第芽咬伤的大黑染上了畸形病,于是把我们孤儿寡母赶到山上的野庙里去住。白龙山山崩以后,我苦苦哀求他们能带我们母子离开,但那些跟大黑同血脉的人竟然无情地抛下我们,自生自灭。哈哈,孩子,这才是冤枉,这才是无辜!"

我看着因悲愤而全身颤动的哭奶,不由得叹了口气:"哭奶,你没想过落得这般下场的原因吗?我想问你,出事那晚你真没看清楚是谁咬伤了大黑?按照第芽的画,他当晚应该在你家附近流浪,听到第大黑的惨叫后他才现身,而你当时就在家中,它们一个咬了大黑冲出去,一个听到惨叫跑进来,一逃一来你真分不清谁是谁?我不相信,你从一开始就知道第芽是无辜的,对不对?"

哭奶眼中满是深深隐藏的懊悔和绝望,她流下的泪水因为缺乏水分而凝结在干瘪的脸颊上，像是一颗颗黄疙瘩："我……我太害怕了，当时惊慌失措，不知该怎么办，我听他们说是第芽，我就点头了。我也不知道我为什么会那样，我没有想害死第芽，我以为他们顶多抓起来揍他一顿就放了，我万万不曾想到他们真把第芽逼上了一条死路……"

"你又何尝不是他们其中的一分子。"我冰冷地说。

"你害怕、无助，这时候人们认为是第芽伤人所以同情你，你就丧失了底线。为了那微不足道的怜悯，你不惜把一个命运已经万分悲惨的第芽推到了风口浪尖，承受那些本不属于他的滔天恶意，这些恶意最终害死了他。"我嗟叹一声，"哭奶，你还认为自己是无辜的？一饮一啄，前生早定。你的悲惨下场就是来源于你当天的冷酷无情。倘若要说无辜，除了含冤莫白的第芽，恐怕最无辜的就是第大黑了。"

"如果第村的人当时知道第大黑只是被狗咬伤了，恐怕不会因为畸形病而抛弃你们母子。"我望着怀抱青石板痴痴傻傻的第大黑，顿了一下说，"有些话我本不想说，但又不得不说。第芽冤死了近三十年，害他的那些人早已音讯全无，而也许在这空旷雪岭中飘荡的第芽的冤魂还想要一个还给他的公道。"

"这也是你们所有人亏欠他的。"我默默望着仿佛石化的哭奶。她扑通一下跪在地上，双手攥着黑牙放在头前，冲着黑沉沉似要坍塌的天空拖着震颤的喉音忏悔道："第芽，孩子啊，是我这个黑心的老婆子害了你啊！我对不起你……当年你被逼上悬崖的一刻，我就后悔了。我想过出去替你辩白，我想过把你挡在身后保护你，告诉所有人你是被冤枉的，但我害怕呀，那些双眼喷火的人让我不寒而栗……孩子，你恨我吧。这二十多年来我每晚都做噩梦，一闭眼仿佛就能看见你那悲苦绝望的眼神，这无数的日日夜夜都是对我的折磨，我真后悔当初为什么没替你死掉，我才是该死的那个人啊！"

"啊——！"哭奶像是把囤积在心底近三十年的懊悔一口气迸发出来，她哭得悲恸欲绝，哭得似要将自己扯得粉碎一样。我不知道叹息了几次，第大黑则全然不知哭奶的难过，他像是看一件好玩的事，蚂蚱一样蹦来跳去帮哭奶梳理枯黄的头发，发出似笑非笑的声音。

哭奶说过，他不会笑，也不会哭。或许，他也感受到了哭奶的悲伤，只是哭笑不得罢了。

我回头看看高朋海，高朋海的视线早停留在别处，发现我在看他，他朝我点点头。第芽的冤屈终于得到澄清，他应该不会再纠缠我了。

我对哭奶道："青石板送给了第大黑，黑牙就留给你吧。真相已经水落石出，第芽的冤魂应该会安息了，就让一切随着第村一同永远尘封。"

哭奶哭得声音嘶哑，她慢慢点头，回身抱住了摇头晃脑的第大黑。

我整理好背包，对高朋海说："回去吧。"

"嗯。"高朋海应道。

我们两个人刚转身，一道响彻天地的巨雷炸裂在云端，闪电如叉好似要将大地戳一个大洞。

我抬头，瓢泼大雨倾泻而下。

山雨终于来了。

第十章

夜雨孤坟

我和高朋海无奈只能留下来，整座荒凉的第村除了哭奶的房尚可挡风遮雨，就只有偏僻角落里一间小土房还能勉强住人，我和高朋海便住了进去。

我和高朋海都不是矫情的人，他主动去捡木头，我则把多年未住人的小土房大略整理一下，扔掉一条阴烂了的破毛毯，再用干草往土床上铺了铺。小土房还有不少地方滴滴答答在漏雨,所幸没淋到土床上,要不然今晚真没地方睡了。

高朋海捡完柴,又对房中间那个垮了一半的土炉子来了兴致。他像模像样地摆弄了半天,朝着我露出烟熏的黄板牙说:"这土炉子鼓捣下还能勉强用,你把我兜子里的打火机摸来。"

高朋海平常只装一盒火柴,打火机都不带在身上,这次他倒是蛮精的,怕下雨淋了火柴所以带来了打火机。我递给他打火机,他折了一根树枝在炉子底下不停地捅,里头掉出来许多灰土。高朋海自信满满道:"把沉积的灰拾掇了,这炉子再用几晚上一点问题没有,不过如果长住就得重新砌了。"

我白了他一眼,鬼才想在这里长住,这不是屁话嘛。

半个小时之后,高朋海的土炉子大功告成,我递给他一瓶矿泉水:"老高,真有你的,要不然今晚准挨冻了。"

"这有啥,小菜一碟,哈哈哈!"他嘴咧得开花似的,乍看像是一圈大黄牙挨个露头报到。

我从背包里拿出了火腿肠和面包,多亏我未雨绸缪买了足够的食物。我将高朋海的那一份给他,另外看在他卖力拾掇炉子的份上又给了一根火腿肠。

高朋海小心翼翼地点着炉子,我看到噌噌蹿起来的火苗,不禁有些感动:"真的好暖和啊。"

高朋海忙着往炉子里塞干柴,我瞥了眼并不多的干柴,发愁道:"这点柴火烧不了多久,后半夜还是得挨冻。"

"守着青山在,还怕没柴烧。"高朋海抓了抓乱糟糟的头发,瞄了眼门口,"大不了把门拆了,那绝对够了。"

"不太好吧。"

"有什么不好,反正是无主房,而且之前的房主肯定也有害死第

芽的份，烧他个门板子算便宜他了。"高朋海龇牙道。

我望了望不远处哭奶的土坯房，黑咕隆咚一点亮光也没有。他们晚上不点炉子吗？我正胡思乱想着，突然门口暗影一晃，第大黑像是大蛤蟆一样两手撑地出现在门外，他看看我，又看看高朋海后，最后目光被燃烧的火炉子吸引住了。

第大黑蹿进小土房，绕着火炉子转了一圈又一圈，接着又回转一圈又一圈，好似从未见过冒火的炉子。

"唉，"高朋海尽量柔和地说，"你靠近些，暖和。"

第大黑这回听懂了，他靠近了土炉子，同时把挎在手上的一个竹篮递给了高朋海。

高朋海一怔，伸手去接。竹篮里是一些地瓜干、几个野菜团子，还有盛在一个破碗里的几片白菜。高朋海对第大黑点点头："回去替我谢谢哭奶。"

我看着破衣烂衫、脸颊深陷的第大黑，心头不是滋味。我将火腿肠、面包，还有一包牛肉干放在第大黑手心里。第大黑茫然望着我，我比画半天吃的动作，他才终于明白。第大黑尝试着吃了吃，结果却一发不可收拾，一阵风卷残云就把东西通通吃光了。

高朋海露出黄板牙笑了笑，他将自己那份也推给了第大黑。

第大黑眼发着光，接着他冲到了外面，我以为他回去哭奶那里了。谁料十多分钟后，他竟然抓回来两只黑不溜丢的小动物扔在我脚边，我定睛一瞧竟然是两只大老鼠。我吓得赶忙缩回脚，高朋海却面不改色，还用脚踢了踢大老鼠。

第大黑捡起一只大老鼠冲着我们一笑，然后一口咬住老鼠的脖子开始撕咬起来，我胃里立刻一阵翻江倒海。高朋海则摇摇头，他找来一根尖木枝将大老鼠刺啦一下子穿透，然后在土炉子上煞有介事地烤起来。

"我说大黑啊，吃生老鼠肉容易生病，还得是烤着吃，过会儿你尝尝，绝对有滋有味。"高朋海边烤边说。

高朋海又把目光投向我，我不等他说话，立即坚定无疑地否决："杀了我，我也不吃。"

"哈哈哈！"似乎拿我逗乐，高朋海很高兴，"杀了你干吗，又不能烤来吃。是不是，大黑？"

第大黑竟也像瞬间听懂般点着脑袋，我心存怀疑："老高，这老鼠肉你以前吃过？"

"哼，大作家，你是生在了好年代。想当初博山闹饥荒的时候，能抓到这么一只大老鼠吃，那简直给个皇帝老子都不换，保准连骨头渣都嚼得干干净净。说实话，老鼠肉虽然涩了些，但还算能吃，真正难吃的是黄皮子肉，就是黄鼠狼。有一次我们三四个人逮住了一只大黄鼠狼，炖了一锅肉，那肉汤一股子臊臭味，要不是快饿死了说啥我也不会动嘴。"

高朋海把烤好的老鼠递给第大黑，第大黑闻了闻像是十分陶醉，嘎吱嘎吱地狠嚼猛咬起来。高朋海也扯下一条老鼠腿，咂巴嘴道："可惜少二两白干，嗯，要不然今晚可是个有酒有肉的美妙夜晚啊。"

"得了吧，吃完赶紧睡吧。"我是够了，爬到床上闷头就睡。

我也记不得什么时候睡着了，迷迷糊糊听见高朋海跟第大黑告别。大雨像筛子似的哗啦哗啦地下个没完，今夜那诡异的噩梦没有再来纠缠我，我难得睡了一个好觉。

只不过，半夜里我被一泡尿给憋醒了。

我本来想在小土房后头解决，但谁知道一脚下去竟然踩到一副灰惨惨的棺材，我猛一激灵，赶忙敬而远之。小土房不远处有四五棵古槐，我在尿裤子之前一溜小跑到古槐前痛快淋漓地释放了。

提上裤子刚想回身，我忽然瞥见古槐树影的尽头，隐约有一个与漆黑夜色完美相融的山洞。洞内一片无尽的黑暗，这让我瞬间联想到

空屋一楼那纯粹而溢动着神秘气息的黑暗,我不禁欲一探究竟。

口袋里装着一盒火柴,我划亮了一根,借助微弱的光亮我步步深入到未知的洞内。划了八九根,我来到了洞内最深处。最深处是一个小石厅,阴森空荡的石厅中央有一座隆起的深灰色坟墓,坟墓前似乎还立着坟牌。

我手一抖,火柴熄灭了,周围瞬间陷入一片死寂的黑暗中。

我心中又惊又奇,在这未知的山洞里头竟然还藏着一座坟墓,它的主人又是谁呢?平复了下心情,我重新划亮了一根火柴,火光跳跃下,我看清楚了坟牌上的字。天啊……怎么可能是她?

"咔!"又一道震天动地的惊雷将我的神思唤回,火光再次熄灭,我摸向火柴盒,火柴盒却空了。

我心中跌宕起伏,踏着黑路走回到小土房。不远处就是哭奶的土坯房,我迟疑了片刻,走了过去。

哭奶房门没关,不仅没关,在里头一张石桌上还徐徐亮起了一盏油灯,哭奶就坐在油灯下的凳子上。我一怔,哭奶目光正好望来,我有种被哭奶一直窥伺而心情不爽的感觉。

哭奶朝我招了招手,我沉下心走进来。

哭奶指指石桌对面的一个石墩子,我领会地坐下。两人都沉默,但房里却鼓噪刺耳,那是第大黑的呼噜声。

我回头看了一眼第大黑,却被吓一跳,原来在我身后摆着一副很大的漆木棺材,棺材盖子斜靠在房角,第大黑蜷缩着身子在漆木棺内睡得正香。

哭奶声如嚼沙般说道:"房里的床睡不下大黑,他也不愿意跟我挤在一起,所以自己找来了床。第村没有活人了,但死人棺材却多的是。"

我点了点头,油灯下的哭奶毫无生气,就像跟四周阴冷的土墙融为一体。

我忽然有种莫名的惶恐，舔了舔嘴唇说："哭奶。"

哭奶没说话，只是看向我。

我对视着她宛如死井的双目："你究竟是谁？"

哭奶依旧毫无反应，我将一直藏在背后的手移到身前，手中还牢牢抓着一样东西。我啪的一声把东西拍在桌上，正是在神秘山洞中发现的坟牌。

坟牌在摇曳的油灯下突显出上面的两字人名——哭奶。

这是哭奶的坟牌，哭奶她早已经死了。

我没敢眨眼，生怕错过哭奶的任何一丝表情变化："你不是哭奶？"

"是，我不是哭奶。"哭奶果决的回答令我感到意外。

我又回到刚才所问："那你究竟是谁？"

"我是哭奶。"哭奶的话前后矛盾。

我不知是自己听错了，还是哭奶的话让我一时恍惚。我重整思绪，手按住哭奶的坟牌再问："哭奶的坟牌在这里，她已经死了，你到底是谁？"

我每一个字都尽量说慢，让哭奶听清楚再告诉我结果。

哭奶眼神游移，最后停在明灭不定的油灯前："三十年前的我叫第娟，我是第芽他娘。"

"你是第芽的娘？"我重复道。

哭奶目光暗沉："你不用惊讶，虽然我是第芽他娘，但跟哭奶还有第村其他人一样都是第芽的仇人。当初就是我和我男人把第芽赶出家，才会发生了后面的惨剧。"

我听得茫然不解："这究竟是怎么回事，之前不是说第芽爹娘早就跑了吗？"

哭奶即是第娟，为了不混淆，这里统一叫哭奶。

哭奶黄浊的眼球中浮现出斑斑点点，仿佛是这一生道不尽的苦楚："快要三十年了，我把秘密捂在心底，但它就像一个慢慢长大的恶瘤

快要把我的心撑破穿烂，我没人可以诉说，也不敢诉说，但终于，终于等到了今天。"

哭奶发出哀鸣般的叹息："当年我和我男人带着刚出生的小儿子逃离了第村，我们以为可以逃脱那场噩梦，但谁知刚过了破庙，一走进老虎谷就发生了一场山崩。山崩规模很小，但独独把我们一家三口压在了坍石下，最后只有我挣扎着爬了出来，而我男人和小儿子都被砸死了。我悲痛得昏死过去，等我醒来后不敢再回第村，只能一个人仿佛孤魂野鬼一样在雪岭中游荡，饿了跟野狗争食，困了就睡在坟台上。半个月后，我支撑不下去病倒了，当时的看山人蛇头孙救了我，他将我送到他亲戚家养病。我病好以后，就在陌生的村子里隐姓埋名长住，后来嫁给了一个刚死了老婆的老男人，我希望能改头换面地活下去。但第村往昔的每一件事就好像钻进我脑壳里的虫子，没一天不爬出来折磨我，我明白我永远摆脱不了第村的噩梦。我男人、小儿子、第芽遍体鳞伤丑陋的脸、老虎谷的那场山崩，我一次次努力忘记这些事，却又一次次在噩梦里记起。我活得生不如死，暗无天日。"

我静静听着哭奶的诉说，那些她人生里或悲恸或绝望或残酷的片段像是一张张拼凑快转的黑白照片让我目不暇接。

哭奶继续说下去："没多久，我跟的老男人半夜里睡觉睡死了，那个村里的人传我是扫把星，后来把我轰出了村。我深深体会到了众叛亲离又无家可归的痛苦，那时候我想起了相同命运的第芽，他还活着吗？像是命中注定一样，我浑浑噩噩又走回了雪岭，回到了第村，但一切却已经天翻地覆。蛇头孙告诉我第村有很多人死在了那场好似诅咒般降临的白龙山山崩里，幸存的人也都逃离了第村，如今的第村已经变成了一座只有白骨棺材的死村。我担心第芽的状况，蛇头孙犹豫再三还是将第芽跳崖惨死的事告诉了我。那一瞬间，我的心仿佛已经死了。"

哭奶忽然像透不上气,一口浓痰卡在喉咙里,我看到桌上有个盛水的破碗,我递给了她。她仰起脖子咕咚咚喝下去,叹息着继续往下说。

"白龙山山崩像巨锤把第村摧毁得惨不忍睹,几乎没有完整的房子。我漫无目的地走到了第村外的野庙,在庙里我发现了一个刚死的女人,还有一个残留着骇人的伤口、满嘴流涎的孩子。"

哭奶不自觉地望了眼漆皮棺中熟睡的第大黑:"那死去的女人正是哭奶,而孩子就是第大黑。

"哭奶本来是将我儿推向死亡的罪人,但我望着同样畸形丑陋的第大黑,感觉像是看到了第芽。他饿坏了,抓住我的手狠狠地咬,我被他咬得流出了泪。我抱着他,紧紧抱着他,然后号啕大哭。"哭奶脸上刻下了太深的悲苦,"冥冥之中自有天意,这就是我的命啊。我抛弃了一个第芽,老天重新送来一个孤苦的第大黑。我认了,我对不起我儿,就让我在第大黑身上多少求得一点宽恕吧。"

"说完了。"哭奶望向我,"小伙子,我把深埋心底的秘密告诉了你,只求你一件事。"

"什么事?"我问她。

"不要再留在第村,也不要再来打扰我们,就让第村的记忆永远消失。"哭奶目光中泛着一种复杂艰难的神色。

我点了点头:"好,我答应你。"

我站起身准备离开,旁边漆皮棺里的第大黑呼噜声戛然而止。

我一怔,哭奶在我身后说:"天不亮,大黑是不会醒的。"

果然,只一眨眼,第大黑的呼噜声再次雷鸣般响起,我回头望望桌上灰白色的坟牌,还有仿佛被黑暗浸透的哭奶,转身走了出去。

哭奶房外一道烟雾飞升,我侧脸看见了蹲在门边的高朋海。

我愕然地问:"你怎么来了?"

高朋海烟圈往上吹："你能来，我怎么不能来。"

他递给我一支烟，我犹豫了下接过来。高朋海帮我点上，片刻，两道烟雾飞升。

天空阴暗得浊清不分，高朋海道："雨刚停，不过看样子还没完。"

我仰望藏在乌云中的天光说："你全听见了。"

高朋海露出整齐的黄板牙，嘿嘿一笑："我又不是聋子。"

"我倒希望你是个聋子。"我淡淡一笑，"老高，人世间总有些结果不似人们所想象的那般简单，那般有明确的对与错、善与恶，我想我在很长一段时间内都会思考这个问题。"

"大作家就是费脑子，在我看来这事简单得很，就是'了了'。就像放屁拉屎一样，拉出去就不关你的事了。"高朋海目光闪烁着一丝狡黠，他笑了，我也笑了。

"哈哈，你说得对，了了。"我点头同意。

"天就快亮了，咱们准备起程。"我对高朋海说，也是在对自己说。

我收拾好东西，天刚亮，我和高朋海便准备离开第村。我在村口回头一望，正瞅见一个黑影飞快地蹿来，虽然雨气氤氲，但我马上就认出了是第大黑。

我露出微笑，望着看似高兴的第大黑跑到身边，我将珍藏的两块巧克力塞给了他。第大黑一下子拉住我，我摆手示意要走了，第大黑急得抓耳挠腮。忽然他瞅见了我的背包，一把夺过去，做出往包里塞东西的动作就跑了。

"嘿，这是要回礼啊。谁说第大黑傻了，我看他很聪明嘛，还懂得礼尚往来。"高朋海露出一副孺子可教的表情。

我瞪他一眼："是啊，这点就比某些人强多了。"

高朋海浑作不知，又嘿嘿发笑。没出多久，第大黑跑回来把背包还给了我，我看了一眼，背包里鼓鼓囊囊装了五六个拳头大的地瓜团子。

虽然这些团子苦涩难咽，但我仍旧十分开心。

"谢谢你，大黑。"我对第大黑挥了挥手。

分别时刻，第大黑一如往常地蹲在土丘上一动不动，望着我们渐行渐远。

恍惚间，我脑中不禁在想，几年后当哭奶死去，就只剩下第大黑一个人孤独地留在这座被人遗忘的死村里了。

我心中一片凄凉。

第十一章
无欢铃

秃子山因为雨后湿滑，难以再走。思前想后，高朋海提议走第村原先的老路。老路是先走一条林路，再进老虎谷，最后转到一条雪岭小路上去。

我和高朋海在一片郁郁葱葱的林子里走了二十多分钟，林路旁出现了一座塌了两角的瓦屋，屋正面悬着一块早已破烂不堪的木匾。

我想起哭奶的描述，这里应该就是她捡到第大黑的那座野庙。

野庙中有一尊有脚无手的神像，高朋海撅起屁股拜了拜，我问他知道拜的是谁吗？

高朋海瞪起眼珠子说："我管他是谁，只要拜就对了。"

野庙外头有几棵酸果树，这酸果在雪岭一年四季都长，只是酸甜程度不同而已。高朋海招呼我："大作家，地瓜团子太难吃了，我去摘点酸果就着吃。咦，那边好像还有棵柿子树，我看有没有能吃的柿子。"

高朋海去摘酸果，我则在野庙外溜达。对于这些流溢着岁月气息的老建筑物，我都尝试着以一种身临其境的心绪去体会它最初的模样。我也对不知名的神仙石像拜了拜，刚要抬头，我忽然听见一种怪异之音。

"噗啊,噗啊!"像是某种奇异的语言,又像是某种未知生物诡异而神秘的叫声。

异声来源于野庙后面,我出了野庙,跨过勾草矮丛走到野庙后院的破墙旁,就在破墙不远处我发现了一个菱形的黑洞,洞口边缘寸草不生。

我探着脑袋往里面瞅了瞅,一股像是从冰窟中涌上的寒意让我禁不住打了个冷战。我捡起一块拳头大小的石头扔下去,然后竖起耳朵听着回音,但过了十秒钟、二十秒、半分钟、一分钟过去了,一点回声也没有。

一瞬间我有种莫名的错觉,仿佛这个黑洞连着地球的另一面,或者通往地底最恐怖的黑暗地狱。

忽然从野庙传来一嗓子嘶喊把我吓了一跳,听声音是高朋海。

我便转身返回,发现高朋海正有些焦急地站在野庙外,他看到我,火像是不打一处来嚷嚷道:"大作家,拜托你走远了说一声,这深山野林的走丢个把人连鬼都找不着,到时候你哭爹喊娘都没用。"

我知道高朋海是担心我,这雪岭过往因迷路而饿死、冻死、吓死的何止成百上千人,我歉意地笑笑:"我的错,老高,你消消气,回去我请你喝酒当赔罪。"

"嘿嘿,算你识相。"高朋海表情舒缓下来,他翻了翻方便袋,略带失望道,"可惜就摘了四五个酸果,柿子都是涩的,不能吃。"

我接过一个酸果嘎吱咬了口,酸得牙根子都发麻:"嘶,雪岭的酸果是我吃过最酸爽的。"

"哈哈哈,这才哪跟哪呀。"高朋海像是老学究一样卖弄肚子里的见识,"我还吃过一种叫棉果的果子,那才叫酸,跟你说就吃一次保管你三天三夜做梦都酸醒喽。不过棉果这几年都没再瞅见了,估计吧,应该都绝种了。"

高朋海说着说着突然闪进林子里，我以为他尿急，谁知道他兴奋地拉着一株叶子晶莹剔透、半米来高、结着一个个橙红色像小灯笼般果实的植物眉飞色舞："这是好东西啊，一看就知道好吃，肯定比酸果强多了。没想到这野林子里还能出美味珍品。"

　　"这是什么？"我问。

　　高朋海咧嘴一笑，扯下一个果子扔嘴里："哇，这滋味绝了。大作家，你也尝尝，保管你不虚此行。"

　　高朋海扔过来一个，我看到他吃了没事，想也没想也一口咬下去，入口汁多味美像是熟透了的甜樱桃，我吃了后回味无穷。

　　可惜就此一株，而且上面就结了五个果子，高朋海发扬风格似的又匀给我两个，他大咧咧地说："之前你还挖苦我不懂礼尚往来，这绝品果子就当我的回礼了。"

　　我也不是那种扭捏人，两三口就把果子解决掉了。高朋海始终没回答我关于这是什么果子的问题，我猜想他也叫不上名字，不过好面子不说罢了，我也就再不问。

　　在林路里深一脚浅一脚地踩着泥坑又走了半小时，高朋海望着前面愈加光亮的地方，习惯性摸出一盒烟，抽出一支来点上："奶奶的，终于快走到头了。"

　　先前高朋海咋咋呼呼，也忘记问他关于野庙后菱形黑洞的见闻，我这会儿想开口问，高朋海又抢在我前头说话了："大作家，前面的老虎谷可邪门得很呢。"

　　"哦，怎么邪门了？"我将菱形黑洞的疑问暂抛脑后，兴趣转移到了邪门的老虎谷上面。

　　高朋海吞吐烟雾："整个雪岭啊，就数老虎谷发生过的山崩次数最多。这还不算邪门的，最邪门的是没人它不崩，有人它就崩。就我知道的前几次老虎谷山崩都埋了人，丧了命。啧啧，所以才说老虎谷

是雪岭三大奇域之一。"

"怎么,雪岭还有三大奇域的说法,我怎么不知道,快说来听听。"我掏出记录本准备记录,高朋海像个首长演讲一样,掐腰指点:"老虎谷就是其一,另外还有青龙洞,那在雪岭最高峰上。关于青龙洞还有个老辈的传说,传说是一条青龙因触犯天条被罚下凡,青龙羞于被凡人所见,于是头撞角钻在雪岭挖了一条几千米深的山洞用于栖身。一百年后青龙罪满返回仙庭,它感恩于收留它的一方土地,于是将体内一缕仙气留在了栖身的山洞内。青龙飞升后,承受仙气熏陶的山洞霞光百丈,青龙洞方圆百里福荫深厚,所以才渐渐有数不清的人来雪岭建坟长眠。"

"青龙洞,好名字,好传说啊。"我快速记录。

记完了,我抬头追问:"还有一个呢?"

高朋海目光往回缩了缩:"还有一个你还是不要知道得好,那个……唉,不太吉利。"

"有什么不吉利的,到底是什么呀?"不知道高朋海葫芦里又卖什么药,弄得我更加好奇。

高朋海被我的死缠烂打搞烦了,他甩甩袖子说:"好啦,我只告诉你一句话,那是一座墓,一座你想象不到的神秘可怕的墓。就此打住,不要再继续往下问了。"

我喊了声,原来只是一座墓。要说雪岭别的没有,坟墓还不漫山遍野都是,大的、小的、老的、新的、吓人的、气派的我都有所知晓,一座墓就能成为三大奇域之一,我严重怀疑是高朋海故意糊弄我。

我正想挖苦他两句,忽然高朋海眉心拧在一处,他脸沉下来告诉我:"老虎谷到了。"

我回过头,重复道:"老虎谷到了。"

老虎谷得名于它像一条横卧酣睡的老虎,长度有两千多米,山谷顶上是光秃秃的岩壁褐石。我和高朋海刚走进老虎谷，天空一道响雷炸裂，滂沱大雨再次倾盆倒下。

高朋海吐掉烟屁股，悄声咒骂了一句，而后对我讲："两条腿撒开了跑，等会儿雨下大了，老虎谷上的石头就容易滑下来，千万看仔细了。"

我踩着硌脚的石路紧跟高朋海，两人一头扎进了风雨里，大步小跑有个七八分钟，老虎谷穿行了一半。正当我准备一口气冲出老虎谷时，突然高朋海拉住了我，脸色不自然道："该死的，要不要这么邪门！"

"怎么了？"我问，刚问出口我就发现事态的严重性了。脚底下像是变成了弹簧床般颤悠悠的，再抬头看，数十块足有两米高的褐石已经滑到悬崖边缘，说不准下一秒钟就会砸下来。

我忽然想起哭奶诉说她一家三口在老虎谷遭遇山崩的恐怖情形，正自胆战心惊，高朋海突然扭曲着他那张毛茸茸的脸，冲我吼道："听我口令跑，用跑不快就死在这里还没人给收尸的决心跑！"

高朋海的话像是一针兴奋剂打进我血液里，他说的对！

"跑！"高朋海一声令下。

我俩像是屁股点了炮仗似的撒丫子飞跑，轰轰巨响，身侧头顶一阵地动山摇。第一块滑石落了下来，就砸在我身后两米外。接着，五六块滑石接连飞落，有一块正落在我们前面，高朋海二话不说，双手一撑有点像偷学第大黑的蛤蟆跳一样从落石上跳过去，我照葫芦画瓢也跳了过去。

老虎谷的出口近在眼前，骤然间谷内一阵飞沙走石夹杂着滚落下来的巨石将出口封死了，高朋海好似李小龙飞起一脚，按他大脑容量的判断是想在沙堆上踹出一个洞。但可惜他忘记了沙里的巨石，疼得他嗷嗷直叫唤。

我赶上来连滚带爬想要翻过沙堆，但飞沙还在不停落下，差点把

我给埋里头，我灰头土脸地退回来。高朋海揉着腿，哭丧着脸大吼大叫："奶奶的，谁想到我一世英名竟丧命于此，这可被狼角那浑蛋给说准了，早知如此就算送我一车酱肘子我也不来。"

我拉了拉唠唠叨叨的高朋海，大雨冲刷着我俩的脸，高朋海甩开我的手："干吗啊，这都要死了！"

"先别说死不死，老高，这滑石是不是停了？"我拿不准地问他。

"啊？"高朋海这才回过神，除了还漫天飞扬的沙子外，真没有大块滑石落下来了，更没有引发山崩。高朋海嘀咕道，"奇了怪了，刚才明明感觉马上要山崩了，怎么一眨眼又好像风平浪静了。"

"这叫大难不死，咱俩赶快把出口清理出来，逃出去。"我紧着提醒他。

"对，你说得对。"高朋海前面有点吓蒙，这会儿正常了。

我心中暗笑，这雪岭的老蛤蟆关键时刻还不如我这个嫩豆芽。

我俩清理了几分钟，我胸口一阵阵燥热，忍不住敞开了衣服。扭头看了眼高朋海，他也跟我一样，干脆脱了上衣光着膀子干活，我突然想起一件事，就问他："老高，狼角是谁？"

高朋海一怔，眉头皱巴着："你怎么知道狼角？"

我笑话他："不是你刚刚哭爹喊娘叫的，什么被狼角那浑蛋给说准了，他到底说准了什么？"

高朋海擤了把鼻子，哼哧粗声说："你听错了，我是说死这儿要喂野狼了。"

"雪岭有狼吗？"我头回听高朋海提起野狼。

"啊，有吧。"高朋海支支吾吾明显在搪塞我，这会儿生命攸关我先放过他，等出去了我再想法子套词。

高朋海不知为何突然变得神经兮兮起来，他头贴在地上，眼珠子像要弹出来般问我："大作家，你听见地底下有什么声音吗？"

"没有啊,地底下能有什么声音?"我被高朋海夸张的举动惊到了,也伏在地面听动静。不料这一听之下果真听见了一种咯咔咯咔声,像是骨头太久未活动发出来的响声。然后是压抑至极的呻吟哀号,再之后是微弱转强烈的从地底之下破土而出的碎裂声。

我猛然抬起头,就在两千多米的老虎谷之中,如同雨后春笋般冒出来一截一截惨白色的人手!

妈呀!这是闹鬼,还是闹鬼,还是真的闹鬼啊!

我思绪全乱了,呆若木鸡般看着惊天骇地的一幕。

这会儿高朋海倒是冷静了,也或许是吓得动弹不了,大雨如注冲击着我俩的身心。那从地底冒出来的无数手撕裂地面,将更多白骨嶙嶙的部分给拽了出来,最后是空洞眼眶里泛着两团绿火的一颗颗骷髅头。

高朋海不知是不是吓傻了,这会儿他竟然摸出了一根烟咬在嘴里,但大雨中怎么可能点着火。他回头望向我,目光中竟也跳动着不寻常的光芒:"有意思了,我在雪岭待了这么久,今天头一回看到能死而复活的人。哈哈哈,这是不是老天爷和我开的一个玩笑,但可惜这玩笑一点不可笑。既然是死人,就应该老实给我死回土里,烂在地下,奶奶的,干!"

高朋海像是吞了十斤炸药,一瞬间就炸锅了。

他不停捡起石头砸向骷髅头,有些还没腐烂完的肉脑袋,被他一石头砸得稀巴烂。我似被疯狂的高朋海所感染,也学着他的模样扔石头砸骷髅,同时实在太恶心,我是边砸边吐。整个老虎谷陡然成了人间泥犁地狱,两千多米的山谷汩汩不绝地流淌出另一世界的魑魅魍魉,我跟高朋海又能消灭得了几个。

时间流逝,体力透支,我竭尽全力才站着没有倒下。高朋海比我强不到哪里去,他的双腿发颤,身子垮下来。他看看我,我也看看他,最后我们都看向似无穷无尽的骷髅海。

"奶奶的，还不如被山崩给压死呢。"高朋海吐了口唾沫。

我也说："我死之前能见到这种百鬼盛宴，也算没枉费干了作家这职业，只可惜不能亲笔把这惊神泣鬼的一幕给写下来。"

我脑中突然闪过一个疯狂的念头，我激动地对高朋海说："老高，我要写，我要写下来！咱俩如果不明不白死在这里，将来没人会记得我们，更没人会知道我们遭遇了什么，所以我一定要写！"

我从背包中掏出记录本，用真情实感记录下了这段在老虎谷的恐怖噩梦。我写的时候，高朋海仰起脖子，看向溟蒙的天空："作家都是神经病，这句话一点没错，死到临头了还想着写下来，有个屁用啊。"

骷髅如海如潮已经挣脱了大地的束缚，它们发现了唯一的目标——我跟高朋海。骷髅怎么嚎叫，你们一定没听过吧。我听到了，而且下笔如飞地记录下来，那像是小时候奶奶烧饭用的风箱带出的"吱哟，呼哧！吱哟，呼哧！"声。

骷髅大军蹒跚摇摆朝着我和高朋海涌来，有些歪得厉害，骷髅头从脖子上滚下来，又瞬间被后面的骷髅给踩得粉碎，丢了头的骷髅一路乱抓乱挠。

我把记录本小心地压在一块隐蔽的石头下，希望将来有人能够发现它。

我和高朋海对望一眼，这时我们早已断了求生之欲，只求临死前能多干掉几个骷髅陪葬。我们涌入了骷髅海，眨眼间身上各处都被尖锐的骷髅所划破，鲜血狂流顿时让我意识冷彻了几分，像是流星刹那划过夜空带来的希望之光，我突然想到了一样可能拯救我们的东西。

"无欢铃！"我在骷髅海中声嘶力竭地喊道。

老高应该听到了，他朝我身边挣扎靠拢，我心领神会他是要让我帮他争取时间。我奋不顾身地挡在老高身前，护他周全，身上一次次流血，我内心则一次次狂呼，老高快点，老高再快一点啊！

高朋海躲在我背后，掏出手套戴上，然后双指捏住了那个锈迹斑斑的雕刻独眼的无欢铃，轻轻晃动。一下，两下，三下，四下，五下，六下，七下……无欢铃响过七下。

我周围的压迫感顿时一轻，再放眼望去，那些数也数不清的骷髅仿佛绚烂烟火一样最终落入尘埃，消失得无影无踪。一切好像从未发生过，但我低头看了看遍布全身的血痕，这些血的记忆告诉我，一切都真实发生了。

高朋海站在山谷阴影中，狂风暴雨好似也受到了无欢铃诡异的魅惑而停止。太阳从乌云中探出了头，我感受到久违的温暖，闭上眼笑了："好暖和，真好啊。"

一切都在离我远去，一切都变得无声无息，我好像坠入了无尽深渊，就那么一直往下落，往下落，隔绝了所有。

第十二章
一场梦

头重脚轻像是飘在云端，天旋地转又像是会坠入地狱，意识一片灰蒙蒙。我在一片茫然中睁开了眼，一张邋里邋遢喷着烟气的大脸就堵在我眼前。

我差点撞了他的鼻子，他连忙躲闪，有气无力讷讷地说："你在干吗，老高？"

老高抽着他标配的大丰收，叹口气又吐了口烟："我看看你是不是死了。"

"你才死了呢！"我不耐烦地回骂一句。

高朋海被骂了反而心满意足："很好，知道还嘴就是没事了。没事了就别老赖在我的床上了，快点滚起来。"

我这才发现自己躺在笼子里的床上，想想那四处乱丢的臭袜子，说不定我脑袋底下就枕着两只一双的，我立刻像弹簧一样弹起来。

但浑身上下一点力气也没有，鼻子也不通气，好像是感冒了。我望着大烟鬼高朋海，那家伙没事人一样嘬着烟，脚底下是一堆烟屁股："老高，我怎么跑到你这里来了？"

"嘿，你也真好意思问。在老虎谷你像鬼上身一样大哭大笑，转眼就晕那里了。是我，像背死猪一样背了二十里地把你背回来，奶奶的，我都快累吐血了。"

我的记忆仍停留在无欢铃驱散了骷髅，自己突然像被抽空了灵魂一样，头晕目眩，然后整个意识就仿佛坠入了一个深不见底的深渊。

我虽然不胖，但也有个一百二十多斤，想想高朋海扛着我走了二十里地，我不由得心怀感激地对他说："老高，这次真谢谢你。"

高朋海捏着烟屁股，看看能否再嘬一口："少整没用的，这次又惊又吓还差点把老命送在老虎谷里，要不是我八字命硬，今天这世上就少了一个英明神武的高朋海。所以嘛，之前那五个酱肘子说啥也不够使了，怎么着也得翻倍。对，翻倍！"

我心里好笑，说来说去还不是为了酱肘子，我倒也越来越欣赏高朋海这份洒脱和坦诚，重重把头一点："尽我所能，不管是十个、二十个，只要我能承受得起，我保管让你吃个够。"

高朋海大脸乐开了花："大作家，你真是我的肉食父母啊。话说回来，还不快点从我床上滚起来，我守了你一天一夜连觉都没睡，这回也该换我躺躺了。去，去！"

刚才还义薄云天，这会儿就翻脸无情，高朋海把我赶下了木床，他一屁股坐上去舒舒服服伸个懒腰。我坐在窗边破椅子上，望着外头沉甸甸的天色："老高，我在这儿睡多久了？"

"哦，我想想，差不多二十个小时了。我跟你说，你再不醒我可没钱送你去医院，就只好往那乱坟岗子随便一扔，就地埋了。"

我笑笑，这高朋海明明是个热心肠，却偏偏又死鸭子嘴硬不肯承认。

"我的包呢？"我问。

"哦，那破包啊，我扔门口了。"高朋海哼哼道。

我找到背包，拍拍上面的土，朝着高朋海说："我回去了，这次真多亏你了，改天请你喝酒，对，还有酱肘子。"

"男子汉大丈夫得说到做到。"高朋海头陷入枕头里，抬也没抬。

我拉开笼子的门，一阵冷风吹得我一哆嗦，我一只脚跨出门，另一只脚倏地停下。我半回头问："老高，老虎谷的事你怎么想？是真是假，我们是醒着还是做了一场梦？"

沉默了有十秒钟，高朋海的脸始终埋着，但有了回声："大作家，这世上有些事不管真真假假都是假的，有些东西不管是人是鬼都不能较真，一旦你当回事了，不但没人信你，反而会惹祸上身。我在雪岭待了十年还安然无事，就是因为懂这个道理。所以啊，大作家，我希望你也能明白。回去吧，彻底睡一觉，睡醒了你就会觉得一切都是一场梦。"

我长长叹口气："我懂了，老高。但是一切真的能是一场梦吗？"

这回高朋海默不作声。

我心情五味杂陈地回到空屋。

一楼熟悉而透彻的黑暗让我竟有了一丝怀念，我的手在空中徘徊，像是抚摸一位隐形人的脸颊。我爬上二楼，打开窗户，风穿过破窗帘，吹入我纷乱的心田。

我手枕着头躺在行军床上，手机屏幕闪烁起来，看了看是吴空打来的。以后还是说猴子吧，更习惯些。猴子已经打过五通电话，可能是担心我。

但我没心情马上回电话，我翻身从背包里找出来记录本，雨水沤湿了几页，不过大部分关于老虎谷的恐怖经历还完好无损。我正考虑要不要以此为素材创作一部小说，突然背包里"嗒"的一声掉出一样东西来。

我以为是手电筒，打眼一瞧却是破棉袄。但破棉袄掉下来怎么会"嗒"的一声呢，我纳闷地把破棉袄翻开，里面赫然是那块哭奶的坟牌！

这东西我记得走的时候留在哭奶桌上了，怎么会又跑到我背包中，这说不通啊。我猛然间想到了第大黑，对了，第大黑曾抢背包给我装地瓜团子，难道是他给我放进去的？但第大黑为什么要把这坟牌给我呢？

脑子里飞旋着解不开的问号，我把坟牌放在桌上。忽然我注意到坟牌上在哭奶名字下头的空白太大了些，为什么要留这么多空白？而且似乎空白处有星星点点被磨损过的黑点痕迹，最初并不明显，但被雨浇湿了以后，雨水把那些黑点沤得清晰了。

我数了数黑点有几十个，这几十个黑点背后又藏着什么隐秘？

我之前和猴子一起看过一本古书，上面有用米醋掺着骨粉、黄酒等配料调成的专门用来拓印的秘方。我一溜烟儿跑出空屋，直奔黄三小面馆，跟他买了米醋、一瓶黄酒和三根猪肋骨，又打电话跟猴子问清楚秘方的调配步骤。没等猴子开始啰唆，我就果断撂下电话。

回到空屋，我按照猴子提供的步骤将杂七杂八的东西调配在一起，猛力搅和，大概半个小时后，就做成了一碗跟糨糊差不多样的黄汤。我找来一张白纸铺在坟牌上，仔仔细细把黄汤均匀洒上去，压平按匀，约莫等了十五分钟揭开了黄汤纸，所有黑点毫无遗漏地印在了纸上。

我用铅笔尝试着把所有黑点连起来，因为顺序难以把握，我尝试了上百次最终连成了让我目瞪口呆的三个字——第大黑！

我的脑袋一瞬间像被巨锤砸中，嗡鸣不绝，但不管怎样我都无法相信所看到的字。第大黑明明还活着，我追逐过他，请他吃过火腿肠，看他吃过烤老鼠，还与他挥手告别，可他的名字怎么可能会出现在这坟牌上？

哭奶、第大黑，哭奶、第大黑……脑壳好似要裂开，难道哭奶骗了我？难道我所见的第大黑并不是第大黑，那么他又是谁？

我实在不能也不敢想下去。

我蜷缩在床上，紧闭双眼陷入空屋自带的黑暗中。

精神的冲击令我倍感疲倦，一阵困意袭来，如果不是那个声音响起，我相信我会沉睡很久。但偏偏我听到了那个声音，那是无论何种环境都会让我精神振奋的声音，因为那是爷爷的呼唤。

"小珂，小珂。"我猛地睁开干涩的双眼。在门口若隐若现有一个影子，但并不是爷爷，而是之前噩梦里看见的那个煎饼脸的黑影。黑影侧过身，我想说这套路我懂了，就是让我跟它走，那就走呗。

黑影飘下楼，我也不发出声音地跟下楼。

一楼流动的黑暗中，黑影且行且停，我跟它穿过仿佛无数凝滞无声的透明脸庞，好似有冰冷的呼吸打在我身上。我屏住呼吸，在这似梦非梦之中寻求答案。

跟上次一样，黑影转过拐角，来到通往地下室的门外。

我这次不再偷望它的脸，全神贯注地拧开了通往地下室的门。

黑影瞬间移入黑黢黢的地下，我深吸口气也跟下来。地下室的黑不同于一楼灵动透彻的黑，而是压抑狂热的黑，空气里好像盘踞着黑暗之火，烧尽理智和冷静。

地下室呈"山"字形，中间是下来的楼梯，连着东西走向的走廊，走廊两头各有一间房间，房间内还有一间小房间。黑影在走廊中徘徊不定，我心脏狂跳，濒临在黑暗中失控的边缘。我撑起最后的勇气，冲着黑影大声叫："第芽是你吗？"

黑影如同被我呼出的气流吹得摇摇散散，但并未有任何回应。

我双目狂热,声音难以抑制地颤抖:"那你是第大黑?"

不知何处吹来的一阵冷风在我眼前把黑影吹得灰飞烟灭,我伸手想抓一把,但除了黑什么都没有。我像木头人一样伫立于走廊中央,不知道何去何从。

正当我意识混乱无序之时,爷爷的呼唤再度响起。

"小珂,小珂。"

我大喊大叫,于这漆黑无人的地下室里:"爷爷,爷爷是你吗?爷爷……"

"吱呀!"走廊东头的房间的门缓缓敞开了,一只枯白的手伸出来朝我招手。我一股火气上涌顾不得危险,就这么朝着那枯手冲过去,迈进房间。

房间中还有一间小房间,枯白的手又在里面朝我招手,我照样毫不犹豫地跑了进去。然后,我愕然看见枯白的手又在更小的第三间房间中朝我招手,但这次我冷静下来了,因为我记得这里只有两间房间,这第三间房间又是哪儿来的?

年幼时就困惑我的那个房间谜团再次浮现出来,空屋究竟有十二间房间,还是十三间房间?

难道眼前这只枯手所指引的房间就是我小时候苦苦寻找过的第十三间房间?

枯手摆动得更加剧烈,我也不知是被地下室中狂热气息所熏染,还是为了解开困惑我多年的空屋谜团,总之,我终究朝着那间房间迈出了第一步,第二步,第三步……最后,我走进了那间房间。

房间里并不怎么黑暗,脚下微微闪动着淡黄色亮光。

房内四角有四个像铁钉般上粗下窄的石柱,石柱上浮刻着一株株遍布獠牙的吊诡植物。柱顶盘踞四兽,左边为两只面目狰狞的黑猫,黑猫双目一只眼黑一只眼白,黑白之间杀气凛凛;右边是两只看似是牛,但头生四角、毛发茂密盖住全身的异兽。

房间正中停放着一口巨大的棺材。

棺盖虚着一道缝，既然来到了这里，我就要追求一个结果，于是我凑近棺盖朝里瞅。怎料棺内竟是一汪黑水，我出神地望着，手不自觉地探向那片黑水。

"小珂，小珂。"又是爷爷的声音。

我猛回头的一刹那，手轻轻触碰到了黑水冰冷刺骨的表面，一股可怕的力量透过黑水冲入我的体内，我五脏六腑似快要爆炸一般难受，整个人被无形之力撞飞了出去。

我摔在巨棺前面，猝然发现诡异的黑水竟渐渐渗出了棺材。短短一两分钟，整个房间里已经注入了半米深的黑水，黑水滑腻冰冷，仿佛里面还有什么诡异之物。我好奇地把脸贴近黑水，惊骇地发现黑水之下赫然是一张张闭目的人脸，而更令我毛骨悚然的是这些人脸正在慢慢睁开紧闭的眼……一道道阴恶的目光射出来，我整个人僵在原地，没有第二个原因，就是吓得。

我缓过神后挣扎逃向门外，但黑水突然开始回流，一股难以抗拒的吸力仿佛无数双手抓住了我的脚踝，把我往巨棺里拉。我恐怖绝望地呼救，眼见身体一点点被拖进犹如魔鬼大嘴的巨棺中。

就在我渐渐失去力气、意识浑噩的一刻，我忽然碰到了黑水里一样有棱有角的东西，像一个盒子。我像救命稻草一样牢牢把它抓住。

下一刻，我整个人被从黑水里抛到半空，巨棺由一变三在我眼前飞快旋转，每一个巨棺之上都仿佛刻画着某个晦涩怪异的图形。其一像是刻画了一张扭曲的长满虫子的脸，其二像刻画了一个弯来折去的金盆，其三则像是刻画了一面留有罅隙的神秘之门，门后有张鬼气森森的脸时隐时现。

就在我情不自禁地思索这些怪异图形所代表的意义时，又是一股

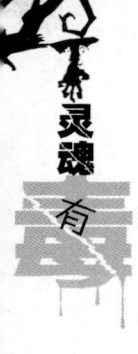

强大的力量将我扔出了这间房间，狠狠摔在外面的地上。

我骨头都要摔散架了，疼得眼泪一把、鼻涕一把。但我的左手还紧紧抓着那个盒子，我想打开它，蓦地眼前的空气如同水纹一样轻轻荡开，一个人影出现在水纹里，脸上满是游走的黑气。

我望着近在咫尺又藏于黑气中的脸庞，声音震颤地唤了声："爷爷是你吗？"

"小珂。"真的是爷爷，多年后再次听见至亲的声音，我把持不住想要扑到爷爷身边。然而声音陡然一转，变成了一个尖锐的女音，尖叫着，"别过来！"

我吓得退后一步，茫然地望着黑影："你到底是谁？"

黑影又换回了爷爷的声音："小珂，爷爷很想你，但我们人鬼殊途不能见面。但我必须告诉你，在空屋异室你所看见的一幕千万千万不要告诉任何人，小珂，你千万要牢记在心。"

泪水不经意滑落眼眶，我重重点了点头："爷爷，你还好吗？"

黑影的声音倏地再变，变成粗犷男人的喝声："小子，你是孟家的继承人，你一定要守护好空屋！"

"孟家？"我脑子迷糊了，我不是姓朱吗，怎么成了孟家的继承人。还有，为什么要让我守护这座恐怖阴森的空屋？我心中诸多谜团，刚想追问，但那声音却又变了。

这次变成了一个稚嫩的童声，童声断续同我说："在第村……你帮了……我……谢谢你。送你……黑牙，它会……保护你……不受……伤害。"

盒子嗒的一声，随即打开了，里面赫然是一颗散发着阴冷气息的黑牙。

我望着氤氲的黑影，嚅嚅地叫出了心中闪过的那个名字："第芽？"

黑影尚未回答，我的眼前重又天旋地转，无数支离破碎的画面在我眼前一一飞掠而过。我似乎看到了许多人在对我招手，有男有女，有老有少。其中，爷爷站在他们中间，一如往昔般慈爱地微笑。

爷爷身边依偎着一个小男孩，他冲我轻轻地挥手。

一切渐渐变得极淡极淡，我奋力想要挽回，但失去力量，孤独地从空中坠落。

"砰！"我从行军床上摔下来，头嗡嗡作响。

我揉着额头，感受从窗外射入的晨曦的光芒，一切又是一场光怪陆离的梦境。但猛然间，我有了一种被人窥伺的异样感觉，我缓缓侧过脸，在我行军床下静静地躺着一颗通体阴冷的黑牙。

我想起了梦境里那稚嫩的童声对我说的话——它会保护我不受伤害。

难道一切不只是梦境？

我大脑急速飞转，然后起身狂奔到地下室，然而梦中那第十三间房间变成了一面冰冷坚硬的隔绝现实与幻想的墙壁，我无奈地摇头，是我想太多了吧。

我摊开手，那颗黑牙似闪过一抹微光。

第十三章
猴子

半个月后，我回到了城区。

在一所僻静老楼的房间里，我把打印出的《夜路人》等小说放在桌上。房间里堆满了各类各样的书籍，我盘腿坐在一摞子书上，对面是一个跷着二郎腿、嚼着铅笔头、五官较为俊美的男人。说是较为俊美是跟我比，其实也就一般般，不过他自以为挺帅，特别臭美。

没错，这臭美的家伙就是我的大学同学兼好友，吴空，也叫猴子。

我看到他二郎腿跷个没完,真想拿根钉子把他腿钉在那儿。我瞥了他一眼:"你看半天了,究竟看没看完,又不是让你熟读背诵。"

"放松,深呼吸。你朱作家的大作我还不得瞪大了眼多瞧两遍呀,不过接下来我就要发表点浅薄的愚见了,你大作家爱听不听。"猴子要贫道,我随手抽了本书敲中他膝盖:"少废话,有话就说,有屁就放。"

"屁没有,话还是有的。先说作品,写得我竖大拇指,比起你以前那些有形无神的恐怖小说,这两篇无论从烘托氛围、故事情节上都特别走心,尤其还留下那么多未解之谜,这明显就是勾搭着读者长相厮守嘛。至于别的,就是你告诉我的那些事,我觉得很有问题。"

我已经把雪岭的非凡经历八九不离十地告诉了猴子,我不由得问:"什么问题?"

"问题就是你以为是真的,但并不一定就是真的。"猴子把嚼完的铅笔夹在食指和中指之间旋转,"就拿最大的一个诡异事件,老虎谷的骷髅海来说,你很可能是着了道。"

"有话痛快说完。"我无疑被猴子吊起了胃口,因为惊人的骷髅海和神奇的无欢铃的确令我百思不得其解。

"你说你进谷之前吃过小灯笼模样的野果,如果我没猜错,你吃的那种野果叫颠茄,是可以令人产生严重幻觉,乃至于死亡的一种毒果。说来也巧,我好像上月还是上上月在一本《自然百科全书》里瞄到过它一眼。等等,我找一找。"猴子动手翻找。

十多分钟后,猴子把一本厚厚的足有四五百页的《自然百科全书》摆在我面前,他蘸着唾沫星子翻到了写有颠茄资料那一页。

"颠茄是一种茄科草本植物,花冠钟状,淡紫褐色。浆果球形,味甜多汁。颠茄含有致命毒素,如果吸入足够的剂量,将严重影响到中枢神经系统,这些毒素神不知鬼不觉地麻痹侵入者肌肉里面的神经末梢。食用颠茄的症状为瞳孔放大,头痛,思维混乱以及抽搐。两个浆果的摄取量就可以使一个小孩丧命，十至二十个浆果会杀死一个成年人。"

"喏，这里还有图片，重点看颠茄的浆果，看看是不是跟你吃的一样。"猴子用手点给我看，在未成熟浆果的图片里，果然有橙红色小灯笼模样的那种，我仔仔细细瞅了半天。

我抬头，猴子看着我。

于是我照他的思路说下去："你是说我因为吃了颠茄浆果所以精神错乱，产生了严重的幻觉，这才有了老虎谷的骷髅海那惊悚骇然的场景。"

"恭喜你，答对了。"猴子的屁股在书上挪来挪去，像是在坐转椅一样。我懒得搭理他这多动的毛病，问道："那么无欢铃呢，为什么无欢铃摇七下之后幻觉就消失了？"

"巧合吧，嗯……也不全是，像是带有清脆音色的不管铜器铁器都对陷入幻觉中的人的大脑皮层有刺激作用，能够加快从幻觉中醒来。另外你说那天下了暴雨，无疑这雨多少也浇醒了你一点。另外你食用的也并非颠茄的成熟浆果，而且吃得较少，所以幻觉维持时间不会很长。总结下来就是暴雨，中毒未深是量变，到了摇铃铛恰好由量变到了质变，幻觉消失，你就醒来了呗。这跟什么辟邪驱鬼的无欢铃没什么太大关系，是你的疑神疑鬼作祟，正所谓疑心生暗鬼嘛。"猴子洋洋洒洒说了一通，支撑我内心隐秘角落的神秘支柱垮了一半。

我叹了口气："那你说在空屋发生的种种似真似幻的噩梦又该如何解释？"

猴子铅笔转得飞快，而且怎么也掉不下来："我就知道你还不死心，其实那个鬼话连篇的高朋海有一句话说得挺对。"

"哪句？"

"就是你早该搬出那座阴森森跟死人墓一样的空屋。"猴子眼睛

在我脸上瞄来瞄去。我被他看烦了,瞪眼道:"看什么看,我脸上有花啊。"

猴子笑了笑,铅笔转得更快:"你没发觉自打你住进空屋后,脸色变得很差吗?以我博览全书通晓生物医学外加媲美爱因斯坦的头脑告诉我,就你那座十多年没人住又不通风的空屋,还紧挨着埋了上百万具尸骸的雪岭地脉,用脚指头想想都知道里面一定滋生了数之不尽的细菌病毒。它们肆虐泛滥,甚至因为太过阴冷潮湿的环境而产生了突变,这些都是十分有可能的。而你一个健康的大活人住进去,可想而知,那就如同睡在一个弥漫着上亿细菌的细菌罐子里,你要是还能安安稳稳跟没事人似的那才怪了呢。

"你做噩梦一定是呼入的细菌病毒影响了你的睡眠系统,至于你噩梦里所见的那些玩意跟你白天所想不无关系。老话不都说日有所思,夜有所梦嘛。"猴子声色并茂地分析道。

不得不说猴子是我见过最会转动脑袋瓜的一个人,他常常一针见血帮我搞定许多疑难杂症。我对于猴子还是相信的,甚至比相信我自己更多一些,此时我内心的神秘支柱已经摇摇欲坠。

但我忽然想到一个问题:"猴子,有件事恐怕你也解释不通,那就是黑松林里的埋骨洞,梦里与现实的一模一样,甚至我的手机也是在洞里找到的。"

"这事儿我早料到你会来问我。"吴空又磨蹭屁股底下的书,"我刚才半天没吭声,其实就在想三件事。这埋骨洞就是一件,梦境和现实重合的桥段我在电影里见过不少,但那都是骗人的。不过你这个就有点意思了,我琢磨了你描述发现埋骨洞的每一个细节,找到了一个关键点。就是你说遇到野狗群的那片荒野,你有一种莫名的熟悉感,后面你没再具体说,但我推论这种熟悉感一直延续到你发现埋骨洞的时候。你知道这是什么原因吗?"

我面对猴子天马行空的推理,思绪明显有点追不上,我晃晃头。

猴子痛快地说下去:"那是因为这些地方你早就去过,什么荒野啊、黑松林,还有裸棺和蒜瓣大青石,这些你应该小时候都见过。至于为什么见过,我想还是跟你爷爷有关。如果我没猜错,埋骨洞就是你爷爷亲手挖的,狗骨黑牙也是你爷爷亲手埋的,那时候你有多大,四五岁吧,你应该就在爷爷旁边看着狗骨被埋上。想想黑松林里野坟遍布、棺材外露的恐怖环境,再加上触目惊心的狗尸,必然对幼小的你造成了强烈的心理冲击。当时因为爷爷在身边你可能并不觉得害怕,但事后那一幕幕景象一定会在你梦里浮现几天,并且作为童年阴影藏在你内心世界的一隅,用我的话来讲这叫作'心理印象'。"

"多年后,你重回空屋,回到那个曾经让你留下深刻印象的地方,如果再遇上一两个刺激点,那么深藏你内心一隅的印记就会破茧而出。我听你的故事里,这个刺激点就是前一晚敲你门的那对母子,母亲怀抱的婴儿嘴中也长了一颗跟二十多年前你所见一模一样的黑牙,这黑牙就好似打开潘多拉魔盒的钥匙,你从此陷入了黑牙梦魇。二十多年前的一幕以噩梦形式重现,你也因此刨开了埋骨洞。这里说一下,黑牙梦魇跟之后的第大黑、第芽、哭奶、第村的种种瓜葛无关,纯属像电视剧里那样的狗血巧合,用句带点天机的话说就是命中注定,命中注定你要跟黑牙这档子事纠缠不清。"吴空摊摊左手,做出一副无可奈何的表情。

我想想猴子说的有道理,或许真的是心理印象加上某些情景暗示让我混淆了梦境和现实,我心里对于之前深信不疑的东西感到沮丧,甚至连记忆中爷爷的面孔都变得模糊。我叹口气,不知道该说些什么。

猴子缓了口气,继续道:"埋骨洞是我想的第一件事,第二件则是第村的真相。"

我抬头看着他的眼说:"你也想到了第村所隐藏的秘密了。"

猴子眼睛一下子贼亮,他从抽屉里摸出一支圆珠笔和两张纸,故

弄玄虚道:"咱俩学一把火烧赤壁里的诸葛亮和周瑜如何,把答案言简意赅写在纸上。"

"怕你这泼猴不成,写就写。"

猴子眉毛一挑,调侃道:"世道真是变了,八戒不怕猴哥,猴哥难道还要怕了八戒不成。来写。"

"再瞎掰掰小心我戳瞎你的猴眼。"我佯装作势要用圆珠笔戳他的眼,猴子连忙告饶,"不闹了,不闹了,快点写吧。可不能作弊啊。"

我俩捂着藏着在纸上写好了,两个人同时一巴掌拍在桌上,两张纸上写着相同的两个字——调包。

猴子笑了,我也笑了。

猴子说:"哭奶(实际为第芽的娘,第娟)无疑撒了谎,她肯定在第芽被逼死前就回过第村,并且暗中用破了相又失去语言能力且身形相近的第大黑来和第芽掉了包,这应该不难,只要把第芽衣裳套在第大黑身上,搞得披头散发,再把脸抹黑或者抹点血就OK了。"

我点了点头,接过话来:"是啊,第村的人本来就对第芽十分憎恶,避之唯恐不及,当然不会想到去确认一下究竟是不是第芽。所以那种情形下,的确可以鱼目混珠。只可怜无辜的第大黑变成了冤死鬼,哭奶痛失儿子恐怕没多久就死了,冷漠的第村人一定不会帮她找儿子的。"

"冷漠的人心,还有恐怖的母爱。"猴子总结说道。

我心中愤愤不平,为无辜的第大黑,也为一再欺瞒我的第娟:"即便救下了第芽,但整天提心吊胆活得生不如死的每一天也是对第娟母子内心最大的惩罚和煎熬。"

猴子不再转铅笔,但又开始嚼铅笔头子:"喏,第村真相这就大白了。"

我默默点头,忽然想到猴子提起过三件事,不由得问道:"你说你想了三件事,那么第三件事又是什么?"

猴子嘴里倒吸口气,发出嘶嘶的声音:"怎么说呢,也不算是事,而是一个人,但也没有证据,只是凭我的直觉。不用你再问了,我告诉你,我想的这个人是高朋海。"

"高朋海,他怎么了?"我有点不明白猴子的意思。

"先声明啊,高朋海本人如何跟我之后要讲的话不画等号,你可以参考,也可以完全当作放屁。我就以一个不专业的心理师的角度来分析分析高朋海这个人,首先我觉得他可疑,疑点有二。先说显而易见的第一点,高朋海在雪岭待了十来年,对于雪岭应该没人比他更熟悉了,他真没见过颠茄,真不知道它有毒吗?好,退一步来说,不知道没关系,但作为雪岭成精的人,越鲜艳的东西往往越有毒,这点常识他应该还有吧。他竟然毫无顾忌地自己吃了,还分给你也吃,这岂非有些蹊跷。当然,我不是他肚里的蛔虫,他完全可以矢口否认。接着再说第二个疑点,这可能更玄乎一点了,因为这是他的心理疑点。"

"心理疑点?"我有点对这个词感到新奇。

猴子毫不在意,发表看法:"换种方式说吧,高朋海他真没姓错,他是个高人,而且如果我的假设成立,他完全能够胜任一位优秀的心理策略师。"

"心理策略师,我怎么越听越糊涂。"我催促着猴子少卖关子,直奔主题。

"这么看吧,一,颠茄是谁发现给你的?高朋海,然后颠茄让你中毒产生了幻觉。二,谁告诉你老虎谷发生过多次山崩且死过很多人?还是高朋海,这些话乍听没什么,但在你产生幻觉后便可以起到心理暗示的作用,因为山崩死了很多人,所以地下都是白骨。所以你才在幻觉中见到了骷髅海,而非别的什么可怕东西。三,最关键的一点,同样是心理暗示。不过这个暗示更早,甚至早在你们没到达第村之前,那就是无欢铃。高朋海告诉你摇动七下无欢铃,鬼物便不可近身。这

些信息潜移默化地留在你的潜意识中，所以在老虎谷当高朋海摇完七下无欢铃后，你就从幻觉中醒来。这跟催眠师用的摆钟差不多，催眠师说数到几醒你就会几醒，摆钟起到了一个辅助暗示的作用，无欢铃也是一个道理。"猴子竹筒倒豆子般说了这么许多，我听得瞠目结舌。

猴子正当兴致，紧跟着说："如果一切真如我说的一样是一场精心布局的心理阴谋，那么神不知鬼不觉一步步引你入套的高朋海毋庸置疑是一位技术高超的心理策略师。他操纵着你的喜怒哀乐、举手投足，而你就像陷入沙坑排道中的玻璃球身不由己地一味向前。"

我听得汗毛倒立，心头一股恶寒，说真的，在老虎谷跟那么多骷髅面对面时我都没这么胆怯。猴子这说得太可怕，我简直就成了一个提线木偶，任人摆布。

猴子眼珠子圆溜溜的，这家伙仿佛大脑洞开，还在继续思索道："等等，我刚想到，你在荒野迷路也是从高朋海的笼子出去以后的事，而且你还丧失了走回空屋这一块短暂的记忆。你可以认为是喝糊涂了，但不排除也存在心理干扰的可能性。

"等下！"猴子直愣愣地看着我，在他瞳孔里我看见了一脸茫然的自己，猴子舔舔并不干燥的嘴唇似乎以此来平息内心超负荷的震惊，"天啊，第村的事也都是高朋海告诉你的吧，第芽、第大黑、哭奶，你敢不敢想象下……如果一切都是假的呢，一切都是不存在，是你幻想出来的东西。我记得一开始高朋海给你抽过他的烟，如果就是那个时候，天啊，天啊，no，no，那真是一场可怕的灾难。"

猴子被自己说的话给吓到了，他狠狠咬着铅笔头瞪眼喘息。

我也处在天人交战之中，猴子说的会是真的吗？

一切都是莫须有的，第村根本不存在。不，我还是不相信幻觉可以持续那么长时间，也不相信曾亲眼所见哭奶那表情、那眼神、那对我说的话都是无中生有的，这怎么想都不可能。而且窝在山旮旯里的高朋海也不可能懂什么心理策略，我渐渐把思绪捋顺了，否决了猴子疯狂的假设。

猴子好像也发现自己过了，对我嘿嘿笑了笑。

"我早说了，我这个半吊子心理师的话只供参考，要不干脆当放屁。不过你把我写帅点写进你的小说里，我也不排斥，嘿嘿。"猴子坦诚道。

我又笑笑，但笑意里多少藏着一抹苦涩。因为面对坦坦荡荡的猴子，我无疑还对他隐瞒了不少关于空屋的秘密。就比如黄三小面馆后头的红布娃娃，高朋海笼子外被涂成半红色的神秘女子石像，还有第村野庙的诡异菱形地洞，包括横亘在我心中最深处那关于空屋第十三间房间中的黑水巨棺、怪异图形，以及似真似幻的爷爷。

这些都作为我跟雪岭和空屋之间的隐秘没有跟猴子吐露，当然，除了这些还有一样实实在在的东西，我也秘而未说。我按了按胸口，那颗阴冷的黑牙被我拴了绳子就挂在那儿。

我跟猴子又东南西北地扯了一会儿，他有事先回保安公司了。忘记说，猴子是博山蓝盾保安公司的公子爷，子承父业，现在是保安公司的副总经理。

《夜路人》《空屋诡谈之黑牙》，我让猴子帮我投到杂志社了，我在基地又多待了两个小时，翻阅了许多古籍资料，终于在一本线装本《山海经》图谱中发现了想查的东西。再补充一句，这座老土楼是猴子的爷爷留下的，从很早时候就作为了我俩藏污纳垢的秘密基地。

天色已经黑了，我打开桌上的台灯，橘黄色的光洒下来照亮了线装本上的一段话："獩狠，上古奇兽，头上四角，貌如蛮牛。遁生于幽冥，以食活物为生，最喜食人，上古时期十大凶兽之一，其凶狠度与穷奇一般无二，喜欢为祸世间，后被上古大能，以阵法收入空间结界之内，被囚于蓬莱仙岛之中。"

我忽然记起很久很久以前只有四五岁时候的事，爷爷搂着我坐在

空屋凝望雪岭的方向，他给我讲了一个带有神秘色彩的故事。他说得神神道道，我翻译过来就是在阴阳之间还有一个由地底黑煞笼罩的领域，它的名字叫作黑域。

在黑域靠近地狱的角落有一座城叫作枉死城，有一种头生四角的怪兽奉命守护枉死城，而黑猫则是枉死城的引路灵兽。

天色在不知不觉中变得黑沉沉，我收拾好东西，走出了基地，然后乘坐公交车返回雪岭。

第二天，我将许诺的十个酱肘子给高朋海送了去，要不是囊中羞涩，我兴许真会给他买二十个了，哈哈。而高朋海心心念念都是烂乎乎的酱肘子，看见酱肘子他的嘴都咧开了花。

我望着此刻大快朵颐的高朋海，庆幸高朋海还是我认识的老高，只是我认识的老高。

这天，我陪高朋海胡吃海喝了一天。

第三天，猴子给我打了电话，告诉我不要再去第村。一是不安全；二是哭奶，其实是第娟，她发现坟牌不见了，必然料定事情败露，肯定一早带着第芽逃了。其实不用猴子交代，我也没心情没精力再去操心这事了。

第四天，第五天，第六天，第七天。

我收到杂志社回复，他们表示十分喜欢《夜路人》《空屋诡谈之黑牙》这两部作品，表示会在两个月后刊登，并且诚意跟我约稿空屋系列的后续作品。

我心中苦笑，这一篇作品就已经让我心力交瘁要了半条命，后续，再说吧。

第八天，第九天，第十天。

我如往常一样过回了晚睡晚起的创作生活，饿了去黄三的小面馆，困了行军床上一躺，有灵感就敲击键盘，没灵感就去雪岭未去过的地方游荡。

第十一天，第十二天，第十三天，第十四天。

半夜里我忽然又做了一个梦，这个梦无关任何内容，只有大片大片的留白。

我没有再见到煎饼脸的黑影和听见爷爷的声音。

第十五天。

傍晚，我从外面散步回来，看见空屋二楼窗内站着一个白衣女子。

我吃了一惊，但更令我无比惊讶的是，那白衣女子竟然跟笼子外的神秘女子的石像一模一样。

我心中震撼，忽然胸前一阵抖动。我掀开衣领，黑牙正在我胸膛上轻轻摆动，并发出柔和的光晕。

我闭上眼，再睁开，然后告诉自己，空屋的故事仍将继续。

（完）

第一章
隔壁的高跟鞋

林心抬起头,墙上挂钟的时间定格在 22 点 55 分,挂钟下面的电视里,播放着无聊的台湾泡沫剧,真的如同泡沫一样,看它形成,等它升起,然后幻灭!没有任何存在过的意思。

林心目光望着门口方向,蒙岩,自己相识相知五年的丈夫还没有回来,应该是医院又有急诊病人了吧。林心这样想着,她将目光重新转回电视上,里面正播演着一幕,一位年轻漂亮的舞蹈演员在失去双腿后回忆着曾经跳舞的美好时光,是很美的一段回忆。

嗒嗒,嗒嗒,舞蹈演员纤细的高跟鞋在地板上发出有节奏的清脆声音,如同一面小鼓在不停地敲打!终于,回忆的画面结束,舞蹈演员已是泪流满面。

林心自己也忍不住哽咽起来,她起身去拿面纸。突然,一阵余音从林心面前传来,她抬头,一面巨大洁白的墙挡在面前。

"嗒嗒,嗒嗒。"同样是高跟鞋在地板上所发出的清脆声音,但声音并不是从电视中传来,而是来自林心面前的墙壁另一头,林心记得隔壁一直是空置的,难道有新邻居搬进了隔壁?

她将耳朵贴在墙壁上,想听得清楚些,但声音蓦然消失了,就如同完全没存在过一样。林心揉揉耳朵,莫不是自己听错了,电视中的女主角还在哭着,林心并没有把这事放在心中,又开始替角色难过了。

头上的挂钟倏地摆响起来,"咚,咚,咚……"林心听着摆响,不知是自己等蒙岩回家等累了,还是哭得多了哭乏了,总之她轻轻打了个哈欠,抱着抱枕合起了眼睛。

"咚!"

最后一声撞钟响过,此刻正是半夜23点整。

林心的呼吸变得轻微而有规律,她睡熟了。

一位漂亮的舞蹈演员翩翩起舞,身似穿花蝴蝶般轻盈,林心从舞蹈演员的清秀面庞看起,甜美的笑容,柔软的腰肢,最后是舞者白皙的双腿……林心眼前一阵眩目,一缕缕令人惊异的鲜血从舞者双腿流下来,血流不止,血雾将舞蹈演员身形整个笼罩起来,渐渐洇成一片血红色的大幕。

林心慢慢走上去,突然,一双血手似从血幕中穿出,紧紧拽住了林心的手。

"不!"林心尖叫一声,拼命地摇晃自己的手,想要挣脱束缚。

"林心,你怎么了?"一个沉稳的男声响起。

林心睁开眼,脸上全是冷汗,原来方才只是一个噩梦。

蒙岩已经回家了,他紧张地望着自己。林心觉得心中一阵委屈,一头扑进了蒙岩的怀抱里。

蒙岩抱起林心,走向卧室,呢喃安慰。

林心躺在蒙岩宽阔的怀里,感受到了温暖平静,嘴角露出了满足的微笑。

墙上挂钟,再一次沉闷地响起:"咚,咚,咚……"

凌晨时分,一切归于寂静。

第二章
失去的一小时

蒙岩这个星期值夜班，林心望着挂钟上的时间，时间再一次定格在22点55分。电视里依旧是千篇一律的肥皂剧情，林心同样抱着抱枕，眼中一片寂寞。

突然，一阵急促的"嗒嗒，嗒嗒"，高跟鞋踩踏地板的声音从隔壁传了过来，林心心中一震，一股恐惧蔓延开来。

她白天特意问过了公寓管理员，隔壁的房间并没有卖或者租出去，那么此刻隔壁传来的高跟鞋声又是怎么回事？难道来自这夜晚中的幽灵？

林心不由得埋怨蒙岩为什么现在还没回来。

隔壁诡异的高跟鞋声一直持续着，林心忍不住倾听，她于高跟鞋声之外，似乎还听见了其他的声音，不清晰，却也有迹可循。

那隐藏之声就好像是皮鞋踩上地板的动静。

"咚！"墙上挂钟又开始撞击在一处，然后凄惨分开，林心方才还紧张压抑的心情此时竟不知何故松弛下来，感觉身边事物都罩上了一层淡薄的纱雾。林心心生困惑的同时，眼皮也重重地垂了下来。

林心再次醒来的时候，发现蒙岩已经躺在身旁，而自己也已经躺在床上。她瞥了一眼床头的闹钟，时间是凌晨零点十五分，自己竟然莫名其妙地睡着了。

林心诧异着，开始努力回忆前面一个小时的情景，但任凭她怎么回忆，结果都是徒劳无功，她甚至连如何回的卧室都不记得了。

林心凝视睡梦里蒙岩的脸，终是忍受不了迷茫将他摇醒。

蒙岩面容有些憔悴，睡眼惺忪地问道："林心，怎么了？有事明天再说好吗，我快累死了。这两天就工作太多，感觉身体都要垮了。"

"你几点回来的?"林心帮蒙岩轻揉太阳穴,她知道丈夫疲惫时最喜欢轻揉太阳穴。

"好像是半个小时前吧,怎么了?"蒙岩不明所以地望着林心。

"那你有没有听到隔壁有什么动静?"林心竟抛出心中疑问。

"什么动静?隔壁不是没人在住吗,难道有新邻居了?"蒙岩茫然反问。

林心还待再问,但一时又不知问些什么,蒙岩摇摇头说:"好了,林心,有什么问题明早再问吧,我先睡了。"

还没等着林心回应,蒙岩便已经进入梦乡。

接下去的第三天、第四天、第五天,每到晚上 22 点 55 分,隔壁房间就会传来"嗒嗒,嗒嗒嗒……嗒嗒"的如同男女跳舞的声音,林心也依然会准时在 23 点睡过去,而后在凌晨之后醒来。林心觉得自己一天中似乎缺少了 23 点到凌晨的这一个小时。

终于,第六天,蒙岩在家休息,林心不断提醒自己一定要在 23 点时保持清醒,哪怕是用冷水浇、用针扎也成。蒙岩一脸愕然,但在林心坚定的目光里,他还是点头答应了。

时间飞过,林心没再关注电视里的无聊剧情,只是目光牢牢盯着墙上摇摆的挂钟。

时间终于定格在 23 点,林心关上了电视,房子里安静得出奇,蒙岩似被这种紧张压抑的气氛搞得有些喘不上气,他转头望向林心。

林心满脸迷茫地凝视挂钟,已经是 23 点 25 分了,自己并没有睡着,而隔壁也没有传来怪异的跳舞声音,一切都只是自己幻觉吗?

"林心,你还好吗?"蒙岩发觉林心面色惨白得吓人。

"我?"林心突然站起来,目光狂热,"我不相信这一切都是我的幻觉!"

说完,林心疯一样跑了出去。

第三章
黑暗中的舞者

林心双手紧握,站在空荡冰冷的走廊上,昏幽的灯光从头顶洒下来,似带有阴诡的气息。蒙岩竟然没跟过来,林心有些胆怯,但她还是轻轻按下了隔壁的门铃。

隔壁506室的门铃响了好久,不出意外并没有人来开门。

"真的没人住?"林心准备转身离开。而就在她转身的一刹那,506室的门吱呀一声,竟然开了。

黑暗在门后如水一般流动,然后林心听到了一阵清脆的"嗒嗒,嗒嗒嗒……嗒嗒"的声音,一个鬼魅的舞者身影在房间里舞动跳跃,动作优美中透露着浓烈的诡异。

林心吓得心怦怦直跳,她恨不得立刻转身逃掉,但困惑自己多日的那份好奇心还是驱使她缓缓走进室内。

高跟鞋踏在地板上的声音如风一样灌进了林心的耳中,她睁大了眼睛,却只能看出一个大略的女子轮廓。但仅是轮廓却已经是绝美的身姿,林心以女人的角度感慨另一名女人的美丽还是第一次。

她如痴如醉般的视线紧紧追随着舞者翻飞起舞的身影,不由自主地向其靠拢,突然"啪"的一声,身后的门无声无息地关闭了。

一切声音蓦地消失!林心顿时惊醒,她张大了嘴,望着房间的黑暗如诡雾一般将自己吞噬,她无能为力。

舞者在角落停了下来,转过身面向着林心,但林心始终无法看清她的面目。

而接下来的一幕,令林心的心脏瞬间冻结。

黑暗中舞者竟然诡异地由一个变成了两个,一男一女,都在黑暗中冷冷窥伺着林心,像是要将林心永远留在这可怕的黑暗里。

林心不可思议地望着一切,恍惚间,她似是看到了什么。

林心强烈的好奇心暂时压下了惊恐之意,她冲进了黑暗里,想要找寻到答案。

但冷不丁一只手将她死死拉住,林心猛惊回头,她看见了一个人。

是蒙岩!

令人刺眼的灯光让林心有片刻目眩,她轻摇着头,头痛欲裂。

面前的蒙岩表情怪异地望着林心,看到她睁开了眼睛,紧张道:"林心,你可终于醒了,你快要吓死我了!"

"蒙岩,你也看到了吧,我没有骗你,隔壁房间就是有人住的!"林心激动地拽着丈夫胳膊。

"隔壁?"蒙岩莫名其妙道,"你在说什么啊?不是你让我准点叫醒你的吗,看看,现在都已经23点过五分了。"

林心的心一颤,缓缓回过头,墙上挂钟的指针正一长一短、不偏不倚地指在11和5上。

林心满脸惊疑,喃喃道:"怎么可能这样,方才明明已经到了23点25分了!我明明去了隔壁的房间,见到了一个女人在跳舞,不,是两个人在跳舞……"

"跳舞?"蒙岩古怪地望着妻子,突然他从林心脚边捡起了样东西,是一双深红色的舞鞋,"林心,五分钟前,也就是刚到二十三点的时候,你突然穿上了这双舞鞋,像一个舞者一样在房间里开始跳舞。我怎么拦也拦不住你,接着你就晕了过去,把我都给吓坏了。"

"我……在跳舞?"林心觉得匪夷所思,因为她根本不会跳舞,她绞尽脑汁地回忆,但无论如何也记不起自己跳过舞的片段。林心望着深红色的舞鞋,再看看挂钟上的时间,"难道,一切……只是我妄想出来的吗?"

蒙岩轻轻一声叹息,嘴角藏着了一抹意味深长的微笑。

第四章
新邻居

林心睁开双眼，天色已经大亮，蒙岩昨晚接了急诊手术的电话半夜就走了。此刻房间内寂静阴沉得可怕，窗台上蒙岩送给自己的玩偶大熊直勾勾地望着林心，让她有种莫名的心惊肉跳的感受。

"丁零零！"手机响了，林心从床上坐起来。

"喂喂喂，蒙岩在家吗？"电话另一端是一个男子急切的声音。

"蒙岩去医院了，你是哪位？"林心问道。

"我就在医院呀，我怎么没见到他。"电话里的声音迟疑着，小声又询问了旁边的人，"蒙岩的确还没来医院。"

一个念头腾地闪进了林心心底——蒙岩在骗她。

对方还未挂掉电话，林心将手机更贴近一点，声音轻颤地问道："请问，上周蒙岩是不是值夜班？"

"值夜班？"电话那头明显又一顿，似乎想了想，"我记得上星期好像不是他值夜班啊……也可能我记错了，那先这样！"电话迫不及待撂下电话，听筒里只剩下短促的忙音。

林心轻轻放下手机，她回转目光，望到了床头柜上的一本书，《催眠者的世界》。

林心恍然记起，蒙岩去日本修读过催眠学，还曾在学校获得过此类的奖项。林心思索这几天自己恍恍惚惚的状态，心中骇然，难道自己被蒙岩催眠了……但为什么呢？

林心忆起不久前的一幕，她无意间发现了丈夫珍藏的一张照片。照片中，自己丈夫正搂着一个年轻女子春风得意，女子身穿一身舞蹈服，脚上套着一双深红色的高跟舞鞋。

林心心感一阵阴寒，她凝视着身后的那面墙壁。

莫非隔壁真的住了人，而且就是蒙岩的情人。他催眠了自己，好方便他夜夜跑去隔壁同情人私会！林心浑身战栗，自己的这个想法令她毛骨悚然。

林心一整天都魂不守舍，她不愿意再被如此折磨。

下午，林心有计划地外出了一趟。天黑了后，她走进了公寓大楼的电梯中，木然而望自己的手提袋，里面有她刚买回来的摄像头。

她决定，既然蒙岩的话不可信，那就只能相信自己的双眼。

林心一抬头，她注意到了电梯内有一个身材高挑的女子，女子的身影很熟悉，林心不觉地一直盯着对方。高挑女子似乎察觉到了林心的目光，她回头冲林心微微一笑。

高挑女子很漂亮，她的容貌跟蒙岩照片中的年轻女子竟有几分相似，林心更加失神地紧紧盯着她。

高挑女子被瞧得不自在，笑了笑问："你怎么了？"

林心这才觉得自己失态了，忙道歉道："哦，不好意思，你长得跟我一位许久未见的朋友很像。哦，你是来这里找朋友吗？"

高挑女子温柔地摇摇头："不是找朋友，我是刚搬来的住户，我住在506室，你住几楼？"

"506……你住506？"林心双眼迷乱，心中暗忖：不会错了，就是她，就是她，她就是蒙岩藏在506室的情人。

高挑女子以为林心没听清，再次说道："对，是住506室，我今早才搬进来的，你有时间可以来我家做客。"

"叮"的一声，电梯门徐徐打开，林心不顾高挑女子诧异的目光，头也不回地跑了出去。

林心重重将房门关上，不多会儿，她果真听到了隔壁开门的声音。

第五章
暗中监视

　　林心把监控摄像头偷偷安装在了卧室和客厅不易发觉的角落里，到了晚上，蒙岩没有加班，早早地回来了。

　　晚饭后，林心和蒙岩都坐在沙发上看着无聊的肥皂剧，蒙岩似乎还看得很有兴致，不时对林心询问剧情。林心则心不在焉地敷衍，她的目光时不时会望向挂钟上的时间。

　　今夜不同以往，时间走得如同蜗牛一样缓慢。

　　终于，时间走到了22点55分！

　　林心关小了电视声音，蒙岩已经回卧室睡下。林心抱着抱枕，紧张地望向摄像头方向，轻声喃语："今夜，今夜就要真相大白了。"

　　隔壁十分安静，没有一丝声响，林心的眼皮不由自主地开始变沉，视线忽明忽暗，最终陷入一片混沌未知中。意识远去的一刹那，林心仿若听见了墙上挂钟正在敲响，如同丧钟般绝望。

　　第二天，蒙岩走后，林心迫不及待查看了监控视频。

　　但林心意外的是什么都没有发生，监控画面中自己一个人在沙发上睡着以后，蒙岩半夜上厕所后将她抱回卧室。

　　接下来几天的监控视频内，也皆是如此。

　　林心感到自己快要疯了，不应该这样呀，这同自己想象的一点都不一样。

　　监控偷拍的第六天晚上，蒙岩在医院值班，时间再一次来到22点55分！隔壁房间又传来了那种让林心倍感惊悚的跳舞声。

　　林心歇斯底里地发狂："哈哈哈，这下子我终于逮到你们了！"

　　林心冲出房间，捶打隔壁506室的房门。门缓缓打开了，门后一男一女茫然地看着林心。其中女子正是电梯里林心遇见的高挑女子，高挑女子吃惊道："是你呀，哦，你是来做客的吧？"

林心看到高挑女子身旁的男人并不是蒙岩，而是一个陌生男子。

此刻506室中正流动着动人的钢琴曲，林心发现高挑女子脚上正穿着一双高跟舞蹈鞋。她双眼一片暗红，冲动地上前揪住了高挑女子的衣衫，尖声高叫："你这个魔鬼！"

下一刻，意识远离林心而去。她重重地摔在地上，沉沉地昏了过去。

第六章
事情大白

林心觉得自己睡了好久好久，一直睡到整个世界都变得清静起来，她才缓缓睁开了眼。纯白的颜色映入眼帘，刺鼻的福尔马林味钻进鼻腔，林心忍不住打了个喷嚏。

"谢天谢地，你终于醒了。"守在病床旁的蒙岩高兴坏了，简直要喜极而泣。

"这是哪里？"林心问。

"这是医院啊，傻瓜，我得到消息说你深更半夜去砸隔壁家的房门，又抓又叫，把新搬来的夫妻吓了一跳，接着还昏在人家门前。他们夫妻把你送来了医院，你真应该好好谢谢人家。"蒙岩轻抚着林心的脸颊，温柔道。

"我怎么记不得了？"林心用力揉揉头，觉得头快要裂开了。

"别再揉了，是不是疼？"一位医生走了过来。蒙岩上前打招呼："刘主任，我妻子她到底怎么样了？"

刘主任摆摆手，示意蒙岩不要急躁，他走到林心身边问："你以前是不是经常吃治疗神经衰弱的药，还有安眠药？"

林心点了点头,她以前总失眠,的确各种药吃了不少。

"难道是因为吃这些药让我昏倒的?"

"药是一个方面,你吃的时候并不注意,可能剂量上出现了问题。而这些神经类药物一旦人体摄入过多,就容易起副作用,比如幻听、幻觉之类,稍微严重一点就会昏厥。另外,如果你的心情郁结,还会加重这些副作用的效果。不过小蒙,你也是医生啊,怎么能随便让妻子乱吃药,这可是容易出危险的。"

"我不好,是我对她关心太少了,再加上最近总是值夜班,我一点也不知道她乱吃药的事。"蒙岩自责道。

"最近你真的在值夜班?"林心愕然说。蒙岩像没听懂:"你说什么?放心吧,我今天请假了,不用值夜班了。"

林心笑容在脸上荡漾开来,她深情地望着自己丈夫:"原来一直都是个错误,我真的好傻呀。"

第七章
失去的时间

林心出院回家。

当天晚上,蒙岩请了一大群好朋友来家里吃饭,热闹热闹也让林心的心情开朗一些,蒙岩还特意把隔壁那对夫妻也请了过来。

林心见了他们,十分羞愧道:"实在给你们造成困扰了,前两天是我昏了头,你们不要放在心上。"

"没事,你健康了,大家就都高兴了。"高挑女子微笑着,林心觉得她笑得像一位天使。

欢闹了一夜,客人们陆续散去。蒙岩将林心抱上床休息,而后轻手轻脚地走出房间。

蒙岩开始一个人打扫整理房间，林心从卧室门隙里望到丈夫大汗淋漓的样子，心田温暖。她又扭头瞧了眼闹钟，时间已经是晚上23点20分，今晚自己一定不会再胡思乱想了。

林心甜蜜地闭上了眼，幸福地进入梦乡。

而几乎同一刹那，蒙岩停下了手头的事。他悄无声息地走出房间，走进了隔壁506室。

蛇一样的娇躯缠了上来，吐气如兰："你个大坏蛋，竟然这么坏。"

蒙岩一脸坏笑地将女子抱在自己怀里："你难道就不坏了，让自己的表哥来冒充你的丈夫。"

"这还不都是为了你。"女子香舌亲吻着蒙岩的嘴唇，她的脚上套着一双深红色的舞鞋，呢喃道："林心永远也猜不到这件事情的真相。"

蒙岩嘴角挂着一丝邪魅的笑容："她以为自己只失去了一个小时，但她无论如何也想不到，其实那一个小时才是她真正清醒着的时候，而其余的二十三个小时，她则完全处在我的催眠状态里。医院、医生、朋友不过都只是我给她安排好的一个幻局而已。若非这催眠不能持续一整天，她永远也不会有清醒的那一刻。哼哼。"

"现在她完全相信你了，而你也可以完全属于我了。"女子笑容妩媚。

蒙岩将女子抱紧，语声只有自己可闻地说："也许，你也会有像她一样的那一天。"

"咚！"挂钟最后一声响起。午夜之后，床上的林心温柔地为丈夫盖好被子，身体贴入他的怀中。而在对面梳妆台冰冷的镜像里，林心目光空洞无神，床上只有她一个人……

（完）

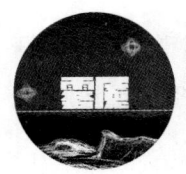

前章
暗雾

深秋晚上的校园小径上,徐珊珊正跟手机另一头的男友陈锋说着亲密话语,嘟的一声突然来了一条短信。徐珊珊没有很在意,继续同陈锋聊着刚才的话题。

"陈锋,你想见我的爸爸妈妈?"徐珊珊脸上露出了一个胜利者的微笑,她知道这个男生已经完全被自己所征服,于是故作羞涩道,"我也喜欢你,但进展是不是太快了,而且我爸妈现在并不在S市,他们要……"

徐珊珊的话蓦地顿住了,她发现脚边不知不觉浮上来一些白色的雾气。秋天校园里的夜雾徐珊珊见过,但没见到这么浊白色的,就像是在雾气里泼进了牛奶一样。

"你继续说。"徐珊珊只是稍做犹豫,又同陈锋聊起来。

但又走了一小段路,徐珊珊越发觉得奇怪,她是从自习室往寝室走的,按道理这条小径走个五六分钟也就走到了,但今天已经走了十分钟,还是没看到寝室楼的轮廓。

徐珊珊对手机另一头的人说:"陈锋,你等下。"

徐珊珊这时才注意到笼罩自己周围的白雾更加凝重了,几米外的景物已是影影绰绰的。徐珊珊正自诧异,白雾里倏然响起了一阵急促的脚步声,片刻脚步声停在了距离徐珊珊不远的地方。

"谁在那里?"徐珊珊声音颤抖,浊雾一丝丝地往她嘴里钻,一股冷彻心扉的阴寒之气。徐珊珊不由得闭紧了嘴,加快了脚步往公寓楼方向赶去。

"陈锋,你还在吗?"

"在呀,珊珊,你怎么了,我怎么觉得你说话有点不对劲?"陈锋关心地问道。

"你能来一下吗?我身边突然起了一层白雾,什么都变得模模糊糊,我有些害怕……"徐珊珊还未等来陈锋的答复,却等来了又一条短信提示。

徐珊珊匆忙点开短信,手机屏幕上很快跳出了一排鲜红如血的字。

——你还想走出这片诡雾吗?不可能了,永远也不可能!

"啊!"徐珊珊惊声尖叫,眼前已是浓浊得化不开的雾气,而消失的脚步声再次诡异地响起。陈珊珊朝身后喊:"谁,是谁在后面?"

徐珊珊将手机屏光照过去,想看清楚后面的人,一阵阴森森的冷笑突然传来:"哼,你想见我,那就去地狱吧!"

徐珊珊睁大了眼睛,幽暗的手机光下,一双枯白的手从白雾中猝然而出,死死抓住了徐珊珊的双脚。

徐珊珊大叫挣扎,恍惚间,她看到了一张脸。

狞笑阴狠的表情,就如同在讲——地狱再见!

第一章
扑朔迷离

"田慧!"一个清脆的声音乍起,田慧从浑噩的梦境里醒来,她发现自己竟是伏在寝室的桌上睡着了。她抬头看看时间,已经是午夜十一点,叫醒自己的人是同寝室的徐欣。

"你怎么趴在桌上睡着了?"徐欣笑着问。

"方才在想点事情,谁知道不知不觉就睡过去了。对了,你怎么这么晚才回来?"田慧望着徐欣。

"嘻,我跟男朋友看烟花去了。"徐欣故意悄声说,"记得要保密哟。"

田慧看着荡漾在爱情之河里的朋友,为她感到高兴:"我知道,不过也不能太晚回来,女孩子要懂得保护自己。"田慧似想到了什么,脸色暗淡下来,视线转向了旁边的那张空床。

"你又在担心珊珊了?"徐欣坐到田慧身旁,安慰道,"我知道你们从小就是好朋友,但你别总往坏处去想。警方目前不是还没出结论嘛,我猜或许她只是闹脾气躲起来了。"

田慧低头不语。

"好啦,我去洗漱睡觉,真想这么一觉睡到明天中午,哈哈。"徐欣脸上重现笑容,端着水盆走了。

田慧望着空荡荡的寝室。寝室原本住着五个女孩,除了自己和徐欣,老乡孟甜甜请假回家要明天才能回来,爱钻研的王云总是窝在图书馆中看书。而自小的好朋友徐珊珊已经失踪一周了,这让田慧忧心忡忡。

徐欣洗漱半天没回来,田慧出来找她。

寝室旁边一间就是洗漱间,黑漆漆无人的走廊里,看不到任何人的影子。田慧来到洗漱间外面,声音轻轻地问:"徐欣,你在不在?"

只有窸窣的回声,田慧定定神走了进去。她在洗漱间里转了一圈,并没有发现徐欣。田慧隐隐有种不安的情绪,她提高音量大声说:"徐欣,徐欣你出来!"

"咔嚓,咔嚓!"洗漱间最里面的阴影里传来了一连串古怪刺耳的动静,乍听下就像是有人在用牙齿啃咬木板,令人不寒而栗。

"徐欣?"田慧夯着胆子走过去,发现阴影中是一个破旧的灰色大纸箱。

大纸箱严丝合缝地关着,田慧见是一个破箱子,转身往回走。便在此刻,"扑腾扑腾"一阵猛烈撞击声乍起!

田慧猛觉回头,在洗漱间昏暗灯光的照射下,她看到一张全身无比漆黑的面孔紧贴在洗漱间的玻璃窗外,阴森森地望着田慧。黑色的脸孔下,还有一双震动的翅膀,不停拍打着玻璃,田慧好不容易才看明白,窗外的是一只体形硕大的黑色乌鸦。

"田慧,你在这里干吗?"洗漱间门口传来了徐欣的声音,她向田慧招手,"回去喽。"

田慧却像被钉在了原地,无法动弹。黑乌鸦的目光凶恶,田慧有一种奇异的感觉,仿佛这只黑乌鸦所注视的并不是自己,而是自己的身边。

田慧侧头,倏地发觉身边的大纸箱不知何时竟打开了一道缝隙,一双闪烁着诡异红光的眼睛正在里头死死瞪着自己,田慧惊慌失措下跌倒在地。

"咔嚓,咔嚓!"大纸箱全部开了,田慧感到一股恐怖至极的恶意包围了自己。

"不!"田慧睁开眼,发觉自己正躺在寝室的床上,窗外和煦的阳光竟有些刺眼,田慧庆幸一切还好只是一个噩梦。现在,她已经从噩梦中醒来。

徐欣跳到床边，紧张地望着田慧："田慧，昨天晚上你到底在洗漱间里看到什么东西了，回来后就脸色惨白得吓人。不管我怎么喊你，你都不搭理我。"

田慧的心猛地一揪，天啊，昨晚自己所见的究竟是不是梦？

第二章
跗骨魅影

上午的课，田慧一点都没听进去，她时不时想起昨晚看见的那个大纸箱。虽然一早她已经去确认过，洗漱间里根本没有这样一个纸箱子，但田慧总觉得它并不仅仅属于自己的梦境。

中午跟徐欣回寝室吃饭，在寝室楼门口正好撞见了王云跟一个高大英俊的男生在交谈。王云是一如既往冷冰冰的态度，对男生道："我都说过几次了，她没有消息。如果你这么迫切想知道事态进展，不如直接去警局里问。"

王云说完便上了楼。男生面带沮丧地走开，一转身他发现了田慧和徐欣，神色一顿："你们也是徐珊珊的室友吗，我叫陈锋，我本来是想……"

陈锋又摇摇头："算了，我不打扰你们了。"

陈锋走没多远，田慧突然追了上来。

"我是珊珊从小的好朋友，我知道你是她男朋友，十分担心她。不如你留下你的手机号码，如果我有了珊珊的消息，就第一时间打电话联系你。"

陈锋心怀感激地点点头，留下了自己的手机号码。

田慧望着陈锋离开的背影，轻轻一叹。徐欣跟上来问："田慧，你发什么呆呢？"

"我觉得那个男生好可怜。"田慧忧伤地一笑，"不过姗姗真幸福，有这么一个时时刻刻关心她的男朋友。"

　　"哈，原来是只'羡鸳鸯不羡仙'啊，这好办，回头我就给你介绍一个大帅哥做男朋友。"徐欣眨巴眨巴笑眼说。

　　田慧一翻白眼，不理睬这调皮丫头。

　　下午没课，徐欣去和男朋友看电影去了，王云去了图书馆，寝室里只剩下了田慧一个人。这时她更加思念有徐姗姗相伴的日子，她百无聊赖地待在寝室里发呆，蓦地，一道黑色人影从寝室门口飘过。

　　田慧查看，门外并没有人。

　　有些心烦的田慧打开了收音机，里面正播放着王菲的一首老歌《红豆》。

　　歌声空灵通透，但很快歌声变得怪里怪气，田慧用心听，仿佛在王菲的歌声之中夹杂了另外一种声音。田慧干脆关掉了收音机，然而另外一种声音并未因此消失。

　　"咔嚓，咔嚓！"

　　田慧心头咯噔一下，这声音，不就是昨晚那诡异之声？

　　田慧循声而来，再一次来到了洗漱间。虽然是大白天，但里头阴森森似不见阳光。田慧一闭眼，大步走到洗漱间深处，昨晚所见诡异大纸箱的位置。

　　心一下子提到嗓子眼，因为田慧又看到了，这一次清清楚楚、真真切切所见，就在阴暗的角落中静静躺着一个灰色破旧的大纸箱。

　　纸箱子露出了一道缝，就如梦境里的一模一样。

　　田慧手里全是汗水，她犹豫好久终于把手伸向了大纸箱。纸箱缝被拉开，田慧发现里面有一只毛茸茸的灰熊玩偶。

　　田慧长出一口气，自嘲地笑了笑："原来只是一只玩偶。"

　　田慧不假思索地捡起了灰熊玩偶，一弯腰，就在大纸箱对面的角落中，她竟然看到了第二个完全相同的灰色大纸箱。

　　而那个大纸箱腾的一声，就在田慧震惊的目光里动了一下，似乎箱中有人想要挣脱出来一样。田慧屏住呼吸，告诫自己：不会的，这

是假的，都是自己的幻觉。"

田慧鼓足勇气，毅然决然地走向了第二个大纸箱。

谁知她刚靠到旁边，砰的一声大纸箱自己裂开了，一张丑陋漆黑的诡脸就藏在箱中，诡脸猛一下弹起几乎就要贴上了田慧的脸。

田慧闻到了一股让她几乎昏厥的恶臭，而那张诡脸上没有一处是完整的，黄色皮肤上布满许多细小的伤疤，如同爬满了无数的暗红色蚯蚓。而那藏在众多伤疤下的鱼眼一样外翻的眼珠子，涌动着无法形容的惊悚可怖。

诡脸歪着，盯着田慧，用一种嘶哑阴森的语气，不停重复着三个字。

"找到她，找到她，找到她……"

田慧闭眼一声尖叫，外面同寝楼的女孩闻声赶来，爆发出此起彼伏的叫喊。诡脸紧贴田慧不放，几分钟后，田慧班的邢老师脸色阴沉地赶来，他指着田慧身旁怒斥："放开她，你这个怪物！"

田慧一阵天旋地转，就此昏迷过去。等她再醒转，眼前突然看到了王云冷淡的脸庞。田慧回忆起骇人的经过，讷讷地问道："王云，我怎么回来的？邢老师人呢，还有那个……"

"你想说那个怪物。"王云面无表情。

"怪物？王云，你莫非知道他是谁？"

"我知道。"王云不冷不淡地说，"他曾经追求徐珊珊，后来发生了意外，脸被浓硫酸弄伤了，精神也出现了问题。但总体来讲他并不算一个坏人，因为自己那副鬼样子，他通常不愿意见人，喜欢把自己藏在各处地方，噢，就比如你见到的那个大纸箱里。这一次的话，我猜是因为徐珊珊失踪才令他失控了。"

田慧感到惊讶："原来他追求过珊珊，我还以为……"

"以为他是个鬼？"

田慧像被说中了心事，点点头。王云嘴角一勾："那种不人不鬼的模样，倒不如真做个鬼才好。"

"他现在怎么样？"

"他被学校保安轰出了校园，但他是个精神病，也不能拿他怎样。"

"为什么不送精神病院？"

"以前好像送过，后来就放出来了。"王云看了一眼时间说，"我叫徐欣回来了，她陪你，我要去图书馆。"

"嗯，谢谢你陪我。"田慧心里很感谢王云。王云淡淡一点头，转身就走了。

寝室里再度只剩下了田慧一人，田慧不愿待在有点阴森的寝室，她穿好衣服准备下楼等徐欣，谁知一开门，一个人同自己撞了满怀。

田慧脱口而出："孟甜甜，你回来了！"

一个容貌甜美、眼睛黑亮、留着蓬松波浪卷发的女孩捂着胸口说："田慧，你吓死我了。"

田慧还没跟孟甜甜说上两句话，孟甜甜已经开始在寝室内翻来翻去，像是在找东西。田慧便问："你找什么呢？"

孟甜甜欲言又止，最后只露出一个傻甜的微笑。田慧知道孟甜甜不想说，也不好刨根问底，她跟孟甜甜说了声，自己就出了寝室。

外面的天色阴沉沉的，一阵冷风吹过秋后的校园。始终没等来徐欣，田慧想了想迈步朝着图书馆走去。

第三章
浊雾缠身

寝室楼到图书馆要经过一条树林间的小径，田慧想着方才孟甜甜手忙脚乱的样子，心中不觉奇怪。

走着走着，田慧忽然停下脚步，树林中不知何时起了一层白雾，

这白雾来得莫名,只在很短时间内就把周围景象笼罩在了雾气里。田慧心觉不对劲,仔细看后发现自己正走在一条十分陌生的路上,并不是通往图书馆的那条青石小径。

田慧定下心神寻找正确的路,猝然,一个灰蒙蒙的人影出现在了浊白雾气的深处,一动不动似在望着田慧。

"谁?"田慧喊出来。

灰蒙蒙的人影倏然不见,田慧全身发寒,感觉被一双野兽般的凶残目光暗中偷窥。"咔"的一声,田慧踩到了什么东西,田慧低头一看,瞬间惊恐不安,她踩到的竟然是徐珊珊的手机。

"丁零零!"手机响起。

田慧捡起来,看了看来电显示,是陈锋打来的。

"喂?"

"珊珊,谢天谢地,你在哪里,你还好吗?"陈锋连珠炮般说了许多,田慧刚想解释明白,手机"嘟"的一声,接收到了一条未知短信。

田慧打开短信,六个猩红字体跃然于眼中——我就在你身后。

田慧呼吸停顿了,她慢慢转过视线,同时把手机靠近嘴边。

一双冰冷刺骨的手冲破浊雾扼住了她的脖子,田慧挣扎着对手机另一端呼救:"我在图书馆外的树林……救我!"

"啪!"手机落地,一股恶臭扑鼻而来。这味道,田慧记忆犹新,她痛苦地瞪大了目光,果然那张丑陋无比的脸再次出现了。

又是那个疯子!

"放开我!"田慧抵抗。

"坏人,你们一个个都是坏人,找到她,找到她……"疯子表情癫狂,眼球外凸,死瞪着田慧。田慧已经被吓得无法说话。

"嘟!"手机短信又来了。

疯子瞅了一眼手机,猛然松开了扼住田慧的手,抱着脑袋宛如野兽一般低吼。田慧差一点窒息，大口呼入新鲜的空气。片刻，她也望了眼手机，顿时呆若木鸡。

手机屏上竟然浮现着徐珊珊的面庞，她神色安详地望向远方，而在她原本白皙娇嫩的脸颊上此时划满了一道道血痕，鲜血汩汩不绝。

所有的血痕在徐珊珊脸上构建成一个字——死！

"不，不要这样对待她！"疯子狂喊疯叫，一把抓起手机逃进了白雾之中。

田慧浑噩自处了不知道多久，直到有一双有力量的手按住了她的肩膀，她才醒过神，望着面前的陈锋。

陈锋焦急地问："珊珊呢，她在哪里？"

田慧抬手指向了那片白雾，蓦地发觉白雾不知何时消失了，周围现出阴森的树木，将凌乱的碎影打在田慧苍白的脸上。

田慧好半天才将所经历的事跟陈锋说了一遍，陈锋怒不可遏道："一定是那个疯子干的！他变疯就是因为珊珊抛弃了他，他因此怀恨在心，绑架了珊珊来报复。"

"我去找他。"陈锋刚要动，田慧突然拉住了他，摇摇头："我觉得不像是他，因为手机上出现珊珊流血的脸时，他比我还要惶恐，那不像是假装的。"

"那不是他，还能是谁？"陈锋拳头握得咔咔作响，他对田慧说，"你先回去，我会将事情调查清楚。"

田慧点点头，她刚回到寝室楼下，就见到了蹦蹦跳跳回校的徐欣，徐欣吐了吐舌头："田慧，实在不好意思啦，来的时候出了点小意外。你还好吧？"

"还好。徐欣，你跟我来。"田慧不由分说拉着徐欣来到寝室楼下小超市的空桌旁。此时夜已深沉，小超市早关门了，周围也没什么人。

"徐欣，你知不知道那个躲在纸箱里的疯子？"田慧注视着徐欣。

徐欣吸了口气，躲避开田慧的目光，半天她才迟疑道："好了好了，这件事我本来答应了徐珊珊不同别人讲，不过我觉得你可以例外。"

"那你快说呀。"田慧表情急切。

"嗯。"徐欣抿抿嘴开始说，"那个疯子叫石亮，他以前可一点也不疯，成绩还一直非常优秀，人也英俊潇洒，是大学校园里许多女孩子心中的白马王子。唉，可惜他遇人不淑，认识了徐珊珊。"

"为什么这么说？"田慧不解。

"当时你还在生病休学，所以不清楚状况，徐珊珊这个人太虚荣了，她跟孟甜甜打了个很无聊的赌，说一定能叫石亮拜倒在自己的石榴裙下。结果可想而知了，徐珊珊赢了，但她并非真心喜欢石亮，于是赢了赌约后，她就一心想甩掉石亮。但谁知石亮竟相当痴情，徐珊珊不仅甩不掉他，还每天都被他缠着。如此过了一段时间，孟甜甜给徐珊珊出了一个……比较恶劣的主意，因为石亮家境不好，从小比较自卑，孟甜甜便教唆徐珊珊在一个公共场合狠狠羞辱石亮一番，徐珊珊就听了她的。唉，但谁能知道石亮被羞辱后，竟然羞愤之下喝硫酸自杀，幸亏被人及时制止。虽然没死成，但因此毁了容，精神也失常了。"徐欣唉声叹气。

"徐珊珊在这件事上做得很过分，不过孟甜甜更加可恶。"徐欣愤愤不平地说。田慧心中不是滋味，她也明白了为什么往常徐欣一见孟甜甜就没什么好脸色。

田慧回忆着石亮那张可怖的面孔："徐欣，你觉得珊珊的失踪跟石亮有关系吗？"

"这个嘛，"徐欣托着腮左思右想，"我不知道，那个石亮很爱徐珊珊，应该不至于绑架或者伤害她吧。但也说不准，毕竟他已经精神失常了。

"好了好了，别说了，这块儿冷飕飕的，怪吓人的，咱们赶紧回寝室吧。"徐欣抱着双臂说。

田慧和徐欣返回寝室楼，就在上楼梯的间隙，她从窗户中瞥见了一缕诡邪的白雾渐渐升起，笼罩在校园某个阴暗的角落里。

第四章
黑暗地下室

虽然寝室里人多了，但没人说话，依旧冷冷清清的。王云从图书馆回来后很快就睡下了，孟甜甜戴着耳机沉浸在她歌曲的世界中，徐欣偶尔会跟田慧搭两句话，但很快，她也变得沉默了。

时间流逝，田慧甚至记不清自己是如何睡着的。半夜里她感到全身一阵寒冷，醒了过来，原来忘记盖被子了。

寂静无声的寝室里，田慧突然看见有一个消瘦的黑影伫立在徐珊珊的床铺前，一动不动宛如一尊黑暗中的雕塑。

田慧心脏狂跳，她小心翼翼不发出丝毫声音，然后将手机屏光照了过去。微弱的光线里，有一个分不清男女的人背对着田慧，肩膀一耸一耸，如同在哭泣。

田慧颤抖着轻轻呼唤了一句："珊珊，是你吗？"

"喈喈！"两声刺耳而痛苦的尖叫之后，黑影冲出了寝室。徐欣被尖叫惊醒，她揉揉睡眼惺忪的双眼问："谁在鬼叫？"

"徐欣，有个人，你快跟我去追！"田慧再次不容分说拉着尚未清醒的徐欣跑出了寝室。

黑影缓慢消失在了楼梯拐角，这让田慧有一点疑虑，她莫名觉得黑影似乎在故意等待自己跟随他。黑影周围有一层若隐若现的浊雾，它犹如在浊雾中飘行。

田慧追踪黑影来到了小超市，黑影闪入了小超市后面，田慧紧跟两步追过去。小超市后面有一块空地，空地一角有一扇黑黢黢透露着

阴森的门正敞开着，并随着风吹发出吱呀吱呀的瘆人声音。

"田慧，你想追进去？"徐欣表情很是害怕。

田慧目光坚定道："我要找到珊珊的下落，这次或许是个机会，我不能让它溜走。"

徐欣仿佛被田慧的勇气所感染，一咬牙，也决定陪田慧冒一次险。

黑黢黢的门后有一条直直通往地下的楼梯，下面是学校废置许久的地下室。徐欣的小皮鞋走在楼梯上发出清脆的嗒嗒声，四周空气潮湿而腐败，让人的嗅觉都开始丧失功能。

黑暗的楼梯终于走到尽头，楼梯外是一条悠长的地下走廊，田慧的手机屏光在幽冷中洒下一片微光。田慧看到有两间上了锁的小房间，陈旧木门上布满了蜘蛛网，意味着这里面好久没人进去过了。

"看那里！"徐欣伸了伸颤巍巍的手，田慧顺着她的目光望去，在地下走廊的最深处有一间未上锁的房间。田慧和徐欣在房间外对望了一眼，纷纷从对方眼中看到了彷徨和恐惧，但两人手紧握在一起，还是勇敢地推开了房门。

吱呀！

门内是浓浓的黑暗，短暂适应之后，田慧大致看出了房间里的东西，角落有一张铁床，挨着铁床有一把少腿的破椅子。房间四面墙壁上黏糊糊的似乎在滴落着某种未知液体，田慧和徐欣的注意力被床上一样东西所牢牢吸引，那是一个灰色破旧的大纸箱。

"又是纸箱子？"田慧喃喃地说，她脑中瞬时跳出来一个人的名字——石亮。

大纸箱子倏然晃动了一下，田慧紧握手机走到纸箱子旁边，她本以为会像上一次那样纸箱猛地裂开，但这回一切都很平静。

纸箱子被田慧拉开了，里面有一个蜷缩着身躯的人，与其说是人，此时此刻在田慧眼中他更类似于一个怪物。只见他双手环抱胸前，脸和脖子上的肌肉丑陋而吓人地抽搐着，四肢如同鸡爪一样干瘦，暴起的青筋遍布皮肤之下。

田慧叫了声他的名字："石亮？"

纸箱中的人猛地停止了抽搐，本是紧闭的眼睛缓缓睁开了一道缝，望向田慧，紧接着他极度暴躁地怒吼："走，走！"

田慧被突如其来的变化吓了一跳，跌坐在床下，右手忽然摸到了一个冷冰冰的东西，触感光滑而又细腻。田慧心中马上联想到这是怎样的东西——人腿！

果然，一个人藏在阴冷的床下，脸朝着墙壁，但看身形竟有几分熟悉。

田慧心惊肉跳，难道她是……

田慧一再否定心头可怕的念头，她从床下摸到了这个人的手臂，轻轻往外一拉，床下人缓缓转过了脸。

田慧只看一眼，顿时天昏地暗，这个人不是徐珊珊，但却是另一个同学孟甜甜。

"孟甜甜！"田慧希望能唤醒她，但孟甜甜那双美丽的大眼此刻空洞灰败地瞪视在黑暗中，眼角流出血泪，已然没有了活着的体征。

田慧摸了摸她的脉搏，确定孟甜甜已经死了。孟甜甜怎么会死，她为什么又在这里？徐珊珊也藏在这里吗？田慧脑子里旋转着无数疑问，但它们混在一起，像是一团糨糊，让思维就此停止。

"丁零零！"田慧手一哆嗦，发现是自己手机响了。

她按下接听键，一阵急促而惊慌的声音传来。

"田慧你在哪里？快说话呀！"田慧似全身陷入一块寒冰中，冷彻心扉。

那声音是徐欣的！

如果徐欣在手机另一边，那此情此景下陪在自己身边的那个徐欣又是谁？

田慧无比缓慢地转过了头,昏幽的映照下,房间角落中飘摇而立着一个人。黑暗仿佛如爪牙在她身旁狂舞,田慧肯定那个人绝对不是徐欣。

"你究竟是谁,珊珊被你怎么样了?你想干什么?"

"一切只是刚刚开始。"

田慧感到黑暗袭来,她轰然倒地。

第五章
怪异的王云

田慧醒来已是第二天的中午,她发觉自己躺在了大学校医院的病床上,徐欣守在自己旁边。看到田慧醒来,徐欣拍着胸口高兴道:"谢天谢地,你终于醒了。"

田慧惨然一笑,很快,窗外传来了警笛声,还有不绝的喧闹声。

"发生了什么事?"

"警方把绑架徐珊珊、残忍杀害孟甜甜的凶手石亮给抓起来了,这次还多亏了你,警方在石亮隐藏的地下室里发现了孟甜甜的尸体,还有徐珊珊的手机,另外还有许多徐珊珊的照片。照片都是石亮偷拍的,这人不光是疯子,还是一个大变态。现在他还没说出徐珊珊的下落,但相信在警局里,他早晚会交代。"

"对了,你是怎么找去地下室的?"徐欣好奇道,"昨晚邢老师和我找了你半天,才在那鬼气森森的地下室深处发现了昏迷不醒的你。"

"我是……"田慧想说,却又无法说出口。自己总不能说是跟另一个徐欣一路追踪神秘黑影才下到地下室里的吧。真若说了,自己肯定会被徐欣当成一个疯子。

虽然所有证据都指向石亮,田慧于情于理也认为凶手就是他。但不知为何，在田慧内心深处总有种奇异的感受，让她觉得徐珊珊失踪之事绝非那么简单。

"一切只是刚刚开始。"那冰冷刺骨的话语萦绕在田慧耳畔。

"徐欣，我想回寝室。"田慧憔悴地说，徐欣搀扶着田慧慢慢走出了校医院。

回到寝室，邢老师带着两名警察来询问了一下田慧当时的情况。田慧只能说发现了石亮鬼鬼祟祟的行迹，于是暗中跟踪到了地下室，因为看到了被害的孟甜甜而受惊昏倒。

警察走后，邢老师关怀地说："田慧，你好好休息，课先不用去上。"

中午时分，徐欣去食堂打饭，王云一直没露面，寝室里田慧重归一个人独处的时光。

田慧躺在床上暗自思量，石亮如果绑架了徐珊珊，那他为什么又要杀害孟甜甜？而且他杀了人，为什么不逃跑，反而等着警察去逮捕他。田慧忽然想起昨天孟甜甜回寝室时的慌张举动，她到底想在寝室里找什么东西？

王云脸色不安地出现在寝室门口，还不时回头张望，似有人跟在她后面。

王云走进寝室后，一屁股坐在了田慧床边。

田慧简直有点受宠若惊，因为自从和王云分到一个寝室以后，她还是第一次主动坐到自己床上。

"你是不是有事？"田慧看出了王云神情紧张。

"我没事。"王云摇头，眼睛低下避开田慧投来的视线。

一时间两人都没了话题，彼此尴尬而沉默地同坐一张床上。几分钟后，徐欣高高兴兴打饭回来，王云才从床边站了起来，她已经恢复了以往冷漠的表情。

王云走到门口，忽然顿了顿说："我去图书馆了，不知道什么时

候能回来,如果……唉,算了。"王云说了几句莫名其妙的话,转身离开了。

"怎么感觉她怪怪的?"徐欣歪着头喃喃道。

田慧脑海里突然闪过一个诡谲的念头——一切只是刚刚开始,孟甜甜只是开始,那么下一个会是谁呢?

下午田慧不愿单独留在寝室,所以决定还是跟徐欣一同去上课。班里不少同学都很关心她,问东问西,时间也在熙熙攘攘中飞快流逝。

傍晚时分,田慧才发现一个下午都没见到王云,不由得问徐欣:"王云呢?"

"谁知道,听说她跟邢老师请了假,说是有事情。"徐欣打着哈欠回答。

"噢。"田慧回忆起王云从寝室离开时欲言又止的模样,不由心头笼上一层阴霾。

晚上一个同学过生日,大家相约一同出去庆祝。生日晚会开到一半,徐欣被男朋友喊走了,她对田慧十分抱歉地说:"不好意思啦,他有点发烧,我要去陪陪他。等会儿生日晚会完了,我找个护花使者送你回去。"

"不用了,我只是身体有点虚,又不是个小孩子,用不着人来保护我。你快点去吧,别让你那心肝宝贝等急了。"

"他才不是心肝宝贝呢,是冤家。"徐欣脸变红了。

热热闹闹的生日晚会很快落下了帷幕,有一个男生羞羞答答地想送田慧回寝室,男生白白的脸庞浮现出微微一抹红云,田慧觉得有些尴尬,就委婉拒绝了他。

田慧独自走回大学校园,她晚上喝了一点点酒,本来想借酒消愁,但谁知酒入愁肠却更加百转千回。田慧额头有点烫,她停下脚步扶住一棵大树。

眼皮底下一层朦胧的白雾不知从什么地方拢了过来，田慧头脑昏沉地背靠大树，树皮冰冷，但蓦地她触摸到了一样比树皮更冰凉的东西，那是一双人手！

田慧猝然回头，但大树上只有干瘪的树皮，并没有手。

"幻觉，这都是幻觉！"

"嘟！"手机上的短信提示吸引了田慧的注意，她摸出了手机。

"我在图书馆，快来找我，王云！"

短信是王云发来的。但田慧转念一想，这么晚了，王云为什么要让自己去图书馆里找她，莫非发生了什么意外。

脚边的白雾不知何时又不见了，田慧沉下心，还是朝着图书馆快步走去。

第六章
图书馆惊魂

时间来到了夜晚九点三十分，图书馆绝大部分都已经熄了灯，一片黑暗，田慧隐约可见在三楼一隅亮着灯光。

一楼走廊上幽幽暗暗，田慧从几间阅览室穿行，但并没有看到王云。田慧又上到二楼，二楼从左至右是电子阅览室，报纸阅览室，还有三间办公室，但同样没有王云的影踪。

田慧再上三楼，三楼最东侧是一间老师查阅资料的阅览室，之前所见的那盏灯光似乎就在这里。果然，田慧发现阅览室尽头有一个小房间，像是管理员用的，里面有灯光幽然透出。

田慧站在门外，轻声问："请问有人吗？"

无人回应。田慧犹豫片刻后，伸手一点点推开了小房间的门。

橘黄色灯光流淌的小房间内一目了然，中间是办公桌，墙角有几

个纸箱子，装满了书。纸箱后面是一面一米多高的镜子，还有一些打扫工具等等。

田慧退出来，想着给王云打一个电话，谁知刚一摸到手机，田慧整个人突然僵住不动了。她的目光一点点从面前移到了身后，小房间里的灯倏然熄灭了。

无人关灯，灯是怎么灭的？

田慧本欲一口气逃走，逃出这令她心生惊惧的图书馆，但再想到此行的目的，想想王云，她又强行将这分胆怯压在心底。她恢复镇定再度走入小房间，此时房内黑咕隆咚什么也看不真切，田慧摸到了墙上的电灯开关。

"吧嗒！"

橘黄色光芒柔和洒下来，小房间里的事物再一次映入田慧眼中，毫无异常。可能只是电路接触不良，田慧木然停留了一分钟，而后把灯关上，走出来。

可是没等田慧往外走几步，身后小房间内猝不及防地传来了"吧嗒"一声，灯亮了。

田慧深吸一口气，而后一头冲进了小房间中，而就在她冲进来的一刹那，灯又熄灭了。

幽弱的手机屏光如同萤火虫之芒在黑暗中跳动，田慧屏息注视着房内一切。蓦地，田慧愣住了，她目不转睛地望着房中那面镜子，刚刚她清晰记得镜子是在纸箱后面的，但现在它出现在了纸箱前面，光滑的镜面反射着窗外晦暗的月光，氤氤氲氲仿佛映射出另外一个世界的景象。

田慧走到镜前，镜子里反射出田慧的脸，田慧望着镜中自己焦虑、彷徨、恐惧、茫然的眼神，不由得感受到了一股前所未有的无力感。她发现镜中自己的脚边缓缓升起了一缕白雾，雾气浊白而诡奇，缓缓飞升，逐渐覆盖上了田慧的脸。

田慧退后一步，低头一看，脚下什么都没有。

然而镜中的白雾已经完全笼罩了田慧，田慧忍不住悄悄靠近镜子，想要看清楚白雾里究竟隐藏着什么可怕的东西。突兀间，白雾消散，田慧看到了隐匿在白雾中的一张面目可憎的脸。一张划满血痕的脸，鲜血淋漓地望向自己。

"珊珊！"田慧叫出声来。

砰的一声，镜子坠地，正砸在后面的纸箱上，被砸破的纸箱露出里面一角，赫然有一摊血迹。

纸箱中还有一部红色手机，田慧一眼认出这是王云的手机，而在手机底下压着一个同样红色的日记本。

田慧捡起日记本，外面突然传来"哐当"一声乍响，在寂静无声的图书馆中听着如同暗夜惊雷一般震撼。

田慧有三秒钟的思考，然后她迅速把手机连同日记本藏在怀中，自己藏在了门后，侧耳聆听外面的动静。很快，一阵沉缓的脚步声从阅览室外传来，脚步声在小房间外面停住了。

田慧将手机和日记本捂在胸口，心脏狂跳不止。

会是谁，王云还是另有他人？或者是石亮又逃出来了？

小房间有个黑影闪了进来，田慧趁机从门后想逃走，但被黑影一把抓住，田慧闭着眼睛用指甲抓挠。"啊呀"一声痛叫，声音是田慧熟悉的，她悄悄睁开眼睛，面前站着一个高大的男生，陈锋。

"陈锋，怎么是你？"田慧看着脸上被挠了两道血痕的陈锋，感到抱歉地问。

"还说呢，我看到你一个人钻进漆黑一片的图书馆，十分担心你，我在外面等了一会儿不见你出来，就进来找找。"陈锋脸颊火辣辣地疼。

"你跟踪我？"

陈锋顿了下，点点头："但你放心，我绝对不是变态跟踪狂，也不是色狼。我跟踪你是有原因的。"

"好，我听你说原因。"田慧抱着胸，有些生气。

陈锋笑了下："你不要这样气势汹汹，搞得我真像个坏蛋似的。我跟踪你，其实是想从你这里了解一些更多的珊珊失踪的情况。你们寝室里，孟甜甜已经死了，徐欣整天陪男友，而王云更是不离开图书馆半步，我只能跟着你了。"

田慧半信半疑："珊珊被绑架不是已经水落石出了吗，石亮也被警察带走了，你还跟踪我做什么？"

"话虽如此，所有证据都指向了石亮是那个绑架者。但有一件事，我从来没有对任何人说过，田慧，我能相信你吗？"陈锋目光闪烁。

田慧点了点头："我跟你一样都希望珊珊平安无事。"

陈锋表情像是相信了田慧："其实就在珊珊失踪那晚，我跟她通过电话，电话没说完，珊珊就出了意外。不过我在手机里最后听到的声音是一个神秘女子的尖笑声！而石亮又怎么会发出女人一样的尖笑，所以我怀疑绑架珊珊的人不是石亮，而是另有其人。"

田慧听陈锋说完，思索道："我也觉得石亮不像是绑架珊珊的幕后黑手，但是我找不出其他有嫌疑的人。"

"是啊，所以我才病急乱投医跟踪你们，看看能不能查出什么线索。"

田慧愣了一下，眼底飞霜："你该不会把嫌疑目标放在我们寝室的女生身上了吧？"

"没有没有，我是觉得如果是女生，或许跟你们有过接触，又或者……唉，我也不知道怎么说了。"陈锋急得抓耳挠腮。

田慧看着陈锋失落的模样，心中犹豫是否要跟他吐露全部。

两人走出了图书馆，陈锋一路将田慧护送回寝室楼下。田慧一番迟疑后,还是决定暂且对陈锋有所保留。

夜色凝重,那一缕不知何来的浊雾袅袅中,一抹阴冷的目光正牢牢锁定着每一个猎物。

第七章
终现端倪

王云一整晚没回来,她也跟徐珊珊一样不明不白地失踪了。田慧并未立刻通知邢老师,担心打草惊蛇,她希望可以凭借自己的力量找到王云。

阴暗的太阳光线透过随风飘舞的窗帘将不规则的光影洒在田慧脸上,田慧的表情不时变化,惊奇、愤怒、疑惑,最后定格为恐惧,她身旁的徐欣也是一般。

两个娇弱的女孩躲在寝室里将从图书馆找来的红色日记本看完了,而里面记录的事情让她们心中翻起惊涛骇浪。

"天呀,我一直以为石亮是迷恋珊珊才落得那样,原来竟然还有这样的内幕,难怪他一定要报复孟甜甜和珊珊呢,真是太可怕了。"徐欣浑身发冷,将红色日记本递回田慧。

"也不完全是,从这本日记里不难看出石亮还是真心爱着珊珊,或许另有隐情,但我们不知道。"田慧沉思道。

"还有什么隐情,我都看了两遍了。这孟甜甜真是卑鄙,她竟然把这些事都记在了日记本上,让人感到……恶心。"徐欣想好久才吐出最后两个字。

"徐欣,你看这里。"田慧指给徐欣看。

"咚咚咚!"这时门口突然响起了敲门声,两个全神贯注的女孩吓了一跳,田慧立刻藏好日记本,定了定神才开了门。

门外是隔壁寝室的女孩,她笑眯眯地说:"田慧,楼下有帅哥找你。"

田慧刚下楼,第一眼就看见了树影下等待的陈锋。他的脸色晦暗,像是一整晚都没睡好。

"陈锋,你找我有事?"

"嗯。"陈锋沉声道,"有件事我犹豫了很久,还是告诉你较好。石亮今天凌晨在精神病院用头撞墙自杀了,他在临死前含混地喊出了'含……死',应该是在说他是含冤而死的。"

田慧心头一震,身子轻飘飘摇了摇。石亮一死,或许唯一可以找到珊珊的线索也中断了,而且石亮或许真如他喊出的那句话——含冤而死。

"你怎么知道的?"田慧问。

"看守石亮的警察是我一个堂哥,我跟他打听的。我现在脑子很乱,心里无时无刻不在担心着珊珊。我不敢再忆起她的脸,害怕真有一天那张脸就此在我生命中随风而逝。"陈锋悲伤的表情叫田慧心酸,田慧拍了拍他的肩膀:"你别太悲观,还有希望不是吗?"

陈锋走了,望着他孤独的背影,田慧心情沉重。

田慧回到寝室,徐欣不知道跑去哪里了。不过这种事也正常,兴许又是被她男朋友喊走了。

"可惜不是你,陪我到最后……"一阵忧伤的手机铃声响起,田慧一怔,这铃声正是来自王云的手机。

田慧翻出了手机,手机屏上显示出一个号码,而这个号码田慧再熟悉不过。

"田慧,你不要……啊!"手机里传出一个女孩子急促的话语,以及一声惊骇的尖叫。

声音正是徐欣!方才的号码也是徐欣的手机号。

田慧感觉到了恐惧的侵袭,她对着手机大喊:"徐欣,徐欣,你没事吧?"

"她很好。"低沉缓慢的男子声音从电话另一头传来,"但我不敢保证她会一直这样好。"

"你到底是谁,你究竟要做什么?"田慧颤抖道。

"午夜十二点,就在你发现孟甜甜的地下室,不见不散。"

手机挂断。

田慧半天才放下手机,眼泪冰冷地滑落下来,她掏出红色日记本,深深凝望,寝室里的一切陷入死一般的寂静里。

今晚的月亮像是故意藏进了那浓得化不开的夜色里。从寝室出来的路上,田慧感觉自己如同一具行尸走肉。绕过小超市,那道像是通往地狱的门依旧半敞着。

田慧深吸一口气,快步下了楼梯,拐进了幽暗的地下室走廊,尽头就是发现孟甜甜的房间。

吱呀,推开腐朽木门发出苦不堪言的声音,田慧觉得精神和心脏同时在承受着双重折磨。手机屏幕亮起,漆黑阴森的房间内,在角落的大床上躺着一个女孩,她背对着田慧。床脚搁着几个大纸箱。

女孩的背影田慧十分熟悉,她轻轻地唤着她的名字:"徐欣?"

床上的人似是挣扎了一下,田慧悬着的心放下了一半,起码徐欣还活着。田慧用颤巍巍的手拉过了徐欣的身体,徐欣嘴里塞着棉布,不断用眼神瞟向田慧身后。

田慧猛惊回头,身后大纸箱里幽灵般站起来一个人。

他戴着宽厚的口罩和墨镜,手里端着一把锃亮的匕首,墨镜下的目光冰冷地盯着田慧。

"你想怎么样?"

墨镜男子冷笑:"我想跟你玩一个游戏,游戏的名字叫作真相。"

"真相?"

"不错,你告诉我徐珊珊被绑架的真相,我就放她离开。否则的话,就留下来永远陪着孟甜甜。"墨镜男子声音森冷。

徐欣惊恐地望向田慧,田慧点点头,示意她不要害怕,而后说:"好,你想要真相,我就告诉你。"

"说,"墨镜男子一顿,"但如果你说的不是实话,我同样不会放过你们。"

田慧调整了一下呼吸,缓缓平静地开始讲述一个悲惨的故事。

两年前,有一个品学兼优的男生喜欢上了一个女孩,女孩接受了他的追求。男生欣喜若狂,他决心用尽余生来珍爱女孩。他们的交往渐渐深入,男生痴迷于女孩子的一颦一笑,简直爱疯了。但他怎么也没想到突然有一天,女孩竟然提出了分手,而且分手的理由十分不可理喻。原来女孩之所以答应男生交往,完全是为了一个赌约。男生听闻后最初是震惊,然后是无尽的伤心,他甚至想过轻生,却失败了。那以后的日子里,他一闭眼,女孩子的音容笑貌就浮现眼前,他根本不能失去女孩,他恳求女孩与他重归于好。可是女孩却在众目睽睽之下百般羞辱于他,他在遭受沉重打击之下荒废学业,渐渐迷失了自己。直到时隔很久的某一天,他突然接到了女孩打来的一个电话。

女孩子说想见他。

当男生再一次见到朝思暮想的女孩时,他却从女孩口中听说了一个天大的秘密。

原来女孩并非不爱男生,而是因为她被一个无赖纠缠不清,无赖还恐吓女孩如果她敢告诉其他人,或者找别人做男朋友,他就会向女孩泼硫酸。

男生听后义愤填膺,不久之后,他约见了无赖。当男生赶到赴约地点时,正好撞见无赖调戏女孩,而且在无赖面前的桌上就摆着一瓶浓硫酸。

男生抓起了那瓶浓硫酸，同无赖激烈地争吵起来。

女孩痛哭尖叫："求求你，放过我吧。"

男生无比心痛，一个不留神被无赖扑到身前，两个人顺时缠打在一起。猝不及防间那瓶浓硫酸被打破了，炙热的腐蚀液体像是落雨一样洒在了男生脸上。

男生醒来后，发现自己整张脸已经被浓硫酸腐蚀得面目全非，而那个无赖也消失得无影无踪。自己变成了人不人鬼不鬼的模样，但是男生还是一心思念着女孩。

在男生住院的这段时间内，女孩一次也没有来看望过他。男生以为女孩只是心感愧疚，无颜面对他。于是，他终于熬到了出院，戴上了厚厚的围巾和墨镜去找女孩。

但令他再次伤心绝望的是女孩竟然对他异常冷漠，而且看向他的目光就如同在动物园里观看一只丑陋的野兽。

"你为什么这么看我？"男生带着哭音。

"你竟然还敢来找我？"女孩鄙夷道。

"我为什么不敢来找你？"

"你是一个好人，但也是我所见过的最愚蠢的一个人。"女孩突然笑了。旁边她的室友一把拉掉了男生脸上的围巾，嘲笑道："就你这张鬼脸，还想来追她？你少癞蛤蟆想吃天鹅肉了，告诉你吧，其实压根儿就没有什么无赖，那个所谓无赖不过也是跟你一样爱慕她的穷小子，哼！"

男生终于知道，原来自己掉入了一个可怕的圈套，根本就没有无赖，只是女孩想要玩一玩对她痴心一片的两个男生，看谁更傻一些，仅此而已。但这场闹剧却最终给他造成了终生无法弥补的伤害。

男生那晚在女孩寝室楼下大哭了一夜，第二天一早，他就疯了。

田慧一口气说完这个关于男生的悲惨故事，正是她从红色日记本

里所读到的，故事乃是孟甜甜亲笔所记。

"这个故事里的男生就是石亮，女孩是徐珊珊，而那个室友便是孟甜甜。"田慧轻轻叹了口气，"我通过一位在精神病院工作的阿姨了解到，在精神病院时，石亮每一天都企图自杀。精神病院最终妥协，答应放石亮回家治疗，但派了特护每天都看管着他。"

"没想到两年后，徐珊珊离奇失踪，接着孟甜甜被发现死于地下室中，而这所有的罪行又都跟石亮挂上了钩。"

"你胡说，不是石亮干的！"

"你为何这么肯定不是他，你同他是什么关系？"田慧深深凝望着墨镜男子，"你可以告诉我吗？邢老师。"

墨镜男子身体猛地一震，惊讶地望向田慧。

第八章
真相之外

"你怎么知道我是……"墨镜男子缓缓摘下了墨镜和口罩，露出了真面容，正是邢老师。

"你十九年前同前妻离婚，前妻带走了你的儿子。后来你前妻再婚，你儿子就跟随了继父姓石，叫石亮。"田慧静静而道，"石亮便是你的亲生儿子，而你做这一切就是想给自杀的石亮报仇，对吗？"

"不错！我就是要给亮儿报仇，是你们这些卑鄙的人逼死了他！"邢旭光眼中流露出滔天的仇恨，"亮儿他被徐珊珊这个魔鬼折磨得体无完肤，更是蒙受不白之冤被当成了绑架黑手、杀人狂魔，我的亮儿是在什么样的痛彻心扉下才在精神病院里选择了自杀。"

邢旭光双目血红，仿佛一只嗜血的野兽，他举起了匕首朝着田慧刺了过来。

"我这就杀了你们,为石亮报仇!"

"砰!"横地里猛地窜进一个人将邢旭光撞开。邢旭光没想到会有人突然闯进来,他整个人被撞飞,脑门磕在了床脚上,顿时鲜血淋漓,手里的匕首也掉落在床上。

从门外冲进来的人正是陈锋,他一早跟随田慧来到了地下室,而且关于邢旭光和石亮的关系,也是他通过警察堂哥查出来的。而后他悄悄告诉了田慧,为的就是将隐藏在石亮背后的黑手一举擒获。

邢旭光摔得很重,已经陷入昏厥。

陈锋赶忙解开了被绑的徐欣。徐欣吐出口里的棉布,一脸吃惊:"原来邢老师竟是石亮的亲爸爸,那绑架徐珊珊、杀害孟甜甜他是不是也有份?"

"有可能。"陈锋点头。

"没想到邢老师跟石亮一样疯狂,他还要杀了我们!"徐欣心有余悸。

"他是疯了。"田慧望着地上的邢旭光,眼波流动,"但他是因为爱子心切才变疯了。而且他说的也并非全是疯话,有一点他说对了。"

"哪一点?"陈锋面露疑问。

"那就是绑架珊珊、杀害孟甜甜的人不是石亮,而是另有他人。"田慧目光眨也不眨地转看徐欣,徐欣愣神道:"你干吗这样盯着我看?看得我心里毛毛的。"

"如果不是石亮,那这个人的确可能就在我们身边。"田慧突然从口袋中抽出了一张照片,递到徐欣面前,"这张照片是我第一次下地下室时发现的。徐欣,这上面的人是你吗?"

照片是在S大校园内拍摄的,大约是两年前,因为那时徐欣还留着齐耳短发。照片上徐欣站在树荫下,显得格外青春活泼,而同徐欣并肩站立的是一个面容清秀的男生。

"你怎么会有这张照片？"徐欣目光从照片移到田慧脸上，"照片上的是我啊。"

"嗯，照片上跟你一起的男生，他就是两年前跟石亮一同追求过珊珊而同样被欺骗的那个男生，他叫陈汉思。"田慧目光暗淡下来，"当年陈汉思不慎将浓硫酸泼在石亮脸上之后，他就失踪了，再也没有露过面。我猜测他可能已经死在了当年那场骗局中，一瓶硫酸足够夺走一个人的性命。"

"徐欣，还要我继续往下说吗？"田慧深深看着徐欣，"陈汉思正是你两年前的男友。"

徐欣默不作声，牙齿紧咬嘴唇，一直咬出了丝丝血痕。

"徐欣，这几个月来你说你交了新男朋友，这根本就是假话。你打的那个手机号码我查过了，那是个空号。你没交男朋友，因为你心里放不下陈汉思。当你从石亮口中得知了当年的骗局真相后，你便开始精心谋划了这场先绑架后杀人的诡局。你为了搅浑这潭水，还故意把珊珊失踪的消息透露给石亮，为的就是让这个已经悲惨可怜的男生来给你做替罪羊。"田慧语气悲伤，"徐欣，我说得对吗？"

徐欣把头低下，陈锋一脸震惊地听完田慧的讲述，质问徐欣："徐欣，真是你……珊珊被你关在哪里了，你快告诉我！"

"徐欣，我没把照片交给警察，就是想给你一个坦白自首的机会。放下仇恨吧，我实在不忍心看到这样的你。"田慧难过地说。

"我是没交男朋友，我也的确放不下陈汉思，这两年来我总会做梦梦到他。有几次甚至梦到他满身鲜血爬着来找我，说他已经被人害死了。"徐欣凄然一笑，望向田慧，"陈汉思两年前背叛了我，转而去追求徐珊珊，我恨他的始乱终弃，但是我依然爱他，爱超过了恨。"

"但是你不该这么做。"田慧摇了摇头，"趁现在还没有犯下更大的错，徐欣，你赶紧把珊珊和王云放了吧。"

"田慧！"徐欣突然吼了一声，回手抓起了床上的匕首，眼里闪烁着某种冰冷的色泽，挥动着匕首刺来。

田慧目视着变脸的徐欣，一瞬间竟然忘记了反抗。

陈锋关键时刻冲了上来，抱住了田慧，锋利的匕首则割伤了他的肩膀。陈锋吃痛，一把将徐欣推开。徐欣被推倒在床上，原本就快要散架的铁床轰然塌掉。

田慧从陈锋怀里探出头来，望着痛苦呻吟的徐欣，泪流满面。

徐欣躺在塌乱的铁床之中，那把匕首不知怎的竟是插进了她的胸前，殷红的鲜血濡湿了徐欣的衣衫。

田慧上前抱住了徐欣，泣不成声："徐欣，你为了一个背叛了你的男人，值得吗？"

徐欣一张嘴一大口鲜血就涌了出来，话声变得含混不清。

她紧攥着胸口的匕首，艰难地摇摇头，然后便颓然倒在了田慧的怀里。

"徐欣！"田慧无法相信眼前所发生的一幕，她感受着徐欣渐无声息的面庞，脑中一片空白。

"田慧，你看这里。"陈锋突然喊了一句。

垮掉的铁床侧面明显有一块墙皮跟周围颜色不同，田慧轻轻触摸，喃喃道："这好像是一扇门。"

田慧和陈锋两人在墙上摸索了一阵，突然听到"咔嗒"一声，那块墙皮下的墙壁竟然被推开了，露出了里面一点幽暗阴森的光线。

"你说会不会珊珊就被关在里头？"陈锋兴奋地看着田慧。

田慧也是一脸激动，两个人鱼贯进入墙内，一股令人窒息的恶臭扑鼻而来，恶臭里似乎混杂了血腥味、尿骚味、潮湿味等多种浑浊气息，田慧险些被熏晕了过去。待田慧定下心神，她发现墙内的这个空间逼仄，只有五六平方米的样子，左边有一个诡异的水池，里面盛满了暗红色

的液体。而在右边，田慧惊讶地看到了一个人。

一个披头散发、狼狈不堪的女人，她双手双脚都被铁镣锁在了墙里，低垂着头。

她会是田慧苦寻多时的徐珊珊吗？

田慧怀揣着忐忑不安的心情，一步步走过去。猝不及防间，一只冰冷枯白的手突然从角落的阴影中伸了出来，死死扣住了田慧的脚踝。

田慧一低头，便看到了一张满是血污的脸。

"王云！"田慧惊呼！

第九章
复仇幽灵

王云瞪着猩红的双眼，一张嘴一股黑血冒出来，她挣扎着只说出了两个字。

"快……逃！"

"王云，我这就救你出去。"

田慧以为王云只是恐惧至极而说了方才的话，她低下身想扶起王云，但王云蓦地将脸贴上了，吃力地吐出了三个字。

"陈汉思！"

田慧错愕的一刹那，冰冷的匕首悄无声息地抵上了她的脖子。田慧微微侧头，便看到了陈锋微笑的脸。

"你好，田慧。王云她想告诉你的是，我就是陈汉思！"陈锋每一个字都宛如一把重锤狠狠砸在了田慧的心口。

"你怎么会是陈汉思？"田慧不可思议，陈锋同照片上的陈汉思样貌完全不同。

陈锋意味深长地一笑："当年我跟石亮一样也被浓硫酸毁容，但并没有死,而且我不像石亮一样是个穷光蛋,我家里有的是钱。所以,我父母把我送到了外国去做整容手术,手术很成功。但我却始终忍受着比毁容更痛苦的煎熬,那就是仇恨。

"手术后的一年时间里,我安排人偷偷在 S 大校园里散布谣言,说我已经死在了一场意外中。哼,我就是想让徐珊珊和孟甜甜放松警惕,好让我顺利复仇。"

"那徐欣呢?"田慧声音震颤。

"徐欣是一个敢爱敢恨的傻丫头,你冤枉了她,这所有的一切都同她无关。她甚至已经认不出整容后的我,只是在这场精密的复仇计划里,石亮作为替罪羊,我觉得不一定保险。为了以防万一,我故意留下了那张同徐欣的合照。方才徐欣拿匕首冲向你,其实是因为看到了我意欲扼住你的脖子,她为了救你才奋不顾身。"

"你让徐欣也做你的替死鬼?"

"对。"陈锋从口袋里掏出了一个袖珍录音机,"方才你揭穿徐欣的那些话,我已经一字不漏地录了下来。不久后,她就会成为杀死孟甜甜、徐珊珊、邢旭光、王云、对了还有你的真正凶手。"

"你好狠毒。"田慧紧抿嘴唇说,"即便你要复仇,要杀珊珊和孟甜甜,但是其他人呢?石亮也是受害者,他却被你逼死了。王云也是无辜的,最可怜的是徐欣,她那么深爱着你,哪怕你伤害过她,她也惦记着你,你怎么能连她也……"

"是。我承认我对不起她,但我已经没有办法回头了。田慧,你可知道被仇恨所包围的心,每一晚在无尽深渊中绝望挣扎的滋味吗?我受够了,我无法再装聋作哑!"陈锋语气变冷,"而且两年过去了,徐珊珊依然如故,拿着别人的真心当作狗屎一样践踏。你说说看,这种女人不该死,那谁该死?还有孟甜甜,她就是一个阴险的巫婆,专门藏在徐珊珊背后给她出谋划策,也该死!至于王云,本来这件事情

不会牵扯上她，怪只怪她发现了孟甜甜的日记本，凡是知晓了当年真相的人都只能有一个下场，就是永远闭嘴。"

"我想起来了，石亮临死前说的'含……死'，他并不是在指自己含冤而死，而是在说你，汉思！"田慧恍然大悟。

"哼，那小子看似疯了，但依然很聪明，差一点被他给破坏了计划。"

"陈锋，纵然你杀光了所有人，但你也已经变成了一个魔鬼。徐珊珊只是践踏别人的尊严，而你却在残忍地剥夺他人的生命，你比她更加可怕！"田慧凝视着陈汉思的眼睛，话如针锋。

"哈哈哈！"陈锋冷笑着走到披头散发的女人面前那，一把抓起了她的黑发，田慧终于见到了徐珊珊。只是她原本娇嫩如水的面靥上已经划满了数不清的血痕，暗红色血渍凝固在脸颊上，无比触目惊心。

她的血已经流光，注入到了旁边的血池中。

"我猜，她在死之前终于体会到了我所承受的那种痛苦。"陈锋露出恶魔的微笑，"除掉仇人，原来是这么一件痛快的事。即便因此我成了魔鬼，陷入万劫不复的境地我也认了。更何况，现在全部知情人都要死在这里了。哼，还有谁能可以阻止我呢？"

陈锋一把扼住了田慧的脖子，将沾满了鲜血的匕首一点点递过来。

田慧望着陈锋狰狞疯魔的面容，心生绝望，缓缓闭上了眼睛。

"人在做，天在看，恶人总会有报应的！"徐欣倏然出现在陈锋背后，她胸前的伤并不深刻到足以立即致命，她趁着陈锋失神的瞬间，整个人死死抱住了陈锋，两个人一同跌入了旁边的血池里。

"既然你愿做魔鬼，我就送你下地狱！"徐欣决绝怒吼。

血池浑浊不清，而陈锋似乎不会游泳，徐欣如同八爪鱼一样纠缠着他，他挣扎了半分钟后，两个人慢慢沉入了血池深处。田慧从巨大震惊中回过神时，已不知道在暗室里待了多久，她扶起虚弱的王云，艰难地走了出去。

一周后，所有的事盖棺定论。

王云身心疲惫，休学回老家了。

邢老师因为头部遭受重创，变成了植物人，但再也不会感到痛苦伤心。

田慧一个人行走在S大校园里，不时有人在背后对她指指点点，田慧只好当作看不到，但心里某个角落却被一次次揪痛。

这又是一个不眠的深夜，田慧看着空荡荡的304寝室，回想着曾在这里生活的每一张面孔，如今都已永远离开了自己，泪水不觉缓缓滑落了脸颊。

外面的白雾，消散了吗？

今夜的噩梦，醒来了吗？

未知。

（完）

第一章
林则的礼物

Z大男生寝楼，哥杭在笑，最近他笑得特别频，用好友左文驰形容他的话来说，他就像是一头刚断奶后开始大吃特吃的小猪崽。左文驰实在看不下去了，将被子盖在脸上，准备睡个午觉。

"嘿嘿……哈哈……嘻嘻！"哥杭竟可以笑出几种方式。

"你够了！"左文驰将枕头扔到哥杭头上，哥杭毫无波澜地转过脸来，照样眉开眼笑。

"我真受不了你，不就是转校美女窦芊芊请你出去吃个饭吗？又不是她已经投怀送抱，你是不是乐得早了点？"左文驰摇头叹息。

哥杭脸突然变得很严肃："左文驰，你可要晓得，她来到我们Z大三个月零二十天了，就只邀请过我一个男生吃饭。嘿嘿嘿，你就不觉得这意味着点什么吗？"

"意味什么？"左文驰歪头问。

"暧昧。"哥杭老脸竟也羞红了。

"我真佩服你。请你吃一顿饭就暧昧了，那吃两顿岂非就成了缠绵？"左文驰露出了一副无可奈何的表情。

"谁啊，大白天在男寝里缠绵，还是两个大男人，恶不恶心！"一个粗犷的声音从寝室外传来。

"林则回来了。"哥杭高兴地从床上蹦下来，冲到门口。

林则是哥杭和左文驰的室友，前两天回了趟老家。一脸风尘仆仆的林则刚走进寝室，还未看清是谁冲了过来，手中的大包小包就已经不见了。

左文驰同情道："林则，你回来得可真不是时候，这家伙中午饭还没吃饱呢。"

哥杭迅速翻出了林则从老家带回来的特产，有蜜橘、黄米煎饼、绿豆糕等许多好吃的。他旁若无人，完全不管左文驰，自己张开大嘴开始往里头塞，一边吃一边继续翻找着行李包，生怕漏下什么美味。

"啧啧啧，我有时真怀疑他究竟是不是人类？每次见他，他都像饿了三天三夜一样。"林则对哥杭的超级胃口那是叹为观止。

左文驰连连点头，表示完全赞同。

"咦，这是啥玩意？"哥杭突然发问。

哥杭从行李包里翻出一个灰色小布兜，里面像是装着一件衣服，左文驰瞥见了一角黄色衣料。林则望着小布兜，表示十分纳闷："这个我也没见过，兴许是我妈偷偷给我放的衣服。"

哥杭把小布兜递给林则，林则三两下把兜打开，不过里面的东西就真把在场的三个男生给惊住了。三个人沉默了好久，最终哥杭再也忍不住大笑出来："林则，这……这就是咱妈给你放的衣服，哈哈哈哈！"

林则脸红得像猪肝一样，原来小布兜里装的根本不是林则的衣服，而是一件黄色的女款旗袍，年代也像是比较久远。林则将旗袍裹了裹塞回小布兜里，咕哝道："我的老妈呀，你咋把你压箱底的衣服给我

放上了。"

左文驰便笑笑安慰林则:"或许程姨是想让你早点找个女朋友,这衣服就送给她了。"

三人嬉笑了一阵,并没有把这个小意外放在心上。

下午,三人又翘课来到学校外的一家大排档,点了几个菜,好好吃了一顿重聚饭。

林则刚从老家回来,囊中自有不少钱,这下可让左文驰和哥杭给逮住了,两个人痛宰了他一顿。林则付完钱,脸就像是霜打的茄子一样。

"哈哈,别在意,多吃点多吃点!"哥杭搂过林则,十分热情地劝着他,就像请客吃饭的不是林则而是他一样。

左文驰吃得差不多,他将筷子放下,眼中突然被什么东西晃了一下,他迅速追寻,在小炒店的拐角位置,一个女孩的身影快速穿行而过。

左文驰心中一动,似乎感到有什么不对劲。

但等左文驰想再看清楚点时,女孩的身影早已消失无踪了。

"喂,老左,你发什么愣,喝高了?"哥杭拍着左文驰肩膀,大叫。

左文驰回过神,眼前这两位老兄都已喝得有点高了。尤其是哥杭这家伙,别看胃口好,但酒量真心不敢恭维,就两瓶啤酒的量。就这,人家还胡吹自己是千杯不倒的海量。

左文驰一手拽着哥杭,一手拉着林则,三个人晃晃悠悠地躲过了门卫室许老头的巡察范围,绕了好大一圈,才回到了男生寝室楼。

左文驰筋疲力尽地把两人往床上一扔,自己气喘如牛,抬脚踢了哥杭屁股一下:"你上辈子就是头猪吧,唉,沉死了。"

哥杭鼾声如雷躺床上呼呼大睡,林则也是一样,目前这个寝室里就住了他们三个男生,倒也不担心影响别人休息。左文驰把哥杭的外衣扒了,给他盖好被子,越想越觉得自己像他妈,这个气啊,一个劲地上涌。

林则的行李四处散落，一点也没收拾。左文驰此时也没什么睡意，就帮他把东西归置了归置，翻过大行李包时，有东西扑地掉出来，正是白天所见的那个小布兜。

左文驰捡起来，谁知手刚一接触小布兜，一阵奇异的冷流瞬间袭上了左文驰的手掌，左文驰禁不住打了个冷战。再看时，小布兜里竟有一滴滴鲜血流了出来。

左文驰下意识地把小布兜扔在地上，黄色的女士旗袍被甩了出来，一刹那间，左文驰突然想明白了方才在大排档那种莫名不安感的来源。

左文驰的脑海浮现出在大排档一闪而过的女孩身影，在她身上正穿着一件同样的黄色旗袍。

第二章
夜猫

左文驰将旗袍放在桌上端详。

旗袍制作很精良，表面柔滑如同婴儿初生的面颊，淡黄色纹线下还有几道浅薄的金描线贯穿内外，富贵大气。只是有些奇怪的是，在旗袍胸口位置有一片灰白色，隐约可辨绣着一株黄色枝蔓，上面还有一个淡淡的印痕，竟有点像是人的手印。

左文驰抚摩着旗袍，入手的感觉十分奇妙，先是丝滑冰凉，而后渐渐变得有些温热。热度在左文驰手心慢慢蔓延，就仿佛有一位少女正贴在你掌心轻吐芬芳。

随即，左文驰的呼吸开始燥热起来，他眼前一阵氤氲，耳边如有人在耳语。

"啊，不要哭了！"林则在梦中大叫一声，从床上坐了起来。

左文驰连忙将旗袍塞回小布兜，来到他床边。

林则此刻满头冷汗,转头望望左文驰,诧异地问:"左文驰,你听见了吗?"

"听见什么?"

"有人在哭!一直在哭,哭得我耳朵都要震聋了。"林则不自觉地摸了下耳朵,竟真的有两滴鲜血顺着耳根流了下来。

"你流血了,走,赶快去医务室。"左文驰想拉林则去医务室,但林则一点反应也没有,只是双眼直勾勾地望着左文驰身后。

左文驰惊诧地回头,身后根本没有人。

"你在哭吗?"林则问。

"你在跟谁说话?"左文驰一脸茫然。

林则并没有理会左文驰,而是目光眨也不眨地望着一个方向:"我不认识你,你为什么一直跟着我?"

"林则,你究竟在跟谁说话?这里除了你、我、哥杭外,再没有第四个人了。"左文驰望着有些失常的林则,剧烈地摇晃着他,想要唤回他的清醒。

林则被摇了好一会儿,才终于将恍然的目光投在左文驰脸上,他很茫然地问:"她不是人吗?"

林则伸出一根手指,正指向寝室阳台方向。

左文驰瞬间转过目光,一双幽绿的眼睛正冷冷地隔窗望来,那是一只全身通黑的猫,完美地隐藏于黑夜中。黑猫的额头有一个镰刀状的伤疤,幽绿的瞳孔如同两口深潭,左文驰竟有几分眩晕。

"快喝啊!"睡梦中的哥杭大叫一声,左文驰精神一振,眩晕之感随即消失,而再望向窗台时,黑猫已不在。

"林则,那只是一只猫而已。"左文驰对林则说。

林则没有回应,因为他的人已经不在寝室中了,左文驰左右一看,林则连同那个灰色小布兜都不见了。

林则此刻精神恍惚，有可能会出危险。左文驰急忙冲出寝室，走廊里的灯光昏暗，楼梯拐角处一片淡黄色衣角刹那隐没不见。

"黄旗袍？"左文驰纳闷道。

他连忙跟了过去，淡黄身影一直隐现在左文驰的视线尽头。左文驰如脚下生风，从四楼一口气跑了下来，淡黄衣影向着校园湖边奔去，迅速藏在了一片浓密的树林里。

左文驰也跑到湖边，一阵夜风轻卷湖面，荡开一片鳞波。

左文驰沿着湖边寻找，并没有发现林则的踪影，难道自己跟丢了？左文驰刚待离开这里，一个尖锐的叫声突然在左文驰身后响起。

左文驰猛地回头，他首先看到了一双幽绿冰冷的眸光，接着一只黑猫幽然走出了密林。左文驰饶有兴趣地望着它，这只黑猫好像很有灵性。

黑猫凝望着左文驰，突然让开了位置，一个人缓缓走了出来，正是林则。

他走得很慢，步与步之间保持着一条笔直的线，胯骨高抬，代表着天性高傲，他走的竟然是猫步。林则目光也诡异地透露出一缕幽绿色，而他身上穿着的正是那身黄色的旗袍。

"林则？"左文驰喊。

林则恍若未闻，他越走越快，嘴角带出一抹奇怪的微笑。

左文驰本能地感觉到危险，他想退，却发现自己背后已是人工湖。

退无可退！

左文驰盯着林则的双眼，林则此刻眼中的幽绿之色更盛，整个身体的行动就如同一只正在发飙的凶猫。林则蓦地狞叫一声，扑了上来。

左文驰慌忙中一闪身，林则似一支飞箭嗖地射入了冰冷的湖水里。

"喵！"一声惨厉的猫叫。

"这该死的臭猫！"苍老的声音在不远处响起，左文驰听出来是传达室的许老头。

许老头扔出块石头,黑猫似被伤到,哀号了几声,迅速消失在林中深处。

"许大爷,快点来救人。"左文驰是天生的旱鸭子,根本不会水,此刻只能向许老头求救。

许老头跑了过来:"谁掉湖里了?"

"是林则,他……"左文驰刚说了一半,湖面突然喷出一条水柱,一个人浮了上来,他身上只穿着内衣裤,不是林则又是谁?

林则自己漂到了湖边,左文驰连忙抱起林则,在许老头诧异的目光里冲向了医务室。

第三章
神秘照片

"不,不要再跟着我,我求求你……"林则哭闹一阵,终于醒了过来。他脸色出奇地苍白,望着眼前三个人。

左文驰、哥杭,还有一位个子小巧、五官精致的女孩,她叫梁曼,是林则的同乡,也是他很好的朋友。

林则满脸茫然:"你们都一动不动瞪着我干吗,这是在哪里?"

"这是医务室。你忘记了,你刚才掉进湖里了,难道一点印象都没有?"哥杭瞪大了眼珠子问。

"我掉进湖里,我怎么不记得。"林则晃着脑袋。

左文驰悄悄拉着梁曼走到一边,小声问道:"我拜托你打听的事情怎么样了?"

"噢,我已经打电话问过程姨了,她说根本没有放旗袍在林则的行李里。"梁曼疑惑道,"你真看清楚了,那是一件女士旗袍?"

"我们三个都看到了,绝对不会错。"左文驰十分肯定。

"这就很奇怪了，不是程姨放上的，也不是林则买的，那这旗袍到底是从哪里冒出来的呢？"梁曼百思不得其解。

"这个稍后再查，当务之急是林则好像突然有了梦游症，他完全不记得自己穿着旗袍跳进湖里的事，他以前有过这个病吗？"左文驰回头望了眼表情呆滞的林则。

"从未听说过。"梁曼转念又道，"兴许有，毕竟这种病轻易不愿意被外人知道。"

"那件黄色旗袍呢？"梁曼好奇道。

左文驰摇摇头："鬼知道，它不见了。"

林则精神又开始恍惚，他摇晃着哥杭的手慌张地问："你听见了吗？有个女孩在哭，她在哭……你听见了吗？"

哥杭望着一脸惊恐的林则，大声道："放心，这里没有女孩在哭。你肯定是听错了，真的没人在哭。"

哥杭话声刚落，一声尖锐的女孩哭喊从医务室外传来，左文驰和哥杭互望了一眼，飞快地冲了出去。

门外，一个白衣女护士正抱胸蹲在地上，全身不停颤抖。

"你怎么了？"左文驰急忙问。

"猫，我看见一只身上全是血的黑猫。"护士恐惧地伸手指着一个方向。

左文驰走过去，只在地上发现了一些血迹。

哥杭瞅着血迹，倒吸口冷气："这难道是猫血？"

左文驰突然想起什么，折回到护士身前："那只黑猫还有什么特征吗？"

"有，它额头有块镰刀形状的伤疤。"护士回忆着说。

"果然是它。"左文驰暗暗心惊，医务室外的黑猫和自己在寝室里、湖畔所见的是同一只。这只黑猫如此诡异神秘，它到底要干什么？

"或许就是一只野猫，我以前也遇过好几只。"哥杭在一旁嘀咕。

左文驰扶着护士回到医务室，医生正在收拾病床，而林则和梁曼却不在了。

"医生，刚才那两人呢？"左文驰问道。

"哦，你那位晕倒的男同学跟着那女孩走了。"医生回答。

左文驰和哥杭只好走出了医务室，哥杭看看时间，已经凌晨一点多了，这折腾了大半宿，他实在没精神了，要回宿舍睡觉。

"我们要不要再找找林则？"左文驰犹豫道。

"他身边有梁曼，你担心啥。"哥杭打了个哈欠，"走吧走吧，说不准林则早回寝室睡下了。"

左文驰想想也有道理，便随着哥杭一同回到寝室。

然而林则的床铺是空的，他还没有回来。哥杭扑在床上就睡了过去，左文驰视线一转，突然看到了那个小布兜正静静地躺在桌上。左文驰将小布兜打开，但令左文驰失望的是里面并没有那件黄色旗袍。

不过小布兜内的一点灰白痕迹吸引住了左文驰的目光，他将小布兜内侧翻出来，结果露出了一张藏在里面的灰白色照片。

左文驰仔细瞧了瞧，灰白照片的背景是一大片荒野，可以看到无穷无尽漫过膝盖的青黄野草。照片的近景是一棵巨大的枯树，尖锐黑色的枝条如同一根根锋利的刺直插天际。枯树下并排站着两个人，其中一人只照了一半，仅能看到他的一只手和半边肩膀，看不到他的脸，不过从衣服上来看，应该是一个年龄不大的男孩。男孩身边俏生生地站着一个女孩，长发飘飘，身上穿着一件素雅的黄色旗袍，那件旗袍正是小布兜内的那一件。

不过可惜的是女孩的脸模糊不清，像是晃影又像是被人为地修饰过，根本看不清楚五官。这个女孩会是谁？她所穿的旗袍为何会出现在林则的行李中？她现在又在哪里？左文驰满脑袋疑问，天生强烈的好奇心让左文驰心痒痒。

黎明将近，而林则依然没有回来。

左文驰迷迷糊糊地在桌边眯了一会儿，迷迷糊糊中，他被门外的一阵歌声所吵醒，歌声轻柔舒缓，对于一般人来说，这更像是一支催眠曲。但此刻，左文驰却觉得这歌声支离破碎，碎成一块块尖锐的刀片戳着左文驰的耳膜，他顿时睡意不见。

左文驰回头望了望哥杭，这家伙完全无知无觉，依旧张着大嘴呼呼大睡。

左文驰不觉有点羡慕这大脑缺根筋的死党了，他推开门，在幽暗的走廊中寻找歌声的来源。

歌声如同一盏指路明灯将左文驰引上了楼梯，来到天台。

天微亮，左文驰看到有一个人正背对自己站在天台边缘，仰望着即将冲破黑暗的天光。左文驰稍微靠近，才发现这人身上竟然穿着一件黄色的旗袍。

左文驰试探性地问："林则？"

毫无回应。左文驰忍不住喝道："你是谁，这件旗袍是你的吗？"

依然无人回应。左文驰冲上去，而就在同一瞬间太阳冲破黑暗，一缕黎明之光透射下来，落在穿旗袍人的头上。左文驰终于看清楚了他的面容。

这个人竟然……就是左文驰自己！

左文驰惊魂不定地望着另一个自己，还有那件神秘的旗袍，一阵说不出的窒息之感，伴随着刺骨的冰冷瞬间弥漫到身体每一个细胞里。左文驰缓缓低下头，那件黄色旗袍不知何时竟已套在自己身上。

"不！"左文驰一个激灵，猛一睁眼，却望见了哥杭那张睡意蒙眬的大脸。

左文驰发现自己还趴在寝室桌边，手中紧握着那张灰白色照片，哥杭大咧咧地问："你做噩梦了，大呼小叫的。"

左文驰吞了口唾沫:"现在几点了?"

"快七点了。"哥杭瞧了眼手机。

"林则回来了吗?"

"没有。"

左文驰将照片放进衬衣口袋里,站起来就向外走。哥杭拉住他,纳闷道:"这么早,你上哪里去?"

"去找林则。"左文驰再也等不下去了。

第四章
林则失踪

外面天阴沉得很,左文驰给梁曼打了手机,手机很久都没有人接。

女生寝室楼坐落在Z大东边的半山前,左文驰和哥杭来到了女生寝室楼下等梁曼。离两人不远的地方还有一个高个男生,样貌清秀,甚至有点脂粉气。

左文驰望着他有些眼熟,但一时想不起来,不由得喃喃说:"他是谁?"

"他,你都不认识。他是咱们Z大校草,司马昂。不过怪了,一般都是女生在他楼下等他,今天他怎么也来等女生了?"哥杭一脸八卦表情。

司马昂穿着一身黑毛衣,显得他皮肤更加白皙,身材更加挺拔。

"嗨,你来了。"司马昂向一个女生走去,左文驰有些好奇究竟是什么样的美女能吸引这大校草来站岗。可等他一瞅,不由得愣了愣,原来司马昂等的女生竟是梁曼。

"来很久了?"梁曼明眸善睐地对司马昂轻轻微笑。

哥杭也挥手跟梁曼打招呼:"嗨,梁曼。"

梁曼这才注意到了左文驰和哥杭，她跟司马昂小声交代了两句，便跑来左文驰面前笑说："你们在等我？"

哥杭嘿嘿一乐，左文驰则说："我们是想来问问林则在哪里？"

梁曼有些诧异："林则，他没跟你们在一起？"

左文驰一怔："昨晚他不是跟你一起走的吗？"

"我？"梁曼表情茫然，"昨晚我去外面接了个电话，回来时你们就都不在了。我还以为他跟你们一起回寝室了。"

左文驰脑中有些蒙，思绪纷乱如麻。如果昨晚同林则一起离开的女孩不是梁曼，那么她会是谁？

左文驰胸口一阵冰冷，那张神秘的照片正藏在胸口。照片上的女孩身影瞬间闪入左文驰脑海中，如风飞扬的长发，美丽诡异的旗袍，还有那无法辨认的面容。她是如此神秘，难道……带走林则的女孩会是她？

"左文驰，我先走了。我男朋友在等我，你们好好找找林则，如果有消息也通知我一声。"梁曼挥手告别。司马昂一直望着这边，左文驰发现他的瞳孔里竟有蓝色光芒，应该是个混血儿，怪不得这么俊美。

哥杭琢磨着说："如果不是梁曼，那昨晚跟林则一起离开的女孩会是谁？"

左文驰自是无从得知，不过他突然想到了一个人，或许这个人会知道林则的去向。

哥杭没想到Z大后山上竟有间石屋，而且还住着人。望着走来时七扭八拐的小路，哥杭不解道："左文驰，你是怎么知道许老头住这里的？"

左文驰一笑："他带我来的。"

哥杭更加糊涂："许老头带你来他家干什么？"

左文驰没回答，伸手推开了石屋的门，一股臭味扑面而来。左文

驰眉头一皱，向里面喊了声："许大爷，你在吗？"

石门内很黑，看东西都模模糊糊。天空一道霹雳乍亮，乌云密布，眼见就要下起雨来。哥杭担心道："不管许老头在不在，咱们先进去避避雨。我看这雨马上就下了。"

哥杭这乌鸦嘴刚说完，瓢泼大雨便下了起来。

左文驰瞅了一眼哥杭："你这张嘴是不是开过光？"

石屋没有电，左文驰在石屋中摸索了一阵，回来时手中端着一盏老旧的油灯，以及一个打火机。左文驰将油灯点燃。

"嘿，油灯啊！我只在电视里见过这玩意，没想到许老头儿这也有。对了，你怎么这么熟悉他屋里的东西？"哥杭好奇问道。

左文驰把油灯放在桌上，笑了笑说："许老头这人不坏，只是嘴臭了些，爱骂人。上次偶然的机会，我得知他原来竟是我爷爷年轻时的战友，他也没想到我是他故友的孙子。就这样，许老头邀请我来石屋做客，他还给我炖肉吃。对了，许老头有个本领，就是特别会讲故事，尤其是恐怖故事，所以之后我常常偷跑来石屋听他讲故事。"

"他能知道林则去了哪里？"哥杭表示疑问。

"我也不肯定。但如果昨晚林则离开了Z大，许老头兴许会看见。咱们来问问他，总比在大海里捞针，瞎找一通得好。"左文驰望望外面的大雨，"雨下得这么大，许老头跑哪里去了？"

哥杭突然使劲嗅了嗅："喂，你闻没闻见有什么怪味？"

左文驰也闻了闻，石屋中弥散着一股淡淡的异味。

"这是什么味？"

"这个有点像是内脏的气味，难道许老头怕咱们抢他肉吃，正藏在哪儿偷嘴吃呢。"哥杭开玩笑说。

两人循着味绕到了石屋后面，这里还有一扇很小的石门。

"这里面你进去过？"哥杭问。

左文驰摇了摇头，石门被推开，方才那若隐若现的异味顿时浓烈，可见异味根源就在这小屋里。

哥杭捏着鼻子探头向内张望，小屋中一片阴黑，根本看不出有什么东西。

哥杭刚想迈进去，冷不丁一道黑影从小屋里飞了出来，哥杭躲闪不及，黑影正撞在他脸上。哥杭"哎哟"一声捂着脸蹲下，黑影又返回屋里，左文驰将打火机打着，黑影如同一具吊尸般挂在黑暗中摇晃。

借助打火机火光，左文驰看清楚了它的脸。

那是一张尖嘴猴腮的脸，一双幽森的小眼睛直勾勾盯着左文驰，左文驰顿感浑身发凉。

哥杭恶心道："这究竟是什么玩意？"

左文驰瞧了一会儿："一只蝙蝠。"

一只在黑暗中栖息觅食的蝙蝠，左文驰小心翼翼避开它，走入了屋里。小屋不大，也就五六平方米的样子，而就在逼仄空间内，左文驰发现倒吊着六七只漆黑的蝙蝠。

小屋里为何有这么多丑陋的蝙蝠，难道是许老头养来……左文驰莫名想到了许老头请他吃的炖肉，腹中一阵翻江倒海，忍了半天才没有一口吐出来。

左文驰对哥杭摆摆手："出去了，许老头没在这里。"

哥杭率先冲出了令人心惊胆战的小屋，左文驰出来后熄灭了打火机，而就在火焰消失的一刹那，左文驰眼角余光瞥见一个人静静伫立在小屋深处，面容隐没在披散的黑发下，身穿一件黄色的旗袍，宛如一朵盛开于黑暗中的金黄色郁金香。

左文驰再次打着打火机，同时冲回小屋里。

跳动的火焰中，方才所见有人的位置一片浓黑，根本没有半个人影。左文驰环顾小屋，毫无人迹。难道是自己眼花了？左文驰迟疑着，猝然一阵幽弱的呻吟声如蚊鸣般钻进了耳中。

"哥杭！"左文驰呼唤同伴，同时循着呻吟来到了小屋最里头的

角落。这里地面上横铺着一张黑色大毡,在幽暗的小屋中,很难被发现。

黑毡下微微而动,左文驰一手掀开来,黑毡下是一个满身鲜血、躺在地上奄奄一息的老人。老人嘴角一张一翕却无力出声,一脸恐惧地望着左文驰的脸。

左文驰身体震颤道:"许大爷?"

许老头突然像诈尸一样直挺挺地坐起来,伸出一只苍老的手,喉咙里痛苦艰难地挤出两个字:"旗……袍!"

许老头的手指向小屋外,此刻一道闪电乍亮!在天地白光之中,左文驰清楚望见,一个穿着黄色旗袍的女人遥遥而立在阴暗的林间,手里攥着一把凛凛的匕首,鲜血顺着刀锋缓缓滴落。

左文驰怒吼一声,追上去。

黄色旗袍如同一只上下翻飞的黄蝴蝶,穿梭在雨幕下的山林里。左文驰感觉脚下越来越泥泞,但他不肯放弃,他一定要抓住这个旗袍幽灵。

脚下突然一滑,左文驰身体失去了平衡,滚下了山坡。

就在天旋地转的一刻,左文驰瞥见一道黑影如同闪电般扑向自己。而黑影眉间的那道镰刀伤疤宛如一抹惨烈而浓郁的微笑。

第五章
死中逃生

左文驰醒来时,天已经完全黑了。他想站起身,却发觉左腿钻心似的疼痛,左文驰撩起裤腿,发现膝盖青了一大块,应该是扭伤了。

左文驰环顾四周,一片野草丛生,根本连条路都没有。他勉强站起来,掰断了一根树枝,支撑着身体。

突然耳边听到一阵沙沙声,左文驰警觉地抬头,在距离自己百米之外的一棵大树下，身穿**黄色旗袍**的女人缦立冷视着左文驰。那一双寒冷眸光如同刀子一样刺入左文驰身体，阵阵地刺疼。

黄色旗袍仿佛蛊惑灵魂的冥衣，无风而鼓，迅速向左文驰这边飘来。

左文驰深感巨大危险来临，但此刻他腿受了伤，根本无力还击。不过绝不可以这样坐以待毙，左文驰在黑暗中辨认了一个方向，奋力地冲出去。

腿上撕裂般的疼痛让左文驰冷汗直冒，但他紧咬牙关，脚步绝对不停。可是无论他怎么跑，都无法摆脱旗袍女人的步步紧逼。左文驰的腿终于无法支撑住身体，一个打战，左文驰跪倒在地。

沙沙声再度响起，她追来了。

左文驰眼前一阵恍惚，缓缓回头，一把杀意凛然的匕首扬起在自己头顶。左文驰至这一刻都未看清楚幽灵般旗袍女人的面孔，只看得到她随风乱舞的长发，还有一抹鲜红如血的目光冷冷盯着自己。

左文驰绝望地闭起了眼，他感觉到了死亡近在咫尺的冰冷。

"喵！"凭空一声凄厉的吼叫，一道黑影扑上了旗袍女人。

左文驰凝目，黑影正是那只额头有镰刀伤疤的黑猫。旗袍女人的匕首刺伤了黑猫的背部，而黑猫迅疾的利爪也抓破了旗袍女人的手臂。

黑猫落在左文驰面前，躬身龇牙，同旗袍女人无畏对峙。

左文驰望着黑猫不停冒血的后背，心头一阵感动，一只猫都可以如此勇敢无畏，自己又怎么能轻易放弃生命。左文驰咬着牙，摇摇晃晃爬起来，同黑猫并排而立。

旗袍女人一愕，她静立片刻，随即转身闪入了树林中。

左文驰想追，却已是力不从心。他对着救了自己一命的黑猫满怀善意地笑了笑，但黑猫似乎并不领情，对着左文驰龇牙咧嘴。

黑猫后背上的鲜血还在不停流，左文驰靠近想帮其止血。不过黑猫竖起尾巴，目光犀利地望向左文驰，左文驰望而却步，只好摇头放弃了。

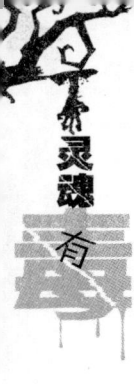

"好,好,我不碰你。"左文驰保证说。

黑猫像是听懂了左文驰的话,转身朝荒草深处蹒跚而去。左文驰留在原地,一时间也不知该何去何从。黑猫走了几米,突然停下来,转头冲左文驰"喵"地叫了一声。

左文驰明白过来:"你要我跟你走?"

黑猫又喵呜叫了两声,继续往前走,左文驰心领神会地跟在后面,一人一猫渐渐消失在了荒野中。

左文驰一瘸一拐地走了一个小时,才终于走出了那片荒野,回到了Z大校园。黑猫还在带路,左文驰很好奇黑猫到底会带自己去哪里。

黑猫转了个弯,来到一栋六层楼前停住,一个女生奔过来,黑猫蹿进了她的怀抱。

左文驰站在远处,惊讶不已。黑猫来的这栋楼正是女生寝室楼,左文驰满心疑窦向着背对自己的女生开口:"请问你是……"

女生闻声回头,左文驰原本揣测这女生会是梁曼,但一看就知道自己猜错了,女生并不是梁曼。这个女生跟梁曼身高差不多,不过肤色稍黑,笑眼弯弯十分可爱。

左文驰依稀记得见过她,只是一时想不起来了。

女生笑吟吟地望着左文驰,黑猫此时安静伏在她怀里,十分温顺。

"你……"女生想了一下,突然拍手道,"我记得你,你同梁曼说过话,你是她的朋友吧?我叫张影,是梁曼的室友。"

左文驰恍然,自己上次找梁曼时的确见过这个女生。左文驰微笑着望着张影怀里的黑猫:"这黑猫是你养的?"

张影发现黑猫受了伤,正用手帕帮黑猫包扎:"不是,闪电是我另一个室友养的,她有事回家了,临走前拜托我帮她照顾闪电。"

"它叫闪电啊。"左文驰回忆起黑猫迅疾如电的身影,觉得叫闪电十分贴切。

"你说的室友叫什么名字,她回来了吗?"左文驰问。

"她叫沈莎莎。她走时说三四天就回校,现在都过去两个星期了,还没回来。老师也在找她,但打她电话怎么也打不通。我都着急死了,担心她是不是出事了。"张影望着黑猫,眼神流露出焦虑。

左文驰思索片刻,然后从衬衣口袋里取出了那张灰白色照片,递给张影:"你看看照片上的女生是不是沈莎莎?"

张影端详了半天:"她的脸看不清,不过给我的感觉像沈莎莎,但又有点怪怪的不对劲。哦,我想起来了,这件黄色旗袍就是沈莎莎的。"

"你说这旗袍是沈莎莎的,你以前见过?"左文驰有些激动,终于找到神秘旗袍的主人了,或许可以顺藤摸瓜揭开这一系列诡异事件的真相。

"嗯嗯,以前我见沈莎莎穿过,她很珍惜这件旗袍,说是一位非常重要的朋友送她的。咦,沈莎莎走时好像没带走旗袍,中午我换衣服的时候似乎还瞥见过一眼。"

"真的?"左文驰兴奋地一把抓住张影的手,弄得张影脸飞红云。

"这件旗袍很重要吗?你为什么这么紧张。"张影好奇道。

左文驰觉得有必要将事情的前因后果同张影讲明白。于是,他便从头到尾说了一遍:"沈莎莎或许现在十分危险,我们必须找到她,而这件旗袍就是一条非常关键的线索。"

张影小脸紧绷绷地点点头:"你跟我来,我这就带你去找旗袍。"

女生寝室楼是不允许男生随便进出的,张影拉着左文驰小心翼翼地溜上楼,来到了302寝室。寝室里没别人,张影推门让左文驰进来。

张影马上打开了沈莎莎的衣柜,但里面并没有黄色旗袍,只有一个白色小皮包被藏在最里头。张影拿出来,里面只有几封信,张影有点错愕:"不对啊,我明明记得中午见过那件旗袍,怎么不见了?"

左文驰视线盯着信件:"这些信是谁写的?"

　　黑猫闪电突然扑了上来，叼走了一封信放在了左文驰脚下。

　　闪电是想让自己看信，左文驰寻思道。他捡起了信，没有寄信人的名字，只写着收信人沈莎莎。

　　左文驰犹豫不决地望向张影，张影一点头："你看吧，我相信如果沈莎莎知道的话也会同意。"

　　左文驰和张影一起将信看完，又接着看完了剩下的几封。

　　左文驰借用张影的手机，走到厕所里打了个电话，回来后他急问张影："这个宿舍都有谁住？"

　　"这个宿舍就我、梁曼还有沈莎莎三个人。"张影回答说。

　　"梁曼现在在哪里？"

　　"今天是她男朋友司马昂的生日，她去给司马昂庆祝生日去了。"

　　"她走时穿的是什么衣服？"

　　张影摇摇头："她走时我没在宿舍。啊，难道你是说梁曼把那件旗袍给穿走了？"

　　左文驰没作声，快步冲出了寝室。

第六章
噩梦醒来

　　今天这个夜晚超出了梁曼的想象，她宛如从童话故事中走出来的灰姑娘，平生第一次成为众人瞩目的焦点，这些客人望向梁曼时或微笑，或点头，或举杯示意，梁曼感觉自己变成了一位被众星捧着的公主。

　　梁曼身上优雅的旗袍将其妩媚身姿和迷人气质完美映衬出来，而陪在自己身旁的司马昂穿着一身笔挺的黑西装，英俊而自信的微笑时刻荡漾在脸上。

　　他低头在梁曼耳畔呢喃："今晚，你就是这里的女主人。"

梁曼红晕飞颊，这坐落在山顶的辉煌别墅就如同一座宫殿，而她今晚便是宫殿的公主。梁曼觉得这一刻太幸福了，被爱情、被热情、被世间一切美妙所包围。

梁曼在舞池翩翩起舞，而后司马昂和她来到了一间华丽的房间，司马昂递来一杯香醇的红葡萄酒，气味芬芳醉人。梁曼望着落地窗外的美景，浅尝着杯中诱人的葡萄酒，不知不觉中竟有了一丝睡意。

"砰"的碎裂声，惊醒了梁曼的美梦，将她拉回了现实。

梁曼睁开眼睛，发现司马昂的客人都已走了，整座别墅中空空荡荡，只落下了自己。梁曼翻看手表，发现时间来到了半夜二十三点十五分，自己一觉竟睡了两个小时。

她走上漂亮的长廊，呼唤着男友的名字。

"啊！"一阵痛苦的呻吟声从走廊尽头的书房内传来，梁曼推开书房的门，司马昂正伏在地上，身体剧烈地抽搐着。

"你怎么了？"梁曼连忙跑到司马昂身边，将他翻过身来，这一刻梁曼才震惊地发现司马昂腹部竟然插着一把匕首，匕首被鲜血浸染，触目惊心的红色蔓延开来。

"司马昂，司马昂……"梁曼哭喊。

司马昂睁开了眼睛，他挣扎着想起身，但完全使不出力气。最后，他绝望地推开梁曼，激动道："快走，这里很危险，有人想伤害你！"

"谁想伤害我？"梁曼诧异地问。

司马昂咬着牙，鲜血将他捂在腹部的双手也染红了："我不知道，但她还在别墅里。她想从我嘴里问出你的下落，我没有告诉她，她就刺我一刀……所以你赶快逃，她真会杀了你……"司马昂脸色瞬间苍白下来，虚弱地躺在地上。

"那她长什么样子？"梁曼面露恐怖神色，紧张地环视四周。

"她穿着……你的那件……黄色旗袍！"

梁曼愕然低头,这才发现自己身上的黄色旗袍已经不在了。

"砰!"

猛烈的撞击声从书房外的阳台传来。

梁曼抬头,一个身穿那件黄色旗袍的女人正披头散发地站在落地窗外,手里握着一把惨白色匕首,透过长发目光阴森地凝望着梁曼。

"走!"司马昂断喝一声,然后失去了意识。

阳台上,旗袍女人疯狂地用匕首猛戳玻璃门,发出尖锐的摩擦声,玻璃渐渐开始裂纹。梁曼想扶着司马昂一同走,但无奈司马昂太重,梁曼根本没有力气扶起他,梁曼泪水止不住地涌出。

"咔嚓!"阳台玻璃门终于碎裂一地,旗袍女人跳进来,喉咙里发出呜呜叫,冲向梁曼。

梁曼只好逃出书房,在偌大别墅中像没头苍蝇一样四处乱撞,悠长走廊里的许多房间都锁住了,只有一扇门虚掩着,梁曼想也没想就钻了进去。

门外许久都没有任何动静,梁曼悄悄探出头,发现走廊中根本没有人。

梁曼心悬一线,她并未察觉,在她开门的时候,一道鬼魅的身影正从窗外爬入,步步靠近,而那把惨白色的匕首伸向了梁曼。

走廊另一端一个人飞奔而来,不等梁曼反应,便一把抱住了她。梁曼被抱起后才想到挣扎反抗,但一抬眼发现怀抱她的人竟是左文驰。梁曼又顺着他的视线,终于望到了身后悄然逼近的旗袍女人。

左文驰飞起一脚,出其不意地将旗袍女人踹倒。

旗袍女人翻身起来,在黑暗的房间内跟左文驰对峙。

左文驰望着旗袍女人的眼睛,倏而一步步走过去,梁曼大声阻拦:"左文驰你别过去,她是个疯子。她刺伤了司马昂,还想杀了我!"

左文驰示意梁曼不要讲话,张影也从走廊里跑来,梁曼扑进张影怀里啜泣。

"放下手里的刀,你可以把所有的事情都告诉我……林则。"左文驰声音平静。

旗袍女人身体陡然一震,露出了他黑发中隐藏的面容,不是林则又是谁。林则望着匕首上的鲜血,冷冷道:"左文驰,我现在已经没有退路了,只能一条路走到底。"

左文驰突然大声喝道:"你难道不想知道沈莎莎是被谁害死的吗?"

"你知道莎莎?"林则停住动作,随后面容极度悲伤起来。

"沈莎莎的家人已经找到了沈莎莎的尸体,而在发现她尸体的荒村中,有人曾目睹你满身鲜血地逃了出来。警察现在已经确认了你的身份,此刻正赶来。"左文驰道。

林则的眼眶中流下泪水:"我不想伤害她。我那么爱她,我也不知道自己为什么会……"

"会杀了她。"左文驰替林则说完。

"五天前,莎莎发短信约我去游玩过的荒村见面。其实,我很清楚她这次见面的目的,她不想让我再纠缠她。但我不甘心就这样放弃这段感情,那天我一早就到了荒村等待她,想要跟她袒露心扉,争取一次机会。可是等了好久她都没有露面,我迷迷糊糊睡了过去,然后我做了一个十分可怕的梦,梦里我竟然失手将莎莎给杀死了,还把她的尸体挂在了荒村外的枯树上。随后当我睡醒时,我震惊地发现……"林则的眼中满是悔恨,"莎莎真的死了!而她的尸体一如梦境般就悬挂在那棵刻有我们名字的枯树上。我吓坏了,我小时候曾患过一段时间的梦游症,我认定是我梦游中杀死了我心爱的女孩。我不敢也不能接受眼前的事实,我慌不择路地逃跑。后来,我不小心摔进了旁路的一条水沟里,脑袋磕在石头上,再醒来后我就什么都不记得了。我仿佛什么事情都未发生过一般,从老家返回Z大,然后那件属于莎莎的黄色旗袍却万分诡异地跟随我一起回来了。"

林则低头望着身上的旗袍,面露恐惧:"最初我觉得旗袍很熟悉,但我怎么也想不起它究竟属于谁。直到后来,我落进人工湖中,那部分失去的记忆渐渐被唤醒。我终于想起来,这件旗袍就是属于沈莎莎的,她死的时候也穿着这件旗袍。冥冥之中似有个声音告诉我,莎莎来找我报仇了,而我也反复幻听到一个女孩子的哭声,那哭声像极了莎莎。我在恍恍惚惚中似是看到莎莎穿着那件旗袍来找我,她说要带我走。"

"后来呢?"左文驰缓缓问下去。

林则惨然一笑:"再后来,我又不知不觉睡着了。等我醒来时,我发现自己正穿着莎莎的旗袍,手持一把匕首正刺进一个陌生人的身体里,我仓皇逃到了阳台上。然后梁曼就现身了,我想和她说话,但她表现得很害怕。她一直跑,我就在后面追。接下来的事情,你就都知道了。"林则摇了摇头,"你说我是不是罪不可赦。所以,莎莎才不肯放过我。"

"你错了。"左文驰突然道,"你为什么觉得沈莎莎约你在荒村见面,就是为了让你不再纠缠她。"

林则一怔,左文驰已经自问自答:"因为她给你写的信?"

林则再一怔,随后点了点头。

"你知不知道,你之前给她写的所有信,沈莎莎从未收到过。"左文驰从怀里掏出了那一沓藏在衣柜皮包内的信件。

林则看了看,信的确都是自己写给沈莎莎的。他茫然望着左文驰,马上又否定道:"不可能,如果莎莎从未看过我的信,她又怎么会给我写回信呢?"

"问得好。"左文驰目光转动,落在在场一人的脸上,"因为你所收到的回信,并不是出自沈莎莎之手,而是另有其人。"

"什么,是谁?"

"梁曼。"左文驰目光沉落,"梁曼,你也不必否认。只要对比一下字迹，应该不难判断出究竟是谁给林则写的回信。"

梁曼沉默片刻，点点头："是，信是我写的。"

"为什么？"林则想不明白，疑惑地望着梁曼。

"因为我不想看到你受伤害，你也清楚沈莎莎并不爱你，她对你只有厌恶，你再纠缠下去得到的只能是更多伤害。所以，我冒充她给你写了决绝的回信，希望你早日醒悟，不要为了一个不值得的女孩而令自己变得那么卑微。"

林则面上一阵青一阵白，眼神暗淡："对，我的确为了爱情，放弃了自己的尊严。而这一切对于莎莎来说，不过是我一厢情愿罢了。"

"你又错了。"左文驰声音充满了力量，"你是怎么知道沈莎莎不喜欢你的？依旧是通过那些回信。但现在你也知道了，这些信并非沈莎莎所写。"

"你什么意思？"林则表情复杂，他点头，又立刻摇头说："不会的，这不可能。"

"没有什么不可能，沈莎莎就是喜欢你。"左文驰看向张影，张影走上来递给林则一个日记本，左文驰平静道，"这本是沈莎莎从入学到她被害之前所写的日记，她在里面清清楚楚表明了，她唯一喜欢的男生就是你，林则。"

林则飞快地看完日记，泪水伴随着他的笑容流下："原来是我错了，从一开始就错了，莎莎并不讨厌我，她也喜欢我。谢谢你，左文驰。你让我了解到真相，我即便此刻去死也无怨无悔了。这样说来，莎莎约我荒村见面，并不是要我远离她……可我却犯下了不可饶恕的罪行，我真恨死我自己了！"

"你还是错了，而且大错特错。"左文驰字字如锤，敲击在林则心上，"真正杀害沈莎莎的凶手并不是你，而是另有其人。"

"另有他人？谁！"林则心神俱震，目光紧张地落在左文驰脸上。

左文驰从容走到林则面前,淡淡道:"其实,沈莎莎很早就告诉了我们凶手的身份,而且答案就在这件旗袍上。"

左文驰将手轻轻点在了旗袍之上……

第七章
谁是凶手?

左文驰的手点在旗袍胸口位置,冷静地说:"虽然不很清晰,但沈莎莎还是在生命最后一刻告诉了我们杀害她的真正凶手是谁。看,她将沾血的手印在了旗袍这株枝蔓(曼)上,就是想告诉我们一个人的名字——梁曼。"

梁曼大惊失色,她坚决不承认:"你胡说,我有什么理由要杀死我最要好的朋友。"

"你有。"左文驰凝望梁曼,"你是个嫉妒心十分强的人,你看不惯任何比你优秀的女生。当初沈莎莎和你一同入学,分到同一班,又分到了同一个寝室,你在潜意识里已经把她当成了竞争目标。但是你很快发现,沈莎莎在各个方面都比你高出一筹——比你漂亮,比你聪明,比你人缘好,比你有钱,更重要的是在你和她同时喜欢上一个男生后,这个男生却只对沈莎莎情有独钟,这个男生便是林则。

"所以你才将林则的信都藏了起来,然后又冒充沈莎莎口吻写了多封决绝信令林则对沈莎莎死心。只是你没想到林则竟然锲而不舍,他对沈莎莎的爱慕至真至深,这点令你的嫉妒心理发生了变化,渐渐萌生了邪恶的怨恨。你故意在他们两人中间挑拨离间,说林则用情不专等坏话。沈莎莎终于无法忍耐,决心找林则当面问清楚真相。你得知她的想法以后,害怕两人一旦坦承,你暗中做鬼的把戏就会被拆穿,于是你便心狠手辣地害死了沈莎莎,而后利用林则患过梦游症,错让他认定是自己杀死了沈莎莎。那件黄色旗袍也是你悄悄塞进昏迷后的林则行李中的。我说得对不对，梁曼？"

"简直血口喷人！这一切都是你无端猜测，你根本没有任何证据。"梁曼躲避着左文驰锐利的眼神。

"你偷藏偷换信件是证据一；你挑拨离间，张影偷听到过，这是证据二；沈莎莎在旗袍上留下的手印，这是证据三；而最关键也是最直接的一项证据，那就是警方在沈莎莎指甲缝里发现了挣扎反抗时留下的皮肤碎屑。警方随时可以抽取你的DNA，进行样本笔对。如此，可算铁证如山了。"左文驰声色俱厉道。

梁曼此刻再也不像是高傲的公主，她低垂着头，整个躯体不停颤抖。

"真是你害死了莎莎？"林则怒目而视。

梁曼紧紧捂着自己的耳朵，眼神逐渐迷离："这都怪她自己不好，谁让她老在我面前炫耀。她就是想证明自己比我强，好啊，那我就夺走你的一切，看你还如何自以为是。你喜欢林则，其实我对他根本没感觉，我只是想从你手里将他夺走，然后再抛弃他。哈哈，这样……你就彻底输给我了。"梁曼入魔般自言自语。

林则攥紧匕首，森然厉喝："我要替莎莎报仇！"

啪的一声，走廊上的灯光突然暗下来，左文驰警惕道："大家小心，不要轻举妄动。"

张影感觉一个迅疾的身影掠过自己身边，冲向梁曼背后，她立刻喊道："梁曼，你后面！"

梁曼一惊回头，黑暗中惨白色的锋利刀片正划向自己，接着她感到胸前一凉。

左文驰点开了手机屏幕，微弱的光洒在了混乱的房间，林则正惊魂失措地站在窗口，手中匕首滴落着血珠。而不远处的梁曼倒在一片血泊中，胸口的鲜血汩汩直流。

"你，你……唉。"左文驰沉沉一声叹息。

林则错愕片刻，然后迅速转身，想从窗口逃跑。千钧一发之际，一个五大三粗的身影飞扑上来死死抱住了林则，还咋咋呼呼道："林则，你不能跑啊！"

来人正是姗姗来迟的哥杭。

其实，左文驰来之前打过两个电话，一个当然是报警，还通过警局一位熟稔的长辈大略问了一下沈莎莎被杀案的进展情况。第二个电话便是打给哥杭的，让这家伙前来助阵。

"哥杭，你来得正是时候。"

左文驰和哥杭正要合力将悬空窗外的林则拉回房间，突然一道鬼魅黑影闪现，并在左文驰手臂上留下了一道长长的抓痕。左文驰吃痛松了手，林则趁机一把将哥杭推开，跳下窗户，落在楼下的草坪里。

林则一眨眼便没了踪影，左文驰惊怒的目光转向偷袭自己的那道黑影，它此刻正蜷缩在墙角，一动不动，正是沈莎莎所养的那只闪电。

"闪电，你为什么这么做？"张影生气地质问闪电。闪电深透明亮的目光轻轻扫过在场的人，发出一声悠长的猫叫。

左文驰无可奈何地摇了摇头，几分钟后，警察和急救车都赶来了。

梁曼胸口中刀已是回天乏术。司马昂倒算幸运，刀伤只是擦过肋骨，并未造成重伤。他重新恢复了意识，但当他看到奄奄一息的梁曼时，几乎痛不欲生。

"我们抓到嫌疑人了。"别墅外有警察说。

原来林则从窗口跳落时，不小心把腿摔折了。虽然暂时躲藏起来，但毕竟没躲多远，很快就被警察搜到了。

司马昂强忍剧痛，挣扎着冲到林则面前，揪住他的衣领怒吼："你把梁曼还给我，把她还给我……"

林则表情茫然地望着司马昂。

左文驰这时道："司马昂，梁曼归根到底是死于她的妒忌之心。"

司马昂转眼看向左文驰，月光下他的眼眸闪烁着诡奇的红光。

"关于这一点，你应当比任何人都清楚。"左文驰目光如炬，"如果我揣测得没错，你真正在乎的人也并非梁曼，而是另一人——沈莎莎。"

司马昂身体一颤，表情僵硬："你开什么玩笑？我并不认识什么沈莎莎。"

"真的？"左文驰从怀里取出了那张灰白色的照片，交到司马昂手中，"你记得这张照片吗？"

司马昂攥紧了照片，没有开口。

"我一直以为照片中穿旗袍的女生是沈莎莎，但我却犯了一个很严重的错误。我一直深信不疑这张照片里穿旗袍的是一个女生，但我怎么也没想到，旗袍是穿在一个男生身上的，而这个人就是你，司马昂。"

"你如何笃定是我？"

"问得好，这张照片上的脸虽然无从辨认，但其眼中蓝色的凝点，却依稀还可辨识出来。我已经咨询过眼镜专家，这个蓝色凝点乃是最新科技隐形眼镜的微弱反光。而正是这一点反光的蓝芒，出卖了你。"左文驰不紧不慢地说："我了解到，这隐形眼镜的反光会随时间而变化，白天是蓝光，到了夜晚就会转换为红色，正如你此刻眼里的红芒。"

司马昂依旧沉默，他静静注视着左文驰，目光中的红芒如同一簇火焰在燃烧。

许久，司马昂才终于开口："你是什么时候开始怀疑到我的？"

"就从你打伤许老头，又对我追杀时，我才注意到了你眼中的光芒。虽然你很巧妙地利用长发隐藏了你的脸，但你的目光却无法躲藏。"左文驰迎上司马昂目中红芒，"还有，那次你本有机会一刀刺死闪电，但你却没有，只是刺伤了它的后背。你之所以这么做，是因为你知道

闪电是沈莎莎所养的猫,你不忍心伤害她心爱之物。"

"你好聪明。"司马昂笑笑,"不过你没有任何的证据。"

"真的吗?"身后哥杭大大咧咧的声音响起,"嘿嘿嘿,我其实一早就到了,藏身在走廊里观赏大花瓶后头暗中监视,我看到你从书房跑出来,又关掉了走廊的灯,接着便一头扎进了梁曼等人待的房间里。"

"林则根本没有刺杀梁曼,杀死梁曼的真凶是你。你趁黑冲入房间里,将梁曼刺倒,我说得对不对?"左文驰一字字吐露清楚,"我已经通过一些可靠的途径查到了,原来你竟是沈莎莎的亲哥哥。你们在父母离异后,各归一方抚养,你因此改了姓名。但无论怎么改变,血缘亲情始终不变,你在调查得知了亲妹妹被害真相后,便开始了你的复仇计划。"

司马昂阴郁一笑:"你既然调查的这么清楚,我也无须否认了。"

"不错,我就是沈莎莎的哥哥。她失踪后的第二天,我发现了她留给我的短信,她说要去和一位心仪的男生说些事情,一开始我也没放在心上。直到后来,我竟然从新闻里看到了妹妹的死讯。她死得那么凄惨、那么无辜,我发誓一定要给予伤害她的人加倍的痛苦。"司马昂面容冷沉。

"最初,我将凶手锁定了林则,林则返校后,我发现了原属于妹妹的那件黄色旗袍。这旗袍就是我送给她的,旗袍本来有一模一样两件,我送给妹妹一件,自己也留了一件。我自幼就喜欢旗袍,跟妹妹两个人还偶尔各穿旗袍照相留念。"司马昂顿了顿,继续说,"当我发现林则身边的旗袍后,我简直要被愤怒吞噬了。我穿上了另一件同款的旗袍,装神弄鬼吓唬林则,林则错以为是妹妹的冤魂来找他寻仇,他倒是宁愿以死谢罪,这点出乎我的预料。我以赎罪为由,将他带出了Z大,但不巧的是刚好被喝得醉醺醺的许老头给撞见了,我担心他口无遮拦，便潜入他的石屋里痛揍了他一顿，让他老老实实守口如瓶。

"可偏偏你又出现，哼，真是逃不掉啊。我便想给你些教训，让你不要再多管闲事。但可惜闪电帮了你，我失败了。"

"然后呢？"左文驰不动声色地问。

"然后，我找了一位催眠高手催眠了林则，想让他吐露出杀害我妹妹的过程，但我发现林则对于我妹妹的死竟然一无所知。那时候，我便怀疑害死我妹妹的凶手另有其人。而此时，跟我交往了一个月的梁曼突然穿着我妹妹的旗袍出现在我眼前，我顿时对她产生了疑惑。"司马昂低头一叹。

"今晚我的生日宴会之后，我在梁曼喝的红葡萄酒里下了安眠药，接着令催眠高手同样催眠了她，才终于得知了妹妹被害的前因后果。我本欲利用患有梦游症的林则当我的替罪羊，所以我给他换上了自己那件旗袍，还戴上了假发，为了逼真可信，我甚至捅了自己一刀。这原本是一个天衣无缝的计划，只是你的出现，打乱了我全盘的布局。"

左文驰望着司马昂手里的照片，倏然问："照片上的这个男孩才是沈莎莎？"

"嗯，她太调皮了，非要性子让我穿上旗袍，而她则女扮男装。"司马昂回忆着欢乐的时光，眼神却一点点暗淡下来。

"你应该走了。"左文驰望着远方星空。

司马昂点头："虽然我的计划被你识破了，但我还是要感谢你。也许，是你帮了我。"

两名警察走上来将司马昂带走，哥杭茫然问道："老左，你帮了他什么？"

左文驰只说了两个字："解脱。"

梁曼经过一整夜的抢救，竟然奇迹般幸存下来，不过等待她的将是法律的严惩。林则平安回来，但他沉默了许多，总是一个人待在角

落里望着远方发呆。司马昂则要在牢房里度过一段时光。

　　风和日丽的周末，左文驰和哥杭在寝楼天台上大啃烧鸡。

　　"我真想不通，梁曼既然知道那件旗袍是沈莎莎穿过的，为什么她还要穿？干脆一把火烧了岂不更好。"哥杭在天台上边嚼鸡腿边叨叨。

　　"因为她想成为另一个沈莎莎，不光是旗袍、男朋友，所有的一切她都希望自己可以取代沈莎莎。"左文驰语气深远，"不得不说，梁曼太疯狂了，最后连她自己都无法掌控自己。人啊，一旦欲望横流，所带来的便是无穷无尽的噩梦。"

（完）

第一章
冥山

  这一次出游山东，几个血气方刚的大学生在老驴友徐峰的带领下，进入到了山东博山地区的冥山里。这里山高林密，有许多未被破坏的原生态景观，还有一些地方是人类从未踏足过的，戴着神秘的面纱。

  张左、歌小明、郑叶、黄淼、金涛是第一次进入到人迹罕至的大山里，既激动又带着不可避免的紧张，多亏老驴友徐峰关心备至，总会在该注意的问题上不厌其烦地同这些大学生叮嘱许多遍，这让张左等人也学习到了很多东西。

  在冥山里行进了一整天，秋日的傍晚大山里起了一层蒙蒙的薄雾，徐峰皱起了眉头。张左是这支五人队伍的队长，他走过来问："徐哥，是不是有麻烦？"

  "嗯，有点，傍晚起雾很难辨清路，更不能盲目地走。"徐峰沉思道。

  "那指南针呢？"张左建议道，"能找到方向吗？"

  "嗨，在这大山里，那东西没多大用处，还不如凭肉眼观察来得可靠。"徐峰想了想说："这样吧，前面树林有一片开阔地，咱们今

晚早点扎营休息，明早等太阳出来了，咱们再出发。"

"行，听你的。"

五个大学生和徐峰一起扎好了两个帐篷，郑叶和黄淼两个女孩子同睡一个帐篷，剩余的四个男人挤一个。女孩们架起了水锅，将矿泉水倒进锅里开始煮面吃。男生们则从背包里翻出牛肉干、饮料还有一些零食分享着吃。

张左将一包牛肉干递给徐峰，徐峰瞧也没瞧道："你们这些城市孩子啊，既然来都来到冥山了，当然得吃些野货。"

"野货？"金涛摸了摸圆滚滚滚的肚子，吞着口水说，"徐哥，这里能有啥野货？"

"兔子、山鸡，运气好了还能碰上野猪。不过你们放心，野猪个头都不大，伤不了人的那种。"徐峰从靴子里抽出了一把短刀，晃了晃说，"刚才来时，我瞅见东头有个兔子窝，你们等我半小时，我给你们开开野荤。"

"好，好。"金涛立刻点头，张左跃跃欲试，"我们几个男生也跟你去吧。"

"不用，抓几只兔子而已。当年在大兴安岭我一个人还抓过野鹿呢，你们原地好好待着就行。"徐峰走了两步，又转过头若有所思地说："记住，千万可别乱跑，这冥山里并不算安全。"

张左看着神情有些奇怪的徐峰走远，不知为何，他心里隐隐有了一丝不安和焦虑。

天色越来越暗了，雾却没有消散的迹象，视线之内的光影都浮着一层灰白色雾气，像是会变形的脸。深山老林里各种各样的野兽叫声渐渐多了起来，两个女孩抱在一起，眼神胆怯地环视四周。

"徐哥咋了，说半个小时，这都过了一个小时了，还没回来。"歌小明迟疑道。

"雾这么大，天这么黑，那兔子肯定也不好抓，再等等吧。"张左说。

"对，再等等，再等等。"金涛还一心盼望着徐峰能抓回野兔，想象着烤得金黄酥嫩的野兔肉，这胖子忍不住又吞口水。

五个大学生就守在火堆旁等候徐峰，不知过了多久，歌小明打了个哈欠："张左，徐峰是从哪里找来的向导？"

"他是我一个师兄介绍的，师兄夸徐峰可厉害了，全中国最危险最神秘的高山密林他都钻过，而且他也带过很多支探险驴队。噢，他还是一名退伍军人。"张左说。

"听上去挺牛叉。喂，你们觉不觉得周围越来越冷了？"歌小明搓着双臂，"我看还是去帐篷里等吧。"

"嗯，我好困了。"郑叶睡眼蒙眬地说，黄淼也同意。

"你们先进帐篷，我在这里等。"张左给火堆添点柴火，讷讷道："火得烧着，要不然他找不到咱们。"

"好，你累了再叫我跟你换班。"歌小明转身进了帐篷。金涛像是终于放弃了烤兔肉，跟张左摆摆手，也爬进了帐篷里。

没多久，男生帐篷里便传来了此起彼伏的呼噜声，女生帐篷里也没了动静，估计也睡着了。

张左看了看手表，晚上九点半，他心里不安的情绪越来越严重。

徐峰会不会出了意外？张左必须尽早下一个决定，自己五人是跟随徐峰进入冥山的，如果他遭遇不测，那么究竟应该救援徐峰，还是原路返回，再联系相关部门进行救援工作？张左环视周围寒冷的树林，心里逐渐倾向后者。

"咔嚓。"张左听到树枝被踩断的声音，顿时来了精神，徐峰回来了。

过了很久，张左也没有看到徐峰走出树林，他尝试着朝发出声音的方位喊了句："徐哥，是你吗？"

一片死寂。

恍恍惚惚中,张左好像看到有个人影伫立在一棵大树背后,看身形像是徐峰。张左又喊了两声,人影不回应。张左摸着了手电筒,又抓起烧火用的一根木棍,缓缓走向树林里。

"哧!"张左用木棍挑开了落下来的枯枝,才发现大树后的并不是个人,而是缠绕着树体的一株蔓生植物,形状从远处看来有点人的轮廓。

张左自嘲地笑了笑,就在此时,一滴液体溅在张左头顶,顺着发丝流到了他的额头上,冰凉凉的。

张左顺手一摸,鲜红的液体,天啊,是血!

张左猛地抬头,头顶树上缠绕着一个东西,说是东西,因为张左实在不知该如何形容它。它身体像蛇一样盘绕着树枝,前端生着一张脸,但这脸上没有完整的五官,只有一张嘴,还有一只独眼。此刻独眼正死盯着张左,那眼里射出了凶恶的目光,恨不得立即扑下来将张左撕碎。

"啊!"张左脚下绊住险些跌倒,他连滚带爬地冲回营地,恐惧让他渴望得到同伴的帮助。他大声呼叫着同伴,同时拉开帐篷。

惨不忍睹的场景让张左触目惊心,四名同伴都使劲瞪大了一双眼珠子望着虚空,表情恐怖绝望。他们满身血污,身上数不清的伤口,张左顿时感觉天昏地暗,一步步退了出来。

身后触碰到了一个冰冷的物体,张左缓缓转过头,是那怪物!

怪物咧开大嘴,张左看到那数不清形如刀锋的牙齿割向自己的脖子。

"不要!"张左惨呼,更多冰冷的液体溅落在自己脸上,他疯狂地擦拭,到最后才发现并不是血,而是透明的液体。

张左缓缓抬头,天空下起了雨。

一个冗长阴森的噩梦醒来了。

时间已经到了次日黎明时分,雾气消散,但下起了雨,徐峰还是没有回来。篝火被雨水浇灭,张左感到浑身冰冷。

张左叫醒了同伴,五个人简单吃过早饭,一个个都无精打采,身体尽可能地缩在衣服里。歌小明犹豫道:"张左,徐哥该不会出事了吧?我们怎么办?"

"撤,按原路离开冥山,然后找人来救援徐峰。"

"我也觉得这样做稳妥,我们不熟悉这里的环境,贸然营救很可能适得其反。"歌小明点点头。

五个人收拾完行装,按照原路返回。张左早有准备,在进入冥山后,他就一直留心路线,用铅笔在本子上标注记录。五个人便按照路线,开始往回走。

走了大约三个小时,五个人已是大汗淋漓,望着看似遥遥无期的幽深密林,互相鼓励着继续走。

走了四个小时,五个人的脸色都变得苍白难看,张左再三确认了路线,目光迷惑,然后继续走。

走了五个小时,时间到了中午,五个人都已经筋疲力尽。

张左停下来,摇了摇头:"我们迷路了。"

"怎么会迷路?你不是标记了路线,我们也一直照着走的。"黄淼急得快哭了。

"黄淼,你别担心,总会有办法的。张左,对不对?"郑叶信任地望着张左,张左感激地点了点头:"对。"

张左脑中一闪,忽然想起了徐峰离开时,那隐晦怪异的表情。

难道这座冥山之中隐藏着某些令人意想不到的危险?

第二章
白石村

就在大家一筹莫展时,到了下午两点多,他们意外地发现了一座冥山深处的小山村。小山村坐落在一片群山环抱中的开阔地上,山村的屋子都是用一色褚红老杉木所建造的。在村口有一座斑驳的石碑立在土里,上面用古拙的字体写着三个字——白石村。

五人高兴坏了,跑进村子里。白石村的村民不多,他们看到五个突然闯入的外来人后,除了一开始有些微微惊讶的表情,很快他们就各自回归到平静安然的生活状态里去。

这里的村民脸上都挂着一副冷漠的表情,那种冷漠不同于张左以前所见过的,是一种从里往外的冷酷和漠不关心,就仿佛他们的心不是血肉做的,而是冰冷的石头。

张左找到了白石村的村长。

老村长满头银发,颌下留着灰白胡子,拄着拐杖坐在门口。他身边还蹲着一个五六岁的小男孩。

小男孩眼珠子骨碌碌直转地瞧瞧张左等人,他反倒是张左一行人踏入白石村后,见过的最有生气的一个人。

"您好,村长。我们是来冥山探险的大学生,不小心迷路了,您可以帮帮我们吗?"张左语气诚恳地说。

老村长瞅着五个人,许久缓缓点头:"你们不应该随便进入冥山的,这山里迷雾毒瘴很重,十分危险。我是可以帮你们,但今天恐怕不行了。"

"为什么呀?"黄淼眼圈红了,她好想回家。

老村长指指天空,张左这才发现头顶乌云密布,厚重而庞大,大雨像随时都会倾盆倒下。

"那我们能在白石村借住一晚吗?我们可以付钱。"歌小明询问。

"钱?"老村长摇摇头,"那东西在这里没用。"

"你们可以住下来,晚一点我会给你们安排住处。"村长爬满皱纹的脸孔第一次展露出笑容,但就像是刻在寒石上的碑文,让张左等人觉得这笑容莫名怪异。

天黑之前,村长给五个人分别安排好住处,两个女生住进村长家的木楼里,三个男生则被安排住进了村民屋里。

到了晚饭时间,老村长亲手给五人熬了一锅热气腾腾的肉汤,刚端上来,金涛就被肉汤的香气给陶醉了:"真香啊,光闻就知道这是极品美味!"

五个人也分不出熬的是什么肉,总之入口即化,而且汤里带着一股浓得化不开的经久沉香。这种香气张左从来没接触过,闻着叫人飘飘欲仙。

大快朵颐后,五个人很快哈欠连天,各自回到安排好的落脚处睡觉。

张左躺在床上,却辗转反侧无法入睡,心里那股隐隐不安又开始涌动,仿佛有一块巨石压在心头,让他喘不上气来。

还是尽早离开得好,张左想着想着眼皮子终于熬不住,缓缓合上。

明天会一切顺利吗?全未可知,至少对于郑叶来说是的,因为她的今天还没有过完。郑叶迷迷糊糊从梦里醒来,手机上显示的时间是深夜11点45分,她是被一阵奇怪的声音吵醒的,"刺啦刺啦"像烧木柴的响声。

郑叶看了一眼睡在旁边的黄淼,睡梦里黄淼眉头轻皱,她一定在梦里想家了。郑叶心里难受,她爬了起来,想走出木楼呼吸两口新鲜空气。

木楼外,那阵怪声又来了,就来自木楼东南角。郑叶瞧见了那边隐隐约约的灯光,到底是什么声音,郑叶十分好奇,稍做迟疑,她还

是走向了东南角。

深山里的路弯弯转转，稍不留神就会陷进黑色的泥坑里，东南角出现一间用整齐白色石头垒成的屋子，"刺啦刺啦"的声音就从石屋里传出来，郑叶有些吃惊，原来白石村也是有石屋的。

"请问有人吗？"郑叶友好地问了声，轻轻推开石门。

郑叶大吃一惊，石屋里竟然坐满了人，所有的人都几乎一个姿势端端正正坐在小石凳上。石屋里摆着一部投影机，所有人都在看从投影机里投出来的画面，郑叶也不由得瞪大了眼睛。

投影机出来的画面只有大片大片的黑白条纹，互相扭动缠绕，这些人盯着这些条纹，眼睛眨也不眨地看，他们到底在看什么？

郑叶忍不住拍了拍一位少女的肩膀："你们在看……"

少女猛地回过头来，空洞洞的眼睛里只有眼白，没有眼珠子。

"啊！"郑叶尖叫一声，叫声吸引了所有人的注意，他们齐刷刷地回头，所有人的眼睛里都只有一片凄惨的白色，如同一双双阴毒的鬼眼盯死了郑叶。

郑叶回身想跑，但石门"砰"的一声重重地关上。

张左醒了，他再次从噩梦中惊醒，他梦见血肉模糊的徐峰从密林最深处朝他走来，嘴里嘟嘟囔囔地念着一个字："逃！"

"呼！"张左吐出一口气，很快他听到了一声尖叫，感觉像是郑叶。

难道她遇到了危险？对于温柔可人的郑叶，张左不可否认有好感。

张左将背包中的一把小刀藏在袖子里，走出了木屋。

尖叫只有短暂的一瞬，张左不免怀疑自己是不是听错了，张左一拍脑袋："这笨的，直接上老村长家瞅瞅，确认郑叶安全就行了。"

但天底下的事偏偏总爱出人意料，一贯以方向感强自居的张左竟然辨不清方向，找不到老村长家。而且神经有些敏感的张左还闻到了一股淡淡的……血腥味。

这是一座尖利的木楼，四周悬挂着石刀、石斧一类的工具，张左一路闻来此地，鼻间的那股子腥膻味更重了。

蓦地，张左听到一声闷响，像是有东西被狠狠砸在了桌上。

张左猫着身子躲在窗下，偷偷朝里窥视，木楼里有一张巨大的石桌，桌子上此刻摆放着一大块血淋淋的肉，看不出来是哪种野兽的。

一个身形彪悍的男人提着一把锋利的石刀走向肉块，他望着肉出了好一会儿神，动也不动，就像是瞬间石化了一样。

张左都快以为这男人站着睡着了，突然间，男人扬起手里的石刀狠狠地剁下，肉末四下里飞溅。他从肉里揪出了一截没用的内脏，嗅了嗅，随手扔出了窗外，正朝张左飞来。

张左反应神速，那内脏贴着他耳边飞到了地面的一个水池子里，张左这才注意到了身边竟然还有一个水池。水池里浑浊不堪，上面漂浮着一层黑色污垢。张左咬了咬牙，把手摸进了水池里，入手的是一截软乎乎、滑腻腻的东西。

张左马上联想到了那些令人恶心的内脏，连忙松手。很快，他又摸到了别的东西。

从水池里捞出来的是一把匕首，张左的眼皮子剧烈跳动。

他将匕首翻过来，匕首的背面刻着一个人名——徐峰。

张左脑子一下子空了，嗡嗡直响，好一会儿，他才能重新思维。但是彪悍的男人、不知何种野兽的肉块、浑浊的池子，还有徐峰的匕首，这几件事串联在一起，一个令张左毛骨悚然的念头跃然而出！

难道徐峰已经遇难了，而且还被白石村里的人剁成了肉……张左蓦地回忆起晚上所吃的那锅香喷喷的肉汤。

张左忍耐不住吐了两口酸水，木楼中的男人听到外面有声音，走出来冷声问："哪个想死的跑来了？"

张左藏在野草里，借着暗淡的月光，他看到站在门口的彪悍男人，一双眼睛里竟只有眼白，没有眼珠子。

我的妈呀，这究竟是个什么鬼地方！

"啊！"又一声女孩子的尖叫从白石村某个方向凄惨地传了出来。

第三章
阴森陵墓

"张左。"

张左终于感觉到了一丝安心，他见到了歌小明和金涛。

"怎么只有你们两个，见没见到郑叶和黄淼？"张左十分担心。

"我去老村长的木楼找了，但没找到人，那个老村长也没瞧见。"歌小明神色变了变，张左看出来他藏着事："小明，到底怎么了？"

"张左，我和金涛发现了一个很奇怪的地方，甚至有些可怕。"歌小明同金涛交换了一个眼神，金涛重重点头："就在歌小明住处的后面，我们见到了一座坟，很大很大的坟，像电影里的陵墓一样。"

"陵墓？"张左右眼皮直跳。

"对，而且我还听到里面有人的呻吟声。"歌小明说着，不觉起了一身鸡皮疙瘩。

"你们说郑叶和黄淼会不会被抓进了陵墓里？"金涛声音禁不住颤抖起来。

"陵墓在哪儿，赶紧带我过去。"张左心绷紧了，焦急道。

三人急匆匆地来到了歌小明所说的那座陵墓。

陵墓用白色的大理石建成，外面有一圈石杆，石杆上雕刻着一些古怪神秘的图案，像是地狱里的群魔脸谱。每一只恶魔的眼睛里都弥散着恐怖的眼白，没有眼珠。

张左感觉所处的环境越来越惊险了，必须马上找到两名女孩，然后一同离开这里。

陵门在陵碑后面，三个人用尽力气推开了沉重的陵门，露出了一条阴森森的连接地下的黑色石梯。

"下去？"金涛心里有些打鼓。

歌小明目光投向张左，张左紧抿嘴唇，用力一点头："下，不过得留一个人在上面把风。金涛，就你留下吧。"

金涛松了一口气："好好好，我这腿肚子正打转走不了道，我就留下给你们把风。"

"小明，你敢不敢跟我一起？"张左望着黑黢黢的入口，心里也有些发毛。

"嘿，我不下去，你小子还不吓死在里头。别废话了，争分夺秒。"歌小明不想让张左一个人冒险，决定共同进退。

两个人举着手电筒，一步步深入诡异陵墓。

往下走了约莫十分钟，陵墓内的空间豁然开阔，这让张左有了一种错觉，仿佛这条黑色石梯的尽头是非人间的另一个世界，黑暗与死亡的世界。

"吼！"巨大的吼叫声从下方传来，歌小明浑身一震："就是这种狂吼声，我和金涛就是被它给吸引过来，才发现陵墓的。"

"似乎是人的叫声。"张左沉思着说，两人继续往下走。

"张左，快看，这儿有血！"歌小明发现了石梯角落里的血迹，血迹还未干透，说明刚留下不多久。

张左脸色凝重："我们得赶快。"

又过了五分钟，黑色石梯终于走到了尽头，一条地下河流从石梯底部一侧流过，延伸向更加漆黑阴寒的地方。地下河里翻滚着一些东西，张左定睛一瞧，是白骨，数不清的白骨。

石梯底部另一侧是一道巨大的石门。

歌小明无论怎么用力,石门都纹丝不动。

"没用的,石门上锁了。"张左指了指石门下一把锈迹斑斑的大铁锁,大铁锁足有十斤重,仅靠张左和歌小明两人根本拿它毫无办法。

歌小明沮丧道:"这可怎么办?"

张左此时也心急如焚,郑叶、黄淼是否被白石村人关进这骇人的陵墓深处,是否就在这扇巨大石门的背后?石梯上的血迹又是不是她们所流的?这些都是未解之谜,而现在一把大铁锁将所有答案都隔绝在了彼端。

"呜呜呜,啊啊啊……"一阵阵哭声、呻吟声、尖叫声从石门另一头传来,张左决然道:"不管是不是黄淼和郑叶,总之门后有人被困,我们得救人。"

张左摸出了小刀,用手电筒照着,用刀尖在巨大的锁眼里拨弄着,一分钟,三分钟,十分钟过去了,大铁锁依旧锁死。

"这行吗?"歌小明表示怀疑,"你是不是香港电影看多了,拿刀子捅锁不算个法子吧。"

谁知歌小明话音刚落,只听"咔嗒"一声,大铁锁被打开了。

一股无法形容的恶臭扑面而来,混杂着腐烂、潮湿、排泄物的臭味险些将两个人瞬间熏到。歌小明赶忙捂住鼻子,连连摇头:"这也太臭了。"

"而且太黑了。"石门内完全见不到一丝一毫的光亮,两人站在门口,仿佛凝望着无尽深渊。

"郑叶,黄淼?"

"她们可能无法呼救,还是得走进去看看。"张左想了想对歌小明说,"你就留在门口接应我,如果我遇到了危险就立刻回头冲出来,你等我冲出来的时候,赶紧把门关上。"

"明白了，那你自己小心点。"歌小明神情凝重。

"放心，我有护身武器。"张左扬起那把小刀，故作镇定地笑了笑，然后缓缓走进似冻结了无尽黑暗的石门之中。

张左大气都不敢喘，也不知走了多久，身边的空气都变得诡异阴冷。有呼吸声突然从张左脖后轻轻吹来，张左连忙将手电筒的光打过去。

那里没人，只有一块突出的青石，青石后面好像有什么东西。

张左走近一看，原来是一大块带血的肉被丢弃在那里，腥臭腐烂的味道像飞虫一样钻进了张左的鼻孔里。张左发现这大块的肉很像是彪悍男人切下来的肉。

难道彪悍男人把肉切了，然后丢到了陵墓里，莫非这阴风阵阵的地下陵墓内饲养着某种野兽？张左看看四周弥漫的黑暗，倏然，刚刚那阵呼吸声再次响起，而且就在……自己身边。

"谁！"张左判断准了方位，手电筒的灯光打在了头顶的石壁上，一张像涂了面粉一样惨白色的脸瞬间而现。这张脸无比丑陋恐怖，三角形的尖脑袋上没有眼睑，只有凸出来的眼睛，眼里没有眼珠子，只有大片混浊的白色。一张长满了倒刺般牙齿的大嘴，嘴上沾满了碎肉，裸露的四肢上覆盖着浓密的毛发。

这怪物被张左手电筒光一照，怪叫一声，迅速蹿上了一根石柱的顶端，对着张左瞋目裂眦地嚎叫。

逃！张左心中只此一个念头，突出的石头上嗖的一声也蹦出了一只相差无几的怪物。那怪物盯着张左，发出类似痛苦呻吟的声音。只一眨眼的工夫，在这黝黑的陵墓中又有七八只怪物露面了，它们有的还抓着大块的肉在往嘴里填。

张左没命地冲向门口，但随即，他听到了身后铺天盖地的嘶吼声包围了自己。不过怪物似乎十分惧怕手电筒的灯光，张左不时拿光照一下身后，就有怪物传来一声惨叫，然后逃开。

出口就在眼前，张左一口气冲了出来，然后大喊："关门！"

"砰！"门被歌小明重重地关上了，而就在关门的一刹那间，两个人都清晰听到了门后沉沉黑暗的一隅传来一声撕心裂肺的叫声。

"啊，不！"

这绝对是人的叫声……张左双腿发软，脑子里突然冒出来一个可怕而诡谲的念头——难道门后这些狰狞可怕的东西，不是怪物，而是人？

第四章
诅咒之病

郑叶悠悠醒来后，发觉自己躺在一间黑暗的小屋子里，黄淼也在自己身边，她摇醒了黄淼。屋子里还有其他人，也是三个年轻的女孩，她们毫无声息地坐在角落中，眼神空洞地望过来。

"你们是谁，这又是哪里？"郑叶问三个女孩。

房间里弥漫着一股怪味，像是刺鼻的草药味，吸入后让人昏昏欲睡。

郑叶问了几遍，都没有人回答她。

小屋子的门上有一个四方小洞，门外有人将饭菜递了进来。三个女孩突然如疯了一样扑上去争抢食物，她们披头散发面目凶狠的模样，让郑叶和黄淼感到一阵恐慌。

三个女孩抢走了食物就又缩回角落里，利用黑暗将自己面容藏了起来。

"她们是疯子？"黄淼害怕道。

郑叶摇摇头，终于有人说话了："她们不是疯子，她们也跟你们一样。"

声音来自门外，郑叶望去，一个黑影隔着门缓缓道："她们也是迷了路，然后辗转来到了白石村，最终就留了下来。"

"她们为什么不走？"郑叶眼神一凝，突然说，"我听出来了，你是老村长。"

"是。"门外的人说，"我姓师，名叫师夒。她们为什么不走，这个问题我得慢慢告诉你。但首先，让我告诉你白石村的由来。"

"白石村的由来？"

"对。"师夒嗟叹道，"白石村的祖先源于春秋鲁国的大家族师夷族。春秋末年，战祸不断，鲁国贵族为躲避战乱带着所属的家族或逃入他国，或潜入深山隐世。白石村正是师夷族隐世的一支，如今已有千年了。"

"唉。"师夒再叹气，"隐世的生活维持了千年，师夷族的后人渐渐习惯了与世无争的生活，即便到了和平时期，也很少有人外出。但后来不知为何，族人中间出现了一种怪病，开始是垂暮老人们发病，后来蔓延到了体弱的婴孩。发病的症状最初是眼中只余下空洞的眼白，而且皮肤会变得像石头一样坚硬。后期发生异变的话，人便如返祖一般，脑袋退化成三角形，四肢覆盖毛发，性情凶残无法自控，最严重的是失去了所有情感的记忆，变成了冷血的野兽。而自从出现了这种怪病后，有些年轻人就逃离了村子。不过无论他们逃到哪里，这怪病还是会发生，久而久之就没人再逃走了。

"如同一场千年的诅咒，每代白石村的血脉里都有一半以上的孩子死于这种怪病的折磨。"师夒痛心道，"到了最近一百年，我们才渐渐了解到，这种怪病属于遗传病，白石村的村民或近或远都有一定的血缘关系，所以后代产生突变遗传病的概率十分高，而这种遗传病又一代代遗传下来。

"五十年前，白石村里还有二百余人，但到了今天就只剩下七十多人了，大部分人都死于这无药可救的遗传病。"

"那你把我们关起来……是为什么？"郑叶胆战心惊地问道。

"嗐嗐，嗐嗐。"师夒声如夜枭般尖笑，"我是一村之长，也是

这一代师夷族的首领。我不允许这样一个千年家族在我手中消失,我要让它存续下去。

"而唯一的手段就是为这个家族补充新鲜血液。"

"你想让我们永远留下?"郑叶心中一颤。

"你说对了。"师夔沉声道,"不要怪我,这是你们自己送上门的。"

"不要,我不要留下,快放我们出去,放我们出去啊!"黄淼疯狂扑上来捶门。师夔转身走了,临走前说:"好好看看你们身边的人,她们就是以后的你们。"

郑叶和黄淼茫然望着黑暗四周,门缝渗透进来的丝丝光线里,三个女孩起身走出了角落。郑叶和黄淼惊恐地看到,三个女孩的眼睛里全是凄惨的眼白,没有了黑色眼球。

她们的身体一耸一落,仿佛石头一样僵硬。

"她们就是以后的你们。"郑叶心惊地重复着师夔所说的最后一句话,她用力拽住黄淼颤声道,"我们不能变得跟这些人一样,我们必须逃走。"

"金涛人呢?"当张左和歌小明返回地面后,却没有看到负责放风的金涛。

"嘘。"张左突然拉歌小明藏起来,陵墓外几个高举火把的白石村村民匆匆跑过。张左听到有人说:"快一点,那个男孩跑去村口了,绝对不能让他逃出村子。"

张左和歌小明对望一眼,张左小声道:"跟着他们。"

白石村石碑前,金涛气喘如牛地跑着,一边跑一边讷讷自语:"张左、歌小明、郑叶、黄淼,你们等着我,我去找人回来救你们。"

金涛刚跑出村外,一道凌厉的白光从他身后飞射过来,白光"噗"的一声穿透了金涛胖胖的身躯,将他钉在地上。

七八个面无表情的白石村村民走过来,一个村民把长石削成的石枪利落地从金涛身上拔出,而后冷漠道:"死就死了吧,就把他扔进祖墓里去喂那些变异的阴人。"

"金涛。"歌小明暗中看到了一切,他目眦尽裂,牙齿咬得咯咯作响,"他们杀了金涛,他们杀了他……"

"我知道。"张左强忍悲痛,咬牙说:"金涛的死,早晚一定要让这些人付出代价。但我们当务之急是要救出郑叶和黄淼。"

"我们连她们在哪儿都不知道,要怎么救?"歌小明神情恍惚,"这些人都是魔鬼,这个村子简直就是地狱。"

"就算是地狱,我们也要闯进去。"张左目光坚定道。

第四章
阴人

白石村最隐蔽的一座小木楼里,外表看似普普通通,里面却供奉着师夷族历代祖先灵牌,师夔跪在地上不住念叨:"我一定会守护白石村,守护千年传承的师夷族血脉,还望祖先在天之灵庇佑。"

"不好了,村长。"有人冲进来,目光惊慌地大喊大叫,"火,村里着火了,好大的火!"

大火最先从村长家的木楼开始烧起来,因为村中都是老杉木的屋子,山风一吹,半个白石村都烧成了一片。

师夔双眼冒火,苍白胡须抖动着:"快救火,救火!"

而就在白石村的人想方设法救火之际,张左和歌小明藏身暗处,冷眼瞧着。

歌小明十分解气地说:"张左,还是你有办法,真痛快。"

"放火不是正人君子该干的事情,不过眼下也是情非得已。"张

左细心观察,"趁他们全力救火,我们去救人。"

"你知道郑叶和黄淼被关在哪儿吗?"歌小明担忧道。张左抿着嘴,冷静判断:"我暗中观察到村西头的那间石屋,一直都有人把守,就算着火了,守门的人也没擅自离开。我猜郑叶和黄淼就在里头。"

张左和歌小明潜行来到村西头,石屋外果然站着一个守门男人,他警惕地望着四周。歌小明眨眨眼:"这家伙交给我了,让你瞧一瞧我这两年空手道不是白练的。"

师夔此刻正一脸铁青地望着桌上的东西,这东西是从最先起火的废墟里发现的,是一小片还未烧尽的衣服。

"不好,上了那两个小娃子调虎离山的诡计。"师夔眼底冒着寒光,"赶快把石屋里的人带过来,不计死活!"

郑叶开心激动地拉着黄淼跑出白石村几千米,才停下来背靠大树使劲喘气。

"张左,谢谢你们救我和黄淼出了魔窟,那地方太恐怖了。"郑叶对张左露出一丝笑容,但望向来时方向还是心有余悸。

"对了,怎么没看到金涛?"黄淼发现少了金涛。

歌小明悲痛地将金涛遇害一事告诉了两个女孩子,黄淼伤心流泪道:"金涛太可怜了,那些白石村的人就像是一群冷血无情的禽兽。"

"先别说了,我们还处在险地,必须尽快逃命。"张左提醒同伴。

"你们哪里也去不了,只有一条路等着你们,那就是地狱。"阴森的说话声不知从何处飘来。

张左等四人神情一僵,张左惊愕道:"怎么可能这么快就追上了?"

"哼,你们对白石村还是知之甚少。"师夔刺耳沙哑的声音就在周围,"虽然恐怖的遗传病带走了无数师夷族人的性命,让视觉退化,不过它同时也赋予了幸存下来的人无与伦比的强大听觉和嗅觉。"

"不管你们跑多远，凭借着耳朵和鼻子，我们一样可以把你们抓回来。"

"天啊，怎么会这样？"歌小明像听天书一样，嗖的一声，一支长箭射中了歌小明的肩膀。歌小明疼得冷汗直冒，白石村人纷纷追来，歌小明一把推开张左大吼，"你带着两个女孩先走，我挡住他们。"

"不行，他们人太多了，你不是对手。"张左拉起他一起逃跑。

"张左，你少废话，你想让所有人都死在这里？"歌小明带着一股不容反驳的悲壮表情，张左默默点了点头，一手拽着一个女孩跑远了。

几分钟后，身后传来一声声嘶声惨叫，张左已分不清这惨叫属于歌小明，还是白石村的人。

三人慌不择路地逃跑，郑叶和黄淼不慎落入了泥潭里，爬不上来。张左立刻抽出了皮带，扔给郑叶："抓住皮带，我拉你们上来。"

郑叶刚抓住皮带，突然惊声尖叫起来："张左，小心后面！"

张左还没来得及回头看清楚，一道黑色棍影就砸在了他后脑勺上，张左眼前顿时陷入一片黑暗，失去了意识。昏昏沉沉不知多久，张左醒转，他看到自己烤猪一般被绑在一根粗木上，两个白石村村民抬着自己走。师夔则走到最前头。

果然再次落入了魔爪，张左心灰意冷，他唯有希望郑叶和黄淼可以安然无恙。

阴霾的天空，洒下了细雨，冰冷的液体同张左肌肤相接，两个挑着张左的村民交谈着。

"另一个人呢？"

"死了，也被丢进祖墓里喂阴人去了。"

"唉，一想到这些阴人我就心酸。上个月，师康的女儿也变成了阴人，差点把师康的脸给抓烂。"

"这诅咒之病每一年都会让身边的亲人变成非人非鬼的怪物,还不如直接痛快死掉得好。我们不光要捕猎喂食它们,还要戒备它们凶性爆发。"

"别说了,到村了。"

师夔望着白石村一片狼藉凌乱的景象,眼神里充满了杀意。他走到张左身旁,冷森道:"孩子啊,这世上每个人都要为自己所做的事负责任。"

"杀了男的,把女的关进石屋。"师夔下令。

张左没力气再说任何话,他也知道说什么都是无用。

"族长,我求求你,求求你。"一个白石村女人跪在师夔面前,痛哭流涕,"师清还太小了,你不能把她丢进祖墓里啊,她才八岁啊!"

妇人哭得撕心裂肺,师夔的脸色阴沉下来,朝着一个男村民厉喝:"师明,还不拉走她。"

人群里一个四十岁左右的男人缓缓走出来,他空虚的眼里,眼白一点点挤占了眼球的空间,最后只剩下一片凄白色。张左发现,天一旦黑下来,白石村中的人就会变成只有眼白的怪人。

师明扑通一下也跪在师夔身前:"族长,我的儿子已经被送进祖墓了,师清是我唯一的孩子了,我不能……不能再把她也送进那片暗无天日的地底坟墓。"

"你想违背祖训。"师夔咆哮。

"我不敢……"

"你应该清楚,凡是异变了的阴人,要么就送进祖墓自生自灭,要么就乱棒打死。"师夔喝声道,"你既然不愿意送师清下坟,那就只能乱棒打死。"

一个七八岁的小女孩被从人群中推出来。张左望去,这个名叫师清的小女孩脸骨变得尖锐,双手上长满了毛发。她对着师夔露出了野兽般锋利的牙齿，让人不寒而栗。

"杀了她。"

师夔一声喝下，白石村村民面面相觑。

师夔怒不可遏："你们要造反吗？还不动手。"

终于有人动了，粗重的木棍举起在了小女孩头顶。

"别打她！"张左猛力挣扎，竟从绑住的粗木上滚下来，他扭动着身躯挣扎着来到小女孩身前，极力保护，"你们还是不是人，就算她有病了，她也是你们从小看大的孩子呀！你们真要活生生打死她？"

所有人都沉默了，只剩下师夔沉重的喘息声。

"如果她不死，那就是整个白石村的人就得死。"师夔声如寒冰，"白石村要延续下去，师夷族不能在我们这些人手里消亡。"

"动手！"

张左横身挡在小女孩师清之前，但他并没有等到棍棒加身。

因为白石村村民都把脸转向了一个方向，张左也转了过去。

一个，一个，一个，一个……数不清的阴人从祖墓方向狂奔冲来，它们带着滔天气势，不可抵挡。

第五章
凛凛杀意

咆哮，怒吼！

当那些被关押在祖墓内几年十年，甚至几十年的阴人重见天日的一刻，也宣告了白石村的覆灭。白石村的人争先恐后地逃命，一眨眼白石村就变成了一座空空荡荡的死村。

师夔缓缓转身，很奇怪，没有一个阴人对他下手。

师夔走到了隐蔽的木楼中，跪地仰望高高在上的祖先灵牌，突然

笑了："六十三年了，六十三年……压在我肩膀上的这副重担，卸了！"

师夔用一块尖锐的石刀结束了自己的生命。

张左趁乱摸出藏在怀中的小刀，割断了绳子，然后救出了郑叶和黄淼，三个人正想逃离，突然听到有人在叫他。

"张左。"

叫他的竟然是歌小明。歌小明手捂着腰，腰上有一道血口子，还在往外淌着血，但所幸不是关键部位，应该不会伤及性命。

"歌小明，你没死啊，太好了！"张左激动得眼泪都流出来了。

"岂止我没死，你没死也多亏了我。"歌小明爽朗一笑，"我跟这些阴人谈判，我放它们出来，它们保护我们安全离开。"

"真有你的呀。"张左拍了拍歌小明胸口。

"那是，我可并非一般人。"歌小明正待显摆一下自己，猝然，涌入白石村的阴人们驱赶走了村民，齐齐掉转视线凶恶地望向了张左四人这边。

"喂，歌小明，你确定你谈判成功了？"张左心跳狂跳，"我怎么感觉这些阴人并不怎么友好。"

阴人首领冷漠地伸手一挥，成百上千名阴人如兽潮般似要将四人湮灭。阴人即将行凶之时，小女孩师清似感恩张左刚刚舍命相救，此刻跳出来挡在了张左身前。

阴人首领望着师清竭力相护张左的举动，他迈着大步走过来，用钉子刺骨一样碎裂的声音，一个字一个字地说："你们可以……不死，但必须……永远留下来。"

张左像被吓蒙了，下意识地点了点头。

阴人首领满意地露出一丝瘆人的笑意。突然间，张左飞快将小刀刺进了阴人首领的腹部，阴人中爆发出一阵响天震地的嘶吼咆哮。

张左趁着阴人群龙无首之际，拉上其余三人快速逃进了祖墓里。

郑叶望着仿若直通死亡深渊的祖墓,绝望地说:"一切都是徒劳,我们无路可逃了。"

"未必。"张左声音颤抖着。

郑叶茫然地看着他,张左笑了,他拉起郑叶的手,紧紧温暖地握住:"听说过绝路逢生吗?"

四人面前是祖墓内那条不知通往何处的冰冷地下河,河水里不时翻滚着凄凄白骨,郑叶眼里掠过一道光芒:"地下河,你的意思是我们可以通过地下河逃出去?"

"对,而且河水还可以完美隐藏我们的气味。"

四人重燃生命的希望,"扑通,扑通,扑通,扑通"相继跳入了冰冷刺骨的河水中。

如此在无休无止的地下河中漂流了一整晚,四人终于在第二天黎明时分,游进了一条地上河流。

张左艰难地将其余三人一一拽上河岸,没多久,他们便听到了人声。

"男生跟我去捡些柴火。"

张左半昏半醒之间看到了几个人,其中有一个人的身形格外熟悉。

"河边有人昏倒了,徐哥。"

"徐哥……徐峰?"张左喃喃出口,终是太过疲惫地昏了过去。

尾章

"醒了?"张左听到了徐峰的声音。

徐峰守在张左身旁,焦急地望着他。张左睁开眼,舔了舔干裂的嘴唇:"郑叶他们……"

"放心,他们在另外一个帐篷里,还没醒来,不过都平安无事。"徐峰凝视张左的表情,"前天我遇到了毒瘴被迷昏了,等我醒转回到营地的时候,你们已经都不在了,你们到底跑去了哪里?"

张左长出一口气,将在白石村的一幕幕恐怖遭遇同徐峰讲述了一遍。

帐篷外有个年轻男生给张左送来了热水,徐峰悄声叮嘱了他两句,男生用奇怪的眼神瞅了瞅张左,然后退出了帐篷。

张左心里突觉一震,那股莫名的不安情绪再次笼罩了自己,为什么还是这样心里难安?张左喝了口热水,对徐峰说:"徐哥,我想上个厕所,麻烦你扶我下。"

"好,你慢一点。"徐峰小心翼翼扶起了张左,张左猛地一转身,两只手掐住徐峰的脖子,徐峰憋得脸色紫红,"你干吗?"

"徐哥,你不应该找救援队营救我们吗?外面那几个年轻人就是你找来的救援?"张左眉毛一挑,"你根本没想过营救我们。"

"胡说!"

"我胡说?"张左冷声道:"冥山山高林密,人迹罕至,白石村的那群疯子即便想要掳人,也得有引诱人们进入冥山的引路人才行。"

"而我在白石村里捡到了你的匕首。"张左目光深冷,"我终于想通了,那天你为什么突然失踪不回,你是在故意引诱我们去白石村,让师夒对我们下手。如果我没猜测,徐峰,你也是白石村的人吧?"

"营帐外面的那些年轻人，你也想把他们送进白石村里。"

"张左，你很聪明。"徐峰阴冷一笑，"你全说对了。"

"徐峰，我告诉你一个值得高兴的消息，你的白石村已经不存在了。"张左突然眼前一阵发黑，徐峰道："我在你喝的热水里加入了足量的安眠药，你只怕撑不住了。"

"我不会让你……再得逞。"张左用尽全力一拳砸在徐峰脖后，徐峰两眼一翻倒下了。张左颤颤悠悠地走出帐篷，他想找到郑叶他们。

帐篷外的几个男生突然大叫起来："野人跑出来了，野人跑出来了！打他！"

"我……不是野人……"张左想说明白，但嘴唇发抖，根本说不出话来。

几个男生扑了上来，刚要对张左一顿拳打脚踢，突然背后有人大喝一声："你们谁想尝尝空手道高手的一掌！"

张左听见这飞扬跋扈的声音，不由得笑了，下一秒钟，歌小明那张大脸就已经凑到了眼前。

"放心吧，有我在，一切OK。"歌小明身后，郑叶和黄淼也一脸关切地冲过来。

安眠药的药劲再也抑制不住，张左闭上了眼睛，不过他相信等他再次醒来，一切将会重回正轨，郑叶会在温暖阳光下微笑地等待他。

（完）

第一章
深眸

遂山层峦叠嶂，季子安的目光透过半山别墅巨大的落地玻璃望向遂山，只看到一片连绵的黑。身后悠扬乐声不绝，今天是季子安第十家分公司成立之日，晚上在自己的半山别墅中，季子安举行了一场盛大的夜宴。宴席之上人来人往，各色各样。季子安透过玻璃望着身后成群结队的人，感觉自己游离于他们之外。

"子安，你一个人在那里想什么呢？"身后一个悦耳生动的声音传来，一只纤纤玉手搭在了季子安的后背，熟悉的温暖感触传遍季子安全身。季子安没有回头，就已经知道来人是谁，柔声道："雅之，我酒喝多了，来这里一个人散散酒力。"

季子安身后之人正是他的妻子林雅之。林雅之关切道："喝得头疼吗？要不要我陪你出去走走？"

"不用了。"季子安回了身，微笑道。

季子安望着自己的妻子，结婚十年，时光并没有夺走她的美丽，反而更添了几分成熟的妩媚之感。季子安收起有些莫名的心乱情绪，挽着妻子的胳膊向厅中走去。

"你们夫妻可真是恩爱啊，真是羡煞旁人！"一个洪亮的声音从季子安对面传来，迎面而来的是季子安的多年老友，也是他生意上的合作伙伴——雷氏集团的主事人雷方。

雷方一张枣红色大脸，泅着几分鲜艳，想是已经喝了不少，身旁是他的夫人。雷夫人搀扶着雷方对季子安抱歉道："子安，不好意思。老雷又喝多了。"

季子安会意微笑，还未开口。雷方不耐烦叫嚷道："什么喝多了，我根本还没喝呢！子安，别听她的，来，我们再喝……"雷方说着，身体却已经摇摇欲坠。

看到雷夫人已经支撑不住雷方，季子安忙着一步赶上去抱住雷方。若是别人在这等高雅的宴会场合上喝得如何烂醉，季子安一定狠狠地教训他一顿，然后请他出门。但雷方不然，他是季子安的朋友、合作伙伴，更甚是兄弟。当初季氏集团走投无路时，是雷方力排众议不顾家族反对帮助了季子安，这才有了季氏如今的产业，这份恩情绝对不是一朝一夕可报答。而雷方这人千好万好，却只有一样不好，就是贪酒，甚至是嗜酒如命！这点，季子安早就知晓，也不见怪了。

"雅之，你先帮我招呼其他客人。我要送老雷回家。"季子安交代一声，雅之关心的找来外套给季子安披上，道："路上小心。"季子安应着，同雷夫人扶雷方出了别墅。

驱车而行，半山盘路飞旋，如同一条剪不断的灰链无穷无尽蔓延开去。车后，雷夫人在照顾雷方，而雷方已经开始发出了微鼾。季子安摇摇头，暗道：下次一定要好好劝下雷方，毕竟不是年轻人了，这般喝酒真要不得。

就在季子安分神之时，车前灯光处突然窜出一条黑影，季子安本能地踩下刹车。随着刺耳的刹车声之后，季子安愕然发现车前黑影竟

是一条硕大的黑狗，这只黑狗的个头比一般狗要大上一倍，牙齿如同一排排尖锐的刺刀露在嘴外，红红似血的舌头不时地吞吐出来。而最令季子安惊讶的是这只黑狗的一双眼睛，令人诧异的不敢相信的双眼，竟是一双蓝色的瞳孔。季子安从未见过蓝色瞳孔的狗，那眼睛就如同两眼蓝色幽深的泉水，透露着无比的深邃和神秘。

一刹那，那这一刻，季子安不由自主地望着那双神秘而诡异的蓝色目光，竟慢慢地似在这蓝色目光中看到了反射而出的自己模样，但那已经不是人，而是一条黑色的狗！一只同样拥有蓝色目光的幽深瞳孔的狗。

自己变成了一条狗。

"子安，子安，你怎么了？你没事吧，子安……"突然有人摇晃着自己，季子安猛的回神，车前空空，什么也没有。黑狗没有，如刀的牙齿没有，鲜红的舌头没有，而那蓝色的瞳孔同样也不存在。

季子安茫然望着紧张关注自己的雷夫人，不自觉地道："大嫂，你看没看见刚才，刚才……"季子安摇着自己的头，不知道自己究竟要问什么，最后只得笑道："看来我也有点喝多了，眼睛有点花。"

雷夫人道："子安，雅之说得对。以后开车可要小心了。"

季子安重新启动汽车，苦笑无语。但那双蓝色的瞳孔却再也无法从他的脑海中抹去，就像是一道明亮的蓝色尖锐，直直刺入了他的心中最深处。

将雷方送回家，再回到半山公寓时已经是午夜过后，遂山一片寂静，静的有些压抑。

季子安走进别墅，里外已经是一片漆黑，只有二楼卧室还有灯光，想是雅之不放心自己还没有睡下。季子安想着，心中一片温暖。仔细算来，商海打拼二十年，自己得到了很多，也失去了不少。现在身边也没有什么亲人了，只有自己的妻子，但自己这许多年来却只顾生意和金钱,却是太少的关心她。季子安心中惆怅,不觉自己竟对妻子亏欠了很多,至少亏欠她一个孩子。季子安知道,其实妻子这么多年来一直想要一个孩子。

季子安走上二楼楼梯,卧室门虚掩着,丝丝柔和的橘红色的灯光透射而出。突然,远处的大厅中传来一阵桌椅摩擦地面的声音,在这寂静的夜中甚是刺耳。季子安神经一紧,停下脚步,暗道:难道还有人没有走?若有人没走,雅之不应该放任不管,而自己去睡下。究竟会是谁?

季子安想去叫雅之,却有些不忍,也许她已经累得睡下了,没必要再去惊动她。季子安反身下楼,打开了厅中的大灯,空旷的一楼大厅客堂,整齐而干净,看来客人走后,雅之一定是收拾过后才睡下的。仔细看过一遍,家具都还是好好的摆在原处,没有一丝紊乱。季子安有些好笑地摸摸额头,自语道:"难道自己真的已经不济了,这点酒就已经醉到幻听的地步。"

季子安再确认一遍之后,伸身关灯,准备离开。就在灯光消失的一刹那,季子暗突然感觉到背后一阵冷飕飕的感觉,那种感觉就像是被人窥视一般。季子安猛地回头,透过窗外幽明的月光,一只偌大的黑影停驻在大厅宽厚的落地窗外,一双诡秘至极的蓝色目光幽幽而冰冷地望着季子安。季子安再一次被这蓝色目光所凝视,竟如同失了魂魄一样,慢慢地走向了落地大窗,走向那黑影,走向了幽深的诡秘之光。

巨大的落地玻璃上慢慢反映出季子安的模样,而季子安惊恐地发现玻璃之上自己的模样竟开始慢慢地变换,一点点的蜕变,黑、白、红、蓝。黑色的皮肤,惨白的牙齿,鲜红的舌头,还有最诡秘的蓝色瞳孔。

"狗!是狗!我是一只狗!"季子安不可思议地叫嚣着,冰冷的玻璃冰镜面之上反映出的身躯竟变成了一只黑色蓝眸的大狗!

"啪!"大厅的灯光重新亮起,灯光之下多了一个人。雅之披着

睡衣不明所以地望着满头大汗目光恐惧的季子安,季子安也发现了妻子。他惊慌地伸手指向落地窗外,但手指方向,空无一物,只有遂山那亘古不变的黑暗。

"子安,你怎么了?"雅之望着举动有些失常的丈夫,关切问道。

季子安摇着头,喃喃道:"我怎么了?我也不知道……"

第二章
狗尸

这一夜无比的漫长和黑暗,季子安站在黑暗中寻求光明。他看到了亮光,不一样的亮光,如同星光,他蹒跚着靠近,再靠近。一个男子宽大的背影停驻在季子安不远的黑暗中,男子似在痛苦的呻吟,不时地转动头颅,似是难过的无法忍受。季子安慢慢靠近,想要看清楚发生了什么。男子猛地转过头来,一张脸上却是空空如洞,一只苍白枯瘦如鸡爪的右手紧紧地抓着一把锋利的匕首。男子将匕首在自己胸口不停地划拉,鲜血汩汩地从伤口上流了出来,却没有沾染在匕首上,而是慢慢地泅上了男子苍白恐怖的脸,渲染成一片鲜红的血色。季子安被眼前一幕吓住了,只觉得腹中一片翻腾,忍不住想要呕吐出来。季子安想要逃跑,远远逃离,但却发现自己的双脚似完全不受自己的控制,如同钉子一样牢牢钉在原地。季子安惊恐不已,他开始呼救,声音很大但在这黑暗中却又微弱不可闻,又会有谁穿破这黑暗来拯救自己呢?

男子突然停止了动作,将匕首从自己的胸口一下拔出,鲜亮而带着一抹异芒的匕首慢慢靠近季子安。季子安觉得自己已经僵硬,仿佛一具待死枯尸,眼睁睁地望着鬼一样的男子举着匕首走向自己,来到自己的面前。那抹光带着死亡的呼唤高高地扬起,如同死神嘴角的微笑,倏地落下。

"啊……"季子安在黎明时分如同鬼哭狼嚎一样大声尖叫。身上的冷汗已经完全打湿了裹住自己的丝被。季子安拼命地喘着气,仿佛方才深陷的梦境,似真的一般。抓起旁边床柜的水杯,季子安几口喝完。喝完水,季子安抚摸着胸口,这才完全相信那不过只是一场梦而已。但这场梦却如此的真实,季子安依稀可以记得那可怕男子血腥恐怖的面庞,还有那高高扬起刺向自己的匕首所带来的刺入心脏的寒冷。季子安不知为什么,突然觉得那男子竟有几分熟识,有点像他所认识的某一个人,又或者那根本就是自己!季子安想着,不由激灵地打了个颤,转过头,这才发现身旁的雅之不在了。

季子安穿鞋下床,想去寻找自己的妻子。"砰"的一声巨响,从楼下门厅传来,接着是一声声嘶力竭的尖叫,季子安听出这个声音来自自己的妻子雅之。季子安冲下了楼。

一楼门厅处,雅之正一个人靠在门后浑身不停地战栗。旁边榻榻米的简易鞋柜已经被撞倒,雅之望着季子安伸出手,颤抖道:"子安……"

季子安将雅之抱在怀里,发觉自己妻子竟是全身冰冷,虽然穿着睡衣,季子安依然可以感觉到妻子那颤抖的心跳。她是被吓坏了。

季子安待雅之稍微平静,这才询问道:"怎么回事,雅之?"

雅之将头藏在季子安怀里,伸出手指着身后的门,带着一丝厌恶道:"门外有……有只死狗!"

季子安心中一震,昨天的所见让他对狗多了几分憎恶或者说是恐惧。

门被打开,一条纯黑如漆的大狗正横尸在季子安家的门口。狗的两只眼睛被挖空了,只剩下两个空洞的圆窝,眼眶旁边干涸的血液呈现黑色的凝固,带着说不出的腥臭气息。狗的腹部已经被剥去了一层皮,血肉模糊的呈现。季子安看着,只觉得肚子里恶心感开始打着卷地涌了上来。

突然的一抹亮色,让季子安再一次浑身冰冷起来。在狗的腹部靠

近心脏的位置,一把白色的刀柄正露了出来。季子安认识这把刀,是在自己梦中所见到的刀,那柄险些要了自己性命的刀。季子安无比清晰地记得这把刀的模样,他迟疑着慢慢握住刀柄,将刀抽离出狗尸。

刀被抽了出来,上面竟然没有一丝血液。季子安感觉到刀所散发出的凌厉寒气。

雅之也看到了刀,道:"子安,我们要不要报警。这是恐吓,我们应该报警。"

季子安望着雅之,沉默片刻道:"雅之,你让我想想。这件事情我会处理,你不用担心。我会处理好的。"

雅之点点头,又不安地瞥了地上狗尸一眼,担心道:"子安,真的不会有事吗?"

季子安轻轻叹息一声,没有回答。因为在他心里,没有这个问题的答案。

季子安来到公司,坐在自己豪华而空旷的办公室里,心头却如同乱麻,许多问题萦绕在季子安的心中,却找不到任何答案。自己莫名其妙的接二连三地看见神秘而诡异的蓝眸黑狗,究竟是自己眼花还是确有其事?一早门外的黑狗死尸,究竟是有人恶作剧,还是隐藏着一场邪恶血腥的阴谋?那把狗尸中发现的匕首为什么和自己梦中所见的一模一样?还有那个面目全非却依稀熟悉的血脸人又是谁?季子安摇摇头,越想越觉得没有头绪。

看看墙上的表,已经下午一点多了。突然,办公桌上的电话响了起来,季子安接了起来。

"季总,您的夫人打电话来,说有重要的事同您说,似乎很着急。"电话另一头传来秘书小李有些急促的话音。

"好,我知道了。"季子安挂下电话,又拨通了家里的电话。电话响了有段时间,才有人接起来:"是子安吗?"雅之在电话里的声音充满了惶恐和不安。

"是我，雅之。你怎么了，声音怎么这么紧张？"季子安关切问道。

"子安，你快点回来吧。家里……家里出事了。"雅之声音颤抖道。

"出事，出了什么事？"电话另一头的雅之却已经将电话挂死，季子安心中隐隐觉得发生了可怕的事情，他不再有半点犹豫，抓起外衣，冲出公司。

天色阴沉的厉害，环山路像条大蛇，季子安行于蛇牙之间，苍白而冰冷。

季子安的奔驰车开得飞快，遥遥可见自己的半山别墅。半山别墅虽然极尽奢侈，但此刻却显得有些孤独。季子安惊讶地发现，在自己巨大的别墅之外，阴霾的天幕之下围着黑压压的一大片东西。汽车再靠近些，季子安不由地倒吸了一口冷气，原来在自己别墅外，竟如蝗灾般围满了一群又一群的野狗。数不清的野狗将别墅团团围住，别墅困于其中，如同一座失去援助的坐以待毙的死城！而最令季子安心惊不已的是，所有的野狗，大大小小，竟全都是黑色。黑得发光，黑得刺眼，黑得令人毛骨悚然。

黑狗们无比贪婪地望着别墅之内，似是里面有着十分吸引它们的美食珍馐！它们不停地徘徊在别墅大门和旁边落地大窗之前，突然一只野狗飞起，身体足有半人大小，它狠狠地撞在落地玻璃上，落地玻璃虽然坚固，但也被撞得嗡嗡作响！接着，又是第二只野狗身体重重撞击在落地玻璃之上，其余的野狗开始疯狂地用尖锐爪子刨门。门被抓出一道道痕迹，发出沉闷刺耳的"喀喀"之声。

"啊，救命！"一声绝望而恐惧的呼救声从别墅里传来，那是雅之的声音，此刻不知道她被吓成了什么样子。想起雅之，本来还有几分害怕和迟疑的季子安再也顾虑不了什么，他冲下车，要去救她！像一个男子汉一样，去救出自己的妻子。

季子安身无长物，他突然想起了什么，迅速打开奔驰车的后备厢。

寒光冷冷，是那把梦中险些要了自己性命的匕首。

天开始下起雨，伴随着远处耳闻不断的惊雷声。季子安如同一个伴随着惊雷从天而降的战神冲进了野狗群，野狗们包围住季子安，绕着圈，露着尖牙，对季子安低吠！季子安紧紧地握住匕首，雨水冰冷地打在身上，混合着匕首本身的冷锋，季子安觉得自己的血液开始慢慢地凝结，心中一股隐隐的欲望开始跳跃起来。季子安无法形容这种感觉，他从未有过，就如同一个沉睡千年的吸血鬼突然醒来，无比渴望着鲜血的洗礼，渴望那妖艳而夺目的颜色。那不仅是一种感觉，更像是融在自己血液里的一种本能。

一只野狗终于忍耐不住冲了上来，尖锐的牙齿咬在季子安的右腿上，鲜血瞬间流出。季子安本已紧绷的神经似是因为腿上突然而至的撕心疼痛而爆发，噗的一声，季子安的匕首从野狗的背脊上划了进去，季子安甚至没有看见血流出来，野狗就已经松口，软软地倒了下去。

野狗群因为突袭野狗的死亡而终于开始攻击，一只只野狗冲向季子安，季子安如同一头老牛一样用蛮力将扑扯在自己身体上的野狗拼命甩出去，手中也不中断，一起一落间，一只野狗就永远地倒下。

天幕更加低沉，似乎随时都会压下来，将一切都吞噬掉。一人和群狗的争斗一直进行了半个小时，季子安手上、脚上、腿上都留下了许多伤口，而在他脚下也已经静静地躺着六七只野狗的尸体。季子安感觉雨水窜进了自己的嘴里，腥咸的味道顺着咽喉传遍全身！季子安拼命忍着即将要翻涌上来的胃液，吃力地站着，他已经筋疲力尽，随时都可能倒下。

野狗们似乎也看出季子安已经没有力气，只是围着，并不着急攻击。季子安心中开始绝望，匕首上冰冷的感觉更加清晰地传来，如同死亡的温度。季子安大叫一声，挥舞着手中的匕首，扑向群狗，但只扑到一半，身体就已经软了下去。

"汪……"群狗袭来,季子安认命地闭上了眼睛,这一刹那的恍惚,季子安觉得头顶上的天空突然塌了下来,狠狠地砸在自己的身体上,明亮而灿烂。

第三章
漆夜

寒冷包围了季子安全身,他慢慢睁开眼睛。自己正躺在床上,卧室的窗户被打开,一阵阵的冷风吹打着窗棂,外面的夜似墨一样的漆黑压抑。季子安摸着自己的头,头疼的像要裂开一样。他穿上衣服,下了床。床前靠门的地方有一面人高的镜子,季子安觉得有些奇怪,他不记得什么时候卧室里多了这样一面镜子,他走过去,眼睛也望了过去。

镜子里竟是黑漆漆的一片,望不见任何东西。季子安吃惊地一直望着,慢慢地,镜子里开始出现影像,像是黑白老电影的胶片一般,一个一个镜头缓缓出现在镜子里。先是远处风中颤抖的窗棂,接着是凌乱的睡床,再然后就出现了立在门旁的镜子和站在镜前出神的季子安。季子安诧异地望着镜子中的事物一件件出现,突然一样幽黑巨大的东西出现在镜中床侧,似人似狗,半站半跪,头部的位置一双冰冷的蓝眸散发着冻彻心脏的寒光。季子安望着这黑物慢慢从镜中靠近自己,在黑物手中是一把锋利的匕首。黑物猛地飞奔向季子安,待到近处,季子安看到黑物面孔,似人似狗,全是血水。黑物狂啸如狼一样,季子安面前的镜子在啸声中被震得如齑粉飞扬。

"不要……"季子安猛地坐起身,额头冷汗淋漓。一旁的妻子雅之激动地握着季子安的手,眼中含泪道:"你醒来了,你终于醒来了。子安,我真的担心死了。"

季子安望着泪眼婆娑的雅之,想要说几句安慰的话。突然身体上

一阵剧烈的疼痛,季子安这才发现自己手上、脚上,腿上全都缠上了纱布。一个声音从门外传来:"季总,你醒了。"

门口走进来的人,四十来岁,带着一副金丝眼镜,很斯文,给人一种稳重的印象。他是季子安家的家庭医生,名叫秋文川。秋文川长呼一口气道:"季总,伤口我都已经给你清洗过了,也上了药,但您还是要小心,防止再次感染。"

季子安望着秋文川,这才恍然想起了发生的一切,自己不久前和一群凶狠的野狗搏斗过,刚才被那恐怖的梦境所感,此刻才想起来。季子安一顿,问道:"我是怎么回来的,我记得那群野狗最后都扑向了我。怎么我会没事?"

雅之递给季子安一杯水,然后才心有余悸道:"说起来真是太危险了。那群野狗就要扑咬到你的时候,天上突然打下一道闪电,将你身后不远的一棵大树劈成了两半。那群野狗也不知是被闪电吓到了,还是担心树倒下来砸伤它们,总之都跑掉了。要不,后果不堪设想。"

季子安苦笑一下,道:"看来我的运气还不算太坏。"

秋文川扶了扶眼镜,不解道:"我听夫人这么说,也是觉得很惊险。只是很奇怪,这半山别墅区为什么突然冒出来那么多的野狗,而且还要围困在季总的门前,这件事实在有些匪夷所思。"

雅之突然道:"莫非是因为早晨那只死狗,难道……"

"雅之,别说了。"季子安没等雅之说完,就打断道。他并不想自己的家事被外人过多的参与。季子安活动了手脚,并没有什么大碍,对秋文川道:"文川,我已经没有什么事了。你先回去吧,如果我有不妥再打电话找你。"

秋文川识趣地点点头,收拾医包离开了半山别墅。

季子安从窗户望着驱车离开的秋文川,对雅之道:"雅之,为什么叫文川来?"

雅之应了一声:"你流了很多血,我本来想把你送医院的,但知道你讨厌医院里的味道,所以才打电话请文川过来。而且我一个人也没有办法将你从外面背进来。"

季子安伸手将雅之搂在怀里,虽然手臂还是疼痛,但季子安犹自笑着道:"雅之,我没事。不过是被几只野狗咬了几口,没什么大不了。"

"可是,子安。你不觉得这件事真的好奇怪吗?那么多的野狗会突然出现在家门口?会不会真的和早晨那只莫名其妙死在门口的黑狗有关?"

季子安摇摇头,脸色迟疑起来,突然想起了什么,问道:"雅之,你有没有看见那把匕首?"

雅之摇摇头。季子安低头不语,将目光重新望向窗外。

季子安又被同样的梦境所惊醒,怪物般的黑狗,神秘诡异的蓝眸,还有冰冷刺骨的匕首!季子安猛地从床上坐起,心跳地飞快,看看表,现在是凌晨 2 点。转过头,季子安发现自己的妻子并不在床上。她去哪里了?

季子安不安地下床,走出卧室,走下楼。一楼的餐厅里传来低低的私语,听声音是雅之在打电话。只是这么晚了,雅之在给谁打电话?季子安脚步停在餐厅门外,静静地聆听。

餐厅里,雅之的声音带着几分的忧虑和焦急,声音低低道:"你真的肯定?他现在的眼神让我想起了三年前……"

雅之微顿,应该是电话另一头在回应。

"他会不会想起了什么事情,难道他的伤好了,他想起来了?"雅之担忧道。

这一次电话另一头说了更久的时间,雅之不停地点着头,手指饶着电话线。

"文川,我还是担心。你明天能出来吗,我想和你见一面。"

站在餐厅外的季子安心中一震。文川？秋文川？怎么会是他，雅之为何深夜要给秋文川打电话，为何又要见面？难道他们之间有什么事情瞒着我？雅之刚才所说'他想起来了'？难道说的是自己，那所记得又是什么事情呢？季子安心乱如麻，感觉自己被置于一个可怕的阴谋之中。

雅之将电话放下，回过头，突然瞥见餐厅外有一个人影一晃而过。"子安？"雅之呼唤一声，快步将餐厅门推开，门外空空寂寞，根本没有人。

雅之捂着自己跳地飞快的心脏，回到卧室。此时，躺在床上的季子安鼾声如雷。雅之静无声无息地躺回床上，而就在她躺下的一刹那，本是鼾声如雷的季子安缓缓睁开了眼睛。季子安静静地望着窗外，外面正自漆黑无颜，如同此刻他的心情。

一直连绵阴雨的天气突然转晴，阳光明媚，照耀大地。但季子安的心情却没有办法随着天气放晴，他的心头始终笼罩着一团阴云，而这团阴云已经过于厚重，随时就会在季子安心中变成一场暴风雨。

季子安开车在市中心转了很久，他的目光始终停在前面一辆出租车上，慢慢，悄悄尾随。而在那辆出租车上有他的妻子雅之。

出租车绕了好几圈，终于在市郊一家名叫"蓝鸟咖啡馆"的店前停了下来。雅之戴着一副黑色太阳镜从车中走了下来，快步走进店中。蓝鸟咖啡馆前的停车位上停着一辆车，季子安认了出来，那是秋子川的车。果然是他，季子安心中肯定道。

季子安迟疑了一会，终于还是下了车，拢了拢脖子上的衣领，也走进了蓝鸟咖啡馆。蓝鸟咖啡馆里人并不多，灯光仿古式的很幽黄，一两对附近学校的学生情侣依偎着在角落中，剩下的两三位中年女子孤独地守着面前的一杯咖啡。

季子安小心地张望，但并没有发现雅之和秋文川。季子安狐疑着，一名服务生从身边走过,季子安要了一杯曼哈顿咖啡,而后接口道:"请问一下,你刚才有没有看见一位身穿蓝裙白衣,戴一副黑色太阳眼镜的三十岁左右的女子进来过?"

"哦,您说的是那位太太啊。她和她的丈夫上了楼上的夫妻小窝。"服务生回答道。

"丈夫?!"季子安的声音有点沙哑,他站起身走向楼梯。

"对不起,先生。夫妻小窝是只有本店的金卡会员才可以享受的服务。您如果想去夫妻小窝,请先办理金卡会员业务。"服务生追上说。

季子安脚停在楼梯前,抬头望着更加幽暗的二楼,没有理会跟在身后的服务生,扔下钱,转身头也不回地出了蓝鸟咖啡馆。

同一时刻,在蓝鸟咖啡馆二楼的夫妻小窝中,一男一女正面面相觑。音响中飘出柔和的钢琴曲,两人中间的小桌上摆着鲜花、水果、蜡烛,流动的水型装饰屏幕,还有两杯极品蓝山咖啡。

秋文川习惯性地扶了扶眼镜框,再看了看手表,问道:"雅之,你这样出来。他不会有所察觉吧?"

"不会。这个时候他应该已经在公司了,我等他离开后才出的门。"雅之回答道。

秋文川点点头,喃喃道:"这就好,这就好。"

"最近子安越来越古怪了,时不时会梦见一些莫名其妙的东西。还有最令我担心的是,那条出现在我们家门口的死狗!文川,你说,会不会有人故意那么做的?"雅之目光担忧地望着秋文川。

"就算是有人故意做的,那又会是谁呢?知道这件事情的人不过两三人而已,而且根本就没有任何动机这样做!"秋文川先点头又摇头道。

"发生这一切真是太恐怖了,这些事情让我想起了三年前,我觉得自己快要崩溃了……"雅之眼圈湿润,秋文川轻轻叹息一声道:"雅之,

不管发生什么事情。你一定要看好他，只要他不记得以前所发生的事情，一切都还是值得的。"

"那把匕首呢，你藏好了吗？"秋文川突然问道。

雅之点点头，望着面前的香气袅袅的咖啡杯道："这样做，我觉得有些对不住子安。他真的不会再记得以前发生的事情吗？"

秋文川扶了扶眼镜，还未回答。雅之的手机突然响了起来，雅之看了看手机显示，是自己的丈夫季子安来的电话。

"雅之，你在哪里？我往家里打电话，你不在。"季子安的声音有些疲惫。

"哦，我出来见一位朋友。"

"朋友？哪个朋友，我认识吗？"

"你不认识，是刚才海外回来的同学，好久不见了，找我聊聊。"

"这样啊，你们聊完了吗？"

雅之望望对面的秋文川，点点头道："已经聊完了。"

"哦，那我去接你吃饭吧。"季子安微微一顿，接着道："你现在在哪里？"

"我，我在……子安，你不用过来了。这里离公司很近，我去公司找你就可以了。"雅之的声音有一丝慌乱。

"好吧。那我等着你。拜。"

"拜！"雅之合上手机，对秋文川道："我要走了，他找我。"

季子安冷冷地望着自己的妻子和秋文川从蓝鸟咖啡馆里走了出来，然后离开，这才慢慢地重重的将手里的手机合了起来。

第四章
门后的秘密

灯光橘红，象征一种暧昧。季子安剧烈地喘息着，身体像是一只不知疲倦的野兽束缚在雅之的身体上。雅之在季子安的身下，已经感觉到窒息。不知道季子安多久没有如此激烈的与自己缠绵过了，雅之觉得刺激的同时也感觉到有些奇怪。

终于，季子安在雅之的身体上停止了动作，翻过身，躺在一旁。雅之轻抚着季子安的胸膛，柔声问："子安，你怎么变的……这么……有需求？"雅之脸上一片陀红。

季子安望着雅之，道"因为我爱你。以前我所亏欠你的可能太多了，但那些已经过去了。我所能做的，只是从现在起尽我所能的爱你。"

雅之幸福地点点头。

"我们要个孩子吧？"季子安突然道。

雅之脸色一变，扭过脸去："你，你怎么突然想起要孩子？"

季子安并没有发觉妻子异常的反应，只是自顾道："因为我也想有个孩子管我叫爸爸了，毕竟到了岁数，而且，你不是一直想要有个孩子吗？不是吗？"

雅之沉默着，季子安终于发觉有些不对了，问道："雅之，你怎么了，难道你不想要孩子？"

"不是，"雅之极力回避着季子安的目光，眼神掠过一丝痛苦的神情："现在还不是时候，刚发生了这么多可怕古怪的事情，我实在，实在不想在现在想这个问题。子安，要不，过一段时间好吗？"

季子安望着雅之的眼睛，想起白天所见到的情景。他真想痛快地问出来，问自己的妻子究竟背着自己做了些什么事情，是否已经不再

爱自己了。但季子安不想,也不敢。他不想得到一个他不想得到的答案,他已经再也不想失去什么。

"子安,你生气了吗?"雅之小声问道。

"没有,只是有些累了。"季子安声音疲倦着回答。

令人尴尬的沉默渲染了两个人之间的气氛,雅之不知不觉中慢慢地睡了过去。"哧,哧……"不知道过了多久,雅之隐约听到自己耳边传来东西撕扯的声音,她慢慢地起床,身旁季子安蒙头睡得正香。雅之犹豫下,还是悄悄开了门,走出去。

声音戛然而止,雅之刚想转回卧室,但那种古怪的磨拉撕扯的声音再一次响起来,声音来自头顶的三楼。雅之打开了楼梯处的灯,慢慢上了三楼,昏白的灯光将她的影子拉长在周围的墙壁上。雅之停在三楼房间的门前,那是一间空置了三年的卧室,声音好像就是从里面发出来的。

雅之慢慢地将头低下,靠在有些冰冷的门面上,听着房间里的动静。而这一次,"哧哧哧哧"的衣帛破裂的声音又消失了,雅之好奇地握住门柄,轻轻转动一圈,想要打开门。

"砰"的一声,房间里突然传来重物碰撞的声音,接着又是第二声,声音越来越强,越来越密,也越来越近,雅之将门重新关死。

"咣"的一声,这一次是撞在了门上,雅之倒退两步,惊恐地注视着。"咣!咣!咣……",剧烈撞击了五六次后,门内又一次安静下来。雅之一颗心已经提到嗓子眼,她不敢喘气,也不敢动,只是看着,听着。

果然,门内又传来了声音,但这一次不再是撞击门板的"咣咣"声,而是如同用牙齿或者指甲在门上划拉的声音,"哧,哧……",刺耳尖锐,正是雅之方才听到的声响。

雅之心中惊恐门里究竟是什么东西?是人,或者……不是人?迟疑间,门内又没了动静,雅之大着胆子再一次靠近。但只靠近一步,本是关闭的门竟然自己慢慢地打开了,门内的黑暗一点点地透露出来,如同一张来自地狱噬人的大嘴,一点点地令恐怖笼罩所有。雅之没有动,她望着慢慢打开的门,一道黑暗中的明亮突然照耀在雅之的双眼中。那是一面镜子,一面人高的镜子,泛着冰冷的镜光,幽幽的独处于黑暗的角落中,与雅之双眸对望。

雅之觉得那面镜子竟有些熟识,她不由地再向门口走了一步,想要看清楚些。而就在此时,黑暗中那道明亮突然被一道巨大的身影所遮挡,雅之望见镜中有一个似人似狗的黑影正跪在镜前,慢慢地转了头望向雅之,它的眸中射出了妖艳的蓝色,如同不可抵挡的死光!

雅之惊恐地转身逃也似地跑下楼,冲进卧室。卧室里季子安正坐起身来,望着她,问道:"雅之,你去哪里了?"

季子安的目光灼灼,竟带着一丝诡异的幽蓝之色,雅之望着自己丈夫的目光,竟觉得说不出的陌生。她身体僵硬,将想要说出的话重新咽了回去,摇摇头道:"没什么,外面,外面好黑!"

"没什么,就早点睡吧。很晚了。"季子安声音冷漠道。

雅之再没有了睡意,一整晚,雅之都觉得头顶的天花板上有一双蓝色眼眸正直直地盯着她,似要看见她灵魂的最深处。

第二天早上,雅之给秋文川打了电话,告诉她昨晚所见到的可怕情景,电话中秋文川一边安慰她,一边约她下午六点来他的办公室见面。雅之放下电话,身后一个声音突然道:"谁的电话?"

雅之吓得险些叫了起来,回过头,是季子安冰冷的目光。他的目光越来越冷,雅之惊慌着道:"是,是秋文川。他问你的伤怎么样了,有没有感染,我告诉他已经没事了。"

季子安点头:"嗯,他还真是关心我。"季子安又望着雅之:"你刚才怎么那么害怕?"

雅之一惊,似是被说中了心事,面色难看道:"我哪里有害怕,

只是你突然出声吓了我一跳!"

季子安似笑非笑道:"没做亏心事,何必怕鬼敲门呢。"雅之的面色倏然变得更加难看,季子安搂过妻子道:"我开玩笑的,你的胆子这么小,又会做什么坏事呢?"

"我走了。"季子安扔下一句话,走出了别墅。

雅之一直望着季子安的奔驰车离开,回过头来望着楼梯,慢慢走上三楼,三楼的门已经关闭。雅之走到门前,门是锁死的。雅之找到钥匙将门打开,"吱呀",门被推开,里面的家具都被笼着一层白纱,雅之将白纱一一揭开,她想要找到些什么,昨晚那块黑暗中明亮的镜子?但结果令她失望,所有家具中并没有镜子。

难道一切都是自己的幻觉?雅之愣愣的出神,她转身走向门口,突然站住。她的眼睛盯在门的背面,那里一道道被划抓的痕迹还很清晰。不,在这个房间里,昨天晚上一定发生了什么事情。雅之肯定的想道。

雅之重新将房间仔细寻找了一遍,她不知道在找什么,但渴望找到些什么。雅之来到窗口,窗口外不远处正望见一片靠山的树林,正是前天季子安与狗群搏斗的地方,一棵被闪电劈毁的树正自垂死挣扎。

雅之心中突然涌现一丝不详,难道……

雅之冲出了别墅。

"你说的是真的,还是你开的玩笑?"季子安办公室里,一个男子正蹙眉望着季子安,神态严肃。

"老雷,我倒希望这一切都是玩笑,但它是真的。"季子安摇摇头,将一张单据递给对面的雷方,接着道:"这是那家蓝鸟咖啡馆贵宾金卡的消费情况,从三年前起,秋文川和雅之一共去了六次,这六次我都不知道。除了蓝鸟之外,他们还可能在其他地方也见过面,我更无从了解。虽然我不愿意相信这件事情,但事实却摆在面前,不由得我不相信。"

"雅之不像是会在外面乱搞的女人啊，而且她那么爱你。"老雷望着单据，还是不敢相信道。

"以前她是爱我的，但现在我已经不确定了。"季子安语气冷漠道："她以前一直想要个我们的孩子，我却没有同意。现在我同意了，她却不想要了。你说，这是不是个讽刺？"

老雷迟疑着，端起一旁早先准备好的红酒，将一杯递给季子安。季子安望着酒杯好久，突然接了过去一饮而尽，道："老雷，我以前不明白你为什么那么喜欢喝酒，现在总算有点了解了。至少它可以让你暂时忘记眼前的烦恼。"

"但酒总会喝完，你也总有清醒的时候。子安，这是你的家事，我虽然是你的朋友，但也不好说什么，毕竟我是了解雅之这个人的，也许只是秋文川一厢情愿而已。"老雷将季子安杯子里的酒倒满，道。

"秋文川？"季子安冷哼一声道："我一直看错了这个人，长得样子忠厚老实，却是个小人。我不会饶了他的，我要让他知道背叛我的人会有什么样的下场！"

老雷听着季子安的话语，觉得此刻的季子安完全变了一个人，目光中竟闪烁着异样的蓝芒。

"你想要怎么样？"老雷问道。

季子安笑笑，没有回答，昂首将杯中的酒饮入口中！但酒入愁肠是否真的可以忘忧呢？

雅之看看表，6点35分。秋文川的诊所医院在永胜大厦的26楼。雅之进入永胜大厦，在电梯楼层键的26上轻轻按了下去。电梯开始缓缓上升，电梯里的灯光有些昏暗。从1楼到25楼再没有人进来，看来这个大厦的人多数都已经下班离开了。"叮"的一声，电梯在26楼敞开。

雅之走了出来，26楼大多的门户都已经关闭，空空的没有一个人。整个长廊通道里似乎漂浮着一股寒冷气流，雅之不由地打了一个冷战。

秋文川的诊所应该在这层楼的最东边，雅之沿长廊向东走去，一阵淡淡的消毒水的味道混淆在空气中。

雅之来到秋文川的诊所，门是虚掩着的。雅之敲了敲门，没有回应。雅之推门而入，诊所中一片昏暗，只有最里面的一间办公室还亮着灯，雅之径直走了过去。

办公室的门同样没有关，雅之走了进去。门后突然传来一阵声响，一张人脸突然从门后伸了出来，凄白无肉，带着一双死黑的目光望着雅之，雅之惊慌地靠在墙上，背上一阵冰冷。仔细看，才发现是一具人体骸骨模型，只是不知道谁把它放在了门后，吓人不轻。

办公室里乱得可以，各种文件被翻乱在地，许多档案资料散落在地上和桌子上，但是秋文川并没有在办公室里。

"文川？"雅之稳了稳心神，呼唤了一声，诊所中没有人回应。难道出去了？如果出去为什么不给自己打个电话说一下？雅之望望四周，办公室乱成这样，没有关灯，没有锁门，秋文川应该还没有离开。但他去了哪里呢？

雅之想起什么，走出诊所。长廊尽头是洗手间，也许他去了洗手间。

左等右等，始终不见秋文川回来。雅之终于等不住了，她离开诊所，向长廊尽头的洗手间走去。

长廊静悄悄的，没有任何其他的声息，只有雅之高跟鞋走在冰冷地面上时发出的"嗒嗒"的声音，单调而有规律。雅之停下脚步，所有的声音骤然消失，雅之觉得世界寂静得可怕。洗手间幽白的门出现在雅之面前，她伸出手轻轻敲了敲洗手间的门。过了很久，里面都没有人回应。

秋文川究竟在不在里面？雅之迟疑一会儿，终于还是缓缓地将门推开。一道门如同连接阴阳世界的灰色地带，充满诡异冰冷的温度。

砰！门被重重的打开，季子安站在门外，他心中充满了彷徨，他不清楚自己为什么要来到这里。看看身后，远处的别墅如同一只巨大的野兽静静地凝望天幕，不远处那棵刚被闪电劈裂的树木在风中摇摇欲坠！这个储物间被尘封了好多年，季子安甚至都忘记了它的存在，不知道是什么原因竟迫使他来到了它的面前。伸出手，将门重重地推开，如同推开了一扇尘封的记忆之门。

储物间里黑暗还带着一股霉臭的味道，季子安摸索着开关，但没有摸到。他从怀里拿出打火机，火苗如同此刻季子安跳跃的心脏，窜起又落下，他一步步走入。

储物室里东西十分凌乱，随处可见一些破旧的家具和报纸，季子安慢慢向里走去。突然砰的一声，身后的储物室的门竟然关上了，季子安回身去推门，门如同一堵墙竟是纹丝不动！季子安透过门之间的细缝向外看去，只能看见那棵濒临死亡的枯树，再没有别的什么东西。季子安呼吸开始粗重起来，霉臭带着淡淡腐烂气息的味道此刻更是不停地钻入季子安的鼻子。他瞪大了眼睛，想要看清楚些，突然一道微弱亮光从储物室的最深处射了过来，光线此刻如同一柄锋利的矛刺进了季子安的双眼。

光源来自储物室的最深处，罩着一层白纱，白光隐约就是从白纱下透出的。季子安紧张地将白纱揭开，如同揭开一张隐藏秘密的面纱，季子安觉得种种诡异的缘由或许就在这一层薄薄的纱布之下。

白纱下的是一面镜子，一面人高的镜子，但镜面已经破碎，支离粉碎的散落在地上。而在镜框的底部边缘，有一些深红色的泅痕，如同干涸的血渍。季子安望着深红血渍，眼中一阵晕眩，感觉脑海中一只惨白骨手正撕裂开自己的记忆，从中慢慢地爬了出来。一幕幕的影像如同色彩凝重的油彩画开始在季子安脑海中拼合……

"你竟然背叛我！"一个男子高大的身影站在镜前，背对着窗外摇摇欲坠的黄昏之光，喝声斥问道。

"我没有背叛你,你相信我,我是爱你的,比任何一个人都爱你。"一个女子全身无力的瘫坐在床上,面容却是氤氲不清,女子一边哭泣,一边诉说,哭声伤心欲绝。

"好,你没有背叛我。那这是什么,你还要狡辩吗?"男子从怀里取出一张照片猛地扔在床上。女子望着照片,哭声停止了,她愣愣地拿起照片,然后像是疯子一样扑在男子脚下,抱着他:"你听我解释,不是你想象的那样,我是不得已的,我真的不得已,他要挟我……"

"事到如今,你还不肯承认。收起你那张假惺惺可怜的面孔吧,我就是被它欺骗了十几年。我够了,我再也不会像个傻子一样被你们玩弄于股掌之间了!"男子说着,愤怒地推开女子。女子身无可依,重重地撞在了身后的镜子上,镜子被撞得粉碎,破碎的镜片刺破了女子的身体,鲜血汩汩地流出,染红了所有。

季子安猛地从记忆沼泽中脱身而出,发觉自己全身都是冷汗!自己方才所见的究竟是什么,那个男子身影为什么那么熟悉,还有那个女子,声音竟是那么像她。莫非……

"丁零零……",一阵急促的手机铃声打断了季子安的思绪。季子安目光直望着破碎的镜面,接起手机,手机中传来一个厚重的男音,道:"请问是季子安,季先生吗?"

雅之终于还是推开了洗手间的门,走了进去。洗手间的外室里没有人,只有一面巨大冰冷的仪容镜,反射着冷光。格间里传来了水声汩汩流动的声音,雅之问道:"文川,是你吗?"

依旧没有任何人回答。雅之心里暗道,可能文川并不在这里。她转身想要离开,而就在雅之转身离开的同时,最里面一扇格间的门竟是慢慢地打开了,里面传来了更加清晰的水流击落在地面的声音。

"文川?"雅之再次问道,同样没有人回答。

雅之抿了抿有些干裂的嘴唇,走了过去。格间里的人果然就是秋文川，秋文川此刻双眼直直地望着雅之，却是一句话都说不出来了，因为在他的咽喉处正深深的插着一把匕首，鲜血正从喉管里缓缓淌出，周围墙壁上涂满了喷溅而出的血液。雅之张大了嘴，但是发不出任何声音。她冲了出去，身体靠着水池，再无法控制地呕吐起来，吐了不知道多久，雅之觉得自己快要将身体的内脏都吐了出来。

抬起头，面前冰冷巨大的镜面上，似乎又出现了秋文川那双死亡时的眼睛，充满了死前的恐惧和惊疑，雅之觉得自己全身寒冷，如同掉进了冰渊。

"汪"，一声带着无尽愤怒和阴寒的狗叫声从洗手间的门外传来，接着剧烈地撞击声接二连三的传来，然后是锋利爪子挠门的声音。雅之本能地用自己身体顶在门后，阻止外面恶狗地冲击，同时脑海中开始飞速的转动。该怎么办？应该怎么办？秋文川惨死，难道就是此刻门外这怪物害的？雅之心中虽然恐惧，但又有一种兴奋的好奇令她不由自主地将自己目光从门间缝隙中向外望去。

白色、锋利、獠牙卷入雅之的视线中，缝隙被一张巨大张开的嘴所完全笼罩！雅之闻到一股腐烂的味道从这张嘴里传了进来！她迫不及待的收回视线，背对着门再不敢多看一眼！

而从格间中流出的鲜血已经蔓延开来，缓缓流淌成河。砰的一声，秋文川的尸体突然失去了平衡，重重地摔出了格间，砸在地上。雅之望见躺在地上的秋文川正盯视着自己，灰白的眼神中竟开始泛出妖艳的蓝色，夺魂勾魄！雅之闭上了眼睛。

"汪……"门外的狂狗竟停止了攻击，只是无比哀怨地哼叫着，似乎受尽了委屈。雅之闭着眼睛，捂住耳朵，不敢看，也不敢再听。

狗叫声尽处，竟又有一阵微弱的声音传来，但不似狗声，而像是人的哭声，准确来说是婴儿悲凉痛苦的哭声，一声一声相连，隐于狗叫之中，显得无比怪异和可怕。

雅之突然睁开双眼，放下捂住耳朵的双手，她不顾一切地打开门，冲了出去。这一刻，她似乎变了，变得毫无畏惧，不可阻挡。

门外空空荡荡，什么东西也没有。

雅之失望地摇着头。难道一切只是自己的幻觉？雅之回身，她看见门上一道道锋利的抓痕。

而门内秋文川正处在一地血泊中，一切并不只是自己的幻觉。雅之拿出了手机，拨打了报警电话。

手机那面在继续讲着，季子安不敢相信地呢喃道："秋文川……死了？"

储物室的门不知何时已经打开，门外"咔嚓"一声哀鸣，那株死树终于轰然倒地。

第五章
追

季子安的目光紧紧盯在秋文川的脖颈上，又从他的脖颈上转到自己妻子的脸上，而后悄悄道："是它？"

雅之惊讶问道："是谁？"

季子安冷冷道："匕首，那把匕首！"雅之听完，身体猛地一震，她重新将目光视线凝聚在秋文川的咽喉处，匕首已经不在，但脖颈上的刀痕依然恐怖！不错，那把深深插入秋文川咽喉的匕首正是被自己所藏起的匕首！雅之被秋文川尸体所骇，竟没有注意到。但是这把被自己藏起的匕首又是如何突然冒出来杀害了秋文川呢？知道匕首所藏之处的只有自己，难道暗中还有另一个人在监视着自己，注意着自己的一举一动？雅之慢慢将目光望向身旁的丈夫——季子安。

季子安正微笑地看着她，面容亲切却令她感到陌生。

雅之录完口供，和季子安离开。离开的时候，一个中年女子冲进了警察局大门，抓着雅之的头发不停地哭喊："是你，就是你害死了她。你这杀人凶手还我丈夫的命来，还他的命来！"

季子安将女子拉离雅之，雅之快步地走了出去，中年女子望着离开的雅之，恨恨地叫道："我不会放过你，我不会放过你的……"

雅之在外面车上等了足有半个小时，季子安才从警察局里走了出来，他上了车。

"那个女人是谁？"雅之问道。

季子安一顿，望着雅之道："她是秋文川的妻子，刘珍。"

雅之应了一声，没再说话。

"她可能对你有所误会，毕竟是你先发现了她丈夫的尸体，她找不到凶手可能就把这怨气撒在你身上了。一个失去丈夫的妻子，你应该可以理解她。"季子安启动车子，缓缓驶离警察局。

"嗯。"雅之点头。

"对了，你怎么会去秋文川的诊所？"季子安问道。

"哦，他害怕你的伤口出现炎症，让我去给你拿点药。没想到竟会发生这些事情……"雅之答道。

车开出了市中心繁华区开始慢慢加速，奔驰车里的两个人已经许久没有说过话，彼此沉默着。

"那把匕首……"终于雅之首先打破了尴尬的气氛，道："你是怎么认出来的？"

"我没认出来，是猜的！"季子安突然笑笑，道。

"不，也许真的是那把匕首。上次不是找寻不见它了吗，可能就是秋文川拿走的。凶手行凶时可能恰巧看到了匕首……也许就……"雅之喃喃着，想要说清楚些什么，但越说声音越是低了下来，似是连自己都觉得不太可能。

季子安点点头，没有说话。

车开上了半山别墅区的环山公路，行驶不久，季子安突然道："那是什么？"

雅之顺着季子安目光去看，离着自己别墅不远的地方正冒出滚滚的烟尘，一场大火正在铺天盖地地席卷而来。季子安看见一个巨大的黑影站在火中，静静地望着这边，突然冲出，向后面的荒山奔去。

季子安咬着牙，追了上去。雅之望着季子安似箭一般冲出，还未来得及说话已经不见人影，消失在一片树木之中。

雅之下了车，大火虽然不小，但似乎拥有灵性，只在一小块地方疯狂地跳跃着，不多时竟然慢慢地减弱下去，缓缓地耗尽红色的生命之光。雅之捏着鼻子走了过来，大火燃烧的中心，是一间储物室，此刻已经是一片黑黑的灰烬！雅之神色变化，目光追寻着季子安追随黑影消失的地方，面上现出一丝担忧和紧张的神色。

她所担忧的究竟是什么，自己的丈夫、逃跑的黑影或是自己，无人可知。

季子安紧随着黑影在一片荆棘丛生的树林草丛之间穿行，身上衣服不知被钩破了几处，腿上不时就感觉到一阵阵生生的疼痛，想来是被刮出了伤口。而季子安前面的黑影则行如鬼魅，完全不似在无路的林间穿行，季子安远远望见黑影身体时高时低，像是不时地在用四肢前行。想到此，季子安心中一寒，莫非它并不是人类？

黑影一直引着季子安来到一座荒山之下，荒山之上光秃秃的无所隐藏，黑影嗖嗖地几下爬上荒山，不多时就消失在荒山另一面。等着季子安气喘吁吁地爬上荒山时，早已不见了黑影的踪迹。

荒山之上，季子安似乎闻到了一股怪怪的味道，目光四处寻找，竟然发现在荒山另一面的山腰处有一个山洞。难道黑影藏进了山洞？季子安心想。

山洞中黑黝黝，无法看清，一股异样的臭味从洞中深处飘了出来，令人却步。季子安在洞前迟疑很久，远处太阳已渐渐落下，季子安自忖已经追到了此处，不能就这么放弃。

季子安打亮了打火机，从旁边找来一根粗木棍做防身之用，慢慢走入山洞。

山洞中不时有冰冷入骨的水从高处滴下，落在季子安身上，季子安不由地浑身打冷战，脚下变得更慢，足足走了半个小时，洞中面积开始变得越来越小，几不可能再容身而过。就在季子安决定转身回去的时候，他突然踩到了一个东西，一个软软的毛茸茸的东西，季子安忙退后几步，将打火机的火光对准了脚下。季子安望去，一股冰冷的寒意一直从脚下贯穿到头顶！

这完全就是一派人间的修罗地狱。

第六章
噩夜惊魂

刘珍从警察局带回了丈夫所有的遗物，一支钢笔、一个钱包、一副眼镜、一本记事簿和一把钥匙，刘珍将它们都装在了一个黄色的公文袋中，她不愿意再看见这些东西，看见它们，她就会想自己已经离开的丈夫。

结婚十多年来，虽然丈夫对她不说是无微不至，但至少是关怀体贴。虽然秋文川在自己面前时并不多话，也不谈工作的事，但刘珍总能在他目光中找寻到那份属于自己的温柔。但现在，丈夫突然离开了，刘珍觉得生活一下子失去了意义，变得说不出的空虚，也直到此刻，她才明白了丈夫在自己生命中是多么的至关重要。

风吹得厉害，树枝在窗外拼命地狂舞。时针指在午夜12点上，刘珍却没有一点困意，她无奈地拿出安眠药。看着白白的一瓶安眠药。刘珍心中竟有了一个疯狂的想法。是否，我将这一瓶安眠药吃掉，就

可以见到丈夫了呢？就可以永永远远再不分开了呢？

"啪"的一声，风将放在桌沿的黄色公文袋吹落在地。刘珍将窗户关死，拣起公文袋，公文袋下压着一把钥匙，钥匙很小，不像是门上的钥匙。刘珍将它捡了起来，突然想起家中的保险箱。

十多年来，丈夫与自己分享了所有的一切——快乐、痛苦、幸福、悲伤，只有一样东西是只属于他而她所不知道的，就是那个保险箱。秋文川曾经对她说过，绝对不要开启那个保险箱，因为里面的东西会给他和她带来很大的麻烦！刘珍也曾追问过保险箱里究竟是什么东西，但秋文川只是推脱，从未回答。

难道这把钥匙就是保险箱上的钥匙？刘珍迟疑着走到卧室，保险箱就在卧室床柜的后面。刘珍推开床柜，露出了墨绿色的保险箱，冰冷的颜色。保险箱如同一张巨大的嘴隐藏着些什么，终于刘珍还是无法抗拒那份好奇，她慢慢地蹲下身，将钥匙插了进去。密码她早就知道，是秋文川和自己的结婚纪念日，钥匙轻轻转动几下，"吧嗒"一声，保险箱的锁被打开了。

刘珍怀着几分激动的心情将保险箱里面的东西拿了出来，里面只有一个灰白色封起来的档案袋和一张照片。照片上是一男一女，举止很是亲昵，肉色肉香，衣衫半裸。刘珍仔细盯着，觉得这上面的人她都很熟悉。

"是他们！"刘珍突然想起了照片上的人究竟是谁，但随即又摇头道："不对，怎么可能是他们，他们又怎么可能这般模样在一起？"刘珍愣愣地盯着照片好几分钟，一道灵光突然闪进她的脑海里，她站起身，喃喃道："莫非是因为这张照片，文川才被杀死。如果真是这样，那么杀害文川的人……"

刘珍目光变得明亮起来，丈夫离奇而恐怖的死亡，她有了线索。

"咣"的一声将刘珍吓了一跳，她将照片藏在自己怀里，将档案袋又重新塞回保险箱走出卧室。刚才被关死的窗户不知为何竟又打开了，风吹地更加猛烈，树枝狂舞地几乎要飞了起来，刘珍紧了紧自己身上的衣服，将窗户再一次关死。

"咣"的一声，这一次窗户被吹开地更加猛烈。刘珍再一次回身，她惊讶地发现，窗外竟有一张脸，一张不知道是人还是狗的脸，黑黑的皮肤，尖锐带血的獠牙，还有一双令人胆战心惊的无比诡异的蓝色瞳孔，刘珍像被定在原地，浑身颤抖如风中的小草。

恐怖的脸慢慢地飘了进来，刘珍竟是动也不动地立在原地，像是被人扼住了咽喉。刘珍变得无法呼吸，目光被一片氤氲的蓝光所包围，渐渐地融在冰冷的死光之中。

一张照片缓缓地飘了下来，如风中落叶，注定摇曳这死亡的黑寂。

隔着窗户，雅之似乎也能感受到窗外冰冷的风，她目光望着窗外的一片黑暗，心中甚是焦急。从季子安追寻黑影离开到现在已经过了六七个小时，她不知道季子安究竟遇到了什么样的情况，他是否遭遇了不测。雅之正准备拿出手机拨打警察局的电话，突然一个人影出现在别墅外的灯下。

季子安满脸疲惫地走进别墅，打开门，妻子雅之已经飞扑了过来，扑进了他的怀抱。她的身体还是如此的温热，她的面容还是如此的美丽，只是她的心呢，还一如既往吗？季子安轻轻推开自己的妻子，长长地呼出一口气，突然道："还有饭吗？"

季子安风卷残云地往自己胃里倒进了三碗白饭后，才觉得一股暖气回旋在体内，开始慢慢驱散季子安心中无尽的寒冷。终于，他放下了筷子。

雅之一直静静地望着自己的丈夫，没有说一句话，也没有任何的动作，只是静静地望着。她知道，如果他要说什么，他会说。如果他不想说什么，如何问他也只会是枉然。

"我差点追到它!"季子安对妻子雅之道。

雅之点点头:"哦。"

"但它还是跑了,它在林里跑得飞快,爬上前面那座荒山后就消失在另一面的密林里,我找了半天,但还是没有半点踪迹。"季子安望着自己身上被荆棘刺破的地方,心有不甘道。

"嗯,你没事吧?"雅之也看到了季子安身上的伤,她找来上次秋文川留下的外伤药给季子安敷上。季子安望着此刻的雅之,完全是一位尽职尽责、温柔体贴的好妻子,他心中不由一阵酸楚,如果,一直,一直,从来都是这样该有多好。

季子安突然道:"我总觉得它不像是人。"一句话,雅之的手有刹那僵在半空中,而后又继续给季子安敷药,雅之道:"如果不是人,你又何必在意。"

季子安突然笑了,道:"有的时候,我倒希望自己不是人,岂非最好?"

雅之沉默,不再说话。

黑影一直在季子安的前面徘徊,周围全是朦胧的雾气,季子安拼了命地追,但自己与黑影之间的距离却一点没有缩短。终于,季子安停了下来,喘着粗气。而令人可气的是,黑影竟也停了下来,一动不动地站在原处,似是在玩一场猫捉老鼠的游戏。季子安觉得心中一股怒气不可遏止地涌了上来,他不顾疲惫的身躯,只觉得身体里一团火在燃烧。他的速度更快了,如同飞似的,令他所欣喜的是,他与黑影之间的距离开始变短了,他甚至已经看到了对方鼓动黑衣下那瘦弱的身躯,季子安心中一阵狂喜。

周围的雾气更加浓重,季子安恍然发现自己已经身处一片荒野之中,四顾而视,看不到一点人烟。这里是哪里?季子安觉得这陌生的地方竟有若隐若现的熟识感觉,好像自己曾经来过。

黑影在季子安出神的刹那,突然跳进了路边的长草丛,转眼找寻不到。季子安如何肯放过它,他也跳下路沟,"咚"的一声,他踩在一块巨大的青石板上,青石板还是光滑的,上面并没有长满青苔,而在青石板一侧,季子安看到了一块石碑。石碑上的字迹却是不甚清楚。

这是一座荒坟。季子安觉得背后阴风阵阵,忙跳离了青石板,再看时,已经找不到黑影的踪迹。它究竟去了哪里?季子安转动身躯,突然脚下一绊,他低下头,发现青石板上竟是开启了一道细缝,一股腐烂的气息从里面黑压压的缝隙传来上来。

季子安心中一惊,莫非黑影躲进了墓坑。季子安盯着脚下,突然俯下身,用双手扣住青石板开启的细小缝隙,憋足了力气,缓缓将青石板挪动起来,青石板被挪到一边,露出里面一副巨大的黑色棺材。

季子安心中倒吸一口冷气,棺材还是密封的,里面不可能进去!季子安望着,就想跳出去,突然黑色的棺材里传来令人毛骨悚然的一声呻吟。

季子安背对着棺材,觉得后背脊梁上如同一双眼睛盯着一样,一阵阵的冷。他慢慢地转了眼睛,黑色巨大的棺材竟是慢慢地,一点一点地自己打开了。棺材里缓缓升起一道绿光,如同鬼火。

季子安抬头看绿芒,才发觉周围荒野之上,不知道何时竟是飞满了这种绿色诡异的光线,季子安如同置身在一片幽绿冰冷的世界中,不能自己。

棺材终被打开,一具尸体映入季子安的眼帘。

"这,这怎么可能……"季子安睁大了自己的眼睛,一动不动地望着棺材里的尸体。

尸体竟然就是此刻站在棺材旁发愣的季子安自己,面色死灰,双眼紧闭。季子安捂住自己胸口,感觉心脏快要停止跳动了,他猛地抬起头,那块石碑上的字迹竟是慢慢地显现出来,用一种恐怖的血红色慢慢勾勒,上面写着"季子安之墓"

　　刹那间,所有幽绿的光线冲向季子安,夹杂着无比窒息的寒冷将季子安压入身下的棺材。季子安拼命挣扎着,不想倒下去,但身体的力量一点点被抽空,他望着自己失去了平衡,倒了下去,倒进了一片属于死亡的黑暗。

　　"不！"季子安猛地叫了起来。眼前明亮温暖,季子安发现自己正半躺在舒适的办公室沙发上,他失神地将周围一切望清楚,似是还不敢相信方才一切也不过是一场梦。

　　"季总。"门外秘书小李敲门道。

　　"进来。"季子安擦了擦额头上的冷汗,面容疲惫。

　　小李进了办公室,顺手将门关好,望着季子安,将一杯热腾腾的绿茶放在季子安面前的桌子上,关心问道:"季总,您没事吧？刚才好像听见您在大叫……"

　　季子安摇摇头,苦笑道:"没事,就是做了个噩梦。"

　　"对了,季总。刚才您休息的时候,雷氏集团的雷总打电话来,约您今晚吃饭。"秘书小李想起道。

　　季子安喝了一口热茶,觉得身体有些舒服了,点点头,道:"我知道了,你回去吧。"

　　小李应着转身离开,剩季子安默然的自处。自己这段时间究竟是怎么了,仿佛一直在一场又一场的噩梦中挣扎着,而这些噩梦中竟也有些真实的东西。或许,梦只是一种途径,自己的内心莫非要告诉自己一些事情？一些曾经发生过的可怕的事情？

　　3月22日晚上7点25分。季子安坐在一辆银色的宝马车里,旁边老雷望着明显消瘦下去的季子安,道:"听小李说,这几天你特别的累啊？"

　　"哦,新开的分公司许多有事情还没有定下,是有些累了。"季子安揉着有些发闷的额头道。

"是不是因为秋文川的事情？"老雷若有所虑，道："他的事情我已经听说了，雅之那边没问题吧？"

"嗯，她还好。"季子安摇摇头。

"秋文川这一死，死得实在是古怪！"老雷叹息着，道："只希望这一切都没发生过就好了。"

季子安也是微微叹息。

"好了，咱不说这个了。有段时间咱们两个没单独出来喝点酒了，今天带你去个好地方给你补一补。我敢打赌，你肯定没去过，也没吃过。"老雷话锋一转，带着几分神秘道。

"哦，什么地方？"季子安问道。

"现在先不说，到了就知道了。"老雷故意卖关子道。

季子安这才发现车已经开到郊区，远离了市区的灯红酒绿和纸醉金迷，只有一片清冷的夜缓缓降临。

宝马车最终停在一家店前，店门面很小，甚至没有招牌，季子安好奇地问老雷道："我还一直以为你只会在五星级酒店里喝酒吃饭呢，没想到你也会来这种小地方。"

老雷一脸坏笑道："你又怎么会知道，这种小地方的美味比那些大酒店的毫不逊色。"

季子安半信半疑地进了饭店，两人包了一间包房。不多时服务员开始上菜，季子安看见服务员的衣服上沾满了油渍、污渍，他实在是想不出这样的地方究竟会有什么美味。

配菜很一般，只是一碟花生米、一碟凉拌黄瓜、一盘素冻肉，接下来是上主菜。

不多时，服务员端着一个大盘子上来，大盘子上盖着一个白碗。季子安皱着眉头，不知道老雷这罐子里卖的是什么药。老雷给了服务员一百块钱的小费，又嘱咐了几句，服务员乐呵呵地下去了。季子安忍耐不住问道："老雷，能吃了吗？"

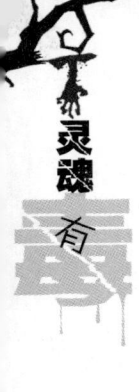

"随便。"老雷将扣在大盘子上的白碗翻了过来,白碗下是盛着满满一盘子肉,热气腾腾,肉香扑鼻。季子安望着一大盘子黑乎乎的肉,问道:"这就是你说的美味,这一盘肉?"

"哈哈!你先不要问,先尝尝。来,赶快尝尝!"老雷往季子安碗里夹了一大片肉。

季子安摇着头,将肉放进自己嘴里。令季子安没想到的是,这肉竟是滑中带嫩、香中带甜,的确是别有风味!季子安也不再问,一筷子一筷子夹着吃,不多时,他一个人就吃了小半盘子。季子安打了个饱嗝,方才将筷子放下,称赞道:"的确是美味,没想到这地方竟然有这么好吃的肉。对了,老雷,这是什么肉啊?"季子安问道。

老雷带点得意,道:"我就知道你肯定没吃过。这个啊,是狗肉!也叫香肉!"

"狗肉?"季子安望着满盘子的肉,突然冲出门去,不顾一切地呕了出来。那黑黑的肉夹杂着酸水全都呕了出来,季子安扶着墙,觉得自己都要倒空了。

他抬起头,一只黑色的大狗出现在远处的草坡上,双眼直直地望着季子安,眼中竟是闪烁着异样的蓝芒。黑狗盯视着季子安,如同风中的雕塑一般,一动不动。季子安也回望它。一狗一人静静地对峙了足有十分钟。突然,黑狗转过身,向草坡后奔去。

季子安迟疑下,竟是追了上去。他也不知道自己为什么要追上去,只觉得自己应该追上去。季子安一边追,一边心中道:这只黑狗难道也是这家狗肉店所养的,只是为什么能自己跑出来呢?

黑狗似一道黑色闪电在前面狂奔,季子安拼命地在后面追。渐渐的,黑狗模糊成了一个朦胧的黑影,季子安心中一震,这个场景为什么这么熟悉呢?黑影、自己、追赶,这一切岂非就是季子安白天梦中所梦见的一切吗!季子安心中竟是有了一丝恐惧。

黑狗突然跳出草坡，跳进了路边的一片长草丛。季子安也跟着跳了上去，"咚"的一声，落地有声，季子安低下头，脚下出现了一块巨大的青色石板。

青色石板尽头，一块字迹模糊的石碑如同一张鬼脸正在对着季子安无比残酷地笑着。

第七章
棺材

季子安惊颤地望着脚下青石板，禁不住自语道："难道……难道梦中的一切都是真的？"

青石板上青苔潮滑，一端竟真的有着一道缝隙。季子安慢慢蹲下身去，突然心中像是下了某种决心，使出力气猛地将石板挪动。石板被挪到一侧，而在石板之下如季子安梦中所梦的那般模样，竟是一口巨大冰冷的黑色棺材。

季子安愣住了，他不敢再有所动作。他害怕棺材打开后看到里面躺着的就是自己。黑色棺材静静地躺在地上，散发着死亡腐败的气息，巨大的棺盖如同一扇打开地狱深渊的门，季子安开始畏惧、退缩。

"喀喀，喀喀"，棺材中突然传来刺耳的挠抓之声，似是有人想要从棺材里出来！季子安吓了一跳，本能地跳开。远处荒草坟地之中慢慢升腾起一缕缕磷火，如同鬼幽之眼，牢牢地盯住季子安。

棺材中又没了动静，季子安心中慢慢平静下来。自己多日被噩梦所折磨的怨气和愤怒涌了上来，暂时掩盖了恐惧，季子安紧抿着嘴重新跳入墓坑，伸出双手推动棺盖。

棺盖发出沉闷而压抑的声响，棺盖终被推开。季子安喘着气，慢慢将目光压下。

棺材之中,一只蓝眸黑肤的大狗正四仰八叉地躺着,一双蓝眸中满是死亡的灰白。一根长长的舌头也是伸了出来,尖锐的獠牙呲咬着,却是没有一点生气。这只棺中死狗正是方才季子安所追来的那只,此刻却是生机已断。季子安发现棺盖的内侧有几道抓痕,想是黑狗临死前留下的,季子安满心不解地望着死狗,心道:究竟是谁将它置欲于这棺材之中,又残忍将它杀死?

"砰"的一声,黑狗身体突然一沉,竟是将棺底压出一个洞。季子安狐疑地将黑狗拖了出来,仔细观察,发现棺材内竟有一道隔门。此刻隔门被黑狗压踢一个小洞,季子安将隔门打开,隔门之内是一副白骨。

白骨上已经没有一丝血肉,想是已经埋了好久。季子安将头骨拿了出来,发现它竟只有人的拳头那么大,颅骨前倾而尖锐,不似人类。这应该是一只狗的头骨,季子安暗暗道。季子安将所有白骨都取了出来,发现是一副完整的狗的尸骨,但还有一些很小的骨头却不似这副狗骨上的。季子安迟疑着,将一部分不认识的骨头装在自己口袋里,然后将其他骨头重新放回棺材。

棺盖重重地被合上,季子安已是满头大汗。抬头看着面前氤氲不清的石碑,季子安不由得想,这上面究竟会刻着谁的名字呢?

雅之看看对面墙上的表,指针一长一短指在 10 点 42 分。这么晚了,季子安还没有回来,也没有打回电话,不知道他究竟去了哪里,也不知道他今晚还回不回来。电视中播着无聊的广告,突然,一条插入的新闻令雅之心中一惊。

"昨天凌晨 12 点左右,我市中心花园小区 9 单元 101 室发生一起自杀案件。自杀死者名叫刘珍,因服食大量安眠药物,经抢救无效死亡。据有关调查方透露,该自杀死者的丈夫近日前在自己所工作的单位被人残忍杀害,自杀者也因为丈夫的突然死亡而一直情绪不稳,这可能是导致自杀者走上不归路的直接原因。警方现已涉入此案调查——"

"刘珍?"雅之轻轻念叨着,她还记得这个女人的名字。秋文川的妻子,就在昨天在警察局门口还对自己纠缠过,只是没想到只过了一天,就已经人鬼殊途。难道真的因为寂寞孤独,就可以离开这个人世吗?如果这样,我是不是早就应该离开了?雅之胡思乱想着。

"嗒"的一声,别墅突然陷入了一片黑暗中,停电了。雅之抬起头,见三楼有幽幽的光射了下来。是那个房间,雅之心里想道。她拿起了自己的手机,将屏幕打开,绿荧荧的光照耀在雅之的脸上,显得有些诡秘,她缓缓上了三楼。

三楼卧室的门依旧紧闭着,其中斑驳而出一些微弱的光芒。雅之再一次站在门外,这一次她没有了退缩,无论发生什么,她都要选择面对。

"吱呀!"一声,门被推开了,房间内的摆设依旧。不同的是,在卧室窗台上摆了三只蜡烛,烛光摇曳。雅之追着看过目光去,吧嗒一声,手机掉在了地上,雅之捂住了嘴巴,她看见了——自己。

季子安回到狗肉店的时候,老雷却已经喝得大醉,原来刚才他给了服务员一百块钱,买来了这家店里最烈的白酒,只喝了三杯就已经醉得不省人事了。季子安没有办法,只能先送他回家。

叮咚,门铃响过不久,雷夫人出现在门口,看到了季子安,还有沉沉醉过去的丈夫。雷夫人望着季子安,道:"对不起,子安。又麻烦你了。"

"没事!老雷也是为了我才喝的酒。"季子安将老雷送进卧室,老雷沾床立即开始了震天的呼噜声,雷夫人深深望着自己的丈夫,嘴边一丝笑容,季子安点头告辞。

门口,雷夫人将季子安叫住,关怀道:"夜深了,路上一定要小心。"这一刻,季子安莫名的想起了自己的妻子:这么晚了,她是否还在等着自己回家?

季子安离开了老雷家,他这次没有开车,只能打车回家,但等了好久都等不到出租车。看看表，已经晚上9点30分了。季子安等不了，开始沿着公路走。走了十几分钟，他始终觉得自己背后一阵冰冷，如同有一双目光一直在盯着自己，他猛地回头，没有人。季子安长吁一口气，告诉自己，一切不过都是自己在吓自己。

"叮"一声脆响，季子安却又是一惊，从怀里取出手机，他收到了一条短信。是一个自己所不认识的号码，上面只有一句话："花园小区9单元101室"，季子安莫名地喃喃读出来，抬起头时，发现自己已经站在了市中心的花园小区。

季子安迟疑许久，还是来到了9单元101室。站在门前，季子安突然觉得这个地址有些熟悉。是谁的家呢？

门竟然没有关，只是虚掩着，季子安的手有一丝颤抖，但他还是将门推开，走了进去。

黑黑的没有一丝光亮，季子安轻轻道："请问有人在吗？"没有人回答。季子安又问了第二次，但依旧没有人回答。季子安找到电灯开关，但灯却不亮，季子安拿出了自己的打火机。

一张微笑的面容出现在季子安眼前，季子安险些吓地坐倒。那个笑容，竟是属于一个死人的，季子安喃喃念出他的名字："秋文川？"

笑容来自秋文川，而秋文川来自一张相片。相片挂在客厅高脚桌后的墙壁上，是一张黑白的照片。季子安心中一阵不安，难道这里是秋文川的家？没错，花园小区，9单元，101室，他记起了这个地址，就是秋文川的家！

为什么有人将秋文川的地址发给我呢？季子安满心狐疑，屋子里很安静，除了自己似乎再没有别人。可是秋文川的妻子呢？她怎么不在家？

脚下踩到什么东西，季子安拿了起来，是一把钥匙，一把保险箱上的钥匙。季子安发现了那个保险箱，在卧室里。他蹲下身，保险箱是墨绿色的，如同一只墨绿色的青蛙，正张着大嘴，季子安将钥匙插了进去，"吧嗒"一声保险箱竟然开了，保险箱上的密码竟是被人早早就调好了。季子安打开保险箱,里面空空的,只有一张纸,上面只写着两个字——**遗像**。

秋文川还在笑,季子安将黑白相框转了过来,打开。在秋文川遗照之下竟是还粘着另一样东西,季子安将它拿了出来,静静地看着,然后闭上眼。原来一切竟是如此!

雅之看到了自己,自己出现在一面镜子中,镜面是新换上的,与镜框陈旧的模样不同。而雅之的目光凝聚在镜框边缘,那一摊黑红色的痕迹。雅之觉得有些天昏地转,她回过头,一个高大的人影出现在了她的身后,轻轻地对她微笑,雅之却觉得这笑已经是她这辈子最不想见到的笑容了。

季子安回到别墅,别墅的门竟然是开着的,别墅里的灯也都是开着的。季子安站在客厅,雅之并没有像以往一样在等着他回家。季子安望着有些刺眼的灯光,心中不知为何竟有一丝不安,卧室、厨房、餐厅、洗手间、阳台、花园,所有能找的地方都找了,但季子安依旧没有找到妻子的踪迹。

"雅之!"季子安站在别墅外,大声地喊,声音在空荡寂静的夜里飘出很远,但等来的也只有自己的回音而已。季子安心中一个感觉越发明显起来——雅之失踪了。

季子安一夜未睡,只在黎明时分才终于抗不住,沉沉地睡了过去。梦中,他梦见了自己,梦见了雅之,梦见了秋文川,梦见那只死去的黑狗,梦见了那面镜子,他们一起,所有的人和狗围着镜子跳舞、唱歌,然后一个一个的开始消失,最后只剩下了季子安一个人。季子安缓缓睁开眼睛,窗外阳光明媚,他一个人。

别墅里依然没有雅之的声音,她还没有回来,季子安心中的不安越发强烈。她究竟去了哪里?为何不告而别?季子安觉得这个世界突然空虚了许多。

"季总,季总……"小李一个劲地呼唤。季子安茫然地望着她,看看周围,不知道自己何时竟已经回到了公司,季子安点点头道:"怎么了,小李?"

小李面色有些慌张,道:"分公司杨经理打电话来,说分公司经营状况这几天突然变得很糟糕,以前下订单的客户都在这一两天突然撤销了订单,分公司面临被架空的危险!杨经理说,下午会带营销部经理来亲自跟您汇报。"季子安皱着眉,分公司的经营刚刚步入正轨,怎么突然出现了问题。

这几天发生的事情让季子安的生活和精神都乱成了一锅粥,季子安此刻更加想念自己的妻子,如果她还在,她会帮自己分忧吧。最起码,她会在家等着自己,只是陪着自己,远离一切烦恼。

季子安独自回家,别墅里黑如深渊,点点荧光从三楼空置的卧室里射了出来,季子安激动地狂跑上楼,猛地推开门,光明突然变得悠长。一阵冷风拂面,季子安看到了一面镜子。

镜子上用鲜红色的口红涂着四个字——"洞中相见"。

季子安追寻着火中黑影一直来到了荒山背面的一个深邃诡异的洞中,季子安追了进去,洞中并没有找到黑影,而就在季子安想要转身离开的时候,他脚下突然碰到了一个毛茸茸、湿乎乎的东西,季子安低下目光,一股冰冷的寒意一直从脚下贯穿到头顶。

这完全就是一派人间的修罗地狱。

说不清的狗尸堆满了这个狭小的空间,黑色的皮肤、惨白色的牙齿、鲜红色干涸的血迹,一具接一具的狗尸毗邻相近如同一张恐怖的画卷,腐烂的恶心的气味瞬间灌入季子安的身体,季子安勉强撑住虚脱的身体逃也似地离开了山洞。

季子安站在山洞外,他没想到自己还会再一次来到这里,想着自己的妻子,季子安不再迟疑进了山洞。熟悉的路径,熟悉的黑暗,季子安手中打火机的火光渐渐跳跃如豆。山洞的最深处一个纤细的身影倒在冰冷的石面上，高处滴落的积水在人影面前洇成一个小洼。而那些黑狗尸体却已经不在洞中。

"雅之？"季子安轻声呼唤，身影像极了雅之，只是看不见她的脸。季子安轻轻转过她，触手却是一片冰冷，她的面上一片死亡的苍白，但并不是雅之，而是另一个女子。季子安认识她，刚想叫出她的名字，小洼之上突然现出一个凶狠的面孔，一把闪亮的匕首刺向季子安后背，季子安堪堪避过。

"雷方！"季子安喝声道。

一个粗重的冷笑带着狰狞，雷方道："没想到你竟然可以躲过，但好运永远只会有一次。"

季子安怒视雷方，突然开口道："这一切都是你做的！"季子安突然从怀里扔下一张照片，照片飞舞而落，照片之上，一男一女正在亲热拥抱，衣衫不整。男子正是雷方，而女子却是季子安的妻子雅之。

"原来一直背叛我的人竟然是你。"季子安冷冷道。

"不错，就是我！"雷方将照片捡了起来，摇摇头，奸笑道："自从我第一次见到雅之，就有了占有她的欲望！但一直没有机会，直到三年前，你的生意遇到了困境，一蹶不振。雅之找到我，恳求我帮助你，我自然是不会放过这机会的。"雷方冷哼一声，道："不想这件事却被我太太知道，而且还偷偷拍下了照片，想以此为理由要挟我，要同我离婚。"

"你不想离婚，于是你就杀了她。"季子安目光望着身下的女子，她正是雷夫人，只是此刻已经变成了一具冰冷的尸体。

"她自以为很聪明，却不是真的聪明。她不知道将我惹火的后果是什么，现在她终于知道了。"雷方阴险笑道。

望着此刻的雷方，季子安突然想起了自己梦中那个引刀刺向自己的血面人。

"这找照片是我从秋文川家里找到的,难道他也是你杀的?"季子安突然道。

"不错,只有死人才可以保守住这个秘密。"雷方道。

"你一定是疯了,你竟然丧心病狂到了如此的地步!"季子安道。

"你以为自己有多高尚吗,将雅之差点打死的不就是你吗?"雷方冷冷道:"你难道还没有记起三年前自己所做过的事情吗?记不得那面涂有你妻子鲜血的镜子吗?"

雷方的话如同一道闪电击中季子安的灵魂,记忆深处那一幕幕不愿被记起的影像终是缓缓浮现而出,镜子、女人、男人、鲜血。储物室内恍惚所见的一切景致竟都是自己亲身经历,那个男子就是自己,被推在镜上鲜血直流的就是自己的妻子雅之。

而苍白于记忆之中的照片就是雷方与雅之的照片。

"我竟然真的伤害了她,真的伤害了她。"季子安觉得头痛欲裂,捂着脑袋跪了下去。他不愿意相信一切,但一切终是浮出水面,摆在了面前。

"雅之那次流血之后差点死了。而且,看到照片的你不仅想要杀她,还想要害我!但可惜,你在开车来的路上发生了车祸,一只黑狗突然从路边坟地冲上马路,你为了躲那只黑狗,将车撞入墓地,结果黑狗被撞死,而你则是因为头部受到了冲击,造成了失忆。"雷方一字一句地将事情完整道出。

季子安三年前失去的记忆终于恢复!黑狗被高高地撞起,落在自己奔驰车上,破碎的玻璃碎末刺入黑狗的双眼,变成了一双蓝眸,蓝色深眸如同深邃的海洋。

"雅之和秋文川一直乞求着你可以永远想不起这些事情,这样你们的日子就可以平静地过下去!而我早就明白,事情只有被记起的,没有被忘记的。所以,我先下手为强,早做打算。"

季子安望着雷方手中的匕首,问道:"你说了这么多,究竟想怎么样?"

"你还记得这把匕首吗?"雷方冷笑着将匕首轻轻擦拭,道:"三年前你就是拿着这把匕首想要将我杀死。后来,我暗中监视雅之,得到了这把匕首,用它结束了秋文川的性命,而后我又想办法从警察局里重新拿回了它,为的就是这一刻——将它刺入你的心脏。"

雷方疯狂笑着,笑声在山洞中回荡,如同鬼啸。他冲向季子安,冰冷的匕首就要刺入季子安的胸膛,突然季子安脚下的雷夫人尸体一滑,滚了下来,挡在季子安身前。

雷方突然被脚下冰冷的尸体一绊,巨大的惯性令其飞了起来,狠狠地撞在洞壁之上,再重重地摔下来,匕首刀锋一转,竟是刺入了雷方自己的胸膛。

雷方不可思议地望着匕首,喉咙里咙咙而语,季子安也被突然出现的一幕所惊呆。雷方望着自己的妻子,将她的手握进自己的手里,喃喃笑着,似要笑尽他的生命:"二十年了,你终是不肯放过我……"

季子安突然冲了上来,晃着雷方道:"雅之,雅之在哪里?她在哪里?"

雷方眼神涣散,声音模糊在季子安耳边:"她,她,在……"

第八章
我在等你

风吹过这片荒野,发出呼呼的响声,季子安走在荒野之上,觉得脸上风割如刀。

他停下脚步,周围是一大片坟墓,静处在天地之间,如同一片低矮的死亡面孔。季子安身下是一块巨大的青石板,还有头上一面模糊

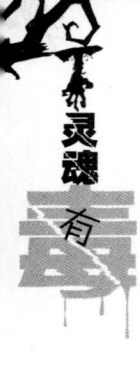

不清的墓碑。他扑在青石板上，拼命地扒推着，石板被推开，露出了里面黑黑的影像，那口棺材。

"雅之，雅之！"季子暗大声叫着，声音声嘶竭力。

棺材被推开，季子安望见了一张熟悉的面孔，她在温柔地与他对望！"雅之！"季子安激动地叫着，俯身想要拉起棺材中的雅之。

"噗"的一声，季子安激动的笑容凝僵在嘴角，他缓缓望着，望着刺入自己胸膛的匕首。匕首一端深深刺入了他的心脏，而另一端紧紧握在一双纤细柔弱的手中。

"子安，我一直在等你。"雅之声音带着无尽的幽怨。

季子安猛地将胸膛抽离匕首，一阵撕心裂肺的疼痛传遍季子安全身，他的心真的在流血："为什么，为什么，我不明白！"

"你还不明白吗？"雅之躺在棺材里，望着头顶苍穹，淡淡道："你忘记你右手口袋的东西了吗？"

口袋被翻了过来，是一小撮白骨。雅之接了过去，搂在怀里，轻声耳语道："来，快叫爸爸！"而后，雅之望着季子安，小声道："子安，见见你的孩子。"

"这——"季子安惊诧无语。

"他是你的孩子！三年前你推倒我的那天晚上我本想告诉你这个消息，我们有了孩子。但是你……你却残忍地杀了他。那一刻，我就发誓要为我孩子报仇！"

雅之将小小白骨贴在自己脸上，红颜白骨，说不出的诡异！"我不怪你伤害我！你甚至可以杀死我，我都不会怪你。但是，你不能伤害他，他还只是个孩子，甚至都没有机会叫我一声妈妈，就被你残忍的害死了。而且，那次的伤令我的身体从此再也不能要孩子了。你知道吗？子安……"

"我真的不知道——"季子安喃喃着道，面上的神情痛苦。

"我知道你不知道,你什么都忘记了。所以,我要让你都记起来,我要让你对孩子进行忏悔!"雅之轻轻道:"我知道你梦中所害怕的是什么,蓝眸黑狗,是吗?"

季子安面上一肃,不敢相信地问道:"难道那些黑狗都是你找来的?"

"不错。门前的狗尸、匕首、围攻别墅的野狗、储物室中的血镜、和引你的黑狗都是我找来的。而那条令你找到秋文川家里的短信也是我发的,我所做这一切,只是想让你的记忆回复,想起你是如何伤害你的孩子的。"雅之声音平静,似是在叙述一件平淡的事情。

"我有罪,但你这又是何苦……"季子安目光开始现出灰白的死光,他摇着头,挣扎着走到雅之面前。棺材中的雅之缓缓坐起身,季子安静静地望着她,用生命中所有的语言轻道:"我……爱你……"

声音终止时,季子安身体倒进了雅之怀里,双目一点点闭合,他瞥见头顶的墓碑,原来这墓碑终究是为自己所刻!只是,这怀抱真的温暖,温暖到可以让自己忘记一切,一切,一切……

雅之面带微笑,泪水滑落,她轻轻将白骨放在季子安胸前,将季子安搂在自己怀里,喃喃似梦呓道:"终于,终于,这个世界不再纷扰。你,我,孩子,我们一家人终于再也不分开……"

黑色棺材慢慢地合死,再无缝隙。棺材外一只孤独的野狗正自凝望,一双蓝眸如星般闪烁。

第一章
泳池夜惊魂

K大校园，9月10日，傍晚的云像飘在远方的一只帆船，渐行渐远。

陈果跟同好友林美瑶来到K大游泳馆打扫卫生，打扫是由班主任老师按照寝室序列分配的任务。陈果所在的402寝室有四个女生，但有个女生发高烧，另外一个女生陪她去了校医院。这样，打扫任务就落在了陈果和林美瑶两个人身上。

游泳馆挺干净，只要拖拖地就行了，两个女生也没觉得累，一直说说笑笑。时间很快到了六点半，陈果把拖把往地上一立说："我饿了，林美瑶你饿了吗？"

林美瑶有着一张精致的可爱面孔，她擦擦额头的汗珠："嗯，有点饿。陈果，天黑了，这游泳馆里还挺阴森的。"

陈果瞧了瞧空荡荡的游泳馆，觉得后背有点凉飕飕的，忙转移话题："快打扫完了，咱们早点走吧，还得去校医院给王丹送饭呢。"

林美瑶早有此意，立即点点头。陈果拿着拖把来到储物室，刚把工具整理好，突然听到隔壁洗澡间里传来淅淅沥沥的水声。

好奇怪,游泳馆里应该早就没人了。

陈果走到隔壁,洗澡间的灯忽明忽暗,陈果怯声问:"有人在吗?"

还是只有水声在响,陈果握紧双手,她在洗澡间查看一遍,发现原来是一个水龙头没有拧紧,在断断续续地滴着水。

吓死人了,陈果赶紧拧紧了水龙头,出了洗澡间。

游泳池旁不见了林美瑶,方才她明明说在这里等自己呀,难道先走了?陈果心中纳闷,林美瑶是一个做事很细心的人,就算先走应该也会通知一声。

陈果在休息室、洗手间找了找,都没发现林美瑶的影子。

便在此时,陈果再次听到了一阵淅沥的水声,她一愣,慢慢移向了洗澡间。

陈果按亮了洗澡间的灯,昏黄的灯光洒了下来,有一种阴森的味道。陈果发现自己刚刚拧死的那个水龙头竟然又一次开始滴水。

陈果这次把水龙头拧得再也拧不动了,她才松开手。

一个白影飘到眼前,吓得陈果抱着脑袋缩进墙角,好一会儿,她才敢抬起头。

地面有一块隔间的帘布,原来是帘布飘落下来的影子吓到了陈果。

"这泳馆里还挺阴森的嘛。"林美瑶的话语在耳边萦绕。陈果浑身发抖,她决定不管林美瑶了,先从游泳馆离开。

几分钟后,陈果惊讶地发现游泳馆的门竟是从外面锁住了。陈果大脑陷入一片空白,整座游泳馆阴冷的气息从四面八方向她靠拢。陈果又跑到窗户边,窗户也打不开,她用力敲打着窗户,希望能引起经过人的注意。

不过游泳馆地处 K 校最东头,这附近学生很少,而且又是晚饭时间,大部分学生都去了最西头的餐厅吃饭。

陈果的手机也忘在了寝室中,这让她感到一阵无力的绝望感,她

恍恍惚惚走进了最为光亮的休息室中等待，她期待离开的林美瑶可以回来找她。

不过马上，一个有些荒唐诡异的念头浮现在陈果脑海中，如果林美瑶也没有离开这座游泳馆怎么办？

陈果此时又饿又渴又怕，她从饮水机里接了杯热水喝下，然后身体蜷缩在沙发中。一阵疲惫感击垮了陈果清醒的意识，她轻轻闭上了眼。

一个冗长而黑暗的梦包裹住了陈果，她梦到周围有一双眼睛始终盯着自己。鲜血从那双寒冷的眼睛里滑落，像是一颗颗红色玻璃球落地摔得粉碎。

红泪不停溅落，支离破碎的残影越来越多，越来越密集，渐渐将陈果挤压得无法动弹。一阵要命的窒息感猝然而来，似被人狠狠扼住了喉咙，陈果猛地睁开双眼，发觉自己还躺在沙发中。

休息室门口，一道鬼魅的身影飘然而过。

陈果也不知道哪里来的勇气，追着诡影跑了出去。

诡影消失在了洗澡间外的黑暗中，陈果身体一僵，她突然再次听到了那异常令人毛骨悚然的滴水声从洗澡间内传出。

陈果压低了呼吸声，她绝对肯定之前把所有水龙头都拧死了，那么这滴水声又是从什么地方冒出来的？

陈果一个一个走过洗澡隔间，没人，没人，还是没人，最后只剩下尽头的一个隔间。陈果的心跳加速，她猛然拉开了帘布，一个硕大的人头正在隔间内死死瞪着陈果。

人头双眼布满了血丝，舌头半伸出来，就像要舔陈果一样。

"啊！"陈果放声尖叫。

几乎同时，另一声撕心裂肺的惨叫从泳池那边传来——是林美瑶。

陈果一口气逃过来，游泳池里，林美瑶的身体浮浮沉沉，脸色紫青，双眼流露出无尽的恐惧和震惊。一转眼，她便沉到了池底。

游泳馆的门开了，两个女生开开心心跑进来，其中一个女生手里提着一个生日蛋糕，她们正是陈果的另外两个室友，王丹和梅甜甜。

当她们的目光从惊魂未定的陈果脸上转移到游泳池中时，再次发出两声刺耳的尖叫。

第二章
只是恶作剧

K校，陈果失魂落魄地望着两位室友。

此时，K市刑警大队的副队长欧阳鸣，他鹰隼一样的目光在三个女生脸上游移许久，然后点着了一根烟。

"今天其实是陈果的生日，我们三个人商量好要给陈果制造一个惊喜，我和梅甜甜假装生病去给陈果买蛋糕，林美瑶留下来陪陈果。游泳馆的门是我偷偷锁上的，但只是想给陈果一个意想不到的惊喜。"王丹抿着嘴说，"至于洗澡间里的人头面具，那是林美瑶非要恶作剧吓唬一下陈果。我们原本不同意她这样做的，不过林美瑶一再坚持，谁会想到林美瑶竟然……发生了这样可怕的事。"

王丹说完，梅甜甜连忙点头："没错，王丹说的都是事实。"

欧阳鸣走到陈果面前，成熟男人的磁性声音让陈果有些微微走神："林美瑶出事时，你在哪里？"

"我在洗澡间。"陈果垂头回答。欧阳鸣继续问："你在洗澡间干吗？"

陈果抬高视线同欧阳鸣的眼神对上："我感觉有人在偷窥我，所以我追到了洗澡间里，却没有找到人。"

"你是说当时游泳馆里除了你和林美瑶之外，还有第三个人。"

"我也不知道。"陈果面色苍白地轻轻摇头。

"你方才提到林美瑶突然不见后，你找过她。"欧阳鸣掐灭了烟头。

"是。"

"所有地方都找过了?"

"我也记不清了,游泳馆很大,但我真找过了。"

欧阳鸣同陈果班上的曹煌老师悄声交谈了两句,然后便离开了。

曹煌关心地说:"陈果,你脸色很难看,先回寝室休息吧。"

陈果点了点头,走出了办公室。梅甜甜跑过来挽住陈果:"陈果,你没事吧,我可是害怕死了。"

陈果还没讲话,王丹一把拉走了梅甜甜,冷声道:"别理她。"

"为什么?"梅甜甜茫然道。

"林美瑶是怎么死的,真是自己摔进泳池里淹死的吗?"王丹眼神变得古怪莫测,"即便是这样,为什么有人明明可以救她,却选择见死不救。"

陈果沉默许久,才从牙齿缝里挤出几个字:"我……害怕水。"

学校以低调的方式掩盖了一名花季少女殒命的消息,过了两天,林美瑶的父母来到K大,他们带走了林美瑶的遗物。

陈果望着两位老人悲伤流泪的面庞,心里说不出的难受。

而后面曹煌找到陈果,告诉了陈果一个令人震惊的消息。

曹煌扶着眼镜腿,摇头道:"警方通过鉴定,确认了林美瑶死之前头部遭受过重物袭击,颈部也有绳索勒压的瘀青。这也就是说,林美瑶并非失足淹死,而是死于谋杀。"

"你有个心理准备,我想这两天刑警还是会来找你了解情况。"曹煌语重心长地说。

林美瑶被人所害的消息无疑晴天霹雳让陈果久久无法平静,曹煌看着双眼迷茫的陈果,安慰了她几句,最后只能是叹息一声。

陈果魂不守舍地刚回到寝室,王丹就把一本书狠狠砸在桌子上,故意大声吵吵:"林美瑶她怎么会被淹死,她初中时还拿过全市游泳比赛的第二名,她能被水淹死,简直是可笑。"

王丹似乎也知道了林美瑶被害的结论,陈果听她冷嘲热讽,好似有把刀在刺着自己的心。她知道王丹、梅甜甜和林美瑶从初中就在一个学校,感情特别深厚,王丹替林美瑶抱不平,陈果也可以理解。

"王丹,别说了。"梅甜甜劝说王丹。

"我去洗澡。"陈果不想面对她们,独自来到涮洗间。

热水浇在身上,内心中仍旧是冰冷的一片。

警方的调查说林美瑶死于他人之手,那很可能就是自己所见到的那道神秘魅影,但这魅影会是谁呢?他又为什么要害死林美瑶?

陈果紧闭双眼淋浴,突然感到后背阵阵发凉。

她匆忙睁眼看,涮洗间外突兀地出现了一个人,双眼凸出,舌头半伸,这鬼样子陈果记忆深刻,正是她在游泳馆所撞见的那副丑陋人头面具!

头戴人头面具的神秘人,手中紧攥着一把锋利的水果刀。

"你是谁?"陈果颤声问。

神秘人一字不语,举起刀就扑向陈果。

陈果慌忙躲避,但手腕还是被刺到了,火辣辣的疼痛感让陈果爆发出一股怪力,她正面推开了神秘人,披上毛巾朝外跑去,边跑边大声呼救。

神秘人眼看行凶失败,转身从窗户跳了下去。很快,王丹、梅甜甜和隔壁寝室的女生都跑过来,她们望着满手鲜血的陈果,惊恐地连声尖叫。

曹煌闻讯赶来后,把陈果送到校医院处理伤口。K市刑警队的欧阳鸣接到曹煌的电话,立刻赶来K大校园,但此时陈果因为惊吓过度而睡着了,欧阳鸣望着梦里紧咬嘴唇的陈果,并没有选择叫醒她。

欧阳鸣走出病房,跟曹煌交代警方会对陈果展开保护工作,确保

其安全无事。

欧阳鸣跟曹煌告别后,一个人走在静谧的校园林路中,静静望着远处灯光闪烁的篮球场,出双入对的湖边小亭,心头不免有了几分对大学生活的怀念。

快乐和宁静本应该是属于这里的东西,但现在却有一片死亡阴霾笼罩在K大校园上空。在这阴霾之下,任何一个学生都有可能成为下一个受害者,欧阳鸣顿觉压力巨大。他停住脚步,倏然想起了法医从林美瑶喉咙里取出来的一样奇怪东西,那是一根被折成九十度的火柴。

折成九十度的火柴,凶手此举用意为何?

挑衅、暗示,还是赤裸裸的疯狂行为。欧阳鸣无从得知,他眼前闪过叫陈果的女生眼中似有似无的东西,她在躲避,她在恐惧,到底恐惧的是什么?

也许,明天等她醒了,应该找她聊一聊。

校医院病房,一觉醒来的陈果发现有一个高大男子在走廊上伫立不动,像是一尊守门的石狮子。陈果一琢磨就明白了,这应该是警方派来保护自己的警察。

"吱呀"一声,梅甜甜来了,她给陈果捎来了早饭。

"陈果,我打了你最喜欢吃的南瓜粥。"梅甜甜体贴地给陈果盛粥。陈果望着梅甜甜的侧影,轻轻吐声:"甜甜,你也怀疑是我害死了林美瑶吗?"

梅甜甜莞尔一笑:"我相信你是无辜的。"

"谢谢你。"陈果鼻子有些发酸。

K市刑警队。

欧阳鸣拿着手里的资料,长吁一口气:"我终于知道,她在害怕什么了。"

第三章
残梦

漫长的夜，漫长的煎熬，漫长的梦。

又是那个梦，那张模糊的脸，那双死盯着自己的目光，那血一样流淌出来的眼泪，那碎了的泪珠，全部汇成了红色的画面，湮灭了梦境。

陈果紧闭双目，没有睁开眼睛，无论多么恐怖，她只想看清楚梦里的那张脸。

此时正是 9 月 12 日半夜十一点。

曹煌翻来覆去无法入睡，总觉得有东西压在胸口，让他惶惶不安。

他干脆坐起来，打开窗户，点着一根烟。倏然，他看到公寓前的小树林里有一道熟悉的身影。

是她？曹煌想了想，穿上外衣走下楼。

小树林里，曹煌果然看见了她："真的是你，你来得正好，我正要找你问清楚。林美瑶死的那晚上，你究竟做了什么事？"

"你跟我来。"曹煌面前的女孩柔弱地说。

曹煌跟在女孩身后，女孩带他来到游泳馆外。

曹煌心头隐隐不安，他扳过女孩瘦弱的肩膀，刚待说话，谁知女孩手里白光一亮，曹煌看到她手里攥着一把锋利的刀子。而下一刻曹煌感受到了刀刺进脖子的温度，竟是那样冰冷。

13 日，早八点。

这次 K 大凶杀案可谓惊动了 K 市大小媒体，如果说先前死了一个女学生还可以遮遮掩掩，但紧跟着又死了一个大学老师，这就变成了一则轰动性新闻了。

　　从刑警队匆匆赶来的欧阳鸣脸色铁青，瞧着从泳池里捞出来的尸体。死者是昨天还同自己见过面的曹煌，曹煌的颈部有一道致命刀伤，泳池里的水被染红了一大片。

　　欧阳鸣回头瞅了瞅挤在馆外的各类媒体，只觉得头大如斗。

　　下午，尸检出来了。

　　曹煌的死因是锐器割断了颈动脉，导致大量失血而死。初步判断杀人凶器是一把水果刀。而同时，在死者曹煌的咽喉里，又发现了第二根折成九十度的火柴棒。

　　两根被折火柴棒的出现，可以推断杀害林美瑶和曹煌的同属一名凶手，且存在连环杀人的危险迹象。K市公安局立刻组成了"9.10""9.12"系列凶杀案件调查组进行侦破，欧阳鸣任组长。

　　调查组的方向有几个，一个是从凶器出发，寻找游泳馆附近的树林和湖边，看是否能发现被丢弃的凶器。二是排查死者林美瑶与曹煌的人际关系，还有相互关联的人，锁定潜在的杀人动机。调查组各自展开行动，然而三天过去了，进展十分缓慢，凶器很可能已经被凶手带走，或丢到了校外更远的地方。至于调查死者的人际关系也同样无所建树。

　　欧阳鸣出现在了校医院的走廊上，他强忍着抽烟的冲动，抬手敲响了病房门，走了进去。

　　陈果手腕被刺伤得比较严重，已经在医院里住了三天，病房里的梅甜甜看到欧阳鸣走进来，小声跟陈果说："那我先走了。"

　　陈果点点头，梅甜甜收拾好饭盒离开了。

　　欧阳鸣坐在对面的病床上，目光深沉地望着陈果："身体好些了吗？"

　　"好多了，谢谢欧阳警官的关心。"

　　"我来找你，还是为了林美瑶的事。"欧阳鸣直截了当道，"你应该也听说曹煌遇害的事了。"

　　陈果神情黯然："嗯，室友告诉我了。"

　　"这狡猾的凶手接连杀害了林美瑶和曹煌。"欧阳鸣一顿，"然而目前我们还没有掌握到关于凶手的丝毫线索，这也就意味着，他还存在继续犯案的可能性。"

"欧阳警官来找我，是觉得凶手下一目标是我？"

欧阳鸣没说话，等同于默认。陈果望着受伤的手腕，轻声问："欧阳警官找我，还想问别的事？"

欧阳鸣淡淡点了点头："与其说问，不如说你想告诉我些什么。"

陈果转脸看向窗外阴霾的天色，许久道："我没什么想说的，如果非要说，我感觉有人一直在偷窥我……还有，我总做噩梦。"

欧阳鸣有些失望，陈果突然又道："欧阳警官，你经历过恶作剧吗？"

"什么？"欧阳鸣是个严肃的人，极少有人敢对他做恶作剧。

陈果闭上了眼，不再作声。

欧阳鸣走出来，对守在外面的警察叮嘱了两句，离开K大。

14日，陈果出院。她同梅甜甜去上早上十点的国际法课，中午一同去餐厅吃饭，下午没课，她便回寝室里休息。

402女寝里，王丹正在望着窗外的云彩若有所想，一扭头见到陈果回来了，她没好脸色地走出寝室。陈果简单整理了下床铺，就躺下休息。

身体很沉，陈果一动也不想动，许久，她仿佛觉得自己进入了梦乡。

因为自己倏而飘忽起来，像是变成了一粒尘埃，飘浮于缥缈的虚空之中。噩梦如期而至，一片一片红色扭曲的景象，那破碎的泪珠像是无数双红眼死盯着她。

呼吸变得急促，陈果猛然从床上坐起来。

寝室里没有人，而对面的衣柜微微开启了一道缝。陈果像被牵着走了过去，伸手打开柜子，里面是衣服，衣服团成一团包裹着什么东西。

陈果颤抖地拿出来，衣服里是一把水果刀和一根棒球棍。

水果刀和棒球棍上都有血迹，陈果大脑陷入混沌。

寝室外突然传来急促的脚步声,陈果三两下地将东西塞回储物柜里,进来的是梅甜甜。

"301的张欢太无聊了,拿着她男朋友的照片晃来晃去,臭显摆。"梅甜甜撇着嘴说话,回头一看发现陈果站在衣柜前脸色苍白。

"你怎么了?"梅甜甜关心道,陈果身体突然一震,吓了梅甜甜一跳。

"我没事,我……出去下。"陈果头也不回地冲出了寝室。

脑子混乱,挥之不去的红色噩梦,一而再的死亡阴霾,陈果有了一个恐怖惊人的念头,林美瑶和曹煌的死都是自己在精神分裂的状态下犯下的罪行。

陈果捂着胸口,一阵悲痛不可抑制地涌上心头。

就在陈果冲出寝室之后,梅甜甜马上拨通了王丹的手机。十分钟后,王丹回到402女寝。

梅甜甜于心不忍道:"王丹,求你别再折磨陈果了,她是无辜的。"

"哼,你少在这里假惺惺装什么圣女了,谁无辜,谁又有罪,你想想两年前的那件事吧。"王丹语气冰冷,梅甜甜神情倏然变了。

王丹放缓了语气:"你放心好了,我不会真把陈果怎么样,我只是不确定,林美瑶对她讲过些什么,这也是我最担心的。"

晚上,陈果很晚才回到寝室,王丹和梅甜甜已经睡下了。

陈果躺下来,侧过脸望向林美瑶那空空的床铺。

倏地,那种被窥伺的感觉又来了,像有无数蚂蚁爬上了陈果的脚、腿、腰等全身的每一处。每一个细胞都在收缩,陈果的瞳孔也收缩。

她霍然发现,在林美瑶的床下有一点微光,如似监视陈果的眸光。

陈果翻身下床。

第四章
峰回路转

14 日深夜 22 点 30 分，月黑风高的掩映下，一个鬼鬼祟祟的纤弱人影来到了游泳馆外。她掏出一把钥匙打开了游泳馆的锁，推开一道缝闪入进去。

幽暗的泳池倒映着一大团晃动的黑暗，她经过泳池，来到后面的洗澡间。

洗澡间靠墙一侧是衣物箱，每一个冰冷的铁箱上都有一个黑森森的锁孔，铁箱上用猩红字体标注着号码。

她走到 7 号衣物箱前，颤巍巍地掏出了一把小钥匙，钥匙底部贴着写有数字 7 的白胶带。

钥匙插进锁孔里轻轻转动，瞬时发出喀啦喀啦的声音。声音微弱，但在寂静无声的游泳馆内听上去却有些刺耳。锁应声开了，她迅速拉开箱门，里头有一个黑色塑料袋，里面鼓囊囊地塞着东西。

她刚想把塑胶袋扯开，突然一声哗啦的落水声传来，她迟疑了一会儿，走出洗澡间。

幽暗阴森的泳池里有人正在拼命挣扎，看到了走出来的人，她艰难地呼救："陈果……救我！"

深夜前来游泳馆，打开衣物箱的人就是陈果。

而此刻在泳池里挣扎求生的却是梅甜甜，梅甜甜脖侧有大片血水汩汩涌出来。陈果似乎没听见梅甜甜的求救，下意识地往后退，口中喃喃道："不，不要！"

梅甜甜眼里的光芒逐渐消失，她浮浮沉沉的模样像极了几天前的林美瑶。

陈果面带惊恐,她冲到泳池边,似乎要跳下去救梅甜甜。但终究没有成功,陈果颓然瘫倒在地上。

黑色塑料袋落在地上,一把染血的水果刀从塑料袋里滑了出来。

两三分钟后,警车呼啸着驶进了K校,欧阳鸣和手下刑警来到游泳馆。欧阳鸣先看到了沉浸在泳池里的梅甜甜,又看到了跪在池边的陈果,她的面前是一把血迹斑斑的水果刀。

欧阳鸣发出沉沉一声叹息。半小时前,警察局接到了一通匿名电话,打电话的人声称看见K大游泳馆里有人被杀,杀人者是一个女生。然后匿名者挂断电话,十分钟后,欧阳鸣便来到了K校。

"陈果,跟我走一趟。"欧阳鸣看向陈果,她由一名女警扶了起来,双眼无神地任由女警往外搀出去。突然一下子,陈果像疯子般大叫起来:"我想救她,我想要救她的……我不愿意任何人死掉!"

"够了。"欧阳鸣大喝一声,制止了陈果的疯言疯语,女警将陈果拉进警车里。

很快,女寝楼那边也传来了消息,在陈果的衣柜里发现了一根带血的棒球棍,初步判断就是重创林美瑶头部的钝器。而在游泳馆里发现的水果刀,便是杀害曹煌和刺伤梅甜甜的凶器。

警方封锁了游泳馆,将陈果和物证带回了警局。突审的两个小时内,陈果闭口不言。无论警方如何询问,陈果都不回答。

凶器得到了证实,棒球棍上的血液经DNA检测,同林美瑶吻合。而那把水果刀上则有两人的DNA,曹煌和梅甜甜。

只不过在梅甜甜的喉咙里没有发现同前两位遇害者林美瑶、曹煌类似的被折成九十度的火柴棒。

15日一早,欧阳鸣见到了陈果。

"你早就认定我是凶手了吧,你可以否认。但从我第一眼看见你,就从你的眼睛里读出来了,你便是这样想的。"陈果轻描淡写道。

欧阳鸣不动声色："不说这些没用的，我让你见一个人。"

门开了，走进来的是王丹。

"为什么把我带来？"王丹神情慌张地指着陈果，"她是凶手，她杀了林美瑶，还杀了梅甜甜，抓她，把她关起来！"

陈果似觉得愧对王丹，垂下目光。

"你先坐下。"欧阳伸手示意王丹坐下，王丹坐在距离陈果很远的位置。

"王丹，你知道凶手不是陈果吧？"欧阳鸣出其不意地问。

王丹愣了愣："凶手就是她呀，这整个K大的人都知道。"

"先不用着急下结论，让我透露一点刚得到的情况。调查组在女寝楼下的垃圾箱里找到了一个人头面具，同陈果所描述偷窥她的神秘人所戴的面具很相似，而且在同一个垃圾袋里还发现了一小截断裂的指甲，还有带血的面巾。"王丹听到这里面如土色。

欧阳鸣清了清嗓子："经过鉴定，面巾上的血迹属于林美瑶。至于那一小截断裂的指甲，我猜你应该清楚它属于谁。"

"我……不知道。"王丹猛摇头。

"隐瞒无用。虽然神秘人丢弃了人头面具，但依旧能在面具内侧提取出DNA，当然了，那一截断裂的指甲也可以锁定可疑人物。不是别人，就是你，王丹。"欧阳鸣声音铿锵有力，不容置疑。

王丹张了张嘴，似要狡辩，但一句话也说不出来。

"梅甜甜遇袭后打来警局的匿名电话，应该也是你打的吧。"欧阳鸣刀锋般的目光落在王丹身上，王丹浑身发抖。

"你才是杀害林美瑶、曹煌的凶手，然后又想方设法嫁祸给陈果。"欧阳鸣一针见血，"但你犯了一个很大的错误。"

王丹茫然抬起头，欧阳鸣缓缓道："从最开始林美瑶死在泳池里，陈果的表现就十分奇怪，她表现得异常焦虑恐惧，除了对于林美瑶死

亡的恐惧外,似乎还有另外一份埋得更深的惊恐。所以,我悄悄调取了有关陈果的资料。"

通过资料显示,陈果是在美国亚特兰大上的高中,目前父母仍居住在亚特兰大。欧阳鸣通过一位在美国警局的朋友查到了陈果父母的电话。经过交谈,欧阳鸣得知了一个关于陈果的秘密。

这个秘密陈果从不愿意提及,那就是她患有十分严重的恐水症。

据陈果父母讲述:陈果大约十岁时一次同弟弟在郊外一个湖边嬉闹,弟弟不慎失足掉进了湖中,当时完全不会游泳的陈果毫不犹豫地跳下水救弟弟,结果还是未能制止悲剧的发生。弟弟溺死,而陈果因为在湖水中承受了巨大压力而导致心脏急速衰竭,后来陈果父母花费了高昂的费用进行了心脏移植手术。手术很成功,陈果渐渐恢复,但她心灵上的重大创伤却无法弥补。

后来陈果为了逃避一切,决定离开父母,回到中国与姑妈一起生活。

"因为恐水症,陈果在亚特兰大市时,甚至无法正常洗漱和喝水。"欧阳鸣目光聚拢,"这样一个有严重心理创伤,对于水又极度恐惧的人,怎么可能在泳池里杀人。"

王丹摇着头:"她是装的,人就是她杀的,就是她!"

第五章
火柴棒的秘密

K大,陈果从警局回来,副校长亲自来402寝室里进行了一番宽慰。副校长语重心长地表示一切都过去了,他希望陈果打起精神,早点走出这一系列可怕的阴霾中。

副校长走后,其他寝室的女生在走廊上交头接耳,窃窃私语,陈果干脆关上寝室门,不听不看。

短短几天时间，402寝室里的四个人，一个死，一个重伤未醒，一个成了杀人嫌疑犯，只剩下内心空空荡荡的陈果一个人。

陈果躺在床上，望着冷清的寝室。月光从窗外洒进一抹光亮，陈果突然有种阴森森的直觉，有人正藏在402寝室里。

她坐起身，那种强烈的被窥伺的感觉让她心跳加速。

"谁在这里？"陈果声音颤抖，"你出来，我看到你了。"

"呵呵……呵呵"寝室里传出了夜魈般的笑声。陈果呼吸仿佛即将停顿，她凝视着幽暗包围中的寝室："你究竟是谁？"

"我？你见过我，在游泳馆里，你差一点点就发现了我。"

从林美瑶的床下噌地闪出一张脸，痛苦狰狞的脸，它从下往上死死瞪着陈果。

"她们都有了应得的报应，那你呢？"

陈果看着那张诡脸越来越近，眼前一黑，没了知觉。

K市警察局。

"9.10""9.12"系列案件有了实质性突破，最大嫌疑人王丹被带回，现在正对其展开猛烈的攻心战，相信坦白认罪只是时间问题了。

会议室里，调查组成员都兴高采烈地讨论，只有组长欧阳鸣的脸色阴沉。他点燃了今晚的第十根烟，腾起的烟雾里他的目光起起落落，桌子上摆放着两根折成九十度的火柴棒。

"队长，你怎么还一脸愁眉不展？"一旁的老下属张凤生凑过来说。

"唉，就是还想不通这玩意的含义。"欧阳鸣用一只手轻轻敲击着桌面。张凤生嗯了声："我觉得可能是凶手的异常心理行为，外国不是还有杀人犯杀了人后，把玻璃球塞到死者嘴里，以此来宣泄不满的吗？"

"这年头世风日下呀，日子越过越好，但人心是越来越扭曲。"张凤生感慨道，他拿过欧阳鸣的烟盒，也点上一支烟。

欧阳鸣扔掉烟头，在桌上摆弄着两根被折过的火柴："但如果这

不是扭曲的心理行为，那么凶手留下火柴就一定想表达某种暗示。"

两根九十度弯折的火柴被欧阳鸣拼出一个十字，欧阳鸣眼中闪过一道精芒："塞到嘴里，嘴就是一个口字。口中再加个十，那就是个田字。"

张凤生满脸惊诧地瞧着火柴，又抬眼望着欧阳鸣。

欧阳鸣思索片刻，下令道："老张，立刻调集人手，排查林美瑶、梅甜甜、王丹三人的关联人物圈里有没有一个姓田的人，而且很可能这个姓田的人遭遇过重大不测。等下，应该再缩小一下目标——女性，年龄跟上面三个女生相仿，还有……"

"调查发生过意外事故的游泳馆，尤其是校内的游泳馆，查清楚所有意外中有没有一个姓田的女生。"

"马上行动！"欧阳鸣瞪眼道，张凤生立即起身："是。"

16日上午十点，经过彻夜排查，欧阳鸣要的结果出来了。

林美瑶、王丹、梅甜甜是从初中开始就在同一班的好朋友，而在她们就读冯兰高中的时候，校内发生过一起游泳馆意外事故。而事故中的女生被人恶作剧地反锁在了游泳馆内，女生试图从一扇窗户中逃出去，但很不幸地摔下来，而且头部着地造成了颅内出血。女生努力爬到泳池边后，便昏迷不醒。大约半小时之后，巡逻保安发现了流血昏迷的女生，马上送院救治。通过手术抢救，女生虽然保住了性命，但却因此变成了植物人。

这起意外事故起因便是一桩荒唐可笑的恶作剧，事后校方几经调查，最终无疾而终。

"这女生就姓田，叫作田然。"张凤生将调查的结果汇报给欧阳鸣。

"那找到这个叫田然的女生了吗？"欧阳鸣追问。

"没有。"张凤生摇头，"事故发生后，田然父母带她去了国外。"

欧阳鸣一拍桌子："立刻找方局，我需要查清楚一件事。"

"什么事？"张凤生一脸迷惑。

"田然是生是死，她有没有回国。"

半天后，欧阳鸣得到了回复。

一年前，田然就悄悄返回了国内，而且迄今为止再无出境记录，这说明田然目前就在国内，而且很可能回到了K市。

"她想报仇？"张凤生脱口道。

"王丹人呢？"

"不好，昨晚王丹突然发高烧，她父母给她办了取保候审，现在应该是回家了。"张凤生感觉到事态的严重。

"赶快去王丹家，然后派遣人手去田然在K市的亲戚家、朋友家调查她的行踪。"

欧阳鸣驾车出了警局，风驰电掣地驶向市区，嘴里喃喃道："千万，千万要来得及啊。"

第六章
血债血偿

阴暗潮湿的味道，陈果醒来的时候发现自己躺在一个密闭环境里，门紧紧关着。她冲到门口，外面传来了呼救声，声音很熟——是王丹！

王丹此刻正拼命爬上了泳池，发现身处在K大游泳馆内，不远处有一个全身套在黑风衣里面的人，戴着口罩和墨镜，但身形纤细，像是一个女人。

"你……是谁，为什么要把我带来这里？"王丹记忆中自己接了一个陌生快递电话，出来拿快递时被人从背后偷袭，接着就失去了意识。

王丹向游泳馆门口一步步退去。

"不要妄想逃跑，除非你愿意拿你的命来赌。"黑风衣女子手里亮出了一把明晃晃的水果刀。

"你想干什么?"王丹不敢再动,"我根本就不认识你啊。"

"哼,王丹,你已经忘记我了?"风衣女子甩了甩刀,"好,那我提醒一下,还记得两年前的冯兰高中吗?同样是在游泳馆里,你跟林美瑶,梅甜甜所做的那些事,你还记得吗?"

王丹双眼流露出无限恐惧,声音颤抖:"你是……田然?"

"原来你还记得我。"黑风衣女子果真是田然,她冷笑一声,"王丹,那你又知不知道深陷在生与死之间的缝隙里挣扎煎熬的那种苦难。当我再度醒来后,我想到的第一件事,就是找到你们,然后复仇!"

"不……不是这样的,当年那都是林美瑶丧心病狂的主意,她看不惯你神气十足的样子,所以硬拉着我和梅甜甜布置了一场恶作剧,本来我打算马上就把你放出来的,但没想到你摔伤了。我跟梅甜甜后面也想承认错误,又是林美瑶死拦着我们。是她,她才是罪魁祸首!"

"对,所以她得到了应有的下场。"田然声音里没有一丝感情,"当然,这我还得感谢你,你省去了我很多杀她的工夫。"

王丹面容惊慌:"我不懂你在说什么?"

"哼。"田然冷笑,"还想嘴硬,你去骗别人还可以,在我这里行不通。噢,忘记告诉你了,你用棒球棍袭击林美瑶的时候,我就站在外面的过廊里,亲眼看到了这一幕。"

"你胡说!"王丹的嘴角抽搐。

"我胡说?"田然从口袋里抽出了一个日记本,"这日记正是林美瑶写的,她说她很后悔两年前在冯兰高中所做的恶作剧,那个恶作剧让一个女生失去了意识,变成了植物人。她经常做噩梦,做得最多的一个梦就是当年的女生从幽深的游泳馆内朝她爬来,向她复仇。

"日记最后一页,林美瑶下定决心自首,向当年受伤害的女生赔罪,并甘愿接受应有的惩罚。而这些就是你对她痛下杀手的动机。"田然冷冷道。

王丹紧咬嘴唇，眼神飘忽。

田然继续再说："你害怕承担当年的错误，而且你担心万一当年的女生就此死掉了，你便成了一名杀人犯。所以你不能让林美瑶坦白一切，于是就杀了她。"

"是她自找的，她活该！当年明明是她出的主意，她是主谋，意外发生后她却只会胆怯逃避。过了两年，她又良心悔悟，就拉着我一起去自首，哈哈哈，笑话！我马上就毕业了，如果陪她去自首，那我就成了罪犯，我这一生就毁了。这不是我要的，林美瑶她太自私了，我不能让她毁了我。"王丹面容狰狞，"你说得没错，是我用棒球棍打昏了她，将她扔进泳池里，然后我就逃走了。"

"那时梅甜甜正在等蛋糕，她也不清楚我做了什么。"

王丹坦白了罪行，随即又摇了摇头："我是杀了林美瑶，但曹煌不是我害的，我也从未想过伤害我最好的朋友梅甜甜。"

"这个我知道，因为他们是我出的手。"田然诡异一笑。

"你要杀我？"王丹惊恐地瞪大了眼。

"在那之前我还要告诉你一件事。"田然手中的刀锋白亮刺眼："其实你并没杀死林美瑶，你逃离游泳馆后，林美瑶又清醒过来。她挣扎着想要求救，而那时我刚巧出现了。"

"是你杀了她！"

"哼，我用绳子将她勒昏后又扔回了泳池里。"田然缓缓摘下了墨镜和口罩，露出了她苍白的面容以及残忍的神情，"现在该轮到你了。"

"为什么是你！"凄厉的惨叫声回荡在空旷幽闭的游泳馆中。

欧阳鸣一脸凝重地站在王丹家门口，他终究来晚了一步，王丹失踪了。

张凤生着急问道："队长，接下来怎么办？"

"K大游泳馆！所有受害者都是在游泳馆里遇害的，游泳馆显然是田然选好的复仇地点。王丹也一定被带去了，立即通知K大附近警力，前往游泳馆救人。"

"是。"

"王丹！"陈果听到了王丹的惨叫声，她一次次猛烈地撞门，终于撞开了。

陈果这才发现自己竟被关在游泳馆杂物房的铁柜里，不过年久生锈，柜门已经没那么结实了。

陈果冲到泳池旁，一眼看到了躺在池水中仰面朝上、双眼流露出无比震惊的王丹。陈果痛哭流涕地呼唤着王丹，但她无论如何不敢迈入池中一步。

脑海里，多年前刺入她灵魂深处的悲剧仿佛一块巨石横亘在陈果同现实之间，陈果又不由自主后退，身后的阴影里有人在冷笑："你永远无法战胜自己。"

一身黑风衣的女生，陈果握紧了双手："你杀了王丹！"

田然重新戴上了墨镜和口罩："我回来是为了报仇。其实你跟我一样，都是她们恶作剧的受害者。"

"我看到你，就想起了当年被折磨的自己。你可以放心，我不会伤害你。"田然扔下一个日记本，还有一个录音机，"方才王丹承认害死林美瑶的那些话，我都录下了。你把这些交给警察，就可以洗脱你的嫌疑。"

"你为什么这样做？"

"我想让当年那起意外事故的真相公布于众。"田然语气凄凉。

"王丹、林美瑶、梅甜甜她们便是挥舞着恶作剧之棒的魔鬼。"田然一字字冷冷地说，"我要亲自送她们回地狱。"

"你可以去自首。"陈果凝望着黑风衣女生，"我一定会帮你求情。"

警笛声由远及近，田然说："我得走了。"

陈果此时不知哪来的勇气，突然上去死死抱住了田然的腿："你不能走，既然犯了错就要承担后果。当年林美瑶她们就是不敢坦白认错，你这样一走了之，同她们有什么分别！"

田然一怔，陈果盯着她的眼睛。

下一刻，田然突然举起了沾血的刀。

"不！"

第七章
仇灵

一缕阳光刺入陈果的眼眸深处，她睁开眼，身边是K大系主任，还有欧阳鸣警官。

"你们？"陈果想起身，右腿突然传来一阵撕疼。

"你别动，你的腿被刺伤了，不能随便动来动去。"病房中戴眼镜的医生叮嘱陈果。

"陈果，日记本和录音机我已经拿到了，这一系列复仇凶案的始作俑者就是田然，但很可惜昨晚让她跑掉了。不过警方目前正在全力缉拿她。"欧阳鸣望着陈果说。

"其实，她也是受害者。"

欧阳鸣点头："这都是什么恶作剧闹的。"

"你好好休养，等过段时间，你还需要去警局做一份笔录。"欧阳鸣道。

在医院躺了一周，然后陈果出院回到了K大，但402寝室对于陈果来说充满了悲伤阴暗的回忆。陈果一次次从噩梦里惊醒，无法入眠。

经过深思熟虑后，陈果决定回到美国亚特兰大父母的身边。

K市警察局。

"有田然的消息吗?"欧阳鸣继续抽烟,烟雾缭绕。

"还没有,她就好像人间蒸发了一样。"张凤生直摇头,"队长,你说她会不会再下手?"

欧阳鸣看了他一眼:"你指陈果?"

"对啊。"

"应该不会。"欧阳鸣思考道,"她既然把日记本和录音带交给了陈果,应该不会再害她。"

"不过,我还有些问题想不通。"老警员张凤生皱眉说:"到底是谁把棒球棍和水果刀藏进了陈果的衣柜里呢。"

"当然是王丹。她对于自己杀害林美瑶的事深信不疑,所以一心想要栽赃给陈果。"欧阳鸣眼前烟头的火星一闪一闪,"不过话说回来,王丹她是从哪里得来的杀害曹煌的那把水果刀的?"

"对啊,还有一个问题。"张凤生继续说,"田然为什么要杀曹煌?"

"这个我想过,有两个可能:第一个是曹煌以前就认识田然,并且熟悉田然同王丹、林美瑶、梅甜甜三名女生之间的仇恨的;第二个就是曹煌撞见了田然行凶的一幕,田然杀人灭口。"欧阳鸣一顿道,"我也已经派人调查了。"

9月24日,欧阳鸣调查的事情有了结论。

"根据曹煌女友提供的线索,曹煌在林美瑶被杀前一晚曾发现了一件十分奇怪的事。他说在游泳馆外瞥见有个女生在偷偷游泳,但随后曹煌自觉不可能,告诉女友他一定是看错了,不可能是那个女生。"调查的警员将结论说给欧阳鸣。

"有个女生偷偷游泳……看错了?"欧阳鸣内心疑惑,既是曹煌亲眼所见,为何他又否定了自己?

欧阳鸣是毫无头绪。

到了下午三点，在距离 K 大一千米外的一条小路上，负责搜查的警员找到了一件被焚烧的女式黑色风衣。风衣并未完全烧尽，遗留了领口一小块，风衣的品牌依稀可以辨认。

晚上七点，当另外一份报告摆在欧阳鸣面前时，欧阳鸣面露极其惊讶的神色。足足十分钟的沉默后，他才沉声道："立刻对日记本和录音机进行重新鉴定，鉴定的方向就是……"

K 市是一座伤感的城市，是一座满目疮痍的城市，但不可否认，这也是一座值得记忆的城市。它将存在自己的心底，成为生命过往的某一结点的见证。

飞机从巨大落地窗外的跑道上缓缓起飞，像划破天幕的白色大鸟。陈果已经订好了机票，两天后正式离开这座城市。

今天是周末，许多学生选择回家，外地的学生则三五成群去 K 市步行街参加一年一度的流行时尚节，冯兰高中一下子变得冷冷清清。

欧阳鸣出现在冯兰高中一座破旧的建筑物前，这是一座年久残旧的游泳馆，又因为发生过意外事故，所以冯兰高中已经修建了新的游泳馆及配套设施。而这座旧馆年底就要完全被拆除了。

推开吱呀作响的木门，泳池里的水早已放空，里面堆放了一些废弃垃圾。欧阳鸣看了一会儿，走向东侧的悠长走廊。

走廊尽头有一扇终年敞开、无法关闭的天窗。天窗下有一扇小门。

欧阳鸣走到天窗底下，敲了敲那扇不知干吗用的小门。

门缓缓地打开，里面有一个人。

她的目光仿佛荒废游泳馆外疯狂的野草，劲韧而孤独。

"我猜到你会来这里看一看。"欧阳鸣平静地说。

"我也猜到你早晚会知道。"她说。欧阳鸣一点头："那我现在

应该叫你陈果呢,还是叫你……田然。"

"随便,我是陈果,但田然也在我身体内。"陈果轻轻一笑。

两个人并排走到外面的大厅里,陈果坐在落满灰尘的泳池旁:"欧阳警官,我能问你怎么发现的吗?"

"可以,是曹煌。"

"原来是他呀。"陈果抱着膝盖。

"曹煌说亲眼看见有人在游泳馆内游泳,但很快改口否认。他宁可相信是自己眼花了,也不愿意承认所见到的,这很蹊跷不是吗?"欧阳鸣也坐在了落满灰尘的地上,继续说,"只是游泳,为何曹煌无法相信所看见的。除非,他看到的是一个不可能游泳的人,比如一个患有严重恐水症的病人。"

"曹煌应该知道你的恐水症。"

陈果点头:"进入K大时,姑妈找曹煌专门嘱咐过这件事。"

"这就对了。"欧阳鸣目光放远,"曹煌无意中撞见了你在游泳馆里游泳,而后林美瑶突然被害,他怀疑你,于是你杀了他灭口。"

"是。"

"还有,把袭击林美瑶的棒球棍,以及杀害曹煌的水果刀藏进衣柜中的人,是你自己吧?"欧阳鸣声音低沉,"你想做出有人陷害你的假象。"

"至于在女寝楼下发现的黑色垃圾袋,那确实是王丹所扔。"欧阳鸣顿了顿,又道,"因为你与林美瑶十分亲密,王丹害怕林美瑶向你吐露两年前的那件事,于是她便戴上人头面具故意恐吓你,让你老老实实不要乱讲话。"

陈果承认:"她是这么想的。"

"还有就是被焚烧的那件黑色风衣。"欧阳鸣呼口气,"根据风衣的牌子调查出K市总共只有三家高档店有卖这款风衣。然后便是一项熬人的庞大工作，安排足够警员细心查取近一年的三家店的售衣记录，再调取监控，进行一一排查。整整一天两夜，我终于在两个月前的一家店的监控视频中，发现了一张熟悉的面孔。"

"就是你。"欧阳鸣说出答案。

"恭喜你，没有白白浪费时间和体力。"陈果淡淡说。

"接着，我认真核对了日记本里的笔迹，"欧阳鸣目光深邃，"并且重新分析了录音带里属于田然的声音。

"结论是笔迹虽然跟林美瑶本人的如出一辙，但仍有细微瑕疵。至于声音，经过高精度测试，发现声音是属于你的。"欧阳鸣笑着叹气，"原来从一开始，这就是你自导自演的一场独幕剧。"

"不错，日记是我伪造的，然后故意让王丹瞧见。她看过后就变得疑神疑鬼，惶惶不可终日，而这正是我想要的效果。我不想暴露在警方怀疑的视线中，王丹是最合适的一只替罪羊，自私、偏执、恶毒、冷酷，她简直完美。哼哼。"

陈果转脸望着欧阳鸣，欧阳鸣觉得陈果的眼神异常冰冷陌生，跟他之前所见的完全不同。

陈果忽然抱紧双腿："欧阳警官，你的话还没讲完，请你继续吧。"

欧阳鸣愣了愣，往下继续道："我电话询问你远在亚特兰大的父母，结果问出了一件令我惊讶万分的事情。当年你心脏衰竭而接受了心脏移植手术，移植的竟然就是脑死亡的田然的。"

陈果笑起来："对啊，所以我是陈果，但田然……"陈果指了指自己胸口，"她也在这里。"

"我通过你父母联系到了你在亚特兰大时的心理医师，他告诉我，在离开亚特拉大时，虽然你的精神十分平静，但有了一些精神障碍的前兆。具体说来就是人格分裂。"欧阳鸣说出这些话时，嘴唇禁不住颤抖。

"你的人格多了一个，便是在你体内死而复生的田然。"欧阳鸣

缓缓道,"你得知了田然脑死亡的真相,一股复仇的欲望也伴随着田然的心脏降生在了你的体内。"

"于是,你回到国内,来到了K市。而后利用田然死在国外、国内尚不知情的漏洞花钱雇人拿着田然的护照返回国内,制造出田然未死的假象。"欧阳鸣沉声道,"田然的人格是一个复仇者,存在的目的就是复仇。"

"而你之所以不再恐水,也是因为体内拥有了不惧水的田然人格。"

"我恨这种生死不得的痛苦。"陈果将头埋进臂弯里。

"陈果,你应该明白自己所做的这一切是不对的。"欧阳鸣神色惋惜。

"我知道,我也不想伤害任何人,但我对于身体里的另一个自己无能为力。她的仇恨超过了我的怜悯,我没有办法抗拒她。"陈果抬起脸,双眼中噙满了泪水。

"跟我走吧,相信我。"欧阳鸣伸出了宽厚的手掌,陈果迟疑着,一点点伸手出来。倏然,陈果的神情变得诡寒可怖!她跳起来,从挎包里抽出了一把锋利的水果刀挥舞着,目光凶狠地看着欧阳鸣。

"我没错!错的是她们,是王丹,是林美瑶,是梅甜甜……如果我不这么做,她们还会活得逍遥自在。她们是魔鬼,带来无尽痛苦的魔鬼,魔鬼就应该下地狱里去!我就是送她们去地狱的使者!"陈果突然用刀刺向欧阳鸣胸前,欧阳鸣躲避之时,头顶蓦地落下了一块木板。

木板砸中了欧阳鸣的后脑,耳畔一阵剧烈嗡鸣,欧阳鸣无力地瘫倒在泳池旁。

欧阳鸣后脑流血不止,身体连动一动手指的力量都没有了。

陈果紧抓着水果刀走向欧阳鸣,欧阳鸣呜咽着想要说话,但含混不清。刀锋猛地落下,半空里却又被一股看不见的力量拦下了,陈果面容痛苦地喃喃自语。

"杀了他，没人可以说我是错的，我要杀了他！"

"不，田然，你不能一错再错了。你已经害了林美瑶她们，甚至还杀了无辜的曹煌老师，无论如何，这一次我不会让你再手染鲜血。否则你就变成一个比她们都可怕的杀人恶魔。"

"不要阻止我，放开！"

"不，死也不放。"

"该死，你太懦弱了，如果我早知道你会成为我的绊脚石，我一早便会永远铲除你。"

"我错了，我不应该让你存在，不应该让仇恨蒙蔽了双眼，是我把你变成了魔鬼，我要跟你同归于尽。"

欧阳鸣勉强睁开眼。

他看到陈果天人交战般颤巍巍站在泳池边缘，许久许久，陈果的面容变得平静安详，她缓缓用水果刀割开了手腕，鲜血汩汩地流淌下来。

"一切都结束了。"陈果脸上展露出一抹微笑。无疑，这笑容属于她，而不是田然。

陈果身体坠落，倒在了冰冷的泳池里，天地在眼中渐渐飘远。

——生命之美好，弥足珍贵。希望有幸之人，切切珍惜。

（完）

第一章
2811

西洋大厦有三十五层,蓝小芩住在顶层。大厦的电梯因为故障,所以从昨天起只能升到二十八层就再也上不去。这可苦了蓝小芩,只能多爬七层楼梯才能回到公寓。

二十八层很空荡,已经闲置了大半年,以前有一家很有人气的牛肉面店就开在2811,因为面味独特,而且在吃面的同时还可以凭窗而望,欣赏到F市美丽迷人的海景,所以生意一直很红火。

不过随后却因为有一名食客失足坠楼,人气暴跌,没多久牛肉面店就歇业了。不光牛肉面店歇业走人,连带着同层其他商户也一齐选择离开。

蓝小芩听大厦保安说起过,这些人走是因为在三更半夜的时候,总能听到诡异的人语,似乎有人在喊饿要吃牛肉面,那声音恐怖得很。

"叮!"电梯门开了,蓝小芩勉强将眼睛睁开一道缝,昨天聚会闹了一大场,她最是带头起劲,结果现在累得连眼睛都睁不开了。

蓝小芩从电梯里走了出来,周围阴沉沉,像是遮了一大块的黑布,令人感到压抑。蓝小芩摇摇摆摆走到公寓门口,掏出钥匙捅了半天也没打开,蓝小芩小声抱怨一句,瞪大眼睛去认锁眼,但门依旧打不开。

蓝小芩纳闷了,抬头去看门牌,黑色门面上挂着的是2805号。

"晕,竟然忘记了电梯故障,只能上到二十八层。"蓝小芩拍拍脑袋,晦气地踹了2805号的大门一脚,走向楼梯。

楼梯在电梯的背面,蓝小芩拖着疲惫的身体绕在二十八层之间,空旷的走廊显得异常诡秘而幽深,不时有阵阵阴风吹来。蓝小芩转了个弯,前面有一间房间竟亮着红光。蓝小芩纳闷,怪了,难道这层楼又有人住了?

楼梯门就在前面,蓝小芩突然觉得心里有些毛毛的,她将背在自己身后的一把新潮吉他拉了过来,横在自己胸前,摇摆着像是划船选手一样快步向楼梯方向走去。

靠近红光房间,蓝小芩才发现那红光只是一盏红色指示灯,她自嘲地甩甩自己的长发,目光下移,指示灯下面是一个牌子,在红光反衬下发出有些诡秘的光芒。

"老友记牛肉面店。"蓝小芩读出来,疑惑道,"这么久过去了,怎么这牌子还在啊?"

蓝小芩并未将这一幕放在心上,她走过牛肉面店所在的2811,目光随意往门口一瞥,蓦地发现门竟是虚掩的。

房内还传来一些窸窣的声音,蓝小芩视力不怎么好,反应也不快,但她的一双耳朵却绝对好使。用蓝小芩自己的话讲,搞音乐的人,最敏锐的就是自己的耳朵。

虽然那声音很微弱,但蓝小芩还是捕捉到了。蓝小芩不自觉地靠近一些,想要听出那究竟是什么声音。

"咔嚓,咔嚓"这奇妙的声音越发清楚了,在蓝小芩听来像是某种食肉动物在啃咬骨头,吸吮骨髓所发出的声响。

蓝小芩后背一片阴寒,她不敢再多停留,猛地转身冲到楼梯口,

刚要爬楼。就在此时，身后2811的门"吱呀"一声慢慢敞开了一道缝。

蓝小芩虽然异常害怕，但人类本能的好奇心还是促使她转过身来，想看个清楚。就在这关键时刻，一个硕大的身躯似鬼魅一样出现在蓝小芩背后。

蓝小芩被突然一吓，"妈呀"一声，一屁股跌坐在地上。

"你在这里做什么？"头顶上一个浑厚的男子声音问道。

蓝小芩屁股摔得生疼，但她更担心自己的宝贝吉他，幸好并未损坏。蓝小芩这才抬起脸，眼前是一个身穿蓝色保安制服的高大男子，蓝小芩跟他也算是比较相熟，男子叫作张伟，是这幢大厦的保安。

蓝小芩抓住张伟伸来的大手，借力从地上蹦起来，笑道："是你呀，我刚才怎么没看见你？"

张伟整了整自己的制服，将手电筒光打在两人身前："我刚上来，蓝大小姐，你怎么表演这么高雅的动作啊？"

"哈，你还问我，你这么一个大块头突然冒出来干什么？"蓝小芩拍着胸脯抱怨道。

张伟笑哈哈道："蓝大小姐，这幢大厦的电梯就像着了魔一样，今天来了两拨维修人员都没修好。所以我不留在这里等你，准备献一次身，当一次护花使者嘛。"

"你少来，本小姐天不怕地不怕，还用你护着？你还是看好自己吧。"蓝小芩不以为意地说。

"说实话，这二十八层的确有些古怪，原来的住客统统搬走了。我听老同事讲是因为那个牛肉面店老板阴魂不散，逼着人来吃他的牛肉面呢。"张伟脸上似笑非笑。

"张伟，你这套鬼把戏就只能骗骗小姑娘，对于本小姐一点用也没有。不过话说回来，你刚才有没有听到那间2811里有什么动静？"蓝小芩瞟着张伟身后的2811，小声问道。

"有动静？"张伟茫然摇头，"这个时间这一层也就你我两个人，哪里还有什么别的动静？"

"不是，那不太像是人的动静，而是……"蓝小芩想给张伟解释清楚，但看到张伟不太相信的表情，蓝小芩放弃了，"算了算了，可能是我幻听了。我回去了，你也早点走吧，这层楼是有点怪怪的。"

蓝小芩说完，一溜烟蹿上楼去。

二十八层重新又陷入一片压抑的死寂中，张伟本欲离开，但心中回旋着蓝小芩有头没尾的话。他停下脚步，回头望了望幽暗中的2811，走了过去。

蓝小芩一夜没睡安稳，早晨起来，蓝小芩发现镜子里的自己挂了两个深深的黑眼圈，不由得难过道："这该死的牛肉面店，气死我了！"

简单吃了点早餐，蓝小芩没精打采地走下楼梯，本来她计划白天好好补补觉，谁知道死党偏偏有事找她，没办法，她只好为了友情舍弃美梦了。

蓝小芩打了超级大的哈欠，迷迷糊糊下到了二十八层，又慢慢悠悠地走过2811，蓝小芩诧异地发现，2811昨晚敞开一道缝的门竟已经关死了。

谁关的呢，张伟？蓝小芩在心里暗暗想。

蓝小芩刚走进电梯里，突然"啪"的一声，肩膀上落下一只手，接着一个熟悉的声音响起："早啊，蓝大小姐。"

蓝小芩回头，身后的人表情有点憔悴，正是张伟。

张伟笑了笑，他的笑容给人一种莫名的恍惚。

"大块头，你再这样鬼鬼祟祟跳出来吓我一跳，我就再也不跟你说话了。"蓝小芩瞥了一眼，突然吃惊地指着张伟嘴角道，"你，你的嘴上怎么……"

张伟笑容瞬间凝结,手摸上自己的嘴角,上面有一小块肉,鲜红鲜红如同割下来的一样。张伟若无其事地将那一小块牛肉拿下来,张嘴一口吞下去,舌头还在嘴角舔来舔去:"牛肉面真好吃,大小姐,你想不想尝一尝?"

蓝小芩被举止怪异的张伟给吓住了,剧烈摇头:"我不吃,不吃。"

蓝小芩说完,匆忙地关上了电梯门。

张伟一脸失望,声音阴阳怪气道:"真的很美味,你一定会喜欢的,早晚一定会的。"

第二章
带血的牛肉面

蓝小芩半天都魂不守舍,眼前总是浮现张伟那张呆板而诡异的脸孔,想着想着就一阵心慌不安。

到了晚上,应接不暇的工作让蓝小芩精疲力竭,整个人如同被抽了骨头一样无力。再回到西洋大厦的时候,已经又是凌晨一点多。

蓝小芩摇摇摆摆走进了大厦里,她发现电梯旁贴着一张告示,告示事上歪七扭八地写着一行字——老友记牛肉面店,今天重新开张。所有客人一律免费。

蓝小芩睁大眼喃喃道:"重新开张,那家牛肉面店竟然重新开张了?"

电梯缓缓上升,蓝小芩心中一直惦记着那家牛肉面店。

"叮"的一声,电梯在十二层停下,外面走进来两个老人。三人都上到二十八层,电梯门打开,两个老人走了出去,蓝小芩跟在他们后面。

两个老人如同镜像而行,他们迈着整齐的步伐走到了2811外,前面老人走了进去,就在蓝小芩以为后面老人也会一步迈进去的时候,他却突然转了个身，脸朝向蓝小芩。

"啊！"蓝小芩叫出声来。

老人双眼布满血丝，嘴边一滴滴的鲜血流下来，表情狰狞地说："牛肉面，好香的牛肉面呀！"

蓝小芩头也没回地跑上楼梯，再没敢多看牛肉面店一眼。

蓝小芩又是彻夜难眠，她隐约听到有个阴冷的声音在耳畔重复低语："牛肉面，好香的牛肉面呀！牛肉面，好香的牛肉面呀……"

浑浑噩噩间，蓝小芩睡了过去，她觉得自己好累好累，似乎可以一直睡到世界尽头都不会再醒来。当然，蓝小芩不可能睡到世界尽头，但她再醒来时，已经是次日晚上七点，她睡了整整十七个小时。

蓝小芩从床上爬起来，感觉自己像是重新活过一般。

肚子突然咕咕咕地叫了起来，自己已经十多个小时没吃东西了。蓝小芩在公寓内翻来翻去也没找到吃的东西，她平日早出晚归，自然不会存下什么食物了。

蓝小芩无奈地只好去外面吃，她揉着空空的肚子走到二十八层，突然一股浓郁诱人的牛肉香味飘过来。蓝小芩停在楼梯口，有些纳闷道："难道这家的牛肉面真的那么好吃？"

"牛肉面，好香的牛肉面呀！"那挥之不去的声音再度响起，蓝小芩仿佛中了魔咒一般，昨晚所见的恐怖一幕已经被她抛之脑后。她眼神迷离，喃喃自语，"不过是吃碗牛肉面，也没什么。有这么多人吃，我怕什么。"

终于，蓝小芩嘴角扰起一抹恍惚的笑容，一步步走向了2811的老友记牛肉面店。

第三章
夜宴

红色指示灯忽闪忽闪，蓝小芩站在2811门外。

"叮"的一声，电梯门打开的声音在幽暗寂静的二十八层显得格外刺耳，电梯里陆续走出几个人，有男有女，有老有少，看着像是一家人。

一个红裙妇人手牵着一个小女孩走在前面，妇人目光呆滞，小女孩好奇地问妈妈："妈妈，牛肉面真的好吃吗？"

红裙妇人眼中亦如指示灯般闪烁："好吃，真的好吃，铃儿一定会喜欢的。"

一家人在红裙妇人的带领下走入了牛肉面店。红裙妇人走过蓝小芩身旁时面露笑容，蓝小芩心中一惊，因为她脸上莫名的笑容像极了张伟。

电梯周而复始，十来分钟已经来了几拨人，他们都走进了老友记牛肉面店。

蓝小芩隔着灰蒙蒙的玻璃望见里面黑压压一片人，有这么多人来品尝，一定没什么问题，蓝小芩放下心来。

她也推门走进，所有人都只顾着低头吃面，没有一个人抬头来看。蓝小芩找了个敞亮点的地方坐下，这牛肉面店内竟只亮着几盏微弱的小灯，昏暗的光芒比蜡烛亮不了许多。

真够抠门！蓝小芩不觉想。

蓝小芩招了招手，从面店阴暗中走来一个身穿白色衣服的服务员，他面目还算和蔼，目光藏在幽幽光线中。

"我看看你们的菜单？"蓝小芩伸出手。

"好。"服务员拿给蓝小芩一张薄薄的纸，根本不是什么菜单，只是一张用钢笔书写的白纸。纸上从上到下依次写着：1牛肉面，2牛肉面，3牛肉面，4牛肉面，5牛肉面。

蓝小芩看完了，除了牛肉面就没有第二样，蓝小芩无奈一笑："那就给我来碗牛肉面吧。"

"稍等。"服务员转身回到阴暗里。

蓝小芩无聊地打量着旁边的顾客，竟然看到了张伟。张伟也和其他人一样，只顾着埋头吃面，丝毫不关心周围的情况。

"张伟，你没看见我吗？"蓝小芩挥挥手，张伟依然低着头没反应。

蓝小芩一时火大，真想跑过去给张伟一巴掌，但又觉得太不淑女，只得暂时作罢。

"臭小子，吃面吃得忘乎所以了？"蓝小芩望着张伟的模样，不禁蹙眉。

这会儿，蓝小芩注意到周围许多人吃面都是在用手抓着吃，根本没用筷子，看着他们狼吞虎咽地将一根根面条、一块块牛肉塞进嘴巴里，又几乎没经任何咀嚼地就囫囵吞下肚子，蓝小芩觉得十分怪异。

蓝小芩还在愣神，一碗牛肉面已经砸在面前。

"你的面。"服务员说话的声音冷冰冰。

"筷子呢？"蓝小芩没发现筷子。

"用手吃才可以品尝出面的美味。"服务员说完，转身回去。

"用手吃，岂不成了野人。"蓝小芩气恼道，但肚子却不争气地叫了一声，望望其他人都用手抓面吃，蓝小芩终是投降似的伸出手，在衣服上擦了擦，然后把手转进了牛肉面碗里。

虽然吃法粗鲁，还有些恶心，但还是不得不说这牛肉面太香了。在此之前，蓝小芩也吃过很多次牛肉面，但实在无法相信这里的牛肉面竟是如此美味动人，简直不似人间的美食。

蓝小芩吞了吞口水，伸手抓起牛肉面刚想大快朵颐，突然她的手

指感受到了一样坚硬的东西。蓝小芩"咦"了声,将手从面里抽了出来,面条底下竟是一根黑色带血的牛骨。

蓝小芩好不容易勉强忍住呕吐的欲望,她大拍桌子跳起来,大声呵斥:"老板,你给我出来!你们怎么弄的,牛肉面里有这么多带血的骨头,还怎么叫人吃啊!"

蓝小芩刚痛斥完,突觉有些不对劲。自己这般大呼小叫,周围的人竟然还在低头吃面,完全无视,甚至连头也不抬一下。

蓝小芩一脸茫然地靠近旁边桌上那位红裙妇人,只看一眼,蓝小芩便浑身一颤!那红裙妇人正在美滋滋地咬碎骨头,将它们一点点吃进肚子里,脸上还不时露出满足的表情,如同吃了山珍海味一般愉悦。

蓝小芩不可思议地看着红裙妇人,又看看周围的人。整个老友记牛肉面店除了蓝小芩颤抖的呼吸声,就只剩下一片窸窸吞面碎骨的令人毛骨悚然之声。

"你们不要吃了,都别再吃了!"蓝小芩耳朵嗡鸣,摇着头大声嚷嚷。

蓝小芩望着一群无动于衷的食客,如同望着一群异类。她再也管不了其他人,飞快地绕过桌子,向门外跑去。而就在她要夺门而出时,面容冷漠的服务员却突然出现,说出的话更加阴冷:"你还不能走。"

蓝小芩随手扔下一张百元大钞,服务员摇摇头,向着蓝小芩吃面的桌子一指:"面没有吃完的话,谁也不能走,谁也不会让你走。"他刚说完,所有食客的头同一瞬间抬起齐齐转向蓝小芩。

蓝小芩感到一阵冻结心脏的恶寒,尤其是被几十双诡异目光同时盯着的时候。

"你究竟想怎么样?"蓝小芩面带哀求的神色。

"很简单。"服务员将面端来,"吃完它,你就可以走。"

"不,我吃不下去!"蓝小芩恶心地扭过头。

服务员将面碗在鼻前嗅了嗅,赞美道:"这么浓郁美味的牛肉面,你怎么会吃不下呢?"服务员张开大嘴,几口便把面吃得干干净净。

"我可以走了吗?"蓝小芩颤抖地问。

服务员摇头:"面是我吃的,你当然不能走。不过我这里还有更多更好吃的牛肉面,只要你吃了它们,我就放你走。"

"什么?"蓝小芩吃惊道。

服务员反手将门锁上,而后从牛肉面店深处推出来一辆加长餐车,上面罩着餐罩。他冷笑着将餐罩揭开,下面是密密麻麻上百碗牛肉面,堆满了整辆餐车。

服务员疯狂地向所有人大喊:"大家都来吃吧,这是我为你们精心准备的夜宴!只要吃过它,你们这一辈子都不会忘记!"

整个牛肉面店里除了蓝小芩之外的所有人都扑向餐车,每个人面上都带着炙热的渴望和贪婪,如同一群饿狼争先恐后地要将猎物吞噬掉。

蓝小芩看到张伟将一大碗牛肉面倒进自己的喉咙里,发出受折磨的窒息声音,面容上却是十分享受惬意的神情。蓝小芩再也无法忍受,尖叫道:"疯了,你们都是疯子!"

蓝小芩歇斯底里地拍打着门想要逃出去,但店门被牢牢锁住,她束手无策。

"哈哈!我就是疯子,不光是疯子,我还是为你们带来饕餮夜宴的地狱使者。"服务员激动道,"你看看他们,他们吃得多么开心。"

服务员猛回身,狰狞冷笑:"你为什么不喜欢吃我的面?我的牛肉面是这个世界上独一无二的绝世美味,为什么你不喜欢它!既然这样,我就偏让你来吃,不停地吃,一直吃到死。"

蓝小芩不知哪里来的力量,全力向男子扑去。

"砰"的一声,服务员被从二十八楼的窗户撞了出去,他一只手死死抓着蓝小芩的裙角,挣扎着摇头:"不想的,我不想这样的……

救救我,求你救救我!"

蓝小芩愣了一下,再想伸手去拽服务员时,对方已经惨叫一声从二十八层的高空直直坠落!

凄惨的叫声撕裂了宁静的夜晚,也仿若划开了地狱之门。

蓝小芩身体瞬间像被抽空了一样,昏了过去。

第四章
真相大白

灯光白晃晃地刺眼,蓝小芩再次醒来的时候,发现已然身处在一片纯白色的医院里,身旁站着医生和警察。她头脑尚未清楚,披头散发的,双手乱摇:"我不吃,我什么也不吃!"

"好好好,你不要激动。这里是医院,你已经安全了。"一个身材魁伟的警察按住蓝小芩颤抖的肩膀,他的声音沉稳,给人一种安全感。

蓝小芩重新环视四周,终于认清了现实,她脑海中回放着记忆最后时刻的画面,突然问道:"他怎么样了?"

警察望着蓝小芩的眼睛说:"我是市刑警大队的队长,我叫黎南。我知道你受到了很大的惊吓,不过你已经绝对安全了。"

黎南顿一下,接着道:"至于你口中的'他',已经死了。"

"从那么高的地方掉下去一定是死了。"蓝小芩双目无神。

黎南等蓝小芩情绪慢慢平静下来,这才开口问:"你知道他是谁吗?"

"我以前没见过他,他是谁?"蓝小芩好奇地问道。

"他叫萧大平,以前的老友记牛肉面店就是他开的,但因为一次食客说他的面不好吃,萧大平便和那位食客发生了争执,后来演变成大打出手。纠缠中萧大平不慎从阳台摔了下来,所幸落在一棵梧桐树上，侥幸保住一命，但他的大脑受到严重震荡，精神变得疯疯癫癫。后来他的家人带他看了心理医生，采用了催眠疗法，取得了一定成效。"黎南低声一叹。

"谁也没想到，精神渐渐平复的萧大平非但没有解开心结，反而萌生了邪恶的报复心理，而且他还偷偷从心理医生那里学会了催眠。通过心理暗示的一些技巧，巧妙利用了颜色和低频音波来控制普通人的行为举止。你在2811所经历的一切就是萧大平利用他学到的本事来蛊惑人心，他先成功控制了几个人，再利用这几个人带来他们的家人和朋友，从而控制了更多的人。"黎南神情凝重。

"不对啊，如果说是催眠和心理暗示，那为什么我没事？"蓝小芩想不明白。

黎南身后一个穿着白大褂的老医生接口道："开始我们也不清楚是什么原因让你未落入萧大平的魔掌，后来黎队长调查了你的职业，就真相大白了。"

"我的职业？"

"对，你的职业。因为萧大平的催眠是依靠着门口那盏暗红色的指示灯，以及牛肉面店中幽微的低频音波来发挥作用的。一般人一旦接近了指示灯和低频音波，就会不自觉地受他控制。而你则不然，因为你所工作的夜店环境十分嘈杂，这让你对低频音波有了相当的抵抗力，所以，你才没有被萧大平所操控。"

蓝小芩愕然地望着老医生，突然说："你是昨晚的老人？"

老医生正是蓝小芩昨晚在电梯中所见的两个老人之一。

老医生叹息着，点点头："唉，我正是萧大平的心理医生，杜方。萧大平失踪后，他们家里人来找我帮忙。我已经寻找了他两个星期，但都一无所获。后来，我怀疑他可能忘不了老友记，而回到了那里。"

杜方摘下老花镜，望着泛光的镜片："所以我来了西洋大厦，但

没想到一时大意险些也落入萧大平的催眠陷阱,紧急关头我咬破了舌头,让自己保持清醒。而后我悄悄逃出了老友记,并且立即报了警。万幸昨晚还有你,要不然等警察赶到前,不知道萧大平还会做出什么疯狂的事情来。"

杜方重新将老花镜戴上,惋惜道:"其实萧大平并非坏人,他可能并不清楚自己所做的事情。一切只因他爱面成痴,始终无法忘记那日食客对于他引以为豪的牛肉面的侮辱,才最终导致了他内心失衡扭曲,被愤怒蒙蔽了双眼。可惜了。"

蓝小芩点头,众人一阵默然。

第五章
地狱来客

蓝小芩三天后出院了,她跟老板请了一个星期的假,准备多休息几天。

她独自回到西洋大厦,望着电梯内数字屏一闪一闪地提示着楼层的更替。

"叮!"电梯停住。

蓝小芩轻轻一声叹息,她从电梯里走了出来,二十八层依旧空荡阴森,如同一张深不见底的魔怪之口。

一阵凉飕飕的风不知从何处吹来,蓝小芩保持内心平静,她告诉自己已经没什么可怕的了,同时脚下快步向楼梯间走去。

事情总是事与愿违,蓝小芩越想快点走完这阴森的走廊,时间越是走得缓慢。好不容易,蓝小芩来到了楼梯间外,她微微侧头,不远处就是2811。而此时那盏红色指示灯已经被拆掉了,2811的门也紧紧关了起来。

蓝小芩一颗悬着的心放下来，突然一阵急促的丁零零的清脆声音把她吓了一大跳，低头才发现是手机响了。

蓝小芩自嘲地一笑："自己什么时候变得这么胆小如鼠了。"

蓝小芩接起手机，手机另一头传来一个低沉的男人声音："你是蓝小芩吗？"

"我就是。"蓝小芩回答，这男声莫名有些耳熟。

"蓝小芩，我是你之前见过的刑警队的黎南，你现在在什么地方？"黎南的声音焦急。

蓝小芩觉得黎南语气有些不对劲，立即道："我在西洋大厦啊，黎警官怎么了，发生什么事了吗？"

"唉，算了，我还是告诉你吧。"黎南顿了顿才道，"萧大平的尸体不翼而飞了，我们找遍了所有地方，都没有找回来。"

"什么，他的尸体不见了？这怎么可能……"蓝小芩茫然摇头，目光不自觉地望向2811黑色的门。

"这点我也想不明白，但不管怎样，你最好立刻回到公寓，不要擅自离开半步。我已经派了同事去保护你，以防有什么不测。"黎南严肃道。

蓝小芩带着颤音："你们来保护我，还要多久才来？"

"啪"的一声低响，蓝小芩将手机放下来，不远处2811门外，另外一盏更诡谲暗红的指示灯闪烁着亮起，而紧闭的2811的黑色之门正徐徐打开……

蓝小芩耳朵里似突然钻进了无数小虫，又痒又麻，蓝小芩猛烈抠着耳朵，几乎恨不得把耳朵扯下来。

一个黑沉沉的长物从2811黑暗深处移出来，正是那辆萧大平用过的加长餐车。餐车上罩着一块雪白色绸缎，如同少女如雪的肌肤一般。

蓝小芩想要逃离，但身体却完全不受控制,她如同石像般僵在原地。

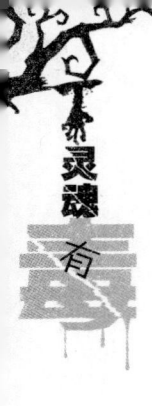

雪白绸缎慢慢滑落,蓝小芩的眼睛也在一点点瞪大,绸缎下面赫然正是萧大平的尸体。萧大平怒睁着灰白色的双眼,望着头顶,嘴角还有丝丝血渍。

"哈,欢迎光临。"一个苍老的声音自2811深处传了出来,蓝小芩听到这声音,心神俱震,脱口而道:"竟然是你!"

蓝小芩清楚记得这正是杜方的声音,那个苍老的心理医生。

"哈哈,就是我啊。你真的以为萧大平有那么聪明,可以自学催眠暗示吗?"白色的服务员制服,苍老的面庞,阴冷刺骨的语气。

"难道所有一切都是你做的?你为什么要这么做!"蓝小芩身体仿若已经不属于自己,她尽最大努力抵抗着,却无济于事。

"哼,萧大平患上了严重的抑郁症,将自己完全封闭起来,一般的治疗方法根本无用,他就像一具失去了灵魂的行尸走肉。不过这对我来说,却是一个好消息。人类以往的催眠和暗示一直停留在激发人的潜意识的皮毛上,急需有人来将它更进一步。所以,我花了大半年时间,完全掌控了萧大平,让他把内心深处所隐藏的罪恶和欲望以一种极端的方式呈现出来。他果然没令我失望,我改变了他,我塑造了他,我赋予了他非比寻常的灵魂,我给了他一次重获新生的机会。唉,只可惜他的生命太过脆弱,让我失去了继续研究的方向。不过幸好,我已经找到了他的接班人,一个新的研究对象。"杜方的声音越发冷沉,一点点逼近蓝小芩。

杜方的话句句疯狂可怕,蓝小芩不由得想起了萧大平坠楼前所说的话:"不想的,我不想这样的……"原来萧大平是受控于他人。

蓝小芩感到灵魂在震颤。

"你想对我怎么样?"蓝小芩双眼转向黑暗中的一点红光,意识一点点开始变得模糊起来。

"新的灵魂,这就是我所要对你做的。"声音来自四面八方,风一样灌进蓝小芩耳中,钉子一样刺入她的灵魂。

蓝小芩无力地躺落餐车上,餐车缓慢沉入2811的黑暗中。意识被打破,蓝小芩渐渐空洞的世界里只剩下那一点闪烁的暗红之光。

"砰!"2811的门重重地关了起来。

(完)